U0097389

古典詩歌研究彙刊

第二輯

龔鵬程 主編

第 15 冊

金元全真道士詞研究（下）

陳宏銘 著

國家圖書館出版品預行編目資料

金元全真道士詞研究（下）／陳宏銘 著 — 初版 — 台北縣永
和市：花木蘭文化出版社，2007〔民 96〕

目 6+330 面；17×24 公分（古典詩歌研究彙刊 第二輯：第 15 冊）

ISBN-13：978-986-6831-24-9（全套：精裝）
ISBN-13：978-986-6831-39-3（精裝）
1. 詞論　2. 道教文學　3. 金代文學　4. 元代
820.93056　　　　　　　　　　　　　　　96016215

ISBN - 978-986-6831-39-3

9 789866 831393

古典詩歌研究彙刊
第二輯　第十五冊　　　　　ISBN：978-986-6831-39-3

金元全真道士詞研究（下）

作　　者　陳宏銘
主　　編　龔鵬程
出　　版　花木蘭文化出版社
發 行 所　花木蘭文化出版社
發 行 人　高小娟
聯絡地址　台北縣永和市中正路五九五號七樓之三
　　　　　電話：02-2923-1455／傳眞：02-2923-1452
電子信箱　sut81518@ms59.hinet.net
初　　版　2007 年 9 月
定　　價　第二輯 20 冊（精裝）新台幣 28,000 元

金元全真道士詞研究（下）

陳宏銘 著

目

次

上　冊

王　序

應　序

第一章　緒　言 1

　一、研究動機 1

　二、研究範圍 4

　三、研究方法 6

　四、內容大綱 8

第二章　全真教述略 11

　第一節　全真教興起的時代背景 12

　　一、三教融合的思想趨勢 13

　　二、徽宗崇道的流風餘韻 19

　　三、傳統道教的改革要求 25

　　四、逃世慕道的避難浪潮 31

　第二節　全真教在金元時期的開創與發展 36

　　一、王嘉生平與創教經過 36

　　二、七真傳教與教團初盛 40

　　三、長春弘教與全真大盛 44

　　四、佛道論爭與盛極而衰 47

　第三節　全真教的主要教義與儀規 51

一、全眞宗旨 ……………………………… 52
二、三教合一 ……………………………… 55
三、性命雙修 ……………………………… 58
四、清靜無爲 ……………………………… 61
五、眞功眞行 ……………………………… 65
六、出家禁欲 ……………………………… 68
第三章　全眞教主王重陽詞析論 ………… 73
　第一節　王重陽著作簡介 ………………… 73
　一、《重陽全眞集》 ……………………… 74
　二、《重陽教化集》 ……………………… 76
　三、《重陽分梨十化集》 ………………… 78
　四、《重陽立教十五論》 ………………… 79
　五、《重陽眞人金關玉鎖訣》 …………… 79
　六、《重陽眞人授丹陽二十四訣》 ……… 80
　七、其　他 ……………………………… 81
　第二節　王重陽詞內容分析 ……………… 82
　一、標舉全眞宗旨 ……………………… 87
　二、倡言三教合一 ……………………… 89
　三、闡述性命雙修 ……………………… 95
　四、強調清靜無爲 ……………………… 100
　五、主張眞功眞行 ……………………… 111
　六、勸人出家禁慾 ……………………… 114
　七、自述生平事蹟 ……………………… 120
　八、勉人及早修行 ……………………… 132
　九、詠物酬唱寄贈 ……………………… 138
　第三節　王重陽詞形式分析 ……………… 146
　一、詞調方面 …………………………… 147
　二、造語方面 …………………………… 164
　三、體式方面 …………………………… 169
　四、音樂性方面 ………………………… 178
　五、表現技巧方面 ……………………… 183
　　（一）擅長鋪敍手法 ………………… 184
　　（二）喜用對比襯托 ………………… 185
　　（三）富有修辭技巧 ………………… 187

下　冊

第四章　全真七子詞析論 …………………………………… 193
　第一節　馬　鈺 ……………………………………………… 193
　　一、生平事略 ……………………………………………… 193
　　二、詞作內容分析 ………………………………………… 198
　　三、詞作形式分析 ………………………………………… 223
　　　（一）詞調方面 ………………………………………… 223
　　　（二）體式方面 ………………………………………… 230
　　　（三）表現技巧方面 …………………………………… 235
　第二節　譚處端 ……………………………………………… 248
　　一、生平事略 ……………………………………………… 248
　　二、詞作內容分析 ………………………………………… 249
　　三、詞作形式分析 ………………………………………… 257
　　　（一）詞調方面 ………………………………………… 257
　　　（二）體式方面 ………………………………………… 259
　　　（三）表現技巧方面 …………………………………… 260
　第三節　劉處玄 ……………………………………………… 268
　　一、生平事略 ……………………………………………… 268
　　二、詞作內容分析 ………………………………………… 270
　　三、詞作形式分析 ………………………………………… 279
　　　（一）詞調方面 ………………………………………… 279
　　　（二）體式方面 ………………………………………… 280
　　　（三）表現技巧方面 …………………………………… 281
　第四節　丘處機 ……………………………………………… 284
　　一、生平事略 ……………………………………………… 284
　　二、詞作內容分析 ………………………………………… 291
　　三、詞作形式分析 ………………………………………… 314
　　　（一）詞調方面 ………………………………………… 314
　　　（二）體式方面 ………………………………………… 318
　　　（三）表現技巧方面 …………………………………… 318
　第五節　王處一 ……………………………………………… 324
　　一、生平事略 ……………………………………………… 324
　　二、詞作內容分析 ………………………………………… 327
　　三、詞作形式分析 ………………………………………… 336
　　　（一）詞調方面 ………………………………………… 337

　　（二）體式方面 …………………………………… 338
　　（三）表現技巧方面 ……………………………… 339
　第六節　郝大通 …………………………………… 341
　　一、生平事略 …………………………………… 341
　　二、詞作分析 …………………………………… 343
　第七節　孫不二 …………………………………… 346
　　一、生平事略 …………………………………… 346
　　二、詞作分析 …………………………………… 348
第五章　全眞門人詞析論 …………………………… 351
　第一節　王丹桂 …………………………………… 352
　　一、詞作內容分析 ……………………………… 352
　　二、詞作形式分析 ……………………………… 360
　　（一）詞調方面 ………………………………… 360
　　（二）體式方面 ………………………………… 362
　　（三）表現技巧方面 …………………………… 363
　第二節　長筌子 …………………………………… 365
　　一、詞作內容分析 ……………………………… 366
　　二、詞作形式分析 ……………………………… 374
　第三節　尹志平 …………………………………… 379
　　一、詞作內容分析 ……………………………… 380
　　二、詞作形式分析 ……………………………… 389
　第四節　姬　翼 …………………………………… 391
　　一、詞作內容分析 ……………………………… 392
　　二、詞作形式分析 ……………………………… 400
　第五節　李道純 …………………………………… 405
　　一、詞作內容分析 ……………………………… 407
　　二、詞作形式分析 ……………………………… 413
　第六節　其他全眞門人詞析論 …………………… 415
　　一、高道寬 ……………………………………… 415
　　二、宋德方 ……………………………………… 418
　　三、王志謹 ……………………………………… 420
　　四、苗善時 ……………………………………… 422
　　五、馮尊師 ……………………………………… 423
　　六、三于眞人 …………………………………… 428
　　七、劉鐵冠 ……………………………………… 429

　　　八、牛眞人（道淳）⋯⋯⋯⋯⋯⋯⋯⋯⋯⋯ 429
　　　九、楊眞人（明眞）⋯⋯⋯⋯⋯⋯⋯⋯⋯⋯ 432
　　　十、范眞人（圓曦）⋯⋯⋯⋯⋯⋯⋯⋯⋯⋯ 433
　　　十一、紙舟先生 ⋯⋯⋯⋯⋯⋯⋯⋯⋯⋯⋯⋯ 434
　　　十二、雲陽子 ⋯⋯⋯⋯⋯⋯⋯⋯⋯⋯⋯⋯⋯ 435
　　　十三、牧常晁 ⋯⋯⋯⋯⋯⋯⋯⋯⋯⋯⋯⋯⋯ 437
　　　十四、王　玠 ⋯⋯⋯⋯⋯⋯⋯⋯⋯⋯⋯⋯⋯ 440
　第六章　金元全眞道士詞的特色與價值 ⋯⋯⋯ 447
　　第一節　金元全眞道士詞的特色 ⋯⋯⋯⋯⋯⋯ 447
　　　一、內容方面 ⋯⋯⋯⋯⋯⋯⋯⋯⋯⋯⋯⋯⋯ 447
　　　　（一）以傳道說教爲主要內容 ⋯⋯⋯⋯⋯ 447
　　　　（二）以三教合一爲基本立場 ⋯⋯⋯⋯⋯ 448
　　　　（三）多有述內丹修煉方法之作 ⋯⋯⋯⋯ 450
　　　　（四）多有唱和贈寄索答示授之作 ⋯⋯⋯ 451
　　　　（五）多有雲遊乞化與隱居生活的寫實之
　　　　　　　作 ⋯⋯⋯⋯⋯⋯⋯⋯⋯⋯⋯⋯⋯⋯ 451
　　　二、形式方面 ⋯⋯⋯⋯⋯⋯⋯⋯⋯⋯⋯⋯⋯ 454
　　　　（一）造語極淺白俚俗 ⋯⋯⋯⋯⋯⋯⋯⋯ 454
　　　　（二）注重詞的音樂性 ⋯⋯⋯⋯⋯⋯⋯⋯ 456
　　　　（三）喜以道家語更改調名 ⋯⋯⋯⋯⋯⋯ 458
　　　　（四）有藏頭拆字體與福唐獨木橋體 ⋯⋯ 460
　　　　（五）多用白描及鋪敘手法 ⋯⋯⋯⋯⋯⋯ 462
　　第二節　金元全眞道士詞的價值 ⋯⋯⋯⋯⋯⋯ 464
　　　一、可作爲考查全眞教的輔助資料 ⋯⋯⋯⋯ 464
　　　二、可據以修補《詞律》與《詞譜》 ⋯⋯⋯ 470
　　　三、可藉以研究宋詞與元曲的關係 ⋯⋯⋯⋯ 475
　　　　（一）曲調方面 ⋯⋯⋯⋯⋯⋯⋯⋯⋯⋯⋯ 475
　　　　（二）造語方面 ⋯⋯⋯⋯⋯⋯⋯⋯⋯⋯⋯ 479
　　　　（三）用韻方面 ⋯⋯⋯⋯⋯⋯⋯⋯⋯⋯⋯ 481
　　　　（四）俳體方面 ⋯⋯⋯⋯⋯⋯⋯⋯⋯⋯⋯ 485
　　　　（五）其他方面 ⋯⋯⋯⋯⋯⋯⋯⋯⋯⋯⋯ 488
　　　四、提供了雜劇與小說的寫作材料 ⋯⋯⋯⋯ 490
　　　　（一）雜劇方面 ⋯⋯⋯⋯⋯⋯⋯⋯⋯⋯⋯ 491
　　　　（二）小說方面 ⋯⋯⋯⋯⋯⋯⋯⋯⋯⋯⋯ 493
　第七章　結　語 ⋯⋯⋯⋯⋯⋯⋯⋯⋯⋯⋯⋯⋯ 497
　引用及參考書目 ⋯⋯⋯⋯⋯⋯⋯⋯⋯⋯⋯⋯⋯ 501

第四章　全眞七子詞析論

　　馬鈺、譚處端、劉處玄、丘處機、王處一、郝大通、孫不二等七人，並稱爲「全眞七子」，七人俱爲王重陽的得意弟子，繼王重陽之後，開闡光大了全眞教，是全眞教徒心目中，除了祖師王重陽以外，最爲崇信的全眞派宗師。本章將分別簡介七人的生平並分析他們的詞作。

第一節　馬　鈺

一、生平事略

　　馬鈺，初名從義，字宜甫；入道後其師王重陽訓名鈺，又名通一，字玄寶、山侗，又字全道，號丹陽子、雲中子，又號無憂子〔註1〕，世稱馬丹陽或丹陽眞人。山東寧海（今山東省牟平縣）人。生於金太宗天會元年（1123），卒於金大定二十三年（1183），年六十一。祖籍陝西扶風，據說其先祖爲漢朝伏波將軍馬援之後，唐朝末年爲避戰亂，兄弟四人遷居山東，分居於萊陽、黃縣、文登、牟平。馬鈺一支即爲牟平馬氏之後。馬氏家族在寧海頗具聲望，爲當地冠裳大姓，富甲寧海，馬氏之坊，甚富於貲，號爲「馬半州」。宗族皆爲通儒顯官；

〔註1〕關於馬鈺的名、字、號，一般均據王利用〈全眞第二代丹陽抱一無爲眞人馬宗師道行碑〉所載，名鈺，字玄寶，號丹陽子。本文又據諸傳（見註2），及馬鈺之詞作所述（詳下文）輯錄之。

祖父諱覺，字華叟，通五經，爲人信義，言無宿諾，寬厚仁愛，疏財好義，樂善好施，爲鄉人所重；父諱師揚，字希賢，姿貌魁秀，富而好禮，沉靜有度量，事親爲學，綽有父風。弟姪擢進士者三人。馬鈺兄弟五人，取仁、義、禮、智、信爲名，號曰馬氏五常，鈺排行第二。孫忠顯愛其才德，以女兒孫富春（不二）妻之，生子三人，曰庭珍、庭瑞、庭珪。鈺以孝悌見稱，夙賦聰明，自幼業儒，長通經史，遊庠序爲秀才，工詞章，爲人輕財重義，喜行善事，好虛無，樂恬淡，深悟玄玄之理，時誦乘雲駕鶴之語，夢中屢從道士登天。

大定七年丁亥（1167）秋，鈺偕高巨才、戰法師飲於范明叔之怡老亭，酒酣賦詩曰：「抱元守一是工夫，懶漢如今一也無，終日銜杯暢心思，醉中卻有那人扶。」中元復會，重陽造其席，戰法師曰：「布袍竹笠，冒暑而來，何勤如焉？」重陽曰：「宿緣仙契，迤來訪謁。」與之瓜，即從蒂而食，詢其故，曰：「甘向苦中來」，問所來處，曰：「終南，不遠三千里，特來扶醉人。」鈺心自謂前所作有醉中人扶之語，此公何以得之，就叩：「何名曰道？」重陽曰：「五行不到處，父母未生時。」鈺愕其言，席間談道，多與契合，乃邀居私第，出示所述羅漢頌一十六首，重陽賡和，宛若宿成，遂心服師事之。先是鈺夢南園地中，一鶴湧出，今欲爲重陽結庵，重陽即指鶴出之地，鈺大異之，庵成，重陽字之曰「全眞」，此「全眞」一詞之始。鈺欲從重陽雲遊，以家累繁重恩情難捨，遲疑未決，重陽乃盛陳離鄉遠遊之樂以開釋焉。是歲十月朔，重陽令鈺鎖庵齋居百日，分梨十化之，且以詩詞往復酬和。八年（1168）春正月十一日，庵始啓鑰，鈺遂以資產付庭珍輩，以離書付孫氏，書誓狀、易道服，離家隨重陽居崑嵛之煙霞洞，重陽爲更今名字及號。重陽於文登創「七寶會」，寧海立「金蓮會」，福山立「三光會」，蓬萊立「玉華會」，掖縣立「平等會」，鈺皆參贊其事。九年（1169）冬，重陽率馬鈺、譚處端、丘處機、劉處玄四徒西行。翌年春，重陽道卒於汴梁（今河南開封縣），四人遂西入關陝，葬重陽於終南劉蔣村舊地，築環堵守喪。鈺頭分三髻，以念重

陽，蓋三髻者，三吉字，重陽之名也。十四年（1174）秋夕，與三道友言志於鄠縣秦度鎮眞武廟，鈺曰：「鬥貧」，譚曰：「鬥是」，劉曰：「鬥志」，丘曰：「鬥閑」，翌日乃別。鈺復歸劉蔣村，構一廣庭爲環居之所，手書「祖庭心死」以表其顏。庵爲祖庭，即自此始。由是專心致志，以精窮內事，雖祁寒酷暑，不易常服，行化度人，利生接物，聞其風者，咸敬憚之，杖屨所臨，人如霧集，有求教言，來者不拒，人心歸嚮，無賢不肖咸願爲門弟子，儒士名流慕其名德，不憚數千里之遠，往而求見者，無虛日。十八年（1178）鈺離祖庭，赴隴州、華亭、京兆等地傳道，徒弟雲集，不可勝數，於是教門大興，教義大闡，奠全眞一派日後之宏基者，鈺實居首功。二十三年（1183）十二月，赴萊陽遊仙觀，忽肆筆書委形贊，寓其歸眞之意，是月二十二日，謂劉眞一曰：「汝等欲作神仙，須要積功累行，縱遇千魔百難，愼勿退惰，果爾，然後知吾言不妄矣。」又曰：「我開眼也見，瞑目也見，元來不在眼，但心中了然，無所不見耳，汝緣在北方，可往矣。」時將二鼓，東首枕肱而仙蛻。元世祖至元六年（1269）春正月，璽書加贈「丹陽抱一無爲眞人」之號。生平行實詳王利用〈馬宗師道行碑〉及《重陽教化集》、《重陽分梨十化集》諸序。〔註2〕

馬鈺的著作，據《金蓮正宗記》所載，有：《分梨十化集》、《漸悟集》、《精微集》、《摘微集》、《三寶集》、《行化集》、《金玉集》等文集刊行於世。《金蓮正宗仙源像傳》及陳致虛《上陽子金丹大要仙派》皆載馬鈺著述，有：《金玉集》、《漸悟集》、《行化集》、《成道集》、《圓成集》、《精微集》及語錄行世。除《分梨十化集》爲重陽度化馬鈺時二人唱和之作外，其餘各書三者所記總數不變，皆爲六集，

〔註 2〕有關馬鈺的記載見：《甘水仙源錄》卷一頁 14～18，張子翼撰〈丹陽眞人馬公登眞記〉，及頁 18～27，王利用撰〈全眞第二代丹陽抱一無爲眞人馬宗師道行碑〉；《金蓮正宗記》卷三頁 1～13；《金蓮正宗仙源像傳》頁 23～26；《七眞年譜》頁 2～12；《歷世眞仙體道通鑑續編》卷一頁 12～23；《道藏》第五十八冊（藝文版）洪應明編《消搖墟經》卷二頁 38～39；《新元史》卷二四三。

只是在名稱上有《摘微集》、《三寶集》與《成道集》、《圓成集》之異。今本《道藏》收有馬鈺著述《洞玄金玉集》（以下簡稱《金玉集》）、《漸悟集》、《丹陽神光燦》（以下簡稱《神光燦》）、《丹陽眞人語錄》、《丹陽眞人直言》五種。〔註3〕《金玉集》今本《道藏》收錄十卷，前題昆嵛無爲清淨丹陽馬眞人述，命名起因於馬鈺曾住黃縣金玉庵，於庵中修煉內丹〔註4〕；卷一至卷六爲詩歌（四、五、六、七言詩皆備，而以七言爲多），卷七至卷十爲詞作。《漸悟集》在今本《道藏》中分爲上、下兩卷，全爲詞作，前題昆嵛山馬丹陽撰，其內容大都表述馬鈺在昆嵛山與王重陽修道時的各種感想。《神光燦》在《道藏》中作一卷，前有大定乙未（1175）重九日，筠溪野叟寧師常序文。寧序云：「先生又作《神光燦》百首，俾使歌揚紬繹，互相警策云爾。」除上述三集之外，《精微集》、《摘微集》、《三寶集》、《行化集》、《成道集》、《圓成集》等書，今皆不傳。《丹陽眞人語錄》一卷，爲靈隱子王頤中所錄集，內容爲馬鈺日常講道化人之語，是研究馬鈺思想之重要資料，《金蓮正宗記》云：「味其文義，皆貫通三教，囊括五行，酌今和古，託物喻人，玄談妙理，視蓬島如目前，智劍慧刀，逐三尸於身外，遵之則遷善遠罪，悟之則入聖超凡，豈

〔註3〕《道藏》另有《自然集》一卷，題爲「道詞」，載套數六（一爲殘套）。原套不詳宮調，近人盧前始爲整理，收入《飲虹簃所刻曲》，稱爲「北曲最早之結集」。只惜不著撰人。《道藏輯要》胃集題「馬□撰」。盧前說：「余初疑此集爲丹陽馬自然作，顧丹陽之時，不應有此完整套數。」可見盧前認爲馬丹陽即馬自然，唯《自然集》並非丹陽之作而已。但是馬鈺並無自然之字或號，而馬自然實另有其人。元趙道一《歷世眞仙體道通鑑》即有馬自然之傳記，但謂「不知何許人」；明洪應明《仙佛奇蹤》亦有馬自然傳，稱自然乃馬湘之字。據此，馬鈺與馬自然實爲兩人。馬自然者，或即《馬自然金丹口訣》之作者。孫德謙《金史藝文略》有《金丹口訣》一卷，題爲馬鈺撰，未知何據。（以上資料，取自黃兆漢〈全眞七子詞述評〉，原刊於香港中文大學《中國文化研究所學報》第十九期，1988，頁135～162；後又收錄於黃著《道教與文學》頁43～85，台灣：學生書局出版。）
〔註4〕《金玉集》卷十有〈滿庭芳・黃縣金玉菴〉837，可供參考。

小補哉！」。《丹陽眞人直言》一卷，爲馬鈺在龍門山重陽會上，開示門人之語，爲門人（不著撰者）所記，全文雖僅八百五十三字，也是研究馬鈺思想的珍貴資料。

重陽仙蛻後，全眞七子分處各地傳道，各自創立了自己的傳法世系，馬鈺所傳一支爲「全眞遇山派」。馬鈺在關右宏教，成績斐然，弟子極多，著名者有十餘人，其中：曹瑱、來靈玉、劉眞一、李大乘、雷大通、李大乘、趙九淵、柳開悟、王志達、薛知微，皆能文之士，後人尊之爲「玄門十解元」。其嗣法弟子，一爲于志道（1165～1250），寧海（今山東牟平）人，和馬丹陽同鄉，高門大族之後，長通經史大義，尤喜道德性命之學。十七歲時，赴金蓮道場禮馬鈺爲師。次年鈺卒，即赴隴州龍門山謁丘長春，長春俾參長眞於洛陽，得鍊心法。泰和三年（1203）賜「沖虛大師」號，元太宗十年（1238）賜號「通玄廣德洞眞眞人」。于志道參長生久視之道，屢言：「神仙者，存乎積累，赴人之急，當如己之急」。六十八年脅不沾席，衣不解帶，與人言惟正心誠意而已。于志道嗣法弟子爲高道寬、李道謙和孫德彧等。馬丹陽另一嗣法弟子爲楊明眞（1150～1228），獨傳祖師心要，紙襖革履，土木形骸，或歌或舞，或類狂癡，傳法於弟子李志常和李守寧。

此外還有嗣法弟子趙悟玄，傳法於洗燈子然逸期。另有嗣法弟子田無礙，傳法於毛養素。〔註5〕

〔註 5〕全眞教自七眞以下之弟子名錄及其生平，可參陳銘珪《長春道教源流》（收錄於嚴一萍編《道教研究資料》第二輯，臺北：藝文印書館，民 63 年 11 月初版）。鄭素春《全眞教與大蒙古國帝室》（臺北：學生書局，民 76 年 6 月初版）頁 167～183，附錄有〈表八：馬鈺弟子事略表〉、〈表九：劉處玄弟子事略表〉、〈表十：王處一弟子事略表〉、〈表十一：郝大通弟子事略表〉、〈表十二：丘處機弟子事略表〉亦可供參考。另：陳援庵《南宋初河北新道教考》（台北：新文豐出版公司）頁五，有〈全眞教傳授源流表〉；卿希泰主編《中國道教史》第三卷（四川人民出版社，1988 年 4 月第一版）頁 51 有〈金代全眞教主要傳承表〉頗爲簡便。

二、詞作內容分析

　　《全金元詞》輯錄馬鈺詞作共得八百八十一首。輯錄來源爲：《丹陽神光燦》一百一首、《重陽教化集》卷一至卷三共五十六首、《重陽分梨十化集》卷上、卷下共二十八首、《漸悟集》卷上、卷下共三百五十六首、《洞玄金玉集》卷七至卷十共三百三十九首、《鳴鶴餘音》卷一至卷六共二十首、《金蓮正宗記・卷五》一首，總計八百八十一首。馬鈺詞作收錄於《重陽教化集》與《重陽分梨十化集》者，有數首與《漸悟集》、《神光燦》重複，《全金元詞》編者已刪除之，唯輯自《鳴鶴餘音》卷四〈黃鶴洞中仙〉（終日駕鹽車）一首已見於《漸悟集》卷上，當刪；又：《金玉集》卷十有〈傳妙道〉（山侗正撫）、（清心淨意）二首，題下云：「本名〈傳花枝〉，借柳詞韻。」此二首與柳永〈傳花枝〉相核校，當爲一首之上下片，應合爲一首，《全金元詞》誤分爲二首，且標點亦誤，若據柳詞重新標點，則僅上片第三句添一字，作上三下六式九言句不同，其餘句式、押韻與柳詞完全相同；又：施蟄存據《永樂大典》卷一三三四四示字韻，補〈鍊丹砂・示門人造寅膳〉一首〔註6〕，故馬鈺詞作總計實存八百八十首。

〔註6〕參見施蟄存〈宋金元詞拾遺〉，文載華東師大發行《詞學》第九輯，1992 年 7 月，頁 220。施氏原文輯補馬鈺詞共三首，除此首外，另二首見於《永樂大典》卷一四三八一寄字韻，施氏自註云：「從寄字韻得二首，辭氣不類，疑《大典》有誤，姑錄之以待考。」銘按：所得二首不僅辭氣不類馬鈺，詞中所述「半生浮宦京華」、「了卻功名事，歸來到、鳳皇池上」等句，亦不合馬鈺生平（馬鈺一生從未踏入仕宦之途），當是《永樂大典》有誤，故不輯補。該二首估迻錄如下：

　△　半生浮宦京華，夢中猶記經行處。燕南趙北，風亭雪館，幾年羈旅。廣武山前，武昌城下，昔人懷古。到而今把酒，中原北望，人空老、關河阻。回首秦宮漢苑，恨傷心、野煙生樹。天涯地角，干戈搖蕩，故人何許。撫劍悲歌，倚樓長嘯，有時凝佇。但憑高、一掬英雄老淚，付長河去。（水龍吟・寄友）

　△　燕秦草木知名，漢家自有中興將。龍韜豹略，金符熊帳，元戎虎帳。貔貅勇倍，犬羊心喪。望黃塵一騎，甘泉奏捷，天顏喜、謀猷壯。詔賜飛龍八尺，晉康侯、寵光千丈。輕裘緩帶，綸巾

　　馬鈺爲王重陽之大弟子，王重陽度化他用力最勤，對他倚望最重，而馬鈺之悟道也最深。〔註7〕馬鈺入道之後，即謹守重陽教誨，亦步亦趨，重陽仙蛻之後，仍是終身奉信不渝。因此，馬鈺的詞作內容全是爲傳道說教而作，與王重陽詞有頗多類似之處，如：以全真爲旨歸、倡言三教合一、闡述內丹修煉、強調清靜無爲、主張真功真行、勸人出家禁慾、自述生平事蹟、勸人及早修行等，皆與王重陽如出一轍。所不同者，偏重程度與各人背景略有差異而已。茲分析如下：

　　馬鈺詞作，言及全真者有十八首，擇要略舉數言，以窺其一斑：

　　△　猛拋俗海，一志投玄。全真清靜爲先。心上無思無慮，
　　　　無黨無偏。無中得些雅趣，守清貧、度日隨緣。自然
　　　　理算，從今至古，罕有人言。(《神光燦‧滿庭芳‧贈徐道
　　　　淵》，《全金元詞》頁271，〈馬鈺詞〉第17首，下引簡列書名、
　　　　詞牌、頁碼、順序，以便查考。)

　　△　常清常淨是功夫，相稱全真門戶。(《漸悟集》卷上〈西江
　　　　月‧贈吳知綱〉，頁318，297)

　　△　逍遙自在，開闢全真戶。(《漸悟集》卷下〈迎仙客〉，頁348，
　　　　538)

　　△　天賦性，慕修真。將來功滿內全真。跨祥雲，禮上真。
　　　　(《金玉集》卷八〈搗練子‧贈華亭完顏知縣〉，頁360，627)

　　△　要全真，須養氣。(《金玉集》卷八〈清心鏡‧真實語〉，頁
　　　　371，704)

　　△　速回車馬，欲要全真先棄假，功行須周，定是將來看
　　　　十洲。(《金玉集》卷十〈金蓮出玉花‧萊州倉使盧武義〉，頁381，
　　　　777)

從這些內容看來，可知追求本性之全真，是馬鈺論道的旨歸所在，此

　　　　羽扇，投壺雅唱。了卻功名事，歸來到、鳳皇池上。且等閒、
　　　　莫道髯鬚白了，認凌煙像。(〈水龍吟〉)
〔註7〕全真諸傳多詳載王重陽鎖庵百日，分梨十化馬鈺之事。又：尹志平《北
　　　　遊語錄》載王重陽臨終前，囑咐門人之言曰：「丹陽已得道，長真已
　　　　知道，吾無慮矣！長生、長春則猶未也，長春所學一聽丹陽，命長
　　　　真當管長生。」

一思想與王重陽是一致的。其餘言及「全真」的作品，分別見於：《神光燦》〈滿庭芳·立門戶內持〉01、〈滿庭芳〉（昨宵夢見）65，《漸悟集》卷上〈踏雲行·全真堂竹簾〉229，《金玉集》卷八〈搗練子·贈五會道眾〉630、〈清心鏡·京兆全真菴〉657、〈清心鏡·贈長安李先生〉658、〈清心鏡·興平郭姑來投全真堂下修行〉664、〈清心鏡·少華薄公丈丈索〉669，卷九〈洞中天·全真菴丹井〉774、卷十〈滿庭芳·黃縣金玉菴〉837、〈滿庭芳〉（妙行真人）856、〈滿庭芳·文山七寶會眾刱菴告名，因而示詞〉860。

馬鈺對儒道釋三教的看法，也是秉持王重陽的思想，主張三教合一。例如：

　　△　戒師和尚，可稱吾徒。明禪悟道通儒。……三教門人
　　　　省悟，忘人我，宜乎共處茅廬。(《神光燦·滿庭芳·和靄
　　　　戒師師父》，頁282，066)

　　△　從此依憑三教，把三乘妙法，子細研窮。(《神光燦·滿
　　　　庭芳·贈三一居士張明道》，頁282，067)

　　△　永別鄉關寧海，每持真實爲憑。心懷三教作良朋。(《重
　　　　陽教化集》卷三〈玉罏三澗雪·繼重陽韻藏頭〉，頁297，154)

　　△　三教門人，盡是予師父。(《漸悟集》卷下〈蘇幕遮〉，頁337，
　　　　457)

　　△　九陽數，盡通徹。三教門人，乍離巢穴。探春時、幸
　　　　得相逢，別是般懽悅。(《金玉集》卷八〈清心鏡·詠三教門
　　　　人〉，頁371，703)

這些詞的內容都直接言及三教。「三教合一」的理念，是自王重陽以下，全真教門徒一貫的主張，時至今日全真門人修道傳教仍然信守此一理念。但是馬鈺對三教的態度，似乎是以道爲本，以釋爲輔，至於儒則少言及，這是值得留意的地方。《金玉集》卷八有〈清心鏡·勸僧道和同〉705詞，勸僧道莫相互詆毀，要合和同修。另外，如：

　　△　馬鈺常憑佛作爲。無爲心內起慈悲。(《金玉集》卷九〈漱
　　　　丹砂·起慈悲〉，723)

△ 恁時仙佛作知音。(《金玉集》卷九〈酘丹砂・述懷〉,頁374,
729)

△ 學佛修仙憑識見。(《金玉集》卷十〈金蓮出玉花〉,頁382,
786)

△ 人聽勸,齊心樂善,釋道一般崇。(《金玉集》卷十〈滿庭
芳〉,頁394,858)

△ 認正印心是佛,除心外,匪是良由。無別法,便澄心
遣慾,捉住猿猴。(《神光燦・滿庭芳・贈醴泉縣任公〉,頁
277,045)

△ 仙佛常隨。(《分梨十化集》卷上〈神光燦・繼重陽韻〉,頁299,
163)

這些詞都是道釋並稱。而馬鈺言及儒時,則似乎略有不滿,如:《重
陽教化集》卷一〈報師恩〉119 云:「不習儒風不義手,便遵道教便
擎拳。」《分梨十化集》卷下〈感皇恩〉181 云:「脫家風狂做,棄儒
雅。」《金玉集》卷九〈蓬萊閣・勸宋公輔〉765 云:「儒家急,儒家
不悟行屍客。」。馬鈺八百多首詞中,出現「儒」字的僅此三處,且
都是反面語,顯示出馬鈺傳道雖不離「三教圓融」、「三教合一」的主
張,但是重道釋而輕儒的思想,是非常明顯的。《丹陽眞人語錄》記
載他:「在東牟道上行,僧道往來者,識與不識,必先致拜。」亦未
言及儒,可見他的門人頗了解馬鈺的好惡。孫克寬在〈金元全眞教的
初期活動〉一文中曾指出:「全眞第二代以馬丹陽爲首,但全眞的道
教色彩,也以丹陽主教而濃厚。」這是頗爲正確而且高明的見解。馬
鈺雖亦主張三教合一,但他本身則是以道流自居,佛教出世成佛的思
想,與道教修煉成仙的主旨較爲接近,故爲馬鈺所樂言,儒家嚴守家
庭倫常的思想,則明顯與他致力勸人拋棄塵緣出家苦修的理想相違
背,這就難怪他少言及儒,甚至對儒略有微詞了。

王利用〈馬宗師道行碑〉載馬鈺對韓淘問道的答復:「夫道以無
心爲體,忘言爲用,柔弱爲本,清靜爲基。節飲食,絕思慮,靜坐以
調息,安寢以養氣。心不馳則性定,形不勞則精全,神不擾則丹結;

然後滅情於虛，寧神於極，不出戶庭而妙道得矣！」這段話頗能鉤勒出馬鈺思想的輪廓。馬鈺的詞作中，論及內丹修煉及證眞成仙思想的，大致上都不超出此範疇。尤其是闡述清靜無爲思想的作品，更是俯拾皆是，在他的詞作中，「清靜」一詞，共出現過一百八十四次﹝註8﹞，「無」字共七百四十二見，其中「無爲」一詞有八十六次，與「無爲」義近的「閑」字共一百七十九見，其中「清閑」一詞二十八見，這些與「清靜無爲」相關的詞彙，出現頻率之高，著實令人驚訝。馬鈺反對修煉外丹，認爲服藥、辟穀、符水、房中術等修煉方法都不足以證眞成仙，是錯誤的修煉方式，在他的詞作中經常告誡人，不要從事外丹燒煉，要追求心靈（本來眞性）的清靜，如：

> 持功打坐，禮上哦吟。飧霞辟穀看經。符水精專存想，嗽咽勞形。多迷房中之術，服還元、水火爲憑。且不罪，這般般功法，錯了修行。若悟無爲大道，絕攀援愛念，喜怒塵情。意靜心清精秘，氣結神凝。自然性停命住，起眞慈，功行雙成。金童韶，便攜雲跨鳳，得赴蓬瀛。（《神光燦・滿庭芳・贈姜師兄》，頁272，021）

即屬這類作品。詞中認爲欲證眞成仙赴蓬瀛，只要「悟無爲大道，絕攀援愛念，喜怒塵情」，進一步，能「意靜心清精秘，氣結神凝」，自然就能「性停命住、起眞慈，功行雙成」。馬鈺經常向人宣稱清靜無爲的好處，把清靜無爲當成是入道的門戶，《漸悟集》卷下〈蘇幕遮・和師韻〉462 詞說：「清淨門，柔弱戶。忍辱家風，樸實爲公據。無作無爲成活路。自在逍遙，雲水通行步。」〈瑞鷓鴣〉477 詞云：「常淨常清常忍辱，無爲無作列仙曹。」都是這一思想的直接陳述。再略舉數首如下：

﹝註 8﹞此統計數字含「清靜」、「清淨」、「靜清」、「淨清」、﹑「眞清眞淨」、「眞淨眞清」、「清清」、「清清淨淨」、「淨淨清清」、「靜靜清清」、「常清常靜」、「常清常淨」、「常淨常清」、「守清守靜」、「天清地靜」、「靜中清」、「淨中清」、「清中靜中」、「淨裡清中」、「心清」、「清心」、「清心意」、「心清意靜」、「意靜心清」、「靜意清心」、「清心靜意」等詞。

△　聽予叮囑，休捱飢寒。休執外樂歌歡。休做風狂九伯，諂詐多般。休起無明業火，更休思名利相干。休心急，也休迷休執，休受人謾。只守平常度日，處無為清靜，自是長安。大道沖和真氣，全在心閑。欲要性停命住，萬緣消、自結金丹。神光燦，定將來，雲步仙壇。（《神光燦·滿庭芳·贈趙雷二先生》，頁 279，051）

△　更且德予重勸，論修行全在，無為絕學。莫使塵緣間隔，本來素朴。淨清能分真假，自然明、道非遙邈。功夫到達幽微，神仙掌握。（同前〈滿庭芳·贈武功薛先生〉，頁 280，058）

△　奇哉至理，常淨常清。易知易曉難行。要做神仙，須索認此為憑。休別搜玄搜妙，便登心、遣慾忘情。無染著，更無憎無愛，無競無爭。（《神光燦·滿庭芳·贈涇陽縣二女姑》，頁 285，080）

△　大道都來六字。自然清靜無為。有人依得合希夷。視聽何須眼耳。清靜內容歡喜。無為功就神飛。自然雲步赴瑤池。三島十洲仙會。（《漸悟集》卷上〈西江月〉，頁 319，305）

△　莫論離龍坎虎，休言赤髓黃芽。勿談搬運紫河車。不說嬰嬌女妊。絕慮忘機最妙，澄神養浩尤佳。無為無作路無差。豁達靈根無價。（《漸悟集》卷上〈西江月〉，頁 319，306）

△　萬種全般教得人。怎生教你絕心塵。悟來方可得良因。怕死自然恩愛斷，忘機決定氣神淳。無為清淨合天真。
（《漸悟集》卷上〈酙丹砂·贈趙公〉，頁 322，334）

△　兒女心頭盡，田園意上除。金銀財寶與妻孥。物物般般，屏棄恰如無。卻著人情事，堪嗟性蠢愚。不如一撥守清虛。無作無為，便是好功夫。（《漸悟集》卷下〈南柯子·自誡〉，頁 326，366）

△　心地頻頻掃，塵情細細除。莫教坑塹陷毗盧。常靜常清，方可論元初。（《漸悟集》卷下〈南柯子·贈眾道友〉，

頁 327，367)

△　君樂山，予樂水。樂水樂山，算來何濟。都不如、淨
　　意清心，鍊沖和眞氣。(《金玉集》卷八〈清心鏡·寄長春丘
　　師兄〉，頁 363，651)

△　做修行，細搜刷。清淨家風，便是大乘妙法。下無爲、
　　無作眞功，心鏡上搬抹。(《金玉集》卷八〈清心鏡·贈薛
　　道清〉，頁 364，659)

△　馬風重懇告，諸公道友。休迷假、内容堪守。要長久。
　　用眞功全在，清心淨意，擒猿捉馬，休令暫時遊走。(《金
　　玉集》卷九〈五靈妙仙·贈眾道友〉，頁 373，721)

△　馬鈺常憑佛作爲。無爲心内起慈悲。(《金玉集》卷九〈翫
　　丹砂·起慈悲〉，頁 374，723)

△　清淨眞功，無爲大道，自然體用惺忪。先天靈物，元
　　本在吾胸。(《金玉集》卷十〈滿庭芳·處自然〉，頁 388，828)

△　的端眞妙用，無爲活計，清淨家風。鎖心猿意馬，勿
　　縱狂蹤。(《金玉集》卷十〈滿庭芳·唐括氏兒子出家，以詞贈
　　之〉，頁 390，839)

這些詞，都明白宣示了馬鈺特別強調「清靜無爲」的修煉法門。馬鈺
曾向門人說：「千經萬論，可一言以蔽之，曰：清靜。」又說：「夫道
但清靜無爲，逍遙自在，不染不著，此十二字若能咬嚼得破，便做個
徹底道人。」（二語俱見《丹陽眞人語錄》），《眞仙直指語錄》載馬鈺
的話云：「諸公但請休疑心，常處無爲清靜自然之理。不發烟火，便
爲得道也。」這些都說明了「清靜無爲」是馬鈺修道傳道的主要思想
內容。其弟子尹清和在《北遊語錄》云：「丹陽師父以無爲主教。」
是切合事實的說法。近人張廣保《金元全眞道內丹心性論研究》曾說：
「以清靜無爲做爲教門的根本原則，這是馬丹陽掌教時全眞道的基本
特色。馬丹陽倡導清修，認爲清靜既是內丹修煉的基本方法，又是道
體的基本特徵。馬丹陽以清淨二字統貫其內丹心性論的整個體系。他
認爲明心見性，養氣煉神終極境界都是清靜。因此清靜二字是貫徹早

期全真整個心性論的根本原則。」〔註9〕徵諸馬鈺的詞作，可知這話
說得一點也不錯，頗能正確指出馬鈺思想的重點與特色。

　　馬鈺特重清靜無為思想，以清靜無為為入道的根本功夫，對於性
命雙修的內丹修煉，明顯偏向修性，而忽略修命，有時甚至為強調清
靜無為的法門，連煉精化氣全神的內丹鍛鍊工夫，他認為都是多餘的
（檢視前舉詞例即可知），但是，在他的詞作中，仍有將近百首，論
及內丹修鍊的作品，如：

　　△　外功外行，作福因由。不如身內真修。調養真鉛真汞，
　　　　上下交流。山前金龍嬉戲，大海中、玉虎遨遊。便警
　　　　動，這無形無影，嬰姹綢繆。走上靈臺對舞，更不須
　　　　啟口，恣意歌謳。爛飲刀圭醉臥，寶藏瓊樓。結成胎
　　　　仙踴躍，引青鸞、穩駕神舟。歸蓬島，有金童邀赴瀛
　　　　洲。(《神光燦‧滿庭芳‧贈贈吳知網先生》，頁281，060)

　　△　調引烏龜赤鳳，搬運青龍白虎，同成幽闐。個內得乎，
　　　　真歡真樂，更不閒搜閒覓。應自然符檄。烹鍊三丹，
　　　　靈鋒鳴鏑。便散盡、妖魔罷敵。永成嘉趣，性增明晢。
　　　　無憂戚。蓬萊路、幸知端的。(《教化集》卷二〈玉女搖仙
　　　　輦‧次重陽韻〉，頁293，123)

　　△　玉悟金通，心心從教化。玉虎金龍，時時相迓。玉瀲
　　　　金波，澄澄成次亞。見玉溪中，產玉芽。玉葉金枝，
　　　　榮榮無朽謝。玉姹金嬰，閒閒看舍。玉戶金關，明明
　　　　開上下。唱玉堂春，賞玉花。(《分梨十化集》卷下〈玉堂春‧
　　　　繼重陽韻〉，頁302，185)

　　△　絳房姹女嬰兒聚。慧目看烏兔。斡旋離坎兩交宮，這
　　　　些兒誰悟。(《漸悟集》卷上〈賀聖朝‧二首贈王司公〉，頁302，
　　　　186)

　　△　玉女開金殿，金公鎖玉關。真清真淨養胎仙。雲透坎
　　　　離間。貪看靈光上下。忘了之乎也者。神珠吐出九般
　　　　霞。跨鶴赴仙家。(《漸悟集》卷下〈巫山一段雲〉，頁334，

────────────────

〔註9〕語見該書第96頁。臺北：文津出版社，民82年7月初版。

433）

△ 赤子餐青母，紅蛇啖黑龜。祥光瑞氣可成衣。尚自更
持危。調引妊嬰嬉戲。緊把玉關封閉。一輪性月晃清
宵。雲步訪三茅。（《漸悟集》卷下〈巫山一段雲〉，頁334，
434）

這是因為「性命雙修」本是王重陽思想中的主要修持方法，馬鈺是王
重陽的繼承人，其修煉方法當然也是以性命雙修為主，只不過比王重
陽更加強調修性的重要，更加突顯本來真性光明清靜的面貌而已。實
際上，在馬鈺的觀念中，「清靜無為」是自性修持的最佳方法，但在
還無法領悟這一法門，還無法超越肉身的束縛時，修命與煉氣全神的
工夫還是必須勤加修持的。他的〈西江月〉詞：

我欲只言清淨，恐人入道徘徊。闡揚龍虎去還來。初地多
便奇怪。我倦論持嬰妊，恐人別意胡猜。誰知男子產嬰孩。
回首自然悟解。（《漸悟集》卷上，頁321，325）

說明了他「欲只言清淨」的意願，但恐人「別意胡猜」，所以不得不
經常「論持嬰妊」（內丹修煉術語）。這與佛教要人「福慧雙修」的道
理是相同的。

為求性命雙修，必須「功行兩全」。馬鈺的思想雖有重性輕命的
傾向，但對於修道之人，必須功行兩全的要求，則是與王重陽一致的。
他也認為只有功行兩全的人，才能證真成仙。在他的詞作中，功行並
稱的有八十四次之多，略舉數首如下：

△ 割斷情韁慾索，歸物外，無縈無繫。無病自在，清閑
快樂，修完性命。一朝功成行滿，有金童、持詔邀請。
如此事，奈人人不肯，折了伊甚。（《神光燦·滿庭芳·寄
鄠縣晏公及道眾》，頁274，030）

△ 心上纖毫不掛，更那堪，時復閑想骷髏。自是心忘境
滅，真性優游。常常心懷惻隱，起真慈、功行圓周。
神光燦，向大羅，恣意雲遊。（《神光燦·滿庭芳·贈醴泉
縣任公》，頁277，045）

△ 家緣猛棄，更不疑惑。辨認陰魂陽魄。咄出屍蟲，屏

盡氣財酒色。好事先人後己，做憨憨、有似彌勒。修
大道，處無爲無作，漸通妙格。物外逍遙自在，其懽
樂，清中靜中招得。功累三千，更要行滿八百。時時
運行日月，這些兒、他人難測。真了了，便得爲蓬萊
仙客。(《神光燦‧滿庭芳》，頁281，063)

△　學道完全性命，養身乞覓殘餘。真功清淨證元初。真
行救人疾苦。此外並無作做，心同䴏食鶉居。逍遙自
在恰如愚。應過三清仙舉。(《漸悟集》卷上〈西江月‧贈
孫先生〉，頁321，321)

所謂功是指內丹修煉的工夫，行是指外在救人疾苦的善行，馬鈺認爲
「真行」可以「助真功」〔註10〕，而行善時，必須心懷慈悲心，因爲
慈悲心即是本真之心，所以他要人：「行大善，但生心舉意，念念慈
悲。」〔註11〕至於煉功的方法，則全在「清靜無爲」四字，「無爲便
是功成」〔註12〕、「用真功全在清心淨意」〔註13〕之類的話語，在他
的作品中，屢見不鮮。馬鈺的修煉工夫特重本來真性上的「清靜無
爲」，正是他有別於王重陽之處。

　　在修道之人必須出家修行的這一觀點上，王重陽與馬鈺是一致
的，但馬鈺顯然較王重陽更堅決果斷。王重陽有〈滿庭芳‧未欲脫家〉
詞，告訴信眾若無法出家修行，則在家修行也可以，在家修行必須「與
六親和睦，朋友圓方。宗祖靈祠祭饗，頻行孝、以序思量。」(《重陽
全真集》卷三) 馬鈺則斬釘截鐵要人出家修行，從未有可以在家修行
的話，有道友問他在家能否修行，他的回答是：

　　神仙要做戀妻男。忙裡偷閑道上參。清淨門庭無意認，婬

〔註10〕語見《金玉集》卷十〈滿庭芳‧赴萊州黃籙大醮作〉，《全金元詞》馬
　　　　鈺詞第830首。
〔註11〕語見《神光燦‧滿庭芳‧贈姜王二先生 》，《全金元詞》馬鈺詞第26
　　　　首。
〔註12〕語見《漸悟集》卷上〈西江月‧贈安靜散人俱守極〉，《全金元詞》馬
　　　　鈺詞第304首。
〔註13〕語見《金玉集》卷九〈五靈妙仙‧贈眾道友〉，《全金元詞》馬鈺詞
　　　　第721首。

情術法入心貪。欲求家道兩全美，怎悟寂寥一著甘。莫待
郚都追帖至，早歸物外住雲菴。(《金玉集》卷七〈十報恩‧道
友問在家能修行否〉，頁350，555)

他的詞作中，勸人猛捨家緣、拋家棄子的多達九十八首。有些詞作極
力宣稱妻兒的種種害處，勸人不可攀緣愛戀，如：

△　人皆好色，妻常設計。巧笑語言詐偽。日日梳妝，圖
　　要見他忻喜。時時耳邊低呃，緊唆人、爭財競氣。存
　　自便，更不詢富貴，義與不義。歡喜冤家沒解，豈思
　　量，好意卻是弱意。晝要衣飡，入夜偷盜精髓。悟來
　　心驚膽顫，怕追魂、取命活鬼。歸大道，處無爲，謹
　　修仙位。(《神光燦‧滿庭芳‧勸化》，頁283，072)

△　兒女金枷玉杻，廳堂是，囚房火院迷坑。妻妾如刀似
　　劍，近著傷形。無常苦中最苦，細尋思、膽顫心驚。
　　諕得我，便迴頭，卻做修行。(《神光燦‧滿庭芳》，頁289，
　　096)

△　今日十分識破，妻男是，冤家債主廝督。有甚恩情，
　　不可與他相逐。既沒攀援愛念，覺心清、易調金木。
　　神光燦，是大羅，仙福仙福。(《神光燦‧滿庭芳》，頁289，
　　097)

將妻妾看成是偷盜精髓的追魂取命活鬼，將兒女看成是金枷玉杻與冤
家債主，而廳堂則是囚房火院迷坑，如此一來，自然就無恩情愛戀可
言，自然要避之唯恐不及了。有些詞作則是點破兒孫無法替自己承擔
罪業避免輪迴的，如：

△　上啓阿爺老子，火坑中，誰是留心憫汝。箇箇唆賢貪
　　愛，他享富貴。死來無人肯替，願迴頭、疾些省悟。
　　歸物外，處無爲清靜，便是仙路。(《神光燦‧滿庭芳‧勸
　　道友》，頁273，024)

△　奉勸人人，塵中莫競錐刀利。心先已。勿欺天地。事
　　在前頭悔。欲免輪迴，休望兒孫替。休垂淚。道家眞
　　味。把恩愛先鎚碎。(《漸悟集》卷下〈萬年春〉，頁332，

423）

欲避免輪迴，脫離苦海，唯有自己真行真修，不是兒孫可以替代的，所以「把恩愛先鎚碎」是入道修行的第一步。有些詞作則是宣揚出家修行之後的種種好處，如：

△　好伴山侗馬鈺，松峰下逍遙，醉舞狂歌。膝上琴彈碧玉，調格沖和。鑪中養成大藥，現胎仙、舞袖婆娑。恁時節，禮風仙，同上大羅。（《神光燦・滿庭芳・贈王知玄》，頁 271，015）

△　休言百歲，七十者稀。那更不測之期。閑想妻男，自己總是行屍。眼前榮華境界，是昏迷、性命根基。如省悟，把家緣撇下，物外修持。靈利翻成懵懂，便蓬頭垢面，密護玄機。真息綿綿，祥瑞遍滿華夷。欲赴蓬萊徑路，仗三千、功滿雲歸。神光燦，與大仙相聚，有甚虧伊。（《神光燦・滿庭芳・贈于九皋先生》，頁 276，038）

△　般般識破，物物難惑。自然安魂定魄。視聽如聾如瞽，絕盡聲色。身心逍遙自在，沒家緣、恩愛繫勒。無為作，乞殘餘度日，無恥無格。遊歷恣情坦蕩，似孤雲野鶴，有誰管得。不羨榮華富貴，革車三百。終日澄心遣慾，覺玄機、密妙易測。功行滿，做十洲三島真客。（《神光燦・滿庭芳》，頁 282，064）

△　遇風仙，心開悟，騁顛狂。黜妻屏子便迎祥。逍遙坦蕩，恣情吟詠謾成章。就中行化覓知友，同共聞香。烹丹鼎，下丹結，中丹熱，大丹涼。不須鍊白更燒黃。自然玉性，萬般霞彩射人光。上丹宵，去住蓬島，永永圓方。（《重陽教化集》卷二〈上丹霄・次重陽韻〉，頁 294，128）

從這些作品可以體會到，馬鈺要人出家修行的意念和決心，比王重陽更堅決、更明確。這也是日後（在馬鈺掌教之後，尤其是丘處機掌教時）全真教能迅速建立完整的出家住庵制度，入道者必須在宮觀修行的重要原因之一。

　　馬鈺勸一般信眾入道修行的方法，並未超越王重陽的範疇，除了勸人拋妻棄子，猛捨家緣之外，嚴格禁欲守戒、摒棄酒色財氣、勘破富貴名利也是他勸誡人的重點。有時以地獄輪迴或荒野骷髏的慘狀來警示信眾，以達到勸人早日入道修行的目的。他的詞作中，勸人摒棄酒色財氣、勘破富貴名利的有七十首，以地獄輪迴儆人的有二十七首，以骷髏示警的有七首，現略舉數首如下：

　　△　人人學道，箇箇心急。急要妙玄端的。搜索刀圭鉛汞，洞天月日。採訪木金間隔，緊搜求、天機秘密。聽予勸，這異名異相，且休尋覓。先斷氣財酒色，把塵心俗念，速當洗滌。萬事俱忘，精氣自無走失。心清自然明道，萬神靈、自通消息。能如此，望蓬萊三島咫尺。(《神光燦‧滿庭芳‧贈零口康先生》，頁280，057)

　　△　心狂意亂，歌迷酒惑。損傷三魂七魄。不顧危亡，一向貪戀財色。追陪花朋酒友，便聯鑣、誇銜玉勒。宴賞處，向笙歌叢裡，賣弄俊格。縱有石崇富貴，這朱顏綠鬢，怎生留得。止是行屍走骨，呆老九伯。時間榮華雖好，奈無常之事怎測。如省覺，做修持，非凡賓客。(《神光燦‧滿庭芳》，頁281，062)

　　△　外顛倒，愛欲似冤讎。富貴榮華都不顧，人情濃處急抽頭。物外做持修。(《漸悟集》卷上〈望蓬萊〉，頁316，288)

　　△　學道休妻別子，氣財酒色捐除。攀緣愛念永教無。絕盡憂愁思慮。不得無明暫起，逍遙物外閑居。常清常淨是功夫。相稱全真門戶。(《漸悟集》卷上〈西江月‧贈吳知綱〉，頁318，297)

　　△　休心絕是非，滅意除人我。酒色氣財無，生死輪回躲。祥光結寶花，玄露成珠顆。自是遇仙槎，便得攜雲朵。(《漸悟集》卷下〈遇仙槎‧寄晏公〉，頁341，485)

　　△　苦海為人，隨波逐浪，茫茫甚日休期。為酒色財氣。一向粘惹，瞞心昧己。不算前程，幻軀有限，待作千

年之計。忽一朝陰公來請，看你教推替。千間竣宇，
金玉滿堂，畢竟成何濟。勸諸公省，早把凡籠猛跳出，
向物外飄蓬，放落魄娑耽，鶉居穀食，昏昏煉巳。默
默地、怡神養氣。丹成既濟，乘彩雲，跨鳳歸。(《鳴鶴
餘音》卷一〈孤鷹〉，頁 395，862)

△　名成利遂，男婚女娉。不覺容衰霜鬢。轉使譊譊，豈
想大限將近。小鬼傍觀失笑，且從他、殘喘胡騁。忽
染患，便盧醫扁鵲，藥無相應。尚自憂家念計，追魂
帖前來，讖方自省。都謂兒孫妻妾，送了性命。氣斷
魂歸冥路，自心知、並無功行。閻老惡，便教又去，
地獄永鎮。(《神光燦‧滿庭芳‧破迷》，頁 284，073)

△　尚自愚頑不省，罪業增多。若非風仙救度，定將來、
參謁閻羅。(《神光燦‧滿庭芳》，頁 288，095)

△　降心一著，有些法度。要你自心省悟。閒想骷髏模樣，
緣甚作做。因貪氣財酒色，損精神、墮於惡趣。(《神光
燦‧滿庭芳‧贈寧海顏先生》，頁 277，042)

△　夢裡遊郊野，骷髏告我來。哀聲聲切切聲哀。自恨從
前，酒色氣兼財。四害於身苦，人心竟不灰。致今萬
劫落輪迴。悔不當初，學道做仙材。(《漸悟集》卷下〈南柯
子〉，頁 327，371)

馬鈺的詞作中，有很多提及王重陽的，例如：

△　師父重陽號。鍊就重陽寶。紫詔重陽赴玉京，方顯重
陽好。我爲重陽到。菴爲重陽造。特爲重陽守服居，
符合重陽道。(《漸悟集》卷上〈卜算子〉，頁 311，247)

△　我遇重陽悟。曾得重陽趣。鍊就重陽絕盡陰，陰就重
陽著。性命重陽聚。三曜重陽輔。不到重陽不做仙，
仙自重陽做。(《漸悟集》卷上〈卜算子〉，頁 311，248)

△　丘劉譚馬，四箇小鮮。蒙師釣出深淵。到岸攙方磨琢，
取火搜煙。飧柴痛如割切，鍊頑心、有似油煎。(《神
光燦‧滿庭芳‧蒙師父訓誨》，頁 287，087)

△　不住不住。火院當離，深宜別戶。害風仙、化我扃門，

　　　　　這修行須做。腥羶戒盡常餐素。掛體唯麻布。待百朝、
　　　　　鎖鑰開時，效吾師內顧。(《分梨十化集》卷上〈水雲遊‧
　　　　　繼重陽韻〉，頁298，158)

　△　此箇山侗雅趣。出自風仙師父。一朝九轉大丹成。玉
　　　　帝詔仙卿。(《漸悟集》卷下〈巫山一段雲〉，頁302，頁335，
　　　　443)

　△　風仙化我，無限詞章。仍懷猶豫心腸。見畫骷髏省悟，
　　　　斷制從長。欲待來年學道，恐今年、不測無常。欲來
　　　　日，恐今宵身死，失卻佳祥。管甚兒孫不了，脫家緣
　　　　街上，恣意猖狂。遣興雲遊水歷，別是風光。經過無
　　　　窮勝景，更那堪、得到金方。專一志，鍊丹陽，須繼
　　　　重陽。(《神光燦‧滿庭芳師父畫骷髏相誘引稍悟》，頁286，
　　　　086)

　△　風仙師父妙談論。說透無爲清淨門。舌上甘津味得吞。
　　　　凝精魂。陰裡陽生萬劫行。(《分梨十化集》卷下〈憶王孫‧
　　　　繼重陽韻〉，頁300，172)

　△　王與馬相見，心交應宿緣。太原梁苑已昇天。記得當
　　　　初，留語再相傳。守服須三載，持心更五年。誘人歸
　　　　善行功全。此箇扶風，重禮害風仙。(《漸悟集》卷下〈南柯
　　　　子〉，頁327，372)

這些都是與王重陽有關的作品，所舉之詞尚不及此類作品十分之一。
馬鈺的詞作中稱王重陽爲「重陽」或「重陽師父」的有四十四次，稱
「師」、「師父」、「吾師」或「本師」的有七十五次，稱「風仙」(含
害風仙) 的有五十八次，稱「害風」的有七次，稱「王風」的有四次，
總計這些稱呼，共一百八十八見，從這個統計數字，可以想見馬鈺與
王重陽關係之密切，及其對王重陽之尊崇信服。這也說明了馬鈺謹守
師訓、恪遵教誨的一面。

　　結環堵而居，與外界隔絕而修鍊，是自王重陽以下，全眞門人閉
關修鍊的方式；而蓬頭垢面、糲食粗衣、街上乞食則是王重陽平日生
活的眞實面貌。馬鈺在這兩方面，也完全傳承了王重陽的模式。如：

我今誓死環牆內，夏絕涼泉。冬鄙紅煙。認正丹爐水火緣。
師恩欲報勤修養，鍊汞烹鉛。行滿功圓。做箇蓬瀛赤腳仙。
（《漸悟集》卷上〈采桑子‧誓死赤腳，夏不飲水，冬不向火〉，頁
303，193）

說明了馬鈺節在環牆內「夏不飲水，冬不向火」的苦修情形。

不恥蓬頭垢面，不嫌糲食粗衣。不慚求乞做貪兒。不羨榮
華富貴。一日功成行滿，仙裳天賜威儀。星冠月帔履雲歸。
節步玎璫玉珮。（《漸悟集》卷上〈西江月〉，頁318，302）

這首詞扼要地鉤勒出馬鈺平日生活的眞實面貌，而這種生活方式，即
是完全傳承自王重陽。這眞實地反映了全眞教重視內在修持，而不重
視外在形式的教義思想。馬鈺詞中述及「蓬頭垢面」的有共十八首，
而提及乞食的則更多達二十七首，略舉數首，如下：

△ 欲住蓬瀛，何勞翹俟。蓬頭垢面忘塵事。焚香百拜本
夫心，同修願繼龐居士。（《漸悟集》卷上〈踏雲行‧贈無
為散人〉，頁307，220）

△ 不羨人先悟，惟愁我未愚。蓬頭垢面嘴盧都。身做行
庵，到處得安居。不著人情絆，常教我相除。逍遙自
在箇塵無。物外山侗，不解會功夫。（《漸悟集》卷下〈南柯
子〉，頁328，375）

△ 猛悟無常，頓絕慳貪。脫輪回、戀甚妻男。出離火院，
放肆婪耽。更頭如蓬，面如垢，語如憨。（《金玉集》卷
七〈爇心香‧贈三水三老先生〉，頁354，583）

△ 頭如蓬，面如垢。萬事俱忘，心無塵垢。恣情慵、放
肆婪耽，乞殘餘展手。（《金玉集》卷八〈清心鏡〉，頁365，
666）

△ 家緣不藉。遇風仙傳得，修補清虛之架。懶裡尋慵，
慵裡更尋閒暇。上街來，除我相，先乞化。（《重陽教化
集》卷三〈超彼岸‧繼重陽韻〉，頁298，157）

△ 乞覓殘餘眞活計，無羞無恥無榮。捨身豈是喂飢鷹。
亦非爲虎食，不著假身形。萬種塵勞齊放下，自然神
氣靈靈。心猿意馬兩停停。無緣沉苦海，有分看蓬瀛。

　　　　　　(《漸悟集》卷上〈臨江仙〉，頁 326，361)

△　穿茶坊，入酒店。後巷前街，日日常遊遍。只爲飢寒
　　仍未免。度日隨緣，展手心無倦。願人人，懷吉善。
　　捨一文錢，亦是行方便。休笑山侗無識見。内養靈明，
　　自有長生驗。(《漸悟集》卷下〈蘇幕遮・在南京乞化〉，頁
　　337，458)

△　捨家緣，須用斧。劈碎恩山，豈肯重修補。猛烈灰心
　　尋出路。自在逍遙，認箇清閒處。有因緣，方可悟。
　　改變衣裝，道服惟麻布。莫訝鄉中求乞去。滅盡無明，
　　直上青霄步。(《漸悟集》卷下〈蘇幕遮・鄉中上街求乞〉，頁
　　338，461)

△　人人休惜一文錢。好與貧兒且結緣。暗暗還賢增萬倍，
　　明明助我養三田。捨慳自是開心地，割愛方能達妙玄。
　　一日悟來離苦海，逍遙物外共修仙。(《金玉集》卷七〈十
　　報恩・上街求乞〉，頁 350，553)

這些詞說明了蓬頭垢面、上街乞食都是「忘塵事」、「除我相」的具體
表現，而乞食更兼有喚起布施者慈悲心，爲布施者積累功德的作用，
因此爲馬鈺所信守不渝。《漸悟集》卷上有〈踏雲行・師父引馬鈺上
街求乞〉223 詞，說明王重陽引導馬鈺上街行乞的情形，《金玉集》
卷七〈爇心香・勸眾師兄求乞殘餘〉566 詞，說明了馬鈺勸人行乞的
情形；他在《漸悟集》卷下〈南柯子〉369 詞中說：「既欲搜玄妙，
須當做乞兒。蓬頭垢面嘴鬞垂。意靜心清，便是上天梯」，都顯示了
他對這種生活方式與修行方法的堅持。

　　馬鈺也與王重陽相同，喜愛將自己的姓名字號寫入詞中。他的詞
作中，自稱「馬鈺」的有十三次，自稱「山侗」的有五十五次，自稱
「三髻山侗」的有八次，自稱「山侗馬鈺」的有四次，自稱「馬山侗」
的有二次，自稱「馬風」的有三十二次，自稱「馬風子」的有十五次，
自稱「扶風」的有十五次，自稱「扶風馬」的有六次，自稱「山東馬
鈺」、「馬鈺山侗」、「馬風兒」、「三髻馬風」、「風風馬」、「馬二」、「風

馬二」、「馬丹陽」、「丹陽」的各有一次，總計十八種稱呼，一百五十
九次。馬鈺自稱爲「三髻」及「山侗」的原因，在《甘水仙緣錄》卷
一王利用所撰的〈馬宗師道行碑〉可以找到答案，該文載：「（馬鈺）
冬夢從祖師入山，及旦，祖師呼曰：『山侗』，因爲小字焉。」又載：
「（馬鈺扶王重陽靈柩）歸葬劉蔣，遵遺命也。師（馬鈺）居廬，頭
分三髻，三髻者三吉字，祖師之諱也。」至於自稱「扶風」，則是因
爲他的祖籍是陝西扶風；自稱爲「馬風」或「風馬」，則顯然是受王
重陽影響。茲略舉此類詞作三首，如下：

　　△　扶風全道名通一，道號無憂。見畫骷髏。猛烈收心事
　　　　事休。四旬有六霜侵鬢，拂袖雲遊。休要剛留。譬似
　　　　無常限到頭。（《漸悟集》卷上〈采桑子・出家入道〉，頁 303，
　　　　188）

　　△　重遇重陽，重重悟道。扶風馬子何愁老。調龍引虎弄
　　　　明珠，明珠出路應須早。以鈺爲名，字呼玄寶。雲中
　　　　子得爲佳號。木牛小字字山侗，山侗指日登仙好。（《漸
　　　　悟集》卷上〈踏雲行〉，頁 307，218）

　　△　馬風子，忽想在家時。火院熬煎無限苦，心驚膽戰哭
　　　　聲悲。悔恨出離遲。號咷罷，感謝我眞師。釣出凡籠
　　　　修不二，逍遙自在處玄機。有分看瑤池。（《漸悟集》卷
　　　　上〈望蓬萊〉，頁 316，281）

由上舉三首詞，可知「全道」、「玄寶」都是馬鈺的字，「無憂子」、「雲
中子」也是他的道號，這資料可以補傳記之不足。

　　馬鈺的詞作述及其生平的也頗不少，有些作品可以作爲傳記之佐
證或補傳記之不足，有些作品則有助於讓我們更生動地了解馬鈺的思
想觀念及其生活實況。分述如下：

　　△　地肺重陽師父，呂公專遣雲遊。祕玄隱奧訪東牟。釣
　　　　我夫妻兩口。十化分梨匠手。百朝鎖戶機謀。千篇詩
　　　　曲拽回頭。萬劫同盃仙酒。（《漸悟集》卷上〈西江月〉，頁
　　　　318，301）

　　△　馬風曩日肥家子。緣甚黜妻屏子。便做飄蓬貧子。因

遇重陽子。從斯道號丹陽子。塵事並無些子。悟徹男
兒產子。決定成仙子。(《金玉集》卷十〈桃源憶故人·得遇〉，
頁 382，792)

這兩首記載了王重陽十化分梨，鎖庵百日度化馬鈺夫婦的經過，以及
馬鈺原是「肥家子」，出家後，道號「丹陽子」，可證傳記之不訛。

△　全真門戶，清淨根源。住行坐臥歸元。日用時時擒捉，
意馬心猿。常行無憎無愛，便施恩、先復讎冤。下手
處，鍊沖和修補，有漏之園。瑞氣祥光深處，收神水，
徐徐自沒澩濈。紅錦蛇兒雖小，閒視靈黿。兩般混成
一物，現元初、性月團圓。恁時節，禮重陽師父太原。

(《神光燦·滿庭芳·立門戶內持》，頁 268，001)

△　專燒誓狀，謹發盟言。遵依國法為先。但見男兒女子，
父母如然。永除氣財酒色，棄榮華、戒斷腥羶。常清
靜，更謙和恭謹，無黨無偏。布素婪耽度日，飢寒後，
須憑展手街前。不得貪財誑語，詐做高賢。常懷慎終
如始，遇危難、轉要心堅。如退道，願分身萬段，永
鎮黃泉。(《神光燦·滿庭芳·立誓狀外戒》，頁 268，002)

這兩首詞是馬鈺出家入道時的宣言，第一首說他立門戶內修的方法，
第二首則是立誓狀外戒的內容，諸傳所載，皆僅言馬鈺立誓狀易道服
出家修行，而無具體內容，可藉此詞補足，從這兩首詞也可大略了解
馬鈺思想的主要內容。

山侗昔日，火院中間。千斤重擔常耽。鎮日爭名競利，嫉
妒慳貪。萬般憂愁思慮，又何曾、時暫心閒。因箇甚，養
怨親人口，二十有三。正在迷津受苦，風仙至，專專救度
愚頑。二載纔方省悟，跳出鄉關。如今逍遙坦蕩，鍊身中、
七寶還丹。功行滿，訪蓬瀛，再見師顏。(《神光燦·滿庭芳·
自詠》，頁 288，092)

馬鈺有多首題為「自詠」的詞，這是其中一首。其自詠之詞內容大多
描述因受王重陽開導而得以入道的經過情形，及其入道後出家修行的
心境。從這些作品中也反映出他對王重陽的尊崇及入道修行的堅定意

志。此詞中「養怨親人口,二十有三」則說明了馬鈺出家時,家中的人口數量。這點也是諸傳中,所未詳載的。

> 丘與馬,入道絕貪求。欲報師恩常念念,三年守服豈能休。
> 何處好藏頭。舊居址,深謝許同修。但願我公同步志,同
> 心同德做同流。同步訪瀛洲。(《漸悟集》卷上〈望蓬萊・道友
> 修菴〉,頁316,287)

王重陽仙蛻後,馬鈺、譚處端、丘處機、劉處玄等四人葬王重陽於終南劉蔣村舊地,築環堵守喪。三年期滿,譚、丘、劉分赴各地傳教,而馬鈺獨自再守喪三年,以表對王重陽之懷念與謹遵師訓之決心,詞題之「道友」即指丘處機,「三年守服豈能休」已預示其守喪六年的心願,「何處好藏頭」則是感傷師父已逝,再也無人可寫藏頭詩詞來開導自己了。下片則勉勵丘處機要與自己同修同步,以登仙道。此詞反應出馬鈺與師父及同門師兄弟之間的情誼,是十分深厚而真誠的。馬鈺詞作中,「丘劉譚馬」並稱的作品有七首,都可作為同門師兄弟之間交往情形的參考。這七首詞,分別是:《神光燦・滿庭芳・寄興平杜公》023,《神光燦・滿庭芳・蒙師父訓誨》087,《漸悟集》卷上〈楊柳枝・寄四鄉先生〉198、〈西江月〉(海島丘劉譚馬)310、《漸悟集》卷下〈無夢令〉(譚馬丘劉四絕)387、〈萬年春・甯解元許卻庵門以詞督之〉428、〈四仙韻〉(丘劉譚馬)512。

> 出凡籠,無繫絆。落魄婪躭,日作無常觀。十四兒孫都棄
> 捭。自在逍遙,風月為吾伴。背葫蘆,攜鐵罐。壺貯瓊漿,
> 罐內靈芝按。渴飲飢飧增壽算。天助真風,有箇瑯琊喚。
>
> (《漸悟集》卷下〈蘇幕遮・別子〉,頁336,451)

這首詞描寫馬鈺出家別子的情形,「十四兒孫都棄捭」若非向道的決心堅強,一般人是不易做到的。至於出家後的行止「背葫蘆,攜鐵罐。壺貯瓊漿,罐內靈芝按。」則與王重陽如出一轍,分毫不差。

> 馬風風,五旬六。雲水飄飄,灑然清獨。運天風、搖曳靈
> 光,轉增明性燭。到亭川,窯裡宿。不意他,土津火毒。
> 欲要解、四假違和,鍊身中金玉。(《金玉集》卷八〈清心鏡〉,

頁 367，675）

這首詞的調名下，有序云：「予在終南，居於環堵，颼腿赤腳，並無火燭相。僅六年矣，瞥然心動，信步雲遊，西至華亭投宿於窯垤。偶中土津火毒，吐血發嗽，病勢來之甚緊。眾道友饋藥，拜而受之，不敢嘗。又謂予日：當食生蔥釀醋，可解其毒。予再三思之，道家有病，他人莫能醫，當以自治乎修鍊身中至寶，厥疾自瘳。因作清心鏡小詞一闋，拜呈道眾，希采矚。」從序文可知，馬鈺在劉蔣村守喪六年之後，始雲遊各地，並曾中土津火毒幾乎喪命，最後是依靠其「鍊身中金玉」的方法，得以痊癒。這段序文可以作爲馬鈺的生平資料，補諸傳之不足。

> 還鄉急。關西朕發山東客。山東客。三千餘里，關山遙隔。
> 當時枉把予閑測。而今且恁身如溺。身如溺。他年重話，
> 修仙眞息。（《金玉集》卷九〈蓬萊閣·借張修祖殿試韻〉，頁 378，
> 760）

馬鈺在守喪六年後，於金大定十八年（1178）出環離開祖庭行化於隴山、華亭、鄠縣等地，傳教非常順利，「遂至遠邇之人，咸欽風服化，其丱髮緇袍願受教爲門弟子者，日差肩而前，不可數計。」（《重陽教化集·劉孝友序》）大定二十一年（1181），金廷爲貫徹其嚴格管制宗教活動的政策，敕令道人各還本鄉。馬鈺也在被遣返的名單之中，此處「關西朕發山東客」句，即是指此事而言。馬鈺於是將關中教事託付丘處機，回山東在登萊、芝陽一帶行化。全眞諸傳雖備載此事，但都未進一步說明馬鈺被遣返山東的感受，這首詞的下片「當時枉把予閑測，而今且恁身如溺。」則明顯透露出他對此事的不滿情緒，可作爲此一事件的補充資料。

> 祖住雲陽，嵯峨山下。自來生計之乎者。卻因唐末去東車，
> 到今三百餘年也。數世哀榮，不堪重話。我今因遇家緣捨。
> 水雲遊歷入潼關，超然顯箇還鄉馬。（《漸悟集》卷上〈踏雲行〉，
> 頁 310，236）

這首詞有序文日：「先祖兄弟四人，因唐末去山東，一居萊陽，一住

黃縣，一在文登，一居牟平。」可以補馬鈺先祖資料。

　　張廣保《金元全眞道內丹心性論研究》說：「根據各種史料記載，王嘉在關內的弟子較爲著名者有四人：一是玉蟾和眞人，二是靈陽李眞人，三是史處厚，四是趙抱淵。」此處將玉蟾和眞人和德瑾及靈陽李眞人列爲王重陽弟子，似有不當。馬鈺的詞作中，述及和德瑾的有四首，述及李眞人的有一首，分別節錄如下：

　　△　和公師叔，猛悟良緣。棄官納印休權。遠俗終南山下，
　　　　菴蓋芳椽。身披麻衣紙襖，樂清閑、笑傲林泉。懷美
　　　　玉，便韜光隱跡，二十餘年。（《神光燦·滿庭芳·詠和師
　　　　叔辭世》，頁 269，005）

　　△　和公師叔，昇霞之後。奇哉妙矣希有。醫可臨潼必死，
　　　　張公道友。神仙不求人報，望賢家、省悟迴首。（《神光
　　　　燦·滿庭芳》，頁 275，036）

　　△　山侗九願報師恩。意淨心清路坦平。便把無爲爲造化，
　　　　不憑有作作經營。恰如逗引龍和虎，還似般調妊與嬰。
　　　　活樂丹成蓬島去，和公師叔遠來迎。（《金玉集》卷七〈十
　　　　報恩〉，頁 349，550）

　　△　樸住虛無撮住空。豈分南北與西東。丹砂只在笑談中。
　　　　性命不由天地管，一聲珍重別山侗。羽輪飆駕赴蓬宮。
　　　　（《金玉集》卷九〈觀丹砂·讚師叔玉蟾普明澄寂和公眞人辭
　　　　世〉，頁 374，722）

　　△　高尚先生，先生姓李。憐予鄉遠三千里。教言滋味勝
　　　　瓊漿，尋思不讓元王醴。見贈予鞋，鞋非鞋履。藏機
　　　　隱密傳玄理。從今無分踏紅塵，有緣走上青霄裡。（《漸
　　　　悟集》卷上〈踏雲行·謝李師叔鞋〉，頁 233，233）

在前四首作品中，馬鈺明顯稱和德瑾爲師叔，後一首雖只在調名下題：「謝李師叔鞋」未指明爲何人，但從王重陽與馬鈺之交遊來看，當是指靈陽子李眞人。銘按：李道謙《終南山祖庭仙眞內傳》卷上有〈玉蟾眞人〉（和德瑾）和〈靈陽眞人〉（李靈陽）二人的傳記，都敘及王重陽、和德瑾、李靈陽三人結茅同處共修之事。〈靈陽眞人

傳〉載：「大定三年（1163），與重陽祖師泊玉蟾和公，同結茅于劉蔣居之，其於鉛汞龍虎之學，多賴重陽指授。七年丁亥（1167）夏，重陽東遊海上，師（李靈陽）與和公止居劉蔣修身接物。重陽至汴寄之以詩云：『傳語和公與李公，首先一志三人同。』其爲交契可知矣！迨十年（1170）春，重陽升仙於汴梁，丘劉譚馬四眞入關，待二師以叔禮。」此段記載已清楚說明丘劉譚馬四眞以師叔之禮待和李二人，且重陽寄二人之詩中稱和德瑾爲「和公」，稱李靈陽爲「李公」，明顯未將二人視作弟子，張氏將二人列作王重陽弟子，不知何據？

　　馬鈺詞中有述及鍾呂師承者，共九首，略舉三首如下：

　　△　鍾呂遺風仙，專行教化。故鎖庵門即非假。用機誘我，暗剔靈明惺灑。脫家風狂做，棄儒雅。眞箇內容，難描難畫。六銖衣光彩，體披掛。手擎丹顆，瑩瑩光明無價。蓋因傳得些，非常話。（《分梨十化集》卷下〈感皇恩·繼重陽韻〉，頁 302，181）

　　△　口口相傳，眞眞相濟，悟來意解心通。玄中妙趣，明月應清風，師祖鍾離傳呂，呂公得、傳授王公。王公了，祕傳馬鈺，眞行助眞功。（《金玉集》卷十〈滿庭芳·赴萊州黃籙大醮作〉，頁 388，830）

　　△　妙行眞人，重陽師父，遇師呂祖玄通。十年了道，歸去得乘風。一紀三番下界，性正直、凡事依公。天上現，無爲手段，超顯自然功。（《金玉集》卷十〈滿庭芳〉，頁 394，856）

其餘六首爲：《神光燦·滿庭芳·重陽眞人昇霞之前》03，《漸悟集》卷上〈采桑子〉（呂公大悟黃梁夢）191、〈踏雲行·贈丫髻姚玄玉〉221、〈卜算子〉（千祿已無心）252、〈西江月〉（地肺重陽師父）301，卷下〈萬年春·夢得一枝白筆〉424。這九首詞都可作爲考查全眞教道統傳承的佐證。

　　馬鈺的詞作中，有一類的內容是王重陽所沒有的，即贈女眾詞。

王重陽的六百多首詞中，無一首爲贈女眾而作，而馬鈺則有三十二
首之多，分別是：《神光燦》〈滿庭芳·贈洞雲散人陳姑〉75、〈滿庭
芳·贈零口楊悟一〉76、〈滿庭芳·贈姚守清李守靜〉77、〈滿庭芳·
贈小胡村李姑〉78、〈滿庭芳·寄長安王姑〉79、〈滿庭芳·贈涇陽
縣二女姑〉80、〈滿庭芳·贈長安吉祥散人王姑〉81、〈滿庭芳·贈
零口通明散人害風魏姑〉82、〈滿庭芳·贈眾女姑〉83，《漸悟集》
卷上〈漁家傲·贈孫姑〉202、〈踏雲行·贈呂守眞〉215、〈踏雲行·
贈馮守慈〉217、〈踏雲行·贈無爲散人〉220、〈長思仙·贈眾女姑〉
275、〈西江月·贈清淨散人〉299、〈西江月·贈明月散人〉300、〈西
江月·贈任守一〉308、〈西江月·贈姚守清李守靜〉319、〈黇丹砂·
贈清風散人明月散人〉342、〈黇丹砂·贈馬姑姑〉348，《漸悟集》
卷下〈無夢令·贈謝散人〉403、〈無夢令·贈安靜散人〉406、〈遇
仙槎·贈清風散人〉483、〈四仙韻·贈煙霞散人〉515，《金玉集》
卷八〈搗練子·贈清淨散人〉620、〈清心鏡·贈侯明一〉656、〈清
心鏡·贈魏害風〉661、〈清心鏡·興平郭姑來投全眞堂下修行〉664、
〈清心鏡·贈馬守清〉670，《金玉集》卷九〈五靈妙仙·贈蓬瀛散
人〉718，《金玉集》卷十〈滿庭芳·贈趙先生母蓬瀛散人〉824，《金
蓮正宗記》卷五〈鍊丹砂·贈清靜散人孫不二〉881 等。這一現象，
似乎意味著到馬鈺之時，出家修行的女眾已較王重陽時大量增加了。

　　馬鈺的詞作中，還有一類值得留意的，即述及《清靜經》的作品。
完顏璹所撰〈全眞教主碑〉有王重陽勸人讀《清靜經》的記載。〔註
14〕王重陽在《重陽眞人金關玉鎖訣》中，曾援引《清靜經》論證內
丹修鍊工夫，其詞作則不見有述及《清靜經》者。馬鈺以「清靜無爲」
掌教，則大力倡讀《清靜經》，如：

　　　△　孤眠獨處，不迷外境。常常留心內認。悟徹男清女濁，
　　　　　男動女靜。即非世間男女，是無中、些兒結正。誰信

〔註14〕《甘水仙源錄》卷一，完顏璹撰〈全眞教主碑〉載：「先生勸人誦《道
　　　德》、《清淨經》、《般若心經》及《孝經》，云：可以修證。」

道，卻元來便是，自家性命。捉住這般妙趣，便澄心
遣慾，絕乎視聽。杳杳冥冥恍恍，忽忽相應。眞中有
精有物，覺男兒、自然懷孕。常清靜，產胎仙，出現
有準。(《神光燦·滿庭芳·看清靜經，因作是詞贈徐司判，頁
280，055)

△　一不輕師慢法，二遵清靜仙經。三存精氣養神靈。四
把塵勞拂盡。五戒無明業火，六除俗禮人情。七擒猿
馬未安寧。八味瓊漿得飲。(《漸悟集》卷上〈西江月·贈
任守一〉，頁319，308)

△　奉勸須看清靜經。脫仙模子好搜尋。湛然常寂理幽深。
常處眞常常應物，自然無欲亦無心。運行日月作知音。
(《漸悟集》卷上〈瓛丹砂·贈解劉仙〉，頁323，340)

△　立箇上天眞法梯。無形無影亦無基。一條捷徑入無爲。
自在逍遙眞活計，常清常淨樂希夷。自然天地悉皆歸。
(《漸悟集》卷上〈瓛丹砂·立法梯〉，頁374，724)

這些詞中或標題爲「看清靜經」，或教人「遵清靜仙經」，或勸人「須
看清靜經」，或直接援引《清靜經》原文入詞，如：「男清女濁」、「男
動女靜」、「澄心遣慾」、「湛然常寂」、「眞常應物」、「常清常淨」、「天
地悉皆歸」等，皆是《清靜經》原文；《丹陽眞人語錄》中，有多處
引經文以闡述「清靜無爲」之道。由此可推知，馬鈺較王重陽更重
視《清靜經》。《清靜經》全名爲《太上老君說常清靜眞經》，其成立
時期已無法確考，據該經附有唐末杜光庭的註釋，可以推測應爲九
世紀以前的作品。《清靜經》全文雖然只有三百九十餘字，其思想淵
源卻相當複雜，涵蓋了儒道釋三家的形上原理和實踐法則。經文中
直接指出宇宙生化的原理、人生修養的法則、並詮釋了「空」與「無」
的眞諦，非常巧妙地將儒道釋三家思想，融會貫通爲涵容深廣的體
系，頗能符合宗教性天人合德的證悟工夫與超越精神，因此深受王
重陽重視，至於它後來廣爲留傳，成爲全眞教徒日常持頌的經典，
則與馬鈺的大力提倡有直接的關連。

三、詞作形式分析

　　馬鈺的詞作，在形式上仍不脫王重陽的影響。本小節主要就：詞調、體式、表現技巧等三方面，加以分析。

（一）詞調方面

　　馬鈺今傳詞作，凡八百八十首，共用九十四調（無調名者不計）。今依唐圭璋《全金元詞》之編次，表列調名及闋數如下：

表二：馬鈺詞所用詞調一覽表

編號	詞　調　名	數　量	編號	詞　調　名	數　量
1	滿庭芳	一四六首	2	遇仙亭（山亭柳）	一首
3	三光會合（韻令）	一首	4	心月照雲溪（驀山溪）	三首
5	黃鶴洞中仙（卜算子）	二五首	6	無夢令（如夢令）	四八首
7	金蓮堂（惜黃花）	二首	8	報師恩、十報恩（瑞鷓鴣）	四二首
9	折丹桂	三首	10	玉女搖仙輩（玉女搖仙佩）	一首
11	香山會	一首	12	解冤結（解珮令）	三首
13	七寶玲瓏（七騎子）	一首	14	金鼎一溪雲（巫山一段雲）	一三首
15	上丹霄	一首	16	踏雲行（踏莎行）	三二首
17	憶王孫	五首	18	遇仙槎（生查子）	五首
19	風馬兒（風馬令）	一首	20	萬年春（點絳唇）	一三首
21	蓬萊閣（憶秦娥·秦樓月）	二三首	22	青蓮池上客（青玉案）	五首
23	玉鑪三澗雪（西江月）	三六首	24	定風波	一首
25	超彼岸（河傳令）	一首	26	水雲遊（黃鶯兒令）	三首
27	爇心香（行香子）	二七首	28	恣逍遙（嬋人嬌）	二首
29	神光燦（聲聲慢）	一首	30	真歡樂（晝夜樂）	一首
31	玉花洞（探春令）	二首	32	黃河清	二首

33	玉京山（小重山）	一首	34	臨江仙	六首
35	莫思鄉（南鄉子）	一首	36	望蓬萊（憶江南）	一八首
37	虞美人	二首	38	蕊珠宮（夜遊宮）	二首
39	感皇恩	一首	40	悟南柯（南柯子）	一三首
41	玉堂春	二首	42	賀聖朝	二首
43	采桑子	六首	44	惜芳時	二首
45	楊柳枝	三首	46	漁家傲	六首
47	柳梢青	二首	48	迎春樂	二首
49	玉樓春	六首	50	長思仙（長相思）	二三首
51	鳳棲梧（蝶戀花）	二首	52	清心月（軟翻鞋）	一首
53	酖丹砂（浣溪沙）	四〇首	54	西樓月	二首
55	拋毬樂	一首	56	夜行船	一首
57	菊花新	一首	58	鍊丹砂（浪淘沙）	四首
59	化生兒、雁靈妙方	二首	60	木蘭花令	一首
61	蘇幕遮	二四首	62	養家苦	一二首
63	梅花引	三首	64	憨郭郎	一首
65	金花葉	一首	66	調笑令	二首
67	四仙韻、金蓮出玉花	二八首	68	掛金燈	一首
69	滴滴金	一首	70	德報怨（昭君怨）	一首
71	金雞叫	一〇首	72	神清秀（海堂春）	一首
73	道成歸（阮郎歸）	二首	74	迎仙客	一首
75	繫雲腰（繫裙腰）	一首	76	登仙門	二首
77	悟黃粱（燕歸梁）	三首	78	戰掉醜奴兒（添字醜奴兒）	二三首
79	離苦海（離別難）	一首	80	鬥修行（鬥百花）	一首
81	搗練子	一九首	82	清心鏡（紅窗迥）	七八首
83	白觀音（白鶴子）	二首	84	五靈妙仙（鎮西）	五首

85	平等會（相思會）	一首	86	洞中天（鷓鴣天）	四首
87	桃源憶故人（桃園憶故人）	二八首	88	天道無親（甘草子）	二首
89	傳妙道（傳花枝）	一首	90	二郎神慢	一首
91	孤鷹	一首	92	女冠子	一首
93	兩進雁兒	五首	94	掛金索	五首
95	無調名	四首			

附註：

1. 以上共計八百八十首詞，除四首無調名外，共計九十四種詞牌。
2. 編號八〈報師恩〉又名〈十報恩〉，實即〈瑞鷓鴣〉。
3. 編號五九〈化生兒〉又名〈雁靈妙方〉，實即〈雙雁兒〉。
4. 編號六七〈四仙韻〉又名〈金蓮出玉花〉，實即〈減字木蘭花〉。

　　從上表可知，馬鈺所用詞牌多達九十四調（四首無調名者未計入）。其中有〈玉樓春〉、〈清心月〉、〈西樓月〉、〈養家苦〉、〈滴滴金〉、〈神清秀〉、〈戰掉醜奴兒〉、〈鬥修行〉、〈白觀音〉、〈五靈妙仙〉、〈平等會〉、〈洞中天〉、〈傳妙道〉、〈孤鷹〉、〈女冠子〉、〈兩隻雁兒〉、〈掛金索〉等十七調是王重陽未填過的調子。〈遇仙亭〉、〈三光會合〉、〈心月照雲溪〉、〈折丹桂〉、〈香山會〉、〈七寶玲瓏〉、〈上丹霄〉、〈風馬兒〉、〈定風波〉、〈超彼岸〉、〈水雲遊〉、〈神光燦〉、〈眞歡樂〉、〈黃河清〉、〈玉京山〉、〈莫思鄉〉、〈感皇恩〉等十七調，則僅見於《重陽教化集》或《分梨十化集》，大多只有一首作品（僅〈心月照雲溪〉、〈折丹桂〉、〈水雲遊〉三調各有三首，〈黃河清〉有二首），而且全是爲應和王重陽詞而作。從各調的作品數量來看，以〈滿庭芳〉一百四十六首爲最多，其次爲〈清心鏡〉七十八首、〈無夢令〉四十八首、〈報師恩〉（十報恩）四十二首、〈瓻丹砂〉（浣溪沙）四十首、〈西江月〉三十六首、〈踏雲行〉三十二首、〈四仙韻〉（減字木蘭花）、〈桃源憶故人〉各二十八首、〈爇心香〉（行香子）二十七首、〈卜算子〉二十五首、〈蘇幕遮〉二十四首、〈長思仙〉（長相思）、〈戰掉醜奴兒〉（添字醜奴兒）、〈蓬萊閣〉各二十三首，這十五調共六百二十三首

詞，超過馬鈺全部詞作的百分之七十，可以說是他最喜愛的詞牌；這十五調謹〈戰掉醜奴兒〉一調王重陽未塡，其餘都是王重陽常用或曾用的調子〔註15〕，可見馬鈺受王重陽影響之深。

馬鈺所用詞牌，萬樹《詞律》、御製《詞譜》未收錄者有十七調，其中〈七寶玲瓏〉、〈風馬兒〉、〈河傳令〉、〈菊花新〉、〈金花葉〉、〈掛金燈〉、〈金雞叫〉、〈迎仙客〉、〈登仙門〉等九調，已見於王重陽詞；〈憨郭郎〉按律實即北曲大石調〈童蒙兒〉、〈水雲遊〉實即北曲商角調〈黃鶯兒〉、〈白觀音〉實即北曲正宮調〈白鶴子〉、〈掛金索〉實即北曲商調〈掛金索〉，此四調當視作北曲〔註16〕；其餘〈清心月〉一調可作爲校補《詞律》、《詞譜》之參考〔註17〕，〈養家苦〉〔註18〕、〈孤

〔註15〕 這十五種調牌，王重陽的作品分別有：〈滿庭芳〉二十一首、〈清心鏡〉十首、〈無夢令〉二十三首、〈報師恩〉三十五首、〈浣溪沙〉九首、〈西江月〉三十一首、〈踏雲行〉二十三首、〈減字木蘭花〉九首、〈桃源憶故人〉一首、〈燕心香〉十二首、〈卜算子〉二十二首、〈蘇幕遮〉三十三首、〈長相思〉一首、〈戰掉醜奴兒〉無作品、〈蓬萊閣〉一首。

〔註16〕 據周玉魁〈略談《全金元詞》的校訂問題〉。文載《文學遺產》1989年5月，頁130～132。

〔註17〕 〈清心月〉一調馬鈺詞僅一首，見於《漸悟集》卷上。雙調六十二字，上、下片各三十一字六句四平韻。此調【宋人無塡作者】，王丹桂《草堂集》有〈步雲鞋〉（幸遇教風開）一首，題註：「本名〈軟翻鞋〉」，格式與馬鈺詞全同。王處一《雲光集》卷四有〈軟翻鞋〉（清信出寬懷）一首，僅上下片第四句八言句分作五三言兩句異，其餘全同，潘愼《詞律辭典》以〈軟翻鞋〉爲〈清心月〉之本名，似可從。《詞律拾遺》、《詞譜》有〈緱山月〉一調，均收梁寅（1304～1389年）一體，梁詞僅過片句多二字且不押韻，與王處一詞不同，其餘全同，周玉魁〈金元詞調考〉認爲馬鈺、王丹桂、王處一、梁寅所塡，實爲同調之作，〈清心月〉、〈步雲鞋〉、〈軟翻鞋〉、〈緱山月〉應是同調異名，《詞譜》未見《道藏》中詞，故僅收梁寅〈緱山月〉一首爲譜。銘按：其說可從，《詞譜》當立〈軟翻鞋〉爲調，以〈清心月〉、〈步雲鞋〉、〈緱山月〉爲其同調異名。

〔註18〕 〈養家苦〉一調馬鈺詞共十二首，俱見於《漸悟集》卷下。十二首皆雙調三十八字。潘愼《詞律辭典》云：「〈養家苦〉之名，顯係馬鈺按道家思想而取定，此調與〈長相思〉近似，或疑即〈長相思〉之別名別體詞，但用韻、平仄、句式皆有小異，未便與〈長相思〉類例，另列以求證。」

鷹〉〔註19〕、〈兩隻雁兒〉〔註20〕三調，可據以補調。

有些詞牌，《詞律》、《詞譜》雖已收，但馬鈺所作與諸體皆異，與王重陽所填亦有不同，可採以備一體。如：〈黃鶴洞中仙〉可補〈卜算子〉五十四字一體〔註21〕，〈憶王孫〉可補三十一字一體〔註22〕，〈眞歡樂〉可補〈晝夜樂〉一百一字一體〔註23〕，〈玉花洞〉可補〈探春

〔註19〕 〈孤鷹〉一調馬鈺詞僅一首，見於《鳴鶴餘音》卷一。雙調一百十二字，上片五十三字十一句四仄韻，下片五十九字十三句四仄韻。此調宋人無填作者，潘慎《詞律辭典》云：「此詞句式不齊，用韻粗疏，雖爲同部三聲平仄互叶，而『氣、己、濟』三韻重複，下片第四句『勸諸公』以下二十五字始押一韻，似爲信口而作。此詞內容與形式無一長可取，采之聊以存調。」潘氏所言可從。

〔註20〕 〈兩隻雁兒〉一調馬鈺詞共五首，見於《鳴鶴餘音》卷六。五首由一更至五更，內容有聯繫，亦〈五更轉〉一類。

〔註21〕 〈黃鶴洞中仙〉本名〈卜算子〉，馬鈺詞共二十五首，《重陽教化集》卷一收四首，調名爲〈黃鶴洞中仙〉，其中二首五十字、二首五十四字；卷三收十首，調名亦作〈黃鶴洞中仙〉，其中二首爲藏頭體四十字，三首四十四字，五首五十字；《分梨十化集》卷下收一首四十四字，調名亦作〈黃鶴洞中仙〉；《漸悟集》卷上收十首，調名爲〈卜算子〉，其中九首爲四十四字，一首爲五十字。《詞律》、《詞譜》所收諸體皆四十四、四十五字、四十六字體，王重陽詞所作有四十字藏頭體、四十四字、四十六字、五十字、五十六字，未有五十四字者。馬鈺所填五十四字體，實即王重陽五十字體，於上、下片第四句各添二字，作五字句。

〔註22〕 〈憶王孫〉一調馬鈺詞共五首，《重陽教化集》卷二收一首，《分梨十化集》卷下收一首，《漸悟集》卷下收三首。五首俱單調三十一字。《詞譜》以秦觀詞三十一字爲正體，馬鈺所填五首僅「麻衣紙襖度冬寒」一首第三句不押韻，其餘全同。銘按：該句末二字「端的」如作「的端」，則亦叶韻，唯未有確證，不敢驟改，暫依潘慎《詞律辭典》另立一體，存以備考。

〔註23〕 〈眞歡樂〉本名〈晝夜樂〉，馬鈺詞僅一首，見於《分梨十化集》卷上。雙調一百一字，上片五十字，下片五十一字，各八句六仄韻。此調《詞律》僅柳永一體，雙調九十八字，《詞譜》加收無名氏一體，亦雙調九十八字，王重陽詞補一百字、一百二字各一體。潘慎《詞律辭典》云：「此詞爲和王喆『便把户門安鎖鑰』一首之作，理應與王詞全同。但校王詞，此體上片第六句減一字，作六字句異。疑此句於『祥煙』下誤脱一字。」銘按：詳校二詞，除上片第六句不同外，其餘格式全同，潘慎所云，當近事實。暫存以備考。

令〉五十一字一體〔註24〕，〈蕊珠宮〉可補〈夜遊宮〉五十六字、五
十七字各一體〔註25〕，〈金雞叫〉可補六十一字、六十二字各一體〔註
26〕，〈離苦海〉可補〈離別難〉一百七字一體〔註27〕，〈鬥修行〉可
補〈鬥百花〉七十九字一體〔註28〕，〈清心鏡〉可補〈紅窗迥〉五十
二字一體〔註29〕，〈五靈妙仙〉可補〈鎮西〉七十九字共四體〔註30〕，

〔註24〕 〈玉花洞〉本名〈探春令〉，馬鈺詞共二首。《分梨十化集》卷上收一
首，調名爲〈玉花洞〉，雙調五十字，繼王重陽韻，格式亦與王重陽
詞同；《漸悟集》卷上收一首，雙調五十一字，上片二十六字，下片
二十五字，各四句三仄韻。《詞律》、《詞譜》所收爲五十一字、五十
二字、五十三字體；王重陽詞補四十九字、五十字二體。馬鈺五十
一字體，與《詞律》、《詞譜》所收皆不同，可採以備一體。

〔註25〕 〈蕊珠宮〉本名〈夜遊宮〉，馬鈺詞共二首。《分梨十化集》卷下收一
首，調名爲〈蕊珠宮〉，雙調五十七字；《漸悟集》卷上收一首，雙
調五十六字。《詞律》、《詞譜》所收俱五十七字體，王重陽詞補五十
六字一體，馬鈺所塡二首，與各詞句式皆異，可採以備二體。又：《全
金元詞》二首斷句、分片皆大誤，當參照潘慎《詞律辭典》校改。

〔註26〕 〈金雞叫〉一調馬鈺詞共十首，俱見於《漸悟集》卷下。九首六十
一字，一首六十二字。此調首見於王重陽《重陽全眞集》。王詞有三
首，一首五十八字，二首六十二字；五十八字明顯有脱漏，不予採
錄，故王詞僅六十二字一體。馬鈺六十二字一首與王詞句式參差，
亦當採以備一體。

〔註27〕 〈離苦海〉本名〈離別難〉，馬鈺詞僅一首，見於《金玉集》卷七。
雙調一百七字，上片五十三字十句六平韻，下片五十四字十句五平
韻。《詞律》、《詞譜》均收八十七字、一百十二字二體，王重陽詞一
百八字。

〔註28〕 〈鬥修行〉本名〈鬥百花〉，馬鈺詞僅一首，見於《金玉集》卷八。
雙調七十九字，上片四十三字八句四仄韻，下片三十六字七句三仄
韻。《詞律》、《詞譜》所收皆八十一字體。又：此詞《全金元詞》斷
句標點大誤，當參照潘慎《詞律辭典》校改。

〔註29〕 〈清心鏡〉本名〈紅窗迥〉，馬鈺詞共七十八首，俱見於《金玉集》
卷八。一首五十一字、四十四首五十二字、十二首五十三字、十六
首五十四字、二首五十五字、一首藏頭四十六字。此調馬鈺所作以
五十二字體最多，《詞律》、《詞譜》及王重陽詞皆無五十二字體，可
採以備一體。

〔註30〕 〈五靈妙仙〉本名〈鎮西〉，馬鈺詞共五首，俱見於《金玉集》卷九，
皆雙調七十九字。《詞律》二體俱七十九字，《詞譜》收入〈小鎮西
犯〉有三體，二體七十一字、一體七十九字。馬鈺所塡五首，除「贈

〈平等會〉可補〈相思會〉七十三字一體〔註 31〕，〈天道無親〉可補〈甘草子〉四十七字一體〔註 32〕，〈傳妙道〉可補〈傳花枝〉一百二字一體〔註 33〕。以上共計十三調可補十八體。

自王重陽大量以道家語改易詞調名，全眞道士即承襲沿用，形成一種風氣。馬鈺詞作中所用九十四種詞牌，有五十二種改易調名，其中已於原作調名下註明改名者有二十三調，分別是：〈三光會合〉（韻令）、〈心月照雲溪〉（驀山溪）、〈黃鶴洞中仙〉（卜算子）、〈金蓮堂〉（惜黃花）、〈報師恩〉（瑞鷓鴣）、〈十報恩〉（瑞鷓鴣）、〈蓬萊閣〉（秦樓月）、〈青蓮池上客〉（青玉案）、〈爇心香〉（行香子）、〈翫丹砂〉（浣溪沙）、〈雁靈妙方〉（雙雁兒）、〈四仙韻〉（減字木蘭花）、〈金蓮出玉花〉（減字木蘭花）、〈悟黃梁〉（燕歸梁）、〈戰掉醜奴兒〉（添字醜奴兒）、〈離苦海〉（離別難）、〈鬥修行〉（鬥百花）、〈清心鏡〉（紅窗迥）、〈白觀音〉（白鶴子）、〈平等會〉（相思會）、〈洞中天〉（鷓鴣天）、〈天道無親〉（甘草子）、〈傳妙道〉（傳花枝）；未註明改易調名者有二十

趙八先生」、「贈扶風縣淡公」二首句式相同外，其餘格式皆不相同，且五首句式、押韻亦皆與《詞律》、《詞譜》所收各體異，可採以備四體。

〔註 31〕　〈平等會〉本名〈相思會〉，馬鈺詞僅一首，見於《金玉集》卷九。雙調七十三字，上片三十八字九句五仄韻，下片三十五字九句四仄韻。《詞律》、《詞譜》所收皆七十五字、七十七字體。銘按：〈相思會〉即〈千年調〉。

〔註 32〕　〈天道無親〉本名〈甘草子〉，馬鈺詞共二首，俱見於《金玉集》卷十。皆雙調四十七字，上片二十一字四句二仄韻，下片二十六字四句四仄韻。《詞律》、《詞譜》所收二體皆爲四十七字，唯起句皆作二言並入韻，馬鈺所塡二首，起句皆作四言，且不入韻，與《詞律》、《詞譜》各體不同。

〔註 33〕　〈傳妙道〉本名〈傳花枝〉，馬鈺詞僅一首，見於《金玉集》卷十，題下註云：「本名〈傳花枝〉，借柳詞韻。」雙調一百二字，上片五十三字十二句五仄韻，下片四十九字十一句五仄韻。此調《詞律》、《詞譜》皆未采錄，當據柳永詞補調。彊村本柳永《樂章集》此詞爲一百一字，馬鈺詞於上片第三句添一字，作上三下六式九言句，與柳詞異，其餘句式、押韻與柳詞完全相同。《全金元詞》將此詞誤分爲二首，且標點亦誤，當據柳詞重新校改。

九調，分別是：〈遇仙亭〉（山亭柳）、〈無夢令〉（如夢令）、〈解冤結〉（解佩令）、〈七寶玲瓏〉（七騎子）、〈金鼎一溪雲〉（巫山一段雲）、〈踏雲行〉（踏莎行）、〈遇仙槎〉（生查子）、〈萬年春〉（點絳唇）、〈玉鑪三澗雪〉（西江月）、〈超彼岸〉（河傳令）、〈水雲遊〉（黃鶯兒令）、〈恣逍遙〉（殢人嬌）、〈神光燦〉（聲聲慢）、〈眞歡樂〉（晝夜樂）、〈玉花洞〉（探春令）、〈玉京山〉（小重山）、〈莫思鄉〉（南鄉子）、〈望蓬萊〉（憶江南）、〈蕊珠宮〉（夜遊宮）、〈悟南柯〉（南柯子）、〈長思仙〉（長相思）、〈清心月〉（軟翻鞋）、〈鍊丹砂〉（浪淘沙）、〈化生兒〉（雙雁兒）、〈德報怨〉（昭君怨）、〈神清秀〉（海棠春）、〈道成歸〉（阮郎歸）、〈繫雲腰〉（繫裙腰）、〈五靈妙仙〉（鎮西）。在這五十二種改易名稱的詞牌中，有〈十報恩〉、〈甃丹砂〉、〈鍊丹砂〉、〈化生兒〉、〈雁靈妙方〉、〈四仙韻〉、〈金蓮出玉花〉、〈德報怨〉、〈道成歸〉、〈悟黃粱〉、〈離苦海〉、〈清心鏡〉、〈天道無親〉等十三種詞牌名，是王重陽未用過的，可能是馬鈺所改的新名〔註34〕；另有〈清心月〉、〈神清秀〉、〈戰掉醜奴兒〉、〈鬥修行〉、〈白觀音〉、〈五靈妙仙〉、〈平等會〉、〈洞中天〉、〈傳妙道〉等九調，是王重陽所未塡過的詞牌；其餘三十種易名之詞牌，則沿襲王重陽所用調名。

馬鈺有二首詞作，內容交代了改易調名的緣由，頗有參考價值，迻錄如下：

　　△　阮郎歸改道成歸。修行人喜知。松峰影裡樂希夷。何
　　　　須唱艷詞。（《漸悟集》卷下〈道成歸〉，頁 348，536）
　　△　詞名本是燕歸梁。無理趣，忒尋常。馬風思憶祖純陽。
　　　　故更易，悟黃粱。（《金玉集》卷七〈悟黃粱〉，頁 355，587）

（二）體式方面

馬鈺的詞作在體式方面，不但承襲王重陽的作風，有許多「藏頭

〔註34〕與馬鈺同時之全眞道士，亦喜用道家語爲調名，創作既在同時，則
　　　殊難確認某調名爲某人所最先改定。唯改易詞調名稱最多，以此爲
　　　習慣者，除王重陽外，首推馬鈺，殆無疑異。

拆字體」及「福唐獨木橋體」，更有「聯珠體」、「藏頭聯珠體」，「藏頭拆字聯珠體」詞各一首，是王重陽詞所沒有的體式。

　　馬鈺的「藏頭拆字體」詞，共有二十七首，分別是：《重陽教化集》卷一〈無夢令・繼重陽韻，詠圍棋〉115、〈滿庭芳・繼重陽韻〉（感重陽）116、〈滿庭芳・繼重陽韻〉（謝王公）117、〈金蓮堂〉（傳心悟）118，卷二〈無夢令・繼重陽韻〉（載憂多歡少）132，卷三〈報師恩・繼重陽韻〉（云言語已曾聞）136、〈黃鶴洞中仙・繼重陽韻〉（日風仙活）152、〈玉鑪三澗雪・繼重陽韻〉（別鄉關寧海）154、〈黃鶴洞中仙・繼重陽韻〉（裡悟傳燈）155；《漸悟集》卷上〈柳梢青〉（輪不催生滅）207、〈踏雲行・贈薛公〉242、〈西江月・贈古知觀〉326、〈西江月・贈悟真〉327，卷下〈四仙韻・別南京〉520、〈四仙韻・過靜遠鎮〉521、〈道成歸・贈岳秀才〉537 ；《金玉集》卷七〈十報恩・贈段先生〉559，卷八〈臨江仙・和趙殿試〉634、〈臨江仙・和無名先生韻〉635、〈清心鏡・贈韋先生〉713，卷九〈蓬萊閣〉（猿急）755、〈蓬萊閣・勸道〉769，卷十〈金蓮出玉花〉（金汞定）776、〈金蓮出玉花・贈劉同監〉780、〈金蓮出玉花・繼張修祖殿試韻〉781、〈金蓮出玉花・姜公惠故紙〉787、〈桃源憶故人・贈董先生〉811。
茲略舉三首，以括其餘：
原詞：別鄉關寧海，持真實爲憑。懷三教作良朋。內日光爲證。悟清
　　　清淨淨，知湛湛澄澄。中養火虎龍吞。訣傳來游泳。拆起永字
　　　　　　　（《重陽教化集》卷三〈玉鑪三澗雪・繼重陽韻・藏頭〉，頁297，154）
還原：永別鄉關寧海，每持真實爲憑。心懷三教作良朋。月內日光爲
　　　證。言悟清清淨淨，爭知湛湛澄澄。水中養火虎龍吞。口訣傳
　　　來游泳。
原詞：我石榴栗果，金卻要公猜。衣引箇白衣來。是人非不採。學非
　　　干大道，元營養嬰孩。端午正出君懷。印何曾姓蔡。（《漸悟集》
　　　　　　　卷上〈西江月・贈悟真〉，頁321，327）
還原：示我石榴栗果，木金卻要公猜。青衣引箇白衣來。人是人非不
　　　採。才學非干大道，首元營養嬰孩。子端午正出君懷。心印何

曾姓蔡。

原詞：兵辱我。戟叢中誰解禍。辯如鋒。木和同是夏公。今清脫。兔
日烏同作活。底然香。謝恩人魚鼓張。(《漸悟集》卷下〈四仙韻·
過靜遠鎮〉，頁345，521)

還原：弓（長）兵辱我。戈戟叢中誰解禍。示辯如鋒。金木和同是夏
公。厶（某）今清脫。月兔日烏同作活。水底然香。日謝恩人
魚鼓張。

馬鈺的「攢三字藏頭拆字體」詞有四首，分別爲：《重陽教化集》卷
三〈蓬萊閣〉(漢，洗滌蓬萊閣)137、〈青蓮池上客·繼重陽韻〉(財
寶俱捐也)140，《金玉集》卷十〈桃源憶故人·贈蔡先生翁母〉799、
〈桃源憶故人·贈華亭仙大師〉812。茲不贅舉。

　　馬鈺的藏頭詞，除了上述兩種外，還有兩種特殊的形式，一種是
「聯珠體」，一種是「藏頭聯珠體」。所謂「聯珠體」，是指用上句末
字作爲下句起字，而下句起字被省去的格式。例如：

　　　　岐陽鎮上丹霞觀。主張公手段。段丹田照管。顧常明燦。
　　　　然內景眞堪看。透性無紊亂。道祝賢遐算。得神仙伴。(《金
　　　　玉集》卷十〈桃源憶故人·寄張知觀·聯珠〉，頁384，804)

此詞各句起字皆被省去，還原時須將各句末字，重複作爲下一句之起
字。該詞可還原爲：

　　　　岐陽鎮上丹霞觀。觀主張公手段。段段丹田照管。管顧常
　　　　明燦。燦然內景眞堪看。看透性無紊亂。亂道祝賢遐算。
　　　　算得神仙伴。

所謂「藏頭聯珠體」，是指起句第一字被藏去的聯珠體。還原時須將
各句末字，重複作爲下一句之起字，而起句之第一字，則重複結句之
末字。例如：

　　　　心數歲。久休心成妙最。好心磨。琢心開疾似梭。飛玉性。
　　　　上無瑕眞自淨。有何愁。惱吾官心不休。(《金玉集》卷十〈金
　　　　蓮出玉花·繼酒同監韻聯珠〉，頁381，782)

此詞可還原爲：

　　　　休心數歲。歲久休心成妙最。最好心磨。磨琢心開疾似梭。

梭飛玉性。性上無瑕真自淨。淨有何愁。愁惱吾官心不休。

馬鈺另有一首題下註明為「藏頭聯珠」的詞，實際上是「藏頭拆字體」與「聯珠體」的綜合體式，原詞如下：

> 予屬付須當認。取本源清淨。意清心除境。滅心忘盡。形
> 八戒持來正。洽靈靈心印。結光輝禪定。是神仙準。(《金玉
> 集》卷十〈桃源憶故人・贈董先生・藏頭聯珠〉，頁385，810)

此詞起句首字須拆解結句末字而得，第二句以後之起字，則皆重複前一句末字。該詞可還原如下：

> 准予屬付須當認。認取本源清淨。淨意清心除境。境滅心
> 忘盡。盡形八戒持來正。正洽靈靈心印。印結光輝禪定。
> 定是神仙準。

馬鈺的「福唐獨木橋體」詞有三十三首，其中二十九首用一字押韻到底，四首上下片各押一字。一字押韻到底的作品如下：《神光燦・滿庭芳・贈零口通明散人害風魏姑》82；《重陽教化集》卷三〈黃鶴洞中仙・繼重陽韻〉(大悟明明也)150；《分梨十化集》卷上〈〈蓺心香・次重陽韻〉(此個扶風，幼習儒風)161、〈蓺心香・繼重陽韻〉(此個扶風，不會祥風)166、〈蓺心香・繼重陽韻〉(仙侶王風)169，卷下〈蕊珠宮・繼重陽韻〉(芋栗又分六箇)180；《漸悟集》卷上〈漁家傲〉(七十光陰能幾日)201、〈長思仙〉(功要圓)267、〈長思仙〉(遇重陽)268、〈無調名・贈鳳翔酒郎中〉363，卷下〈無夢令〉(三髻山侗愛笑)383、〈無夢令・贈京兆權先生〉384、〈無夢令〉(馬劣猿顛濁夢)393、〈無夢令〉(信步如同雲水)404、〈無夢令〉(潑殺無明業火)407、〈無夢令〉(且做塵中急足)408、〈瑞鷓鴣〉(勸人休要問前緣)479、〈瑞鷓鴣〉(風仙風害得真風)480、〈瑞鷓鴣・贈斗門李公〉481、〈養家苦〉(修行易)497、〈登仙門〉(師也師也)540、〈登仙門〉(難也難也)541；《金玉集》卷七〈蓺心香・詠香〉569，卷八〈搗練子・贈華亭完顏知縣〉627、〈清心鏡・搜己過〉643，卷九〈翫丹砂・贈堂下道人〉738，卷十〈桃源憶故人・得遇〉792、〈桃源憶

故人・寄趙公綽殿試〉803、〈滿庭芳・降心魔〉847等二十九首。上
下片各押一字的，分別是：《漸悟集》卷上〈長思仙〉（屋貪多）270、
〈長思仙〉（朝清清）273；《金玉集》卷九〈瓠丹砂・贈王劉二先生〉
736、〈瓠丹砂・復用前韻〉737等四首。現各舉兩首如下：

△　遇重陽。夢純陽。蒸起心香禮正陽。三師助我陽。鍊
　　陰陽。固元陽。五色霞光簇太陽。雲中子抱陽。（《漸悟
　　集》卷上〈長思仙〉，頁314，268）

△　勸人休要問前緣。但肯回頭是宿緣。不想浮生難猛悟，
　　稍知虛患近良緣。無心入道須無分，有意投玄是有緣。
　　自古神仙皆出離，在家怎得好因緣。（《漸悟集》卷下〈瑞
　　鷓鴣〉，頁340，479）

△　屋貪多。地貪多。不若灰心厭事多。崇眞利益多。天
　　如何。地如何。富貴榮華待若何。輪回奈我何。（《漸悟
　　集》卷上〈長思仙〉，頁314，270）

△　莫把修行作等閒。身閒不似放心閒。運行日月莫教閒。
　　保養下丹無漏泄，方遷絳闕鍊中丹。上靈宮滿得三丹。
　　（《金玉集》卷九〈瓠丹砂・贈王劉二先生〉，頁375，736）

馬鈺的詞作中，除了「福唐體」外，還有三種押韻頗爲特殊的情形，
第一種是用同音字押韻，例如：

△　休羨羅幃與絳綃。紅爐跳出碧塵銷。玄中玄妙有緣消。
　　顚倒陰陽眞了了，不分白晝與清宵。一輪性月上丹霄。
　　（《漸悟集》卷上〈瓠丹砂・贈張山老〉，頁324，347）

△　悟道姑姑姓李。棄了人情裕禮。決裂似男兒，搜獲玄
　　中玄理。玄理。玄理。只在西江月裡。（《漸悟集》卷下
　　〈無夢令・贈李悟道〉，頁329，389）

△　歡樂滌除煩惱。清靜自無塵惱。眞氣遍三田，結聚琉
　　璃瑪瑙。瑪瑙。瑪瑙。自是還金補腦。（《漸悟集》卷下
　　〈無夢令・贈宋知柔〉，頁330，396）

△　養家苦，沒休期。危危險險似圍棋。被人瞞，無禱祈。
　　修行好，最稀奇。奼嬰爭把虎龍騎。獻胎仙，鳳與麒。

（《漸悟集》卷下〈養家苦〉，頁 342，495）

第二種是每兩句疊一韻，例如：

　　張公知觀。性命堪搜常作觀。勘破囂塵。灰了凡心出世塵。
　　內修內鍊。眞汞眞鉛常鍛鍊。要見金蓮。須是深深種玉蓮。

　　（《金玉集》卷十〈金蓮出玉花·寄張知觀〉，頁 380，772）

第三種是上下兩片用韻相同，例如：

△　養家苦，鎭常忙。忙來忙去到無常。作陰囚，住鬼房。
　　修行好，不曾忙。閑閑閑裡守眞常。得修完，玉洞房。

　　（《漸悟集》卷下〈養家苦〉，頁 341，488）

△　孫公副正居何處，紫極之宮。待客謙恭。高下相看動
　　己躬。似張弓。勸賢早認眞修鍊，斡運靈宮。省可恭
　　恭。錦箭如絲射寶躬。不須弓。（《金玉集》卷七〈戰掉醜
　　奴兒〉，頁 302，頁 358，612）

這種押韻方式的詞，還有《漸悟集》卷下的〈養家苦〉（瞻他人）489、
（似蜂虜）490、（特貪饕）491、（戀塵緣）492、（沒程頭）493、（爲
妻男）496 等六首。以上三種特殊的押韻方式，應可視作「福唐體」
的變體。

　　由上分析，可知馬鈺所塡藏頭詞共三十五首，數量雖較王重陽
五十二首少，形式上卻更具多樣化。福唐體詞則較王重陽九首，多
出數倍，且形式也更具變化，這可視爲馬鈺在王重陽的基礎上，所
作的發展。

（三）表現技巧方面

　　馬鈺自幼業儒，善文學，夙膺盛名。早年必然有許多文學的創作，
可惜現存於《道藏》中的著作，大約都是他四十五歲（金大定七年，
西元 1167 年）遭遇王重陽之後的作品，全與傳道說教有關，沒有任
何一篇是純文學的作品。從他現存的詞作來看，既然是純爲傳道說教
或抒寫入道後的心境而作，又對王重陽無比的敬仰尊崇，所以其創作
方向及表現技巧，基本上與王重陽是一致的。在遣詞造語上，常用俚
俗口語，力求淺顯明白；在表現手法上，喜用鋪敘或對比襯托的手法；

在修辭技巧上，常用比喻、對偶、呼告、類疊等方法。整體而言，各種技巧的運用，都是朝著希望讀者或聽眾，容易理解、容易記誦、容易傳唱的目標在作努力，而事實上，馬鈺所用的各種技巧，也確實發揮了讓讀者或聽眾能夠易解易記易於唱傳的效果，使人樂於接受，而達到傳道說教的目的。在這方面的努力，馬鈺是成功的。現在就來簡要介紹他的鋪敘手法、對比手法，和比喻、對偶、呼告、類疊等修辭技巧。

　　鋪敘的手法，有利於將複雜的事情或道理，明白清楚的呈現出來，讓讀者或聽者更容易了解而接受。馬鈺和王重陽一樣，都很喜歡運用這一技巧。在馬鈺的詞作中，內容稍長的中調和長調，約有將近三分之二是用這一手法寫成，所以鋪敘的手法，可以說是馬鈺的主要表現方法之一。茲舉例略作分析如下：

> 山侗馬鈺，閑吟閑詠。不是誇強逞俊。謂見人居火院，受苦不忍。時時詩詞勸化，啓丹誠闡開玄徑。常哭告，望人人迴首，箇箇聽信。割斷情韁慾索，歸物外，無縈無繫。無病自在，清閑快樂，修完性命。一朝功成行滿，有金童持詔邀請。如此事，奈人人不肯，折了伊甚。（《神光燦‧滿庭芳‧寄鄠縣晏公及道眾》，頁274，030）

這是一首勸人入道修行的作品。詞的上片詳細鋪敘其寫作詩詞寄贈道眾的苦心。前七句直截了當說明，其填詞吟詩不是爲了誇示才學，而是不忍見芸芸眾生，迷失在塵世間，受種種愛慾情緣的煎熬，因此欲藉詩詞爲眾生撥雲去霧，開闢長生久視、證眞成仙之路。上片末三句，訴說其用心之懇切，「常」字點出其用心之勤，「哭」字生動地突顯出其用心良苦，欲救人於水火之中的熱忱。「望人人迴首，箇箇聽信」則強調了他「吟詠」的目的和期望。詞的下片，繼續敘寫修行的方法與修行的好處，讓人有所遵循與有所期待。前六句說明修行的訣竅在「清靜無爲」，故首先必須割斷一切情韁慾索；能斷除酒色財氣、家緣塵累，才能逍遙物外，自由自在，得清閑之眞快樂，登性命雙修之

眞境界。七、八二句,指出有朝一日,若能功成行滿,則能位列仙曹,
證成仙果;功指內在心性的鍛鍊功夫,行指外在博施濟眾的種種善
行,能藉外功修內德,內外雙修,則必能有成。結尾三句,感慨修證
的道理,眞實不虛,奈何世人總是不肯相信,總是不肯認眞修道。全
詞採鋪敘手法,詳寫吟詠的緣由與修證的方法,讓人深刻感受到馬鈺
勸化世人的苦心和熱忱,同時也讓欲著手修行之人,有了可以遵循的
法則;結尾的感嘆,更有引人深思,讓人心生警惕的作用。這就是他
採用鋪敘手法的成功之處。

> 應仙舉。便下手、先除色慾。好玉潔冰清大丈夫。更休任、
> 泥拖水漉。一失人身難再復。莫等閒、把前程失誤。今略
> 訴。長生久視,五件堪爲憑據。聽取。第一要、滌除念慮。
> 第二要、忘貪戒酒肉。第三要、濟貧拔苦。第四要、常行
> 慈善。第五要、精神保護。依此五件,功成行滿,得赴蓬
> 萊仙路。(《鳴鶴餘音》卷一〈二郎神慢〉,頁 395,861)

這是一首指導道眾修行的作品。上片指出欲修行必須先除色慾,要人
切莫遲疑,否則一但失去人身,輪迴墮入「畜牲、惡鬼、地獄」三惡
道,就難再恢復了。「一失人身難再復」簡潔有力,頗有警策作用。
下片承上片末三句,鋪敘長生久視的五要件,由一至五,詳細說明五
要件分別是:滌除念慮、忘貪戒酒肉、濟貧拔苦、常行慈善、保護精
神。只要依此五件,功成行滿,就能成就仙果,赴蓬萊仙路。用數字
來鋪排說理,可以使人理念清晰,讓人在最簡短的時間內,就能清楚
掌握修行的要訣與步驟,確實有讓人易理解易記誦的好處,但也不能
鋪排得太過份,如:

> 一則降心滅意。二當絕慮忘機。三須戒說是和非。四莫塵
> 情暫起。五便完全神氣。六持無作無爲。七教功行兩無虧。
> 八得超凡出世。(《漸悟集》卷上〈西江月·贈清淨散人〉,頁 318,
> 299)

這也是一首指導道眾修行的作品。全詞由一鋪排至八,列出八點修行
的方法和步驟,由一而八,進程清清楚楚,方法明明白白,頗能達到

易記易誦的效果。但是也由於鋪排得過於機械化，抹煞了文學的趣味，讓人彷彿在誦讀誡規，完全沒有文學的趣味可言。好在像這首詞寫法的作品，在馬鈺的詞作中僅有四首〔註35〕，其他依數字爲序鋪寫的作品，都還算靈活而有變化。〔註36〕

馬鈺擅長的另一表現手法是對比襯托的技巧。運用對比襯托，可以突顯主題，給人更深刻鮮明的印象，可以達到使讀者或聽眾更易接受而信服的作用。茲舉三首略作分析：

> 養家苦，沒程頭。一朝身死作陰囚。見閻王，不自由。修
> 行好，有程頭。三千功滿不爲囚。做神仙，得自由。(《漸悟
> 集》卷下〈養家苦‧贈甯伯功〉，頁342，493)

這是十二首〈養家苦‧贈甯伯功〉其中的一首。詞的上片描述一般世人爲養家而受苦，到最後仍難免沉淪地獄，身繫囹圄，無法復得自由之身。下片則敘述修道之人有前程，能修滿三千功行，就能免去地獄之苦，得作自由神仙。上下片採用對比手法，以沉淪地獄受苦與成仙自由自在作對比，來突顯不修道與修道之人的差別，藉以達到勸人入道修行的目的。全詞不但內容上，前後對比，相反相成；形式上也是前後相互對稱，連押韻都是上下片完全相同，可見其用心經營的痕跡。

> 造惡之人，凶橫無過。細尋思、最易奈何。生遭官法，死
> 見閻羅。向獄兒囚，碓兒搗，磑兒磨。積善之人，恭順謙
> 和。細尋思、卻總輸他。難收黑簿，怎入刑科。更神明祐，
> 家門慶，子孫多。(《金玉集》卷七〈蘇心香‧善惡報〉，頁353，
> 572)

這是一首敘寫善惡報應，勸人戒惡行善的作品。上片描述造惡之人的

〔註35〕另三首皆見於《漸悟集》卷上，分別是：〈西江月‧贈明月散人〉300、〈西江月‧贈任守一〉308、〈酖丹砂‧贈藥趙仙〉337。

〔註36〕例如：《神光燦‧滿庭芳‧贈長安徐先生》020，《教化集》卷一〈心月照雲溪‧繼重陽韻〉104，《漸悟集》卷下〈無夢令‧贈京兆權先生〉384、〈無夢令〉(一避無涯火院)385，《金玉集》卷七〈清心鏡‧祖菴環堵〉644、〈清心鏡‧贈劉小官〉681等作品。

惡形與惡報，不但生前遭官府懲治，死後還要淪落地獄受苦刑。「碓
兒搗，磑兒磨」生動具體地說明了受苦刑的情狀。下片則描述行善之
人的種種善報，不但刑科無緣，更有神明保祐，「家門慶，子孫多」，
和在地獄受苦的惡徒，形成明顯的對比。兩種完全相反的報應，同時
並舉，產生強烈的對比作用，更能襯托出行善的好處，使為惡之人心
生警惕，於戒慎恐懼之餘，進而能夠棄惡從善，入於正途，這正是對
比手法，能達到突顯主題，予人深刻印象的效果。

> 養家時，甚情況。被妻男逼得，有如心恙。競利名、來往
> 奔波，忔勞嚷勞嚷。學道來，常坦蕩。除性命二字，別無
> 妄想。占清閑、自在逍遙，好豁暢豁暢。(《金玉集》卷八〈清
> 心鏡・贈王菴主〉，頁366，674)

這是一首勸人離家學道的作品。也是運用對比襯托的手法寫成的。上
片描述養家時的勞碌狀況，被家累重擔壓抑得如患心恙，又沉淪在爭
名逐利的物慾虛名之中，終日熙熙嚷嚷，渾渾噩噩度日，其苦狀不知
如何解脫。下片描述離家學道之後的悠遊情狀，心中坦坦蕩蕩，無憂
無慮，除了在性命雙修的訣竅上，勤下功夫之外，沒有任何束縛，沒
有任何桎梏，是何等的逍遙自在，無拘無束，和在家時的情況相比，
真有如天壤之別了。全詞前後強烈的對比，以養家的苦處，襯托出離
家修行的好處，突顯了所要表達的主題，使人在比較之餘，自然樂於
選擇出家修行；同時也肯定了已出家修行之人的行徑，堅定了他們修
行的決心，可謂一石二鳥，一箭雙鵰的說法。馬鈺的詞作中，有將近
百首都是運用這種對比襯托的手法寫成的，而且都能達到突顯主題，
使人印象更深刻的效果。真可說是慣用這一手法的能手。

　　在修辭技巧上，馬鈺常用的方法有比喻、對偶、呼告、類疊等方
法。各舉例分析如下：

> △　兒孫枷杻，妻妾干戈。惺惺靈利邪魔。蝸角蠅頭名利，
> 寵辱驚多。尋思上床鞋履，到來朝、事節如何。遮性
> 命，奈一宵難保，爭箇甚麼。(《神光燦・滿庭芳・贈王知
> 玄》，頁271，015)

△ 憐妻愛妾，憂兒愁女。一心千頭萬緒。競利爭名來往，
　　豈曾停住。如蜂採花成蜜，謂誰甜、獨擔辛苦。迷迷
　　地，似飛蛾投火，好大暮故。(《神光燦·滿庭芳·勸道友》，
　　頁273，024)

△ 養家苦，似蜂虐。採花成蜜爲誰甜。肯隄防，蛛網粘。
　　(《漸悟集》卷下〈養家苦·贈甯伯功〉，頁341，490)

△ 解名韁，敲利鎖。愛海恩山，一齊識破。棄家緣、路
　　遠三千，似孤雲野鶴。(《金玉集》卷八〈清心鏡·棄家〉，
　　頁362，639)

以上這些詞作，或以枷杻干戈比喻兒孫妻妾對性命之束縛與戕害，以
蝸角蠅頭形容名利之微不足惜；或以蜜蜂採花釀蜜爲他人白忙比喻爲
兒女妻妾終日勞碌的迷人，以飛蛾投火比喻凡夫不知入道修行的無知
與危殆；或以韁鎖比喻名利之縛身，以孤雲野鶴比喻出家修行之後的
自由之身。種種比喻，都能十分巧妙地突顯出喻體的特徵，生動刻劃
出所欲表達的事物的形象，增加了作品的趣味性和感染力，使作品更
加生動可讀，讀者印象更加具體深刻，馬鈺運用這一技巧的能力，是
頗令人讚賞的。他的作品中巧妙的比喻可說是唾手可得，值得細細閱
讀，慢慢品賞。

　　馬鈺詞中的對偶句，也是不乏佳作，略舉數例如下：

△ 穿茶坊，入酒店。(《漸悟集》卷下〈蘇幕遮·在南京乞化〉，
　　頁337，458)

△ 休誇富貴，莫騁榮華。(《神光燦·滿庭芳·贈宋先生》，頁
　　271，018)

△ 在俗非爲俗，居塵不染塵。……營養心中性，修完身
　　內神。(《漸悟集》卷下〈南柯子·贈陳三翁〉，頁326，364)

△ 不羨人先悟，惟愁我未愚。……不著人情絆，常教我
　　相除。(《漸悟集》卷下〈南柯子〉，頁328，375)

△ 會握青鋼劍，能啣白玉杯。(《漸悟集》卷下〈巫山一段雲〉，
　　頁334，437)

△ 醉臥琉璃帳，閑看翡翠簾。(《漸悟集》卷下〈巫山一段雲〉，

頁 334，439）

　△　心內常搜己過，口中不說他非。……日日飽飱玉蕊。
　　　時時爛飲刀圭。(《漸悟集》卷上〈西江月〉，頁 317，296)

　△　莫論離龍坎虎，休言赤髓黃芽。……絕慮忘機最妙，
　　　澄神養浩尤佳。(《漸悟集》卷上〈西江月〉，頁 319，306)

　△　頂戴恩山猶論道，身居苦海肯擎拳。是非窟裡功難就，
　　　名利叢中果怎圓。(《漸悟集》卷下〈瑞鷓鴣·勸道友〉，頁
　　　338，466)

　△　好看梅溪楊柳渡，喜遊竹徑杏花岡。秦川鋪錦宜春睡，
　　　渭水橫絲繫日長。(《漸悟集》卷下〈瑞鷓鴣·過楊柳渡〉，
　　　頁 339，468)

　△　真樂真閑無議論，至微至妙絕商量。是非欲說氣神散，
　　　名利纏言道德忘。(《漸悟集》卷下〈瑞鷓鴣·居庵〉，頁 339，
　　　470)

　△　鉛汞烹煎先有驗，虎龍交媾豈無聲。三光并秀超三昧，
　　　五嶽同峰出五行。(《金玉集》卷七〈十報恩〉之三，頁 349，
　　　544)

以上所舉三至七言句，都是句式、平仄、詞性對仗工整的例子。馬鈺
的對偶句，比王重陽的對偶句，更具可讀性，這顯示出馬鈺的文學素
養可能在王重陽之上，只是他在出家入道之後，專心一致，栖栖皇皇
於修道辦道的事務中，無心為文學創作，而現存著作又都是入道後的
作品，所以欲了解馬鈺的文學素養，也只能在他充滿道味的作品中，
去尋找蛛絲馬跡了。

　　「呼告」也是馬鈺常用的修辭方法，這是因為他的作品，大多是
為傳道教說或酬唱寄贈而作的，即使是酬唱寄贈也不離開傳教說道的
主題，而呼告法是最能提振對方（讀者或聽眾），強調語氣，引起注
意的一種技巧，具有耳提面命或懇切教誨的作用，因此，他的詞作中，
呼告法的運用，也是屢見不鮮的。略舉數例以括其餘：

　△　諸公聽我，自有神京。(《神光燦·滿庭芳·贈朱官人張書表〉，
　　　頁 270，010)

△ 告吾兄，聽我囑。莫慮兒孫，自有兒孫祿。願早灰心
明性燭。占取清閒，修取將來福。(《漸悟集》卷下〈蘇幕
遮・贈馬公〉，頁336，453)

△ 造麵人，聽予囑。硬搓薄趕，挨刀細削。燒鍋灶、不
可遲遲，便頻添火燭。(《金玉集》卷八〈清心鏡・示當廚造
麵者〉，頁370，701)

△ 何先生，聽仔細。未到蓬頭，且梳丫髻。亦未至、求
乞殘餘，待悟來許你。(《金玉集》卷八〈清心鏡・贈靈一子〉，
頁372，711)

馬鈺的詞作中，運用得最爲普遍的修辭法，要算是類疊法了。同
一個字詞語句，接二連三反復地使用，就叫作「類疊」。類疊又可細
分爲：疊字、類字、疊句、類句四種。疊字是指字詞連接的類疊，類
字是指字詞隔離的類疊，疊句是指語句連接的類疊，類句是指語句隔
離的類疊(黃慶萱《修辭學》)。這四種方法，王重陽常用的只有疊字
和類字兩種，疊句甚少見，類句則未見；馬鈺的詞作中，疊字和類字
幾乎觸目皆是，疊句也屢見不鮮，類句則未見；其使用類疊的技巧較
諸王重陽，又更普遍，更多樣化。先來看看他所使用過的疊字(依筆
劃排列，數字表使用次數)：

人人43、了了11、九九2、兀兀5、三三7、千千2、小小
1、下下2、山山1、丈丈2、口口1、爻爻2、心心3、切
切2、日日15、冗冗1、水水1、六六3、申申5、句句3、
去去4、玄玄13、永永18、玉玉1、田田1、平平2、正正
1、冉冉1、多多2、如如1、有有1、各各4、行行1、休
休2、早早4、字字1、危危1、成成1、忙忙1、步步5、
劫劫4、身身1、沉沉1、作作1、妙妙2、念念4、杳杳6、
物物7、來來7、明明10、哈哈1、姑姑7、波波5、炎炎3、
昏昏3、枝枝1、青青1、事事1、非非2、肯肯1、呵呵2、
長長1、拍拍1、坦坦1、洋洋6、重重6、洒洒2、恍恍1、
風風8、哀哀1、神神4、看看1、急急8、迢迢1、是是2、
苦苦2、爲爲1、珊珊1、時時27、徐徐2、般般13、冥冥

8、迷迷 3、眞眞 17、盈盈 2、高高 2、草草 2、捐捐 1、冤
冤 1、朗朗 1、氣氣 1、浮浮 1、家家 1、專專 14、堂堂 1、
常常 19、得得 8、偎偎 1、區區 1、寂寂 5、淨淨 8、累累 1、
深深 3、清清 21、細細 6、處處 7、通通 1、淺淺 1、堅堅 1、
停停 4、密密 2、恭恭 1、欵欵 1、湛湛 7、惺惺 20、閑閑
10、勞勞 2、焰焰 1、傚傚 2、無無 3、喜喜 1、葉葉 1、款
款 2、陽陽 2、善善 1、稍稍 4、朝朝 3、孳孳 2、斑斑 2、
勤勤 4、萬萬 4、碌碌 1、達達 1、遇遇 1、暗暗 3、新新 1、
圓圓 5、詳詳 1、損損 1、歲歲 1、塞塞 1、微微 1、輕輕 7、
箇箇 15、遠遠 5、綿綿 19、實實 1、種種 1、寥寥 1、漸漸
7、疑疑 1、漂漂 1、榮榮 1、塵塵 1、認認 1、兢兢 1、滿
滿 1、察察 1、蒼蒼 2、寧寧 1、滾滾 1、慢慢 1、翩翩 1、
輝輝 5、澄澄 10、瑩瑩 2、審審 1、賢賢 1、頻頻 4、靜靜 2、
憨憨 3、親親 3、遲遲 4、默默 5、頭頭 4、戰戰 1、險險 1、
錡錡 1、謟謟 6、濛濛 1、聳聳 1、燦燦 6、簇簇 1、顆顆 1、
聲聲 3、點點 1、轉轉 1、謹謹 8、襟襟 1、穩穩 2、顛顛 1、
騰騰 6、瀟瀟 1、飄飄 1、颷颷 1、驅驅 1、醺醺 1、巍巍 1、
灑灑 5、攢攢 1、聽聽 1、戀戀 1、顯顯 2、飈飈 1、纖纖 1、
靈靈 21、灣灣 1、霹霹 1、蟲蟲 4。

以上二百九種疊字，共用了七百七十二次。和王重陽的二百二十一種
疊字，共用六百八十九次相比較，疊字的種類少了十二種，總次數卻
多了八十三次，師徒二人好用疊字的習慣，由統計數字即可顯示得非
常清楚，兩宋詞人恐怕無人出其左右了。馬鈺不但好於詞句中疊字，
有時全詞每句都以疊句開頭，有時於句中、句末全疊，有時甚至於整
首詞全用疊字，例如：

　　△　喜喜蓬頭。達達根由。永永誓不貪求。漸漸歸于正覺，
　　　　申申燕處優游。萬萬塵緣識破，專專志做持修。遇遇
　　　　風仙傳口訣，疑疑滌盡更何搜。燦燦不昏幽。玉玉金
　　　　光結，心心願做渡人舟。累累功成行滿，眞眞去訪瀛
　　　　洲。（《重陽教化集》卷一〈遇仙亭・繼重陽韻〉，頁 290，102）

△ 大悟明明也。大智閑閑也。大道行行應自然，風風馬。
永永逍遙也。大水高高也。大火炎炎也。大藥輝輝晃
寶瓶，眞眞馬。得得長生也。(《重陽教化集》卷三〈黃鶴
洞中仙‧繼重陽韻〉，頁297，150)

△ 元氣盈盈，大法成成。刼初觀、日月停停。光輝瑩瑩，
龍虎平平。覺本眞眞，常寂寂，永寧寧。(《金玉集》卷
七〈爇心香‧岐陽鎮張同監問修行〉，頁354，579)

△ 朝清清。暮清清。清淨清閑清淨清。清清清更清。抱
靈靈。固靈靈。靈顯靈明靈顯靈。靈靈靈更靈。(《漸悟
集》卷上〈長思仙〉，頁315，273)

馬鈺的詞作中，還有一種頗為特殊的疊字法，即整首通體疊字，如：

△ 是是非非遠遠。塵塵冗冗捐捐。人人肯肯解冤冤。步
步灣灣淺淺。善善常常戀戀。玄玄永永綿綿。明明了
了這圓圓。杳杳冥冥顯顯。(《漸悟集》卷上〈西江月〉，頁
319，311)

△ 物物般般認認。常常戰戰兢兢。心心念念恐沉沉。得
得來來損損。日日清清淨淨。時時湛湛澄澄。惺惺灑
灑這靈靈。燦燦輝輝永永。(《漸悟集》卷上〈西江月〉，頁
319，312)

△ 淨淨清清淨淨清。澄澄湛湛湛澄澄。冥冥杳杳杳冥冥。
永永堅堅堅永永，明明朗朗朗明明。靈靈顯顯顯靈靈。
(《漸悟集》卷上〈甁丹砂‧寄趙居士〉，頁325，352)

這種形式的作品，只為疊字而疊，全不顧文意是否通順暢達，實在並
不可取。後來的喬吉有〈天淨沙‧即事〉，原作如下：

鶯鶯燕燕春春。花花柳柳眞眞。事事風風韻韻。嬌嬌嫩嫩，
停停當當人人。

也是通體疊字，不知是否受馬鈺的影響？

馬鈺的詞作使用類字的情形，明顯較王重陽來得多而有變化。
王重陽雖也常用類字，但遠不如馬鈺使用得普遍，略舉數例，以見
梗概：

△　世人爲處我無爲，更無思無慮。(《漸悟集》卷上〈賀聖朝·
　　贈王司公〉，頁302，186)

△　物外修持物外圍。搜玄搜妙認根源。(《漸悟集》卷上〈訊
　　丹砂〉，頁322，332)

△　常淨常清常忍辱，無爲無作列仙曹。(《漸悟集》卷下〈瑞
　　鷓鴣〉，頁340，477)

△　意動心須動，心除意亦除。無無寂寂寂還無。神氣和
　　同，子母得安居。莫覓曹溪路，何須問尾閭。眞清眞
　　靜養眞如。眞樂眞閑，眞箇好功夫。(《漸悟集》卷下〈南
　　柯子·贈馬懷玉〉，頁327，368)

△　不須遠遠遠尋師。自是神仙自是師。眞淨眞清眞至理，
　　至微至妙至眞師。愛憎不盡難求道，人我仍存枉拜師。
　　你意不能隨我意，我心怎做你心師。(《漸悟集》卷下〈瑞
　　鷓鴣·贈斗門李公〉，頁340，481)

△　尋思今古修仙道，今如古，古如今。古今難得遇知音。
　　知音者，似予心。(《金玉集》卷七〈悟黃粱·贈興平楊先生〉，
　　頁355，589)

△　伊予同里。自來交契。各貪浮名浮利。總悟無常，物
　　物般般捐棄。予先別離寧海，又繼而、賢來關裡。願
　　同志，更同心同德，同搜玄理。(《神光燦·滿庭芳·贈路
　　宿劉先生》，頁277，043)

以上都是馬鈺運用類字法的實例，這些例子都能達到強調某一意念，
或使音節諧美的效果。馬鈺還特別喜愛用同一、二字，在整首詞中，
一再重複使用，例如：

△　有榮有辱，有利有害。有喜有憂相待。有得有失，自
　　是有成有敗。爲人有生有死，但有形、必然有壞。休
　　著有，自古來著有，有誰存在。好認無爲無作，道無
　　情無念，無憎無愛。無我無人無染，無著無礙。無心
　　能消業障，這無無、人還悟解。無中趣，得無生無滅，
　　超越三界。(《神光燦·滿庭芳·贈于瓦罐先生》，頁278，048)

△　休誇美妙。休誇年少。休誇惺惺傻俏。休要誇張，能

運心機姦狡。休誇多才多藝，更休誇、善耽家小。休誇術，也休誇富貴，比賢校少。閑想輪迴生死，閑閑看，丹經子書莊老。閑裏尋閑，自是通玄明奧。閑中澄心養氣，用閑功、鍊成眞寶。得閑趣，做清閑仙子最好。（《神光燦‧滿庭芳‧贈濰州苗先生》，頁278，049）

△ 捨家學道，爭奈心魔。心中憎愛尤多。心意如猿如馬，如走如梭。心生塵情競起，縱頑心、不肯消磨。心念惡罪，皆因心造，怎免閻羅。奉勸專降心意，把勝心摧挫，如切如磋。心若死灰，自是神氣沖和。眞心無染無著，起慈心、更沒偏頗。心念善道，皆因心造，超越娑婆。（《神光燦‧滿庭芳‧贈宋何二先生》，頁279，053）

△ 專違寧海，專遊陝右。專來有何幹勾。專住環牆，專守天長地久。專遠氣財酒色，專清靜、專修九九。專一志，更專心專意，專尋知友。專壘眞功眞行，專專地，專心勸人迴首。專與雲朋，專鍊寶瓶眞玖。專投玉關金鎖，專同飲、瓊漿仙酒。專等候，有風仙師父，專來拯救。（《神光燦‧滿庭芳》，頁289，099）

△ 馬鈺平生，心平性善。因師釣出牟平縣。逍遙坦蕩過東平，平安無事身康健。得到興平，治平爲念。清平快樂無征戰。雲遊地脈太平宮，平平穩穩行方便。（《漸悟集》卷上〈踏雲行〉，頁309，230）

△ 燕至清明近。花到清明盛。奉勸清明遊賞人，別有清明景。我得清明永。曠劫清明淨。一點清明無價珍，便是清明性。（《漸悟集》卷上〈卜算子〉，頁311，244）

△ 恣意逍遙，逍遙恣意。逍遙自在無縈繫。行坐逍遙，逍遙似醉。逍遙到處，似雲似冰。悟徹逍遙，逍遙養氣。逍遙裏面修仙計。這個逍遙，逍遙無比。逍遙去蓬島，十洲有位。（《漸悟集》卷上〈恣逍遙‧贈韓守玄〉，頁312，253）

這些詞，有的上下片分別一再重複使用一字，有的全詞一再重複使用一字或一詞。像這樣寫法的，在馬鈺作品中多達五十餘首。疊字與類

字的技巧若運用得宜，頗能達到強調某字（或詞）意象的效果，但也很容易流於生硬難解，或變成文字遊戲；綜觀馬鈺的詞，雖偶有流於堆砌文字，形同文字遊戲的作品，但大致上這兩種技巧的使用，仍算是頗爲成功的。

疊句的運用，王重陽的詞作中並不常見，馬鈺的詞則除了七十餘首〈蓬萊閣〉（憶秦娥）、〈無夢令〉（如夢令）等，詞牌規定須疊韻者之外，其他不必疊韻而用疊句者，也有四十餘首之多。略舉數例，以括其餘：

　△　……常寧耐，常寧耐常耐，寧耐寧耐。……眞無壞，眞無壞，無壞無壞。(《神光燦‧滿庭芳‧贈駱先生劉石二先生》，頁270，013)

　△　……因遇風仙省悟，覺從前、罪業彌深。便改正，便改正改正，改正改正。……假使貧人退道，得榮華、富貴人欽。我不肯，我不肯不肯，不肯不肯。(《神光燦‧滿庭芳‧自詠》，頁288，091)

　△　馬山侗。馬山侗。與簡丘仙和不同。心交有始終。合西東。合西東。慧目相看別有功。時時現內容。(《漸悟集》卷上〈長思仙〉，頁313，260)

　△　……起眞慈。起眞慈。暗助眞功，常常得自知。……結靈芝。結靈芝。攜去蓬瀛，專專獻我師。(《漸悟集》卷下〈梅花引‧贈白先生〉，頁343，501)

　△　搜己過。搜己過。自入道來，別無大過。只不合、說破玄機，是十分罪過。自知過。自知過。要免前　，將功補過。處無爲、心起眞慈，望聖賢恕過。(《金玉集》卷八〈清心鏡‧搜己過〉，頁362，643)

綜合以上的分析，可知馬鈺的詞作，無論在內容上或形式上都不脫王重陽的影響，而又能有所發展。其詞就內容思想言，全爲講道傳教而作，故始終不離勸人入道修行的主題。就形式技巧言，用調多，有可以補《詞律》、《詞譜》之不足者，又喜以道家語改易調名；喜作藏頭體及福唐體，並有「藏頭聯珠體」；表現技巧上，擅用鋪敘及對

比手法，又富修辭技巧，故能廣泛流傳，深爲時人所好。

其詞之廣受歡迎，對早期全眞教來說，實在是教門得以開闡的重要因素之一。若無深厚的文學素養與高明的創作技巧，是很難有這番成就的，故評斷馬鈺之詞，姑且不論其內容是否符合文學作品的要求，光就形式上的各種技巧言，實在是應該給予高度的肯定的。

第二節　譚處端

一、生平事略

譚處端，字通正，號長眞子，初名玉，字伯玉，寧海人（今山東省牟平縣）。生於金太宗天會元年（1123），卒於金大定二十五年（1185），年六十三。其父爲鏐鐐之工，屢輟己生資濟助貧窘，積善累行，受譽鄉里。處端幼而秀發，聲韻琅然，十五歲志於學，詠物警策，所作〈葡萄篇〉已膾炙人口。弱冠涉獵詩書，工諸草隸。一朝，因醉遇雪，臥於途中，而感風痺之疾，喟然而嘆曰：「玉平昔爲行於世，略無鮮益，中復遇奇疾，必非藥石可療之。」乃暗誦《北斗經》以求濟。忽夢大席橫空，欲飛昇據之，見北斗星君冠服而坐，處端於叩首作禮之間，恍然而覺，自茲奉道之心篤矣。至大定七年（1167）仲秋，聞重陽眞人度馬鈺爲門生，遂迤赴重陽之所，祈請棄俗服羽，執弟子禮，重陽付之以頌，使宿於庵中；時嚴冬飛雪，藉海藻而寐。重陽展足令抱之，少頃，汗流被體，如置吹甌中；拂曉，重陽以盥洗餘水使處端漱面，從漱月餘，宿疾頓癒，由是推心而敬事之。其妻嚴氏詣庵呼歸，處端怒黜之，重陽授以四字祕訣，遂立今之名字，又道號長眞子。九年（1169）冬，重陽率馬鈺、譚處端、丘處機、劉處玄四徒西行；翌年春，重陽道卒於汴梁（今河南開封縣），遺訓命處端與馬、劉、丘主掌教門，四子扶重陽靈柩歸葬於終南劉蔣村舊地，守喪三年禮畢，始分地弘道。處端往來於洛川之上，行化度人歷十餘載，從其學道者甚眾。晚年遊洛陽，見洛南朝元宮山水明秀，遂於其東誅

茅拾礫而菴焉。二十五年（1185）孟夏朔日，無疾留頌而逝。元世祖至元六年（1269）春正月，璽書加贈「長眞雲水蘊德眞人」之號。生平行實詳完顏璹〈長眞子譚眞人仙跡碑銘〉。〔註37〕

　　譚處端有《水雲集》傳世。今本《道藏》收《水雲集》分上中下三卷，《道藏輯要》則合爲一卷。題「崑崙山長眞子譚處端述」。卷上收：七言律詩三十九首（其中三首爲藏頭拆字體）、七言絕句十八首、五言律詩兩首、五言絕句九首、頌十三則、歌五首、〈示門人語錄〉一文，中卷載詞七十六闋，下卷載詞七十八闋，共一百五十四闋。集前有大定丁未（即大定二十七年，1187）東牟州學正范懌序，集後有二序，一爲范懌之子（佚其名）序，一爲無名氏序。范懌大定丁未年（1187）序說：「其述作賦詠，舉筆即成。詩頌詞章，僅數百篇。又述語錄、骷髏、落魄歌，驚悟世人，皆包藏妙用，敷暢眞風，引人歸善，甚有益於時也。」

　　重陽仙蛻後，全眞七子分途弘道，各自創立了自己的傳法世系，譚處端所傳一支爲「全眞南無派」。其弟子見於全眞諸傳記載者甚少。據完顏璹〈長眞子譚眞人仙跡碑銘〉，王道明和董尚志「自童稚禮先生，盡負汲香火之勤」，譚歿後，居墓側數十年。王道明主持棲霞觀，而董尚志始終醮祭無惰。另有濬州全眞庵住持王琉輝鏤板印刷譚的詩詞集，徐守道、李道微、于悟仙等重印之，以及韓城鎭長眞庵住持王志明等，當均是譚處瑞弟子。〔註38〕

二、詞作內容分析

　　《全金元詞》輯錄譚處端詞作共得一百五十六首。輯錄來源爲：

〔註37〕有關譚處端的記載見：《甘水仙源錄》卷一，頁 27～31，完顏璹撰〈長眞子譚眞人仙跡碑銘〉；《金蓮正宗記》卷四，頁 1～3；《金蓮正宗仙源像傳》，頁 26～29；《七眞年譜》，頁 3～13；《歷世眞仙體道通鑑續編》卷二，頁 1～5；《新元史》卷二四三。

〔註38〕參閱陳耀庭‧劉仲宇合著《道‧仙‧人——中國道教縱橫談》，上海社會科學院出版社，1992 年 12 月第一版。

《水雲集》卷中七十六首、卷下七十八首，《鳴鶴餘音·卷四》一首，《金蓮正宗仙源像傳》一首。羅忼烈另據《詩淵》輯補一首〔註39〕，故譚處端現存詞作總計爲一百五十七首。

　　譚處端爲王重陽之第二大弟子〔註40〕，繼王重陽和馬鈺之後，主掌全真教。其思想與王重陽、馬鈺是一脈相承的，他現存的詞作也都是爲宣唱法理、開導眾心而作的作品。所以內容也離不開以全真爲旨歸，倡言三教合一，闡述內丹修煉，強調清靜無爲，主張真功真行、勸人出家禁慾、勸人及早修行等這些範圍。譚處端喜以雲水爲喻，表現自己曠達灑脫的胸懷，與無拘無束逍遙自在的生活情境。在他的詞作中，隨處可見「水雲」、「物外」、「逍遙」、「自在」、「飄逸」、「山水」、「閒雲」、「閒遊」、「灑脫」、「瀟灑」、「靈空」等字眼。在他一百五十七首作品中，「水雲」或「雲水」一詞共三十九見，「逍遙」一詞二十九見，「物外」一詞十九見，「自在」一詞十六見，可以說是他的作品的主要情調，以「水雲」爲集名，是頗爲恰當的。茲略舉數首，以窺一斑：

　　△　煙斂雲收，蟾孤秋靜，湛然獨顯希夷。常從坦蕩，默

〔註39〕見羅忼烈〈《全金元詞》補輯〉。該文收錄於羅著《詞學雜俎》頁278～287，成都：巴蜀書社，1990年6月第一版。羅氏所輯補一首，見於《詩淵》第六冊，頁4106，北京：書目文獻出版社影印發行，1984年。

〔註40〕關於全真七子之排名，全真諸傳，如：《甘水仙源錄》、《金蓮正宗記》、《金蓮正宗仙緣像傳》等，皆以馬鈺、譚處端、劉處玄、丘處機、王處一、郝大通、孫不二爲序（《甘水仙源錄》及《七真讚》無孫不二資料），此爲全真門人所認定之排序（馬、譚、劉、丘實爲掌教之先後順序，其餘三人未掌教團，故列於後），本論文亦採此排序。若依《七真年譜》及諸真傳記所載，七真入道出家之先後順序爲：丘處機（大定七年九月）、譚處端（大定七年冬）、馬鈺（大定八年二月初八）、王處一（大定八年二月初八）、郝大通（大定八年三月）、孫不二（大定九年五月五日）、劉處玄（大定九年九月）。如依年齡排序，則爲：孫不二（1119年生）、譚處端（1123年3月1日生）、馬鈺（1123年5月20日生）、郝大通（1140年生）、王處一（1142年生）、劉處玄（1147年生）、丘處機（1148年生）。

默飲刀圭。寶鼎祥煙攢聚，氣神會、結就靈芝。閑遊
好，飄飄雲水，物外訪相知。隨時。緣分過，飢來覓
飯，逐處投棲。任忙忙烏兔，物換星移。且恁塵中閑
散，功成後，別有師期。將歸去，一輪明月，獨步赴
瑤池。(《水雲集》卷中〈滿庭芳〉，《全金元詞》頁 403，〈譚
處端詞〉第 20 首，下引簡列書名卷次、詞牌、頁碼、順序，以
便查考。)

△　不染俗情非是。不慢下貧趨貴。不敢受人欽，自在逍
遙雲水。雲水。雲水。守一無為徹底。(《水雲集》卷中
〈如夢令〉，頁 406，40)

△　得得無修。無惑無求。放心閑、無喜無憂。逍遙自在，
雲水閑遊。趣空中玄，玄中妙，妙中幽。落魄娿耽，
垢面蓬頭。恣陶陶、真樂歌謳。隨緣一飽，真箇風流。
這般來，無無來，有有來由。(《水雲集》卷中〈行香子〉，
頁 408，58)

△　閑閑雲水任東西。靈空一片隨。昏昏默默往來飛。前
程事已知。真大道，出塵機。般般種種離。重陽許我
白牛兒。而今便是誰。(《水雲集》卷中〈阮郎歸〉，頁 410，
73)

△　逍遙自在。去去來來無罣礙。一片靈空。處處圓明無
不通。無分內外。瑩徹周沙含法界。遍照無私。明月
高穹秋夜時。(《水雲集》卷下〈減字木蘭花〉，頁 419，133)

△　雲水閑人，娿耽布素。逍遙物外煙霞步。存心乞化度
朝昏，巡門喏喏須分付。水定雲閑，不隨他去。煙消
火滅清涼趣。此遊聖境又空迴，攜筇獨上長安路。(《水
雲集》卷下〈踏莎行〉，頁 420，141)

△　方寸靈田，何曾拂掃。塵埃久暗生荒草。神泉散漫不
凝澄，如何結得長生寶。雲水尋真，逍遙訪道。離家
便是離煩惱。聰明如悟肯休心，孤峰共飲蟠桃老。(《水
雲集》卷下〈踏莎行・寄京兆徐公〉，頁 422，151)

上舉這些詞，在在表現譚處端瀟灑飄逸、樂於雲遊的個性，也生動描

寫了他的雲遊生活。黃兆漢先生說：「水雲詞最特出的地方是飄逸空靈，充分表現出長真的雲水襟懷」確實是精確的卓見。

在全真教的內丹體系中，明心見性的工夫，佔了首要的、主要的地位。譚處端論道說理，不離全真教義，也是特別強調明心見性的工夫，在他詞作中常以「一點靈光」、「一點靈源」、「本初一點」、「元初面目」、「靈明一點」來指稱本來真性，例如：

　△　自然之道，稟根元、真正精神圓聚。一點靈光無內外，明徹輝通玄戶。寂淡偏宜，貧閑最好，物外逍遙處。長長不昧，湛然神室常住。(《水雲集》卷中〈酹江月〉，頁399，02)

　△　一點靈光不昧。出入往來無礙。處處現圓明，物物頭頭應解。寧耐。寧耐。萬禍不能侵害。(《水雲集》卷中〈如夢令‧述懷〉，頁407，49)

　△　役我盡因心意，滌除般若玄機。不勞南北與東西。方寸些兒便是。寶鑑塵埃蒙昧，須從磨鍊輝輝。光明一點照無為。直入蓬萊幽邃。(同前〈西江月〉，頁407，50)

　△　得還無。合虛無。湛湛澄澄有若無。元初無更無。理清虛。證空虛。一點靈源實若虛。光明徹太虛。(《水雲集》卷下〈長思仙〉，頁418，123)

這些詞的內容都是在說明元初真性的狀態或性質，或要人保持本來真性，莫受污染。譚處端的詞作中，述及這一觀念的多達五十餘首，可以說是他的思想總綱領。而欲保持靈明本性，不受污染，最好的方法便是清靜無為，無慾無求。他在〈示門人語錄〉中曾說：「如何明見自性？十二時中，念念清靜，不被一切虛幻舊愛境界朦昧真源，常處如虛空，逍遙自在，自然神氣交媾沖和。」(《水雲集》卷上)。他的作品中，如：

　△　大道根元歸素。絕盡人情思慮。火滅與煙消，認取元陽收固。此做。此做。便是長生捷路。(《水雲集》卷中〈如夢令〉，頁406，36)

　△　認元初，歸瑩素。勤拭靈臺，勿使塵埃污。心上貪瞋

　　癡盡去。暗裏功成，有箇眞師度。(《水雲集》卷中〈雲霧
　　斂〉，頁 409，62)

△　得得全眞眞妙理，無爲無作無修。自然清淨行功周。
　　祥雲圍絳闕，瑞氣繞瓊樓。心似閑雲無罣礙，身同古
　　渡橫舟。眞空空界可相酬。白牛眠露地，明月照山頭。
　　(《水雲集》卷中〈臨江仙〉，頁 409，63)

△　全眞妙，無我亦無人。無作無爲絕視聽，謙和柔弱沒
　　疏親。寂寞守清貧。玄玄處，得得好良因。一點無生
　　眞自在，湛然常寂本來眞。功滿列仙賓。(《水雲集》卷
　　下〈望蓬萊〉，頁 415，103)

△　全眞門戶。靜靜清清無作做。非易非難。財色無明盡
　　結丹。眞龍眞虎。境滅心忘知去處。鉛汞相傳。交媾
　　須離種種邊。(《水雲集》卷下〈減字木蘭花〉，頁 419，132)

都是告訴世人必須清靜無爲，絕思屛慮，不爲聲色貨利所動，不爲一
切慾塵所染，才能保持元初本性，依此修行，才是最上乘的丹法。

　　譚處瑞自然也是三教合一的認同者，他的〈三教〉詩云：「三教
由來總一家，道禪清靜不相差。仲尼百行通幽理，悟者人人跨彩霞。」
(《水雲集》卷上)。他在闡述教義教理時，吸取了大量佛教詞語。〈述
懷〉詩之一，稱「修行休問法中求，著法尋求不自由。認取自家心是
佛，何須向外苦周遊」。〈示門人語錄〉又稱：「凡人輪迴，生死不停，
只爲有心。得山云：『心生則種種法生，心滅則種種法滅。若一念不
生，則脫生死』。他是「全眞南無派」的開創者，「南無」一詞源自
佛教，原意爲「歸敬」、「歸命」，是佛教徒一心歸順於佛的用語。以
「南無」爲派名，當是歸敬三教，修持全眞之意，這表明了譚處瑞一
派受佛教思想的影響較大。在他的詞作中，如：「菩提」、「牟尼」、「曹
溪」、「苦海」、「四大」、「娑婆」等佛家用語，屢見不鮮。例如：

△　欲修無上菩提，便合下手須頭段。(《水雲集》卷中〈水龍
　　吟〉，頁 404，25)

△　四大因緣做。苦海憑船渡。一棹清風到岸頭，得上無
　　生路。(《水雲集》卷中〈卜算子〉，頁 410，74)

△ 風漢閒中做。彼岸神舟渡。萬里晴空無片雲，月照曹
溪路。（《水雲集》卷中〈卜算子〉，頁411，76）

△ 修行休覓虎龍兒。火滅煙消財色離。內鍊氣神成九轉，
外除情慾卻三尸。居常休話他長短，處淨宜搜自己非。
長使靈根無罣礙，自然證果佛菩提。（《水雲集》卷下〈瑞
鷓鴣〉，頁413，90）

△ 本來眞性是玄機。只在靈明悟得時。火滅煙消成大藥，
境忘心盡見菩提。（《水雲集》卷下〈瑞鷓鴣〉，頁414，94）

△ 休外覓，識取自菩提。有相身中成鍛鍊，無爲路上證
牟尼。指日跨雲霓。（《水雲集》卷下〈望蓬萊〉，頁415，
102）

△ 風人唱，破迷歌。迴心與我見彌陀。（《水雲集》卷下〈搗
練子〉，頁416，112）

孫克寬先生認爲：「大約在七眞中思想形態以譚氏（處端）最近於
佛。」﹝註41﹞的確是如此。譚處端在勸化人時，和王重陽、馬鈺一
樣，都是勸人必須捨妻棄子，猛捨家緣，摒除酒色財氣榮華富貴的
攀援，禁絕一切愛慾貪念。又喜以天堂地獄，生死輪迴來警勸世人。
茲舉數首略作分析：

修行門戶，敍次通知，先須屏子休妻。猛捨塵情，寂寞瀟
灑相宜。無則街前展手，禦寒時、紙布爲衣。隨緣過，守
清貧柔弱，火滅心低。日用擒猿縛馬，處無爲清淨，暗契
眞師。境滅心忘，神凝氣結靈芝。得得逍遙自在，任詩詞、
勸誘愚迷。功行滿，指蓬瀛路穩，跨朵雲歸。（《水雲集》卷
中〈神光燦・贈穆先生〉，頁402，14）

這是一首教人修行方法的作品。上片直接點明，修行之人首先必須屏
子休妻，捨離恩山愛海的牽絆，餓則街前隨緣乞討，寒則紙布爲衣，
能守清貧柔弱，火滅心低，才能跨進修行門戶。下片指出，在日常作
息中，必須隨時將心猿意馬，牢牢縛住，切莫雜念叢生，能保持自性

﹝註41﹞見孫克寬〈金元全眞教的初期活動〉。文載《景風》第二二期，1969
年9月，頁23～46。

清淨光明，無染無著，自然能契合眞師，證無上正果，登蓬瀛仙路。
這首詞明確地告訴信眾，欲登仙路就必須先拋棄家累，割捨塵情，這
是全眞道絕情禁慾出家修行的一貫主張。他詞中欲人捨妻棄子的還有：

　　△　茫茫苦海，逐浪隨波，便宜識取抽頭。恩愛妻兒，都
　　　　是宿世冤讎。(《水雲集》卷中〈神光燦〉，頁 401，12)
　　△　茫茫苦海，逐浪飄淪，癡如蜂蜜蛾燈。一向迷迷，妻
　　　　妾兒女恩情。遭他恁般繫絆，限臨頭、獨赴泉冥。如
　　　　省悟，棄浮華恩愛，處靜修行。(同前〈神光燦〉，頁 401，
　　　　13)
　　△　修行外用無爲作，囚馬擒猿。不返家園。定做逍遙物
　　　　外仙。(《水雲集》卷中〈采桑子·贈獲嘉王法師〉，頁 410，
　　　　68)
　　△　愛欲無涯，有限形軀，休苦苦疲。這宿緣分有，兒和
　　　　女是，他家衣飯，各自相隨。謾使心機，空生計較，
　　　　大限臨頭孰替伊。當須悟，早抽身物外，也是便宜。(《水
　　　　雲集》卷下〈沁園春〉，頁 411，77)

這些詞也都是勸人出家修行的作品。另外，像：

　　△　浮世愚癡輩。一向貪名利。愛海恩山，拘繫鎮迷，酒
　　　　色財氣。算榮華富貴電中光，好迴心改悔。早早尋出
　　　　離。默默搜玄秘。寂淡貧閑，隨緣度日，道人活計。
　　　　守無爲清淨行功周，赴瑤池宴會。(《水雲集》卷上〈連理
　　　　枝〉，頁 409，66)
　　△　塵寰財色苦相縈。著愛浮華役此身。好悟靈源一點眞。
　　　　絕貪嗔。便是逍遙到岸人。(《水雲集》卷下〈憶王孫〉，頁
　　　　419，129)

則是勸人拋棄榮華富貴，遠離酒色財氣，早日出家修行的作品。譚處
端喜用「貧閑」二字，例如：

　　△　寂淡偏宜，貧閑最好，物外逍遙處。(《水雲集》卷中〈醉
　　　　江月〉，頁 399，02)
　　△　守清貧柔弱，雲水閑遊。(《水雲集》卷中〈神光燦〉，頁 400，

08）

△ 塵勞夢趣，貧閑歸素，保煉丹田。（《水雲集》卷下〈沁園春〉，頁 412，80）

△ 好放下閑愁搜妙玄，認貧閑寂淡。（《水雲集》卷下〈沁園春〉，頁 412，81）

△ 自慕貧閑，來來懶惰。憨憨地、並無災禍。（《水雲集》卷下〈恣逍遙〉，頁 413，84）

△ 守拙趣貧閑，物外遨遊落魄。（《詩淵》第六冊·頁 4106〈如夢令〉）

貧閑二字正是他教人拋棄富貴，嚴守清貧，清靜無爲，身如閑雲的要領所在。

△ 屢勸聰明，聰明不悟。尋常相付留詞句。詞中唯是勸迴修，何曾詞裏依他做。早悟輪迴，速尋出路。二輪催促朝還暮。今生榮貴是前緣，來生果報將何去。（《水雲集》卷下〈踏莎行〉，頁 420，142）

這是一首以因果輪迴報應觀念，勸人及早入道修行的作品。詞的上片責備聰明之人，屢屢不聽勸誡，不肯依法修行。下片則苦口婆心警人光陰易逝應及早修行，以免遭輪迴惡報。二輪即日月，指時光。今生榮華，不能保證來生幸福，來生果報乃是由今生作爲所定，故今生不修，來生必無福報。以輪迴報應的觀念來警示世人，勸人修道，是王重陽常用的方法，譚處端受其師影響，也常用這一方法。

譚處端在詞作中述及王重陽的有八首，分別是：《水雲集》卷中〈酹江月〉（吾門三祖）01、〈酹江月〉（玉花漸吐）04、〈神光燦〉（譚哥昔日）08、〈如夢令〉（因遇重陽師父）37、〈青玉案·喝馬〉（師眞引入修行路）71，《水雲集》卷下〈滿路花〉（長思仙）105、〈長思仙〉（朝思仙）116、〈踏莎行〉（既得修眞）145。茲不贅舉。其中〈酹江月〉01 一首云：「吾門三祖，是鍾呂海蟾，相傳玄奧。師父重陽傳妙語，提挈同超三島。」可作爲全眞教與鍾呂傳承關係的佐證。

總而言之，譚處端的詞作內容，全是全眞門風，未離全眞教義，

以明心見性為綱領，強調清靜無為，勸人守拙守貧，遠離物慾，拋妻棄子，出家修行。勸人入道的方法，也承襲了其師王重陽的方法，常以地獄輪迴，人生短暫警告人要及早修行。他稍異於王重陽和馬鈺之處，是在思想型態及詞作用語上，較偏重於佛教（王重陽是三教均等看待，不主一教，馬鈺則是道教色彩較濃）。

三、詞作形式分析

本小節主要就：詞調、體式、表現技巧等三方面，分析譚處端詞的形式特色。

（一）詞調方面

譚處端今傳詞作，凡一百五十七首，共用三十五調（無調名者不計）。今依唐圭璋《全金元詞》之編次，表列調名及闋數如下：

表三：譚處端詞所用的詞調一覽表

編號	詞　調　名	數　量	編號	詞　調　名	數　量
1	酹江月（念奴嬌）	七首	2	神光燦（聲聲慢）	一首
3	滿庭芳	六首	4	水龍吟	四首
5	如夢令	二二首	6	西江月	八首
7	行香子	二首	8	雲霧歛（蘇幕遮）	三首
9	臨江仙	三首	10	連理枝	一首
11	采桑子	一首	12	驀山溪	二首
13	青玉案	一首	14	阮郎歸	二首
15	卜算子	三首	16	沁園春	五首
17	望海潮	二首	18	恣逍遙（殢人嬌）	一首
19	南柯子	二首	20	黃鶯兒令	一首
21	菩薩蠻	一首	22	瑞鷓鴣	一首
23	望蓬萊（憶江南）	五首	24	滿路花	三首

25	搗練子	五首	26	漢宮春	三首
27	長思仙（長相思）	九首	28	憶王孫	七首
29	減字木蘭花	六首	30	武陵春	一首
31	南鄉子	二首	32	永遇樂	一首
33	踏莎行	一三首	34	浣溪沙	一首
35	太常引	一首	36	無調名	一首

附註：

1. 以上共計一百五十七首詞，除一首無調名外，共計三十五種詞牌。
2. 編號二〇〈黃鶯兒令〉，王嚞、馬鈺、丘處機詞皆名〈水雲遊〉，實即北曲商角調〈黃鶯兒〉。

從上表可知，譚處端所用詞牌共三十五調（一首無調名者未計入）。其中只有〈連理枝〉、〈望海潮〉、〈太常引〉等三調共四首作品，是王重陽未填過的調子，其餘則都是王重陽使用過的詞牌；馬鈺未曾填過的詞牌則有〈酹江月〉、〈水龍吟〉、〈連理枝〉、〈沁園春〉、〈望海潮〉、〈滿路花〉、〈漢宮春〉、〈武陵春〉、〈永遇樂〉、〈太常引〉等十調。從譚處端所填各調的作品數量來看，以〈如夢令〉二十二首為最多，其次為〈踏莎行〉十三首、〈神光燦〉、〈瑞鷓鴣〉各十一首、〈長思仙〉九首、〈西江月〉八首、〈酹江月〉、〈憶王孫〉各七首、〈滿庭芳〉、〈減字木蘭花〉各六首，這十調共一百首詞，約佔譚處端全部詞作的三分之二，可以說是他最喜愛的詞牌。

譚處端所用詞牌，萬樹《詞律》、御製《詞譜》未收錄者只有〈黃鶯兒令〉一調，此調王嚞、馬鈺、丘處機詞皆名〈水雲遊〉，實即北曲商角調〈黃鶯兒〉。

譚處端詞可補《詞律》、《詞譜》未收之同調異體者，有二調各一體，分別是：〈太常令〉可補四十八字一體〔註42〕，〈恣逍遙〉可補〈殢

〔註42〕〈太常引〉一調譚處端詞僅一首，見於《鳴鶴餘音》卷四。雙調四十八字，上片二十四字四句四平韻，下片二十四字五句三平韻。《詞律》、《詞譜》皆收四十九、五十字二體，並以辛棄疾四十九字為正

人嬌〉六十字一體〔註43〕。

　　自王重陽大量以道家語改易詞調名，全眞道士即承襲沿用，形成一種風氣，但是譚處端卻明顯未受此風影響。他所塡過的三十五種詞牌中，以道家語爲詞調名的只有〈神光燦〉、〈雲霧斂〉、〈恣逍遙〉、〈望蓬萊〉、〈長思仙〉五調，其中除〈雲霧斂〉（蘇幕遮）外，其餘四種都是王重陽與馬鈺所用過的調名。其他，像：〈如夢令〉、〈西江月〉、〈行香子〉、〈驀山溪〉、〈青玉案〉、〈阮郎歸〉、〈卜算子〉、〈南柯子〉、〈黃鶯兒令〉、〈瑞鷓鴣〉、〈減字木蘭花〉、〈南鄉子〉、〈踏莎行〉、〈浣溪沙〉等十四調，王重陽或馬鈺皆已改易爲道家語〔註44〕，而譚處端卻仍沿用舊稱。

（二）體式方面

　　譚處端的詞作在體式方面，受王重陽影響較少。其詞作中「藏頭

　　　　體。銘按：以譚處端詞校辛詞，僅下片結句減一字，作六言句異，
　　　　其餘格式全同，或疑誤脫一字，姑且存以待考。王重陽、馬鈺皆未
　　　　塡此調。
〔註43〕〈恣逍遙〉本名〈嬌人嬌〉，譚處端僅一首，見於《水雲集》卷下。
　　　　雙調六十字，上、下片各三十字六句四仄韻。《詞律》收六十四字、
　　　　六十八字二體，《詞譜》共收五體，分別是六十八字二體、六十四字、
　　　　六十六字、六十七字各一體。銘按：此調王重陽有五首，調名〈恣
　　　　逍遙〉，實即毛滂六十四體〈嬌人嬌〉（其中兩首爲五十四字藏頭體，
　　　　還原後亦爲六十四字），潘慎《詞律辭典》除〈嬌人嬌〉外，另立〈恣
　　　　逍遙〉一調，並云：「此調似應以王喆詞爲正體。」，實誤。以譚處
　　　　端詞校毛滂六十四字體，僅上、下片結句各減二字不同。姬翼《雲
　　　　山集》卷三有〈恣逍遙〉三首，與譚處端詞格式全同。
〔註44〕〈如夢令〉王重陽與馬鈺皆名〈無夢令〉，〈西江月〉王重陽與馬鈺皆
　　　　名〈玉鑪三澗雪〉，〈行香子〉王重陽與馬鈺皆名〈爇心香〉，〈驀山
　　　　溪〉王重陽與馬鈺皆名〈心月照雲溪〉，〈青玉案〉王重陽與馬鈺皆
　　　　名〈青蓮池上客〉，〈阮郎歸〉王重陽未改名、馬鈺名〈道成歸〉，〈卜
　　　　算子〉王重陽與馬鈺皆名〈黃鶴洞中仙〉，〈南柯子〉王重陽與馬鈺
　　　　皆名〈悟南柯〉，〈黃鶯兒令〉王重陽與馬鈺皆名〈水雲遊〉，〈瑞鷓
　　　　鴣〉王重陽名〈得道陽〉或〈報師恩〉、馬鈺名〈十報恩〉或〈報師
　　　　恩〉，〈減字木蘭花〉王重陽未改名、馬鈺名〈四仙韻〉或〈金蓮出
　　　　玉花〉，〈南鄉子〉王重陽與馬鈺皆名〈莫思鄉〉，〈踏莎行〉王重陽
　　　　與馬鈺皆名〈踏雲行〉，〈浣溪沙〉王重陽未改名、馬鈺名〈翫丹砂〉。

拆字體」僅一首，「福唐獨木橋體」有四首，隨意疊韻的有一首，其
餘則無特殊之處。其藏頭體，原詞如下：

> 日勸君君不省，下越貪忙。識常常內轉傷。肯恁思量。養
> 靈根牢固取，目好迴光。兀騰騰萬事忘。內爇仙香。(《水雲
> 集》卷下〈武陵春‧贈李道人〉，頁 420，138)

該詞可還原如下：

> 日日勸君君不省，目下越貪忙。心識常常內轉傷。勿肯恁
> 思量。日養靈根牢固取，耳目好迴光。兀兀騰騰萬事忘。
> 心內爇仙香。

另迻錄其福唐獨木橋體詞，如下：

> △　金要多。銀要多。奴馬田園苦要多。臨行孽更多。貧
> 　　如何。富如何。萬事無心只恁何。將來奈我何。(《水雲
> 　　集》卷下〈長思仙〉，頁 417，118)

> △　得還無。合虛無。湛湛澄澄有若無。元初無更無。理
> 　　清虛。證空虛。一點靈源實若虛。光明徹太虛。(《水雲
> 　　集》卷下〈長思仙〉，頁 418，123)

> △　道人心。處無心。自在逍遙清淨心。閑閑雲水心。利
> 　　名心。縱貪心。日夜煎熬勞役心。何時休歇心。(《水雲
> 　　集》卷下〈長思仙〉，頁 417，119)

> △　修行心。包容心。一片清虛冷淡心。閑閑無用心。滅
> 　　嗔心。去貪心。寂寞清貧合聖心。無生現本心。(《水雲
> 　　集》卷下〈長思仙〉，頁 418，120)

上舉四首詞，前兩首上下片各以同一字押韻，後兩首則以同一字押韻
到底，都是「福唐獨木橋體」的押韻方式。另有一首：

> 朝思仙。暮思仙。思憶真師四五年。惟愁功未圓。功須圓。
> 行須圓。功行雙全作大仙。攜雲歸洞天。(《水雲集》卷下〈長
> 思仙〉，頁 417，116)

此詞隨意疊韻又重韻，可看出譚處端用韻之率意與靈活。

（三）表現技巧方面

就造語言，譚處端的詞作在用語上較爲雅潔，不像王重陽、馬鈺

的詞作隨處可見白話俚俗的語句。由上文所舉例子，應可體會，茲再
舉一首，略作分析：

> 愛君嘉秀，對雲菴親植，琅玕叢簇。結翠篼梢津潤膩，葉
> 葉竿竿柔綠。漸胤兒孫，還生過母，根出蟠蛟曲。瀟瀟風
> 夜，月明光透篩玉。雅稱野客幽懷，閑窗相伴，自有清風
> 足。終不凋零材異衆，豈似尋常花木。傲雪欺霜，虛心直
> 節，妙理皆非俗。天然孤淡，日增物外清福。（《水雲集》卷
> 中〈醉江月‧詠竹〉，頁 400，05）

這是一首詠竹的作品。雖不離藉物說理的主題，但寫得清新雅緻，頗
爲脫俗。詞的上片描寫秀竹蟠根蛟曲屹立雲菴的情狀，蒼翠柔綠的葉
片，篩落皎潔明亮的月光，宛如層層碧玉，竹葉月光相輝相映，構成
一幅清幽聖潔的畫面。下片敘寫野客幽懷，有翠竹臨窗相伴，更增添
許多清閑雅趣。「終不凋零材異衆，豈似尋常花木。傲雪欺霜，虛心
直節，妙理皆非俗」簡潔扼要地說明了竹的德性，而這德性也正是隱
居的野客所懷想的；竹與人均是天然孤淡，正因如此，所以能享得無
限清福。全詞不但用字雅潔，所描寫的景緻也頗不俗，可算是詠物詞
的佳作。

　　譚處端詞在表現技巧方面，除了造語雅潔的特色外，偶爾也用典
故，如：

> 杜康得妙，釀三光眞秀，清澄醇酎。太白仙才乘興飲，一
> 斗佳篇百首。倒載山翁，襄陽童稚，笑唱齊拍手。陶潛籬
> 下，醉眠門外五柳。東里生死俱忘，待賓截髮，陶母欸賢
> 友。文舉無憂樽滿酌，香醑頻開笑口。喜遇堯年，醉鄉豐
> 樂，古所希聞有。玉壺春色，祿延益筭眉壽。（《水雲集》卷
> 中〈醉江月‧題酒〉，頁 400，07）

這是一首詠酒的作品。此詞自起句起連用：杜康造酒〔註45〕，李白

〔註45〕《文選‧曹操‧短歌行》：「慨當以慷，憂思難忘。何以解憂，惟有杜
　　　　康。」李善注：「《博物志》曰：『杜康作酒』」。

斗酒詩百篇〔註 46〕，山簡倒載醉歸〔註 47〕，陶潛醉眠門外五柳〔註 48〕，湛氏（陶侃之母）截髮留客〔註 49〕，孔融賓客盈門高朋歡飲〔註 50〕等六個典故，來敘寫古人好飲酒，或以酒歡宴良朋的情形，來歌詠酒德，說明酒之妙用。用典自然而貼切，毫無堆砌之弊，從這點也可看出譚處端文學造詣的高超。其他，如：《水雲集》卷中〈水龍吟〉（世傳海有三山）27，上半闋以徐福奉秦始皇之命，東遊蓬島採不死之藥，終究徒勞無功一無所成的典故，來說明修行莫向外求的道理。《水雲集》卷下〈沁園春〉（自古愚賢）80，細述楚漢相爭的歷史故事，以「勢盡還空皆亦然，英雄輩，盡遺留壞塚，衰草綿綿。」為結論，點出虛幻浮華終將流逝的事實，勸人不如早日悟道，趁早修行，以期「越過輪迴，超昇苦海」。都是以典故入詞，擅用史實，精於鎔裁，使史事切合主旨，並融化在詞境中，貼切而自然地表現出的豐富思想，實是佳作。

　　就表現手法言，譚處端也喜愛運用鋪敘和對比的手法，此與王重陽、馬鈺並無不同，茲不贅述。

　　值得一提的是他喜愛以景作結，來襯托他所欲表達的情境或意念

〔註 46〕杜甫〈飲中八仙歌〉：「李白一斗詩百篇，長安市上酒家眠。天子呼來不上船，自稱臣是酒中仙。」

〔註 47〕《晉書·山簡傳》：「簡每出嬉遊，多之池上，置酒輒醉，名之曰高陽池。時有兒童歌曰：『山公出何許，往至高陽池；日夕倒載歸，酩酊無所知。』」事又見南朝宋劉義慶《世說新語·任誕》。

〔註 48〕《晉書·隱逸傳·陶潛》：「潛少懷高尚……嘗著〈五柳先生傳〉以自況。」

〔註 49〕南朝宋劉義慶《世說新語·賢媛》：「陶公（侃）少有大志，家酷貧，與母湛氏同居。同郡范逵素知名，舉孝廉，投侃宿。於時冰雪積日，侃室如懸磬，而逵馬僕甚多。侃母湛氏語侃曰：『汝但出外留客，吾自為計。』湛頭髮委地，下為二髲，賣得數斛米，斫諸屋柱，悉割半為薪，剉諸荐以為馬草。日夕遂設精食，從者皆無所乏。逵既嘆其才辯，又深愧其厚意。」

〔註 50〕《後漢書·孔融傳》：「性寬容少忌，好士，喜誘益後進。及退閒職，賓客日盈其門。常嘆曰：『坐上客恒滿，尊中酒不空，吾無憂矣。』……故海內英俊皆信服之。」

的手法。例如：

△　漸掣。前步穩，芒兒閑散，心意何留。趁雲山自在，
　　眞樂歌謳。蓑笠閑堆古岸，短笛弄、新韻悠悠。黃昏
　　後，人牛歸去，唯見月當秋。(《水雲集》卷中〈滿庭芳〉，
　　頁403，21)

△　清淨無爲做徹。高下休生分別。滅盡我人心，自有眞
　　師提挈。提挈。提挈。雲綻家家明月。(《水雲集》卷中
　　〈如夢令〉，頁406，38)

△　風漢閑中做。彼岸神舟渡。萬里晴空無片雲，月照曹
　　溪路。(《水雲集》卷中〈卜算子〉，頁411，76)

△　任陶陶、暢飲喧譁。舠泛笑擘誇。樽前唯對酒、喜何
　　加。浮金激灩，默默採靈葩。飲罷還重勸，不醉無歸，
　　月明初上窗紗。(《水雲集》卷下〈滿路花〉，頁415，106)

△　趣閑閑、眞樂無邊。一派滾靈泉。鼎中眞火降、永凝
　　鉛。虎龍蟠遶，眞秀結根源。默默無爲坐，獨守孤峰，
　　一輪明月流滅。(《水雲集》卷下〈滿路花〉，頁416，107)

△　清淨自然守守，守無爲常善，一炷心香。平康宴樂，
　　玉液酬泛瓊觴。雲朋霞友，笑謵譁、金玉玎璫。人去
　　後，雲收霧斂，澄澄月滿盧堂。(《水雲集》卷下〈漢宮春〉，
　　頁417，115)

△　捨俗修行，超塵歸素。安恬寂淡忘思慮。顛狂猿馬鎖
　　空房，靈源一點常教住。莫覓金翁，休搜龍虎。清清
　　閑暇逍遙做。慧風吹散嶺頭雲，一輪月照曹溪路。(《水
　　雲集》卷下〈踏莎行〉，頁420，143)

△　非僧非俗亦非仙。茅屋兩三椽。白石與清泉。更誰問、
　　桃源洞天。一爐寶篆，一甌春雪，澆灌淨三田。閑想
　　谷神篇。不覺松枝月圓。(《鳴鶴餘音》卷四〈太常引〉，頁
　　422，155)

以景作結，如運用得當，可增加意在言外的趣味性，使情意的表達更
含蓄、詞的內涵更豐富、意象更鮮明生動。讀者透過景物去思索作者
所要傳達的意念，也更能享受心領神會的文學樂趣。仔細品賞譚處端

的這類作品，大多能情景交融，達到「言有盡而意無窮」的效果，不愧爲道士詞人中的作手。

　　就音樂性言，譚處端的詞作中有七首以擬樂聲之字入詞的，其中〈搗練子〉有五首，錄兩首如下：

　　△　搗練子，具如何。從前罪孽暗消磨。囉哩唻，哩唻囉。
　　　　從初得，認波羅。色財勘破撲燈蛾。囉哩唻，哩唻囉。

　　　　（《水雲集》卷下〈搗練子〉，頁416，108）

　　△　聽分剖，這風哥。尋常只恁囉哩囉。囉哩唻，哩唻囉。
　　　　些兒話，不須多。交賢會得笑呵呵。囉哩唻，哩唻囉。

　　　　（《水雲集》卷下〈搗練子〉，頁416，109）

譚處端的〈搗練子〉上下兩片的最後兩句，都以擬聲字來記錄樂音，這種塡法明顯模仿了王重陽，王重陽有十七首〈搗練子〉，其中十六首都是如此塡[註51]，迻錄兩首以資比較：

　　△　搗練子，害風哥。一身躍出死生波。哩囉唻，哩囉唻。
　　　　便是逍遙眞自在，沒人拘管信吟哦。哩囉唻，哩囉唻。

　　　　（《重陽全眞集》卷七〈搗練子〉，頁204，262）

　　△　名利海，是非河。王風出了上高坡。哩囉唻，哩囉唻。
　　　　纏候十年功行滿，白雲深處笑呵呵。哩囉唻，哩囉唻。

　　　　（《重陽全眞集》卷七〈搗練子〉，頁204，264）

除了五首〈搗練子〉之外，還有兩首於詞中塡入擬聲字的，摘錄於下：

　　△　恁婪耽布素，物外飄蓬。飢則巡門覓飯，飽來後、明
　　　　月清風。逍遙處，哩唻囉唻，落魄恁西東。（《水雲集》
　　　　卷中〈滿庭芳〉，頁403，22）

　　△　落魄生涯，水雲活計。遨遊坦蕩紅塵裏。諸公休訝這
　　　　風人，尋常只恁哩囉哩。（《水雲集》卷下〈踏莎行〉，頁421，
　　　　145）

〔註51〕王重陽所塡〈搗練子〉，收錄於《重陽全眞集》者有六首，收錄於卷十三者有十四首，其中「猿騎馬」、「用刀圭」、「水兼火」三首重複。十七首作品中，只有「搜芳翠」全首以實字塡，其餘十六首，上下片末二句，皆以擬樂音之字塡。

就修辭技巧言，譚處端所擅長與常用的修辭技巧是：比喻、對偶、呼告、類疊等方法，這與王重陽、馬鈺並無不同。先舉一例來看看他運用比喻法的技巧：

> 蛾戀燈光，蜂貪花蜜，問君終久如何。欲成修鍊，須出黑風波。慧劍攀緣割斷，離鄉土，趂卻娘哥。煙霞客，水雲步穩，隨分養天和。（《水雲集》卷中〈滿庭芳‧贈滄州王三校尉〉，頁404，23）

這是這首詞的上半闋，詞中以「蛾戀燈光，蜂貪花蜜」比喻世人對於恩情名利、財貨酒色等一切塵緣的貪戀；以「黑風波」比喻所有污染真靈本性、妨礙修行成仙的障蔽物，以「劍」比喻真理智慧之作用，能斬斷所有愛慾的攀援；以「水雲」之悠遊自在，來比喻修道之人身心的逍遙自在。其他，如以明月比喻本性之光明清淨，以猿馬比喻心念之起伏不定，以籠鳥比喻受塵緣牽絆之人身，以苦海或火宅比喻苦難的塵世，以憨牛比喻頑劣的本性……等等，都是以通俗常見的事物作為喻依，來比喻所要描寫的事物，頗能符合以易知說明難知、具體顯現抽象的比喻原則。

　　譚處端詞作中的對偶句，也頗有可觀，略舉數例，以供欣賞：

△ 寂淡偏宜，貧閑最好。……火裡蓮生，山頭焰滅。（《水雲集》卷中〈酹江月〉，頁399，02）

△ 祥雲圍絳闕，瑞氣繞瓊樓。（《水雲集》卷中〈臨江仙〉，頁409，63）

△ 頻剔靈明燭，勤磨智慧刀。（《水雲集》卷下〈南柯子〉，頁413，85）

△ 火滅煙消成大藥，境忘心盡見菩提。虛閑清淨真仙路，寂寞無為出世梯。（《水雲集》卷下〈瑞鷓鴣〉，頁414，94）

△ 日上莫談他事短，時中頻整自心偏。休離方寸搜丹藥，莫外週遊覓妙玄。（《水雲集》卷下〈瑞鷓鴣〉，頁414，95）

△ 意上有塵山處市，心中無事市居山。常耕清淨田三段，定守無為舍一間。（《水雲集》卷下〈瑞鷓鴣〉，頁414，96）

譚處端詞作中用呼告法的，也頗常見，略舉三例以括其餘：

△ 告行人，聽少訴。著假求眞，也好迴頭顧。勘驗行藏休慕故。不合虛無，怎得蓬瀛住。(《水雲集》卷中〈雲霧歛〉，頁409，62)

△ 稽首吾門諸道友，降心向外休尋。(《水雲集》卷中〈臨江仙〉，頁409，65)

△ 太原公疾苦，聽予告切。聖賢待把伊提挈。好休歇。算人生七十，古來云少，看看到也，做箇放下決烈。(《水雲集》卷中〈無調名・贈京兆府安王解元〉，頁409，67)

譚處端詞作中也喜用疊字。先來看看他所使用過的疊字（依筆劃排列，數字表使用次數）：

了了3、人人6、兀兀5、三三1、日日2、永永2、玄玄3、可可1、去去1、忙忙1、存存3、有有1、早早3、守守1、休休1、安安1、步步12、灼灼1、物物5、念念1、昏昏7、長長1、來來3、往往1、杳杳1、泠泠2、呵呵1、怡怡1、欣欣1、事事1、重重2、竿竿1、眞眞1、看看1、苦苦1、急急1、般般9、茫茫3、迷迷1、浩浩1、家家2、徐徐1、修修1、細細4、悠悠1、得得8、區區4、停停1、處處2、專專1、清清6、淨淨2、陶陶2、密密1、常常1、堅堅1、葉葉1、湛湛3、閑閑14、無無4、惺惺3、損損6、磣磣2、暉暉1、慢慢5、種種3、兢兢1、緊緊1、輕輕1、箇箇2、滾滾1、綿綿4、熬熬1、團團1、層層1、輝輝2、箭箭1、澄澄3、默默16、戰戰1、頭頭4、懇懇5、頻頻1、靜靜2、轉轉1、穩穩1、瀟瀟1、飄飄3、騰騰5、彎彎1、灑灑1、戀戀1。

以上九十二種疊字，共用了二百三十六次。和王重陽、馬鈺比較，使用次數較少，主要是因其詞作總數較少之故。王重陽六百三十三首詞，共用二百二十一種疊字，六百八十九次；馬鈺八百八十首詞，共用二百九種疊字，七百八十二次。若從使用頻率來看，譚處端平均每首詞約使用一次半的疊字，使用頻率之高，實居三人之冠。且其疊字

都用得十分恰當，不像王重陽、馬鈺偶爾會有故意堆砌詞藻的缺點，
茲舉一闋中疊字較多的作品兩首，以見梗概：

△　無無無有有無無，悟得無無便不愚。日月年時損壯魔。
　　見元初。萬道霞光攢寶珠。（《水雲集》卷下〈憶王孫〉，頁
　　419，130）

△　忍辱常餐，永除濁酒，洗心滌意忘諸有。存存損損了
　　空虛，安安穩穩無他走。靜靜清清，天長地久。春花
　　秋月堅堅守。騰騰兀兀向前行，昏昏默默合著口。（《水
　　雲集》卷下〈踏莎行〉，頁421，148）

譚處端詞作中也常用類字修辭法，略舉數例，以見一斑：

△　因遇重陽師父。引入全真門戶。慧火煉靈空，不敢胡
　　行一步。一步。一步。一步近如一步。（《水雲集》卷中
　　〈如夢令〉，頁406，37）

△　萬禍皆因心起，無心無禍無災。自從心定守真胎。雲
　　水逍遙自在。（《水雲集》卷中〈西江月〉，頁408，55）

△　朝也防心。暮也防心。恐心生、熱景來侵。……善也
　　由心。惡也由心。善心閑、惡意狂尋。心生慮度，日
　　月光陰。（《水雲集》卷中〈行香子〉，頁408，59）

△　隨分隨緣消舊業，閑愁閑悶一時休。明月照山頭。常
　　澄湛，無證亦無修。（《水雲集》卷下〈望蓬萊〉，頁 415，
　　104）

△　水雲皮袋。似水如雲長自在。自在閑人。閑裏搜尋物
　　外身。任行任住。色外真空閑裏做。欲覓真空。祇在
　　南山盡靜中。（《水雲集》卷下〈減字木蘭花〉，頁419，136）

△　纔見春花，又逢秋月。春花秋月何時徹。（《水雲集》卷
　　下〈踏莎行〉，頁421，147）

綜合言之：譚處端的詞在內容上全都是宣唱法理，勸人入道的作
品。詞中偏愛以雲水為喻，充份表露出喜愛雲遊的個性與曠達灑脫的
胸襟。他的詞作在形式方面的特色，諸如：常用的詞調，藏頭拆字體
與福唐獨木橋體，強調音樂性，擅用鋪敘手法與對比襯托，常用比喻、

對偶、呼告、類疊等修辭技巧等等，大略都與王重陽、馬鈺相近。唯譚處端《水雲集》詞牌多沿用舊名，不像王重陽、馬鈺之喜愛隨意以道家語更改詞調名；所塡「藏頭拆字體」僅一首，「福唐獨木橋體」僅四首，明顯較王重陽、馬鈺少；造語較爲雅潔，偶爾使用典故入詞，喜愛以景作結，融情喻理於景，是其較爲特出而不同於王重陽、馬鈺之處。

第三節　劉處玄

一、生平事略

　　劉處玄，字通妙，號長生子，初名字不可考。東萊（今山東省掖縣）之武官莊人。生於金熙宗皇統七年（1147）七月十二日，卒於金章宗泰和三年（1203），年五十七。事孀母以孝聞，及長，誓不婚宦，屢欲出家，母未之許。大定九年（1169）二月，忽睹鄰居壁間人所不能及處書二頌，墨跡尙新，不留名姓，其末句云：「武官養性眞仙地，須有長生不死人。」處玄見其筆力遒勁，疑爲神物所化。是歲九月，王重陽攜馬鈺、譚處端、丘處機至東萊，處玄往迎拜之，重陽顧而笑曰：「壁間墨痕汝知之乎？」三子亦相視而哂，處玄驚悟，於是鏤肝傾誠乞爲弟子。重陽愛其專勤，贈以詩曰：「釣罷歸來又見鰲，已知有分列仙曹。鳴榔相喚知子意，躍出洪波萬丈高。」乃取壁間語意，爲命今名字號，時年方廿三。重陽仙蛻後（大定十年），處玄與馬、譚、丘三師兄弟扶重陽靈柩歸葬終南劉蔣村，盧於墓側三年。大定十四年（1174）秋，遊京洛，鍊性於塵埃混合之中，養素於市廛雜沓之蔡，心灰益寒，形同枯木不春，人饋則食，不饋則殊無慍容，人問之則對答，無問則終日純純。十六年（1176）還武官往拜母氏，相見甚歡，卜太基之陰麓，建靈虛之祖堂，手植檜柏，蒼翠成行。居無何，鄉里誣告處玄殺人，不辭而就縛，坐獄犴者將十旬；後殺人者自首，乃得免。十八年（1178）遷居洛城東北雲溪洞，門人爲鑿洞室，忽得

石井，眾方駭異，處玄笑曰：「不遠數尺，更有二井，此乃我三生前修鍊處。」鑿之，果然。二十一年（1181）秋，東歸萊州。明年，復就武官故居建庵，於是玄風大振，四方受教者日益眾，遂註《道德》、《黃庭》、《清靜》等經。二十三年（1183）十二月二十二日馬鈺羽化，處玄與王處一同主葬事，守墳百日，乃使門人張順真等持書詣洛，請譚處端主掌教門。處端於大定二十五年（1185）昇霞，處玄乃於二十九年（1189）嗣掌教門，是為全真第四任教主。承安二年（1197），章宗皇帝聞風聘召，問以至道。處玄對曰：「至道之要，寡嗜慾則身安，薄賦斂則國泰。」上曰：「先生廣成子之言乎！」敕近侍館處玄於天長觀。明年三月，得旨還山，賜賚固辭不受，敕賜故居庵額曰「靈虛觀」。泰和三年（1203）正月，東京留守劉昭毅、定海軍節度使劉師魯來禮問道，處玄告曰：「公等皆當代名臣，深荷顧遇，吾將逝矣，不足為公等友。」復示頌云：「正到崢嶸處，爭如拂袖歸。我今須繼踵，回首返希夷。」二人覽之，愴然。二月初六日，鳴鼓集眾，告以去期，謂弟子曰：「各善護持，毋生懈怠。」乃曲肱而逝。元世祖至元六年（1219）賜封為「長生輔化明德真人」，世稱「長生真人」。生平行實詳《金蓮正宗記》卷四〈長生劉真人傳〉及《金蓮正宗仙源像傳》。〔註52〕

　　劉處玄一生著述甚多，據《金蓮正宗仙源像傳》所錄，有《仙樂集》、《太虛集》《盤陽集》、《同塵集》、《安閒集》《修真集》六書；對道教經典之疏解，有《道德經注》、《陰符經演》及《黃庭經述》三書行於世。今本《道藏》收有劉處玄所著《仙樂集》五卷，《陰符經注》一卷，《黃庭內景玉經注》一卷；另有《無為清靜長生真人至真語錄》一卷，出於其門弟子之手。除此之外，其它各種文集皆已佚失。今本

〔註52〕有關劉處玄的記載見：《甘水仙源錄》卷二，頁1～5，秦志安撰〈長生真人劉宗師道行碑〉；《金蓮正宗記》卷四，頁3～7；《金蓮正宗仙源像傳》，頁29～31；《七真年譜》，頁4～16；《歷世真仙體道通鑑續編》卷二，頁5～10；《新元史》卷二四三。

《道藏》之《仙樂集》分爲五卷，《道藏輯要》胃集本作《仙樂集》一卷。

集前題「神山無爲應緣長生子劉處玄造」，神山在山東掖縣，掖縣乃劉處玄故鄉，故題中「神山」二字應源於此。《仙樂集》卷一收〈天道罪福論〉、〈白蓮花詞〉及各體詩若干首，卷二收〈五言絕句頌〉一百六十一首及〈頌〉、〈三字歌〉、〈十二勸〉、〈十勸〉各一篇，卷三收〈四言頌〉六十三篇、〈四言絕句〉十四首，卷四收詞六十四首，卷五收〈五言絕句頌〉一百八十九首。

全眞七子分途弘教後，劉處玄所傳一支爲「全眞隨山派」。其弟子甚多，嗣法弟子爲于道顯（1167～1232），文登（今山東省文登縣）人。年未二十，即事劉處玄爲師，以苦自力，乞食齊魯間，雖腐敗委棄蠅蚋之餘，不少厭，不置廬舍，脅不沾席數十年。正大年間（1224～1231），被提點於亳州太清宮，賜號「紫虛大師」。于道顯歿後，嗣法者有王志明、孫伯英、衛致夷等。劉處玄另一著名弟子爲崔道演（1140～1221），讀三教書，洞曉大義，甚得師傳。歸棲於陵下，假醫術，築積善之基，富貴者無所取，貧困者反多所給。因此，遠近無夭折，人皆稱頌。

崔道演的嗣法弟子爲張志偉。劉處玄門人所輯《無爲清靜長生眞人語錄》中，多述其一生混跡塵濁，修性悟道的心得，因此，派名「隨山」，亦有隨山而居均可修煉成道的意思在內。〔註53〕

二、詞作內容分析

劉處玄《仙樂集》卷四收詞六十四首，譚處端《水雲集》卷下〈浣溪沙・辭賈公〉後有劉處玄〈滿庭芳・讚道釋寄助緣盧公武德〉一首，《全金元詞》刪歸劉詞，故劉處玄現存詞作共計六十五首。

劉處玄爲全眞教第四任教主，繼王重陽、馬鈺、譚處端之後，主

〔註53〕參閱陳耀庭・劉仲宇合著《道・仙・人——中國道教縱橫談》，上海社會科學院出版社，1992年12月第一版。

掌全眞教。其思想與王重陽、馬鈺一脈相承，其現存詞作內容也是不
離論道說理。其詞作中屢次提及丹陽，如：

△　養就眞鉛眞汞，蛻形去、天地難量。碧霄外，大羅歸
　　去，重禮馬丹陽。(《仙樂集》卷四〈滿庭芳〉，《全金元詞》
　　頁 426，〈劉處玄詞〉第 13 首，下引簡列書名卷次、詞牌、頁
　　碼、順序，以便查考。)

△　行就訪蓬山，功了離塵所。蛻凡形，禮丹陽父。(同前
　　〈惜黃花〉，頁 432，46)

△　道化怕無常。三十年總敬丹陽。東萊滿郡無疑妄，天
　　元慶會，這番歸去，朝現天皇。(《仙樂集》卷四〈青杏兒〉，
　　頁 432，47)

可能是因爲劉處玄於金大定九年（1169）九月拜王重陽爲師，事隔三
個多月，王重陽即於大定十年（1170）元月初四日仙蛻，故劉處玄親
炙王重陽之時日甚短，而受教於馬鈺者較多。其詞作內容與馬鈺相
近，論道說理也偏重「清靜無爲」的思想。茲略舉數言，以窺一斑：

△　清靜金嬰玉妊，虛無裏、汞結靈鉛。六銖掛，大羅歸
　　去，重受玉皇宣。(《仙樂集》卷四〈滿庭芳〉，頁 425，11)

△　達理妙通天，四相泯、無憂無喜。洞天高臥，自在鍊
　　眞丹，他年去，上青霄，始現無爲異。(《仙樂集》卷四
　　〈驀山溪〉，頁 429，27)

△　無爲功行，眞了去朝元，六銖掛，現眞形、三島十洲
　　訖。(《仙樂集》卷四〈驀山溪〉，頁 429，30)

△　應有眞無，齋科救萬苦。達理忘言清靜居。(《仙樂集》
　　卷四〈玉堂春〉，頁 430，34)

△　萬清萬善理明廣。他時歸去到蓬萊，無爲道妙無虛妄。
　　(《仙樂集》卷四〈踏雲行·時辛酉歲仲冬十有二日，經過大原
　　宅清旦門外，忽覩東南彩霞，信筆〉，頁 430，35)

△　攜雲信步入丹霄，大羅歸去無爲職。(《仙樂集》卷四〈踏
　　雲行〉，頁 431，41)

△　清靜身心無病苦，頤眞保命運三臺。功行周圓何處去，

　　　　哈哈。攜雲跨鶴去蓬萊。(《仙樂集》卷四〈定風波〉，頁 433，
　　　　57)

　△　無爲理，萬法弗能過。外行內功眞了了，練成鉛汞出
　　　　娑婆。得道免閻羅。(《仙樂集》卷四〈望蓬萊〉，頁 434，
　　　　64)

劉處玄也和王重陽、馬鈺一樣強調修行之人必須內修眞功、外積善
行。其詞作中，「功行」並舉的作品，多達十七首，超過他全部作品
的四分之一，可知他的修行理念，也是以「內外雙修」爲主。

　　劉處玄的詞作中，反映三教合一思想的有五首，略舉如下：
　△　三教經書爲伴，眞閑處、勝似貪忙。(《仙樂集》卷四〈滿
　　　　庭芳〉，頁 424，07)
　△　閑看三教，造化明周易。(《仙樂集》卷四〈驀山溪〉，頁 429，
　　　　27)
　△　道釋儒寬，通爲三教戶。外應五常，敬謙賢許。四相
　　　　心無，自然樂有餘。(《仙樂集》卷四〈玉堂春〉，頁 430，
　　　　34)
　△　道釋與儒門，眞通法海。易妙陰陽外，自然解。金剛
　　　　至理，頓覺無爭泯愛。五千玄言奧，夷明大。(《仙樂集》
　　　　卷四〈感皇恩〉，頁 433，52)
　△　大成拜，三教理超群。(《仙樂集》卷四〈望蓬萊〉，頁 434，
　　　　63)

仰慕前賢，力求效法，希望有朝一日也能名列仙曹，是修道之人共同
的目標，因此全眞道士的作品中，常述及歷代的神仙人物，表現出對
他們的景仰與欣慕，除了與全眞教有思想淵源的鍾離權、呂洞賓、劉
海蟾等人之外，最常被寫入詞中的要算是陳摶（希夷先生）了。劉處
玄詞作中，提及希夷的有五處，分別見於：〈上平西〉（想百年）02、
〈神光燦〉（處玄稽首）16、〈踏雲行〉（到處爲家）42、〈踏雲行〉（一
別三年）43、〈望遠行〉（令子根苗裔）54。較特殊的是，劉處玄的詞
作中，屢次提及許遜與龐蘊。如：
　△　眞閑好，得閑趣，通閑妙，覺閑通。運卦爻、識祖明

宗。許君龐氏，了然先到碧霄中。諸公依此崇真道，
蓬島相逢。(《仙樂集》卷四〈上平西〉，頁 424，03)

△　傚許龐歸去，萬古名揚。(《仙樂集》卷四〈滿庭芳〉，頁 424，
07)

△　待功成名遂，霞洞雲遊。琴劍仙經爲伴，蛻仙去、真
上雲頭。如龐許，全家拔宅，永永住瀛洲。(《仙樂集》
卷四〈滿庭芳〉，頁 425，08)

△　萬惡心除，千思意泯，自然罪病消亡。寸靈念道，動
靜兩俱忘。清志如龐似許。(《仙樂集》卷四〈滿庭芳〉，頁
426，13)

△　拔宅龐許飛昇，大羅歸去，販骨死生免。(《仙樂集》卷
四〈醉江月〉，頁 427，20)

△　各全家奉道始終，莫變管如龐許。(《仙樂集》卷四〈水龍
吟〉，頁 428，22)

△　大翁出去。隨家店住。且只似昔年，混俗龐許。(同前
〈惜黃花〉，頁 432，46)

這些都是述及許龐的作品。許遜屬道教人物﹝註 54﹞，龐蘊則屬佛教
人物﹝註 55﹞，如此道釋兩教人物並舉，也可視作三教合一思想的具

﹝註 54﹞ 許遜（239～374）東晉道士。字敬之，汝南（今屬河南省）人。他博
通經、史，尤好道術，曾拜豫章（今江西南昌）吳猛爲師。後被舉
爲孝廉，晉太康元年（280）任旌陽縣（今湖北枝江縣北，一說是今
四川德陽縣）縣令。在任期間，爲政清廉，治法簡易，官民悅服擁
戴。後來因晉朝政治動亂，辭官東歸，遊跡江湖，尋求真理。傳說
他曾經奮勇斬蛟，爲民除害。他將道教方術與儒家忠孝倫理觀念相
結合，創「太上靈寶淨明法」，宣稱「淨明者，無幽不燭，鐵塵不染」，
洞見一切，不染一塵，這就是淨明。並「以孝弟爲準式，修煉爲方
術」，由此才是「開度之門，升真之路」。如此日積月累，便能「道
氣堅完，神人伏役。一瞬息間可達玄理」。傳說他在東晉寧康二年
（374）舉家從豫章西山飛昇成仙。北宋時，徽宗賜號爲「神功妙濟
真君」。淨明忠孝道將許遜尊爲始祖。後世稱爲許真君或許旌陽。相
傳他著有《太上靈寶淨明飛仙度人經法》、《靈劍子》、《石函記》、《玉
匣記》等書。(資料取自李剛‧黃海德合著《中華道教寶典》頁 136，
臺北：中華道統出版社，民 84 年 5 月初版)

﹝註 55﹞ 龐蘊（？～808），唐代著名在家禪者。世稱龐居士、龐翁。衡陽（湖

體表現。

劉處玄詞作中，常提及「六銖衣」，如：

△ 六銖掛，大羅歸去，重受玉皇宣。(《仙樂集》卷四〈滿庭
芳〉，頁 425，11)

△ 六銖衣掛，復去朝元重現。(《仙樂集》卷四〈酹江月〉，頁
427，20)

△ 六銖衣掛，清平福救，九玄七祖。(《仙樂集》卷四〈水龍
吟〉，頁 428，22)

△ 既免輪迴，六銖掛，去朝元。(《仙樂集》卷四〈行香子〉，
頁 428，24)

△ 鍊出九霄身，六銖掛、朝元去速。永無生老，昇入大
羅天。(《仙樂集》卷四〈驀山溪〉，頁 429，28)

南）人。世代業儒，獨蘊慕佛法。貞元（785～804）初年，參謁石
頭希遷，頗有領悟。復愛丹霞天然（739～824）風采，與之終生為
友。此外，亦與藥山惟儼、齊峰、百靈、松山、大梅法常、洛浦、
仰山等禪林碩德頻相往來。一日，石頭問云：「子自見老僧以來，日
用事作麼生？」龐蘊對曰：「若問日用事，即無開口處。」並呈一偈，
末二句云：「神通并妙用，運水及搬柴。」石頭然之，復問曰：「子
以緇耶？素耶？」對曰：「願從所慕。」遂不剃染，而終其生以在家
之身分舉揚方外之風。後至江西參禮馬祖道一，問：「不與萬法為侶
者是什麼人？」祖云：「待汝一口汲盡西江水，即向汝道。」龐蘊於
言下領旨，頓悟玄機，乃留駐兩年。其後，以機辯迅捷，為諸方所
矚目。元和（206～820）年間，北遊襄陽，因愛其風土，遂以舟沈
其資財於江，偕其妻子躬耕於鹿門山下。訪道者日至，所談皆機鋒
語，其妻子均因之徹悟。元和三年（808）歿（一說元和十年，或謂
太和年間）。後世譽稱為襄陽龐大士、東土維摩；與梁代之傅大士並
稱。遺有《龐居士語錄》，係其生前好友節度使于　所編，該書於歷
代禪林頗受重視，如五代之《祖堂集》、宋初之《宗鏡錄》、《景德傳
燈錄》等皆曾引用部分內容。龐蘊於入寂之際，令其女靈照出視時
日之早晚，靈照回報：「日已中矣，而有蝕也。」龐蘊乃出戶觀看，
靈照隨即登父座合掌坐亡。龐蘊笑曰：「我女鋒捷矣！」遂更延七日
入寂。此一記實，載於《祖堂集》卷十五、《景德傳燈錄》卷八等諸
禪籍中；其所表現之獨特機鋒與謦欬笑談之間坐脫立亡之禪境，與
其他禪林中之同類故實，共為傳誦千古之美譚。(取材自《佛祖綱目》
卷三十二、《居士傳卷》十七、《碧巖錄》第四十二則、《拈八方珠玉
集》卷上)(本文據《佛光大辭典》迻錄)

> △　無爲功行，眞了去朝元，六銖掛，現眞形、三島十洲
> 翫。（《仙樂集》卷四〈驀山溪〉，頁 429，30）
>
> △　六銖掛，始應過，三清舉。（《仙樂集》卷四〈望遠行〉，
> 頁 433，54）
>
> △　他年去，昇入大羅中。體掛六銖朝至聖，這回永住九
> 陽宮。（《仙樂集》卷四〈望蓬萊〉，頁 434，61）

「六銖衣」乃佛家語。《長阿含經·世紀經·忉利天品》記載：忉利
天衣重六銖，指其極輕且薄。六銖衣乃成佛後，入忉利天所著衣服，
劉處玄常言著六銖衣登大羅天，反映出他受佛教思想的影響，也可視
作三教合一思想的具體表現。

劉處玄勸人入道修行的方法，與王重陽、馬鈺並無不同，也是常
以善惡輪迴觀念警示世人，勸人要跳出火宅，拋棄恩愛塵緣。茲舉二
例，略作分析：

> 戀恩情，恩生害，死難逃。氣不來、身臥荒郊。改頭換面，
> 輪回販骨幾千遭。世華非堅如石火，火宅囚牢。任雲水，
> 登雲路，遊雲外，翫雲濤。厭錦衣、喜掛麻袍。清平道德，
> 修完性命隱蓬芽。他年蛻殼朝賢聖，名列仙曹。（〈上平西〉，
> 頁 424，04）

這是一首勸人遠離塵緣，入道修行的作品。詞的上片直接指出，戀眷
恩情最終必然難逃死劫，一旦氣竭，則難以避免身臥荒郊化爲骷髏的
下場，人在火宅囚牢中受苦，若不知修行，則無法跳脫不斷輪迴的命
運。下片則以對比的手法，寫入道修行的好處，雲遊四海，自在逍遙，
身心無任何罣礙，是修行之人的生活寫照，能在無拘無束的悠閒生活
中，性命雙修，功成丹結，自能證眞成仙，名列仙曹。這首詞開頭即
指出了修行的入門途徑在遠離塵緣，心中無一切污染執著，才能進一
步修煉內丹、證眞成仙，這是全眞教一貫的修行原理。

> 兒女金枷，愛情玉杻。火坑牢獄身如囚。迷迷到了似春蠶，
> 疾些出離無中守。晝夜茫茫，烏飛兔走。浮漚生滅形難久。
> 速修性命免輪回，完全功行蓬瀛友。（《仙樂集》卷四〈踏雲行〉，

頁 431，40）

這也是一首勸人入道修行的作品。詞的上片，先以金枷玉杻形容兒女愛情對身心的束縛，接著以火坑牢獄比喻塵世，以春蠶比喻生命短暫。人不知修行，則身如囚犯拘於火坑牢獄之中，受盡苦難折磨，無法解脫；而且生命如吐絲的春蠶，絲盡終究難免一死。詞的下片，繼續以歲月無情，人生短暫，一切繁華富貴、功名利祿，乃至於肉體身軀，都不過如浮漚泡沫的生滅來警惕世人，告示世人欲免輪迴就要儘早修行。劉處玄在勸人入道修行的方法上，偏愛以歲月易逝，人生短暫來警惕信眾，勸人要及早修行，如：

　　△　想百年，如一夢，幾多時。（《仙樂集》卷四〈上平西〉，頁
　　　　423，02）

　　△　且忘世夢，轉頭萬事一場空。（《仙樂集》卷四〈上平西〉，
　　　　頁 424，03）

　　△　百載光陰四序逼，不覺形容衰老。世偽浮華，轉頭如
　　　　夢，到底成虛矯。（《仙樂集》卷四〈酹江月〉，頁 427，17）

　　△　人間華麗，恰似風前燭，萬事轉頭空。（《仙樂集》卷四
　　　　〈驀山溪〉，頁 429，28）

　　△　七十年光，五千二萬。隄防不測無常限。（《仙樂集》卷
　　　　四〈踏雲行〉，頁 430，36）

　　△　去歲周亭，今年重到。光陰似箭催人老。（《仙樂集》卷
　　　　四〈踏雲行〉，頁 431，39）

　　△　世景急如梭。戀恩山、洒洒波波。（《仙樂集》卷四〈青杏
　　　　兒〉，頁 432，48）

都是這一觀念的陳述。較不同於王重陽、馬鈺的是，王重陽、馬鈺詞作中，隨處可見教人拋妻棄子，禁絕酒色財氣的話頭，而劉處玄的詞作中，卻從未見「妻」、「色」、「財」等字，「酒」字則僅見於〈惜黃花〉46 詞「飲酒休亂做」。這可能是因劉處玄「誓不婚宦」（《金蓮正宗仙源像傳》），未曾娶妻，且喜隱居山林，日常生活中，本無妻妾兒女、酒色財氣的糾纏，亦少這方面的經驗，故填詞之時心思不及於此

的緣故。

　　劉處玄的詞作，最明顯的特色是多抒發其對山林泉石的鍾愛，及淡薄名利的灑脫襟懷。例如：

　　△　三十年間，幾番寵辱，細思往事慵言。也曾牒發，曾受帝王宣。今日山村且住，他時去、高臥雲煙。洞天隱，松峰之畔，保命是修仙。(《仙樂集》卷四〈滿庭芳〉，頁424，06)

　　△　他日功成厭世，倣淵明樂道，閒伴林泉。自在無拘，笑吟洞外松前。(《仙樂集》卷四〈神光燦〉，頁426，14)

　　△　最好福地清居，依山臨水，自在攜笻到。占得眞歡霞洞隱，無事閒看聖教。(《仙樂集》卷四〈醉江月〉，頁427，17)

　　△　厭居人世，似孤雲飄逸，鶴昇霄漢。自在無拘空外去，撒手直超彼岸。到處爲家，琴書爲伴，信筆閒吟嘆。洞天高臥，任他人笑懶慢。夏近百尺森松，水簾嚮嘵，飛入龍泉澗。渴飲霞漿仙會處，童稚唇歌舌誕。趫了輪回，完全性命，迷者應難趕。忘名絕利，一任人非人讚。(《仙樂集》卷四〈醉江月〉，頁427，21)

　　△　歷遍人間。卻羨名山。洞天清、坐聽潺湲。萬株松檜，千頃雲煙。好伴琴書，眞念道，樂安閒。(《仙樂集》卷四〈行香子〉，頁428，24)

　　△　人間華麗，恰似風前燭。萬事轉頭空，世外隱、仙家清福。靈峰霞洞，四序不知秋，松爲伴，竹爲鄰，閒唱無生曲。(《仙樂集》卷四〈驀山溪〉，頁429，28)

　　△　念道玉漿多。得眞歡、大笑呵呵。自然酩酊逍遙快，依山臨水，雲霞洞外，忻後高歌。(《仙樂集》卷四〈青杏兒〉，頁432，48)

　　△　遙望崗山山正好，瑩瑩正芬芳。佳節春溫春晝長。最好泛霞漿。酩酊歌歡忘世慮，吟笑勝輕狂。來往仙鄉。過此慶重陽。(《仙樂集》卷四〈武陵春〉，頁432，50)

從這些作品，可以生動而清楚地鈎勒出劉處玄嚮往山林的個性和曠達

不拘的懷抱。高臥靈峰霞洞，閑伴林泉，松竹爲鄰，琴書爲伴，信筆吟嘆，大笑高歌，任他人笑懶慢，是他所響往的情境，也是他真實生活的寫照。劉處玄真可算是一位神仙隱士。

劉處玄詞中常提及作醮之事，如：

△ 清河德，又行緣闡醮，敬信無窮。(《仙樂集》卷四〈神光燦〉，頁 426，15)

△ 常記講師靜位，說關西、作醮岐陽。香花引，那郝公見道，大哂重陽。(《仙樂集》卷四〈神光燦〉，頁 426，16)

△ 功行周圓，完全性命，勝似重修醮。(《仙樂集》卷四〈醉江月〉，頁 427，17)

△ 大醮洪禧，青詞奏聖，感應應難遇。文山作醮，白龜蓮襯王祖。(《仙樂集》卷四〈醉江月〉，頁 427，18)

△ 遙望東南，彩光分朗。忽然見了濱州往。醮緣感應仗高真，昔年曾有劉高尚。(《仙樂集》卷四〈踏雲行〉，頁 430，35)

△ 臨醮諸公戒行清。動天感應福非輕。(《仙樂集》卷四〈定風波〉，頁 433，55)

△ 欲近醮，速去似風飄。道士靈虛分一半，小師同到應焚燒。賢聖在丹霄。(《仙樂集》卷四〈望蓬萊〉，頁 434，62)

這些作品可作爲全真道士雖不倡導齋醮禳襘之事，但爲方便度化眾生，順應世俗人情，並不排斥齋醮禳襘，甚至經常參加這類活動的明證。

另有一首〈滿庭芳〉，述及鍾呂師承，可作爲全真教思想淵源的佐證，原詞上片如下：

釋氏禪宗，老君道祖，呂鍾海蟾明天。重陽立教，東海闡良緣。唯度丘劉譚馬，分異派、王郝先傳。將來去，十洲仙會，霞友性團圓。(附譚處端《水雲集》卷下〈滿庭芳·讚道釋寄助緣盧公武德〉詞後，頁 435，65)

三、詞作形式分析

本小節主要就：詞調、體式、表現技巧等三方面，分析劉處玄詞的形式特色。

（一）詞調方面

劉處玄今傳詞作，凡六十五首，共用十九調。今依唐圭璋《全金元詞》之編次，表列調名及闋數如下：

表四：劉處玄詞所用詞調一覽表

編號	詞　調　名	數　量	編號	詞　調　名	數　量
1	江神子（江城子）	一首	2	上平西	四首
3	滿庭芳	九首	4	神光燦（聲聲慢）	三首
5	酹江月（念奴嬌）	五首	6	水龍吟	一首
7	滿路花	一首	8	行香子	二首
9	山亭柳	一首	10	驀山溪	六首
11	玉堂春	二首	12	踏莎行	九首
13	惜黃花	三首	14	青杏兒（攤破南鄉子）	三首
15	武陵春	二首	16	感皇恩	二首
17	望遠行	一首	18	定風波	四首
19	望蓬萊（憶江南）	六首			

附註：以上共計六十五首詞，十九種詞牌。

從上表可知，劉處玄所用詞牌共十九調。十九種詞牌都是王重陽填過的調子，馬鈺未曾填過的則有〈酹江月〉、〈水龍吟〉、〈滿路花〉、〈青杏兒〉、〈武陵春〉、〈望遠行〉六調。從劉處玄所填各調的作品數量來看，以〈滿庭芳〉和〈踏莎行〉最多，各有九首；其次是〈驀山溪〉和〈望蓬萊〉，各有六首；再其次是〈酹江月〉，有五首。這五種詞牌共三十五首詞，已超過其全部作品半數，可以說是他最喜愛的詞牌。

劉處玄詞作可補《詞律》、《詞譜》未收之同調異體者，有〈惜黃

花〉一調三體。〈惜黃花〉一調格式本極靈活，《詞律》收史達祖七十字一體，《詞譜》加收許沖元七十字另一體；王重陽有七首，調名又稱〈金蓮堂〉，可補六十九字、七十一字、七十二字三體；馬鈺有二首，全是繼王重陽之韻，格式亦同王重陽所作。劉處玄所塡〈惜黃花〉有三首，二首六十八字、一首六十九字，三首格式全異，與上述諸詞也全不同，爲備諸體，皆當採錄。

劉處玄詞作並無以道家語改易詞牌名稱的情形。其所用調名爲道家語者，僅〈神光燦〉、〈望蓬萊〉二調，皆是襲用王重陽、馬鈺所用名稱，其餘十七調則皆用舊稱。

（二）體式方面

劉處玄的詞作在體式方面，受王重陽影響較少。其詞作中「藏頭拆字體」、「攢三拆字體」僅各一首，「福唐獨木橋體」有兩首。其藏頭體，原詞如下：

> 寸明眞，靈通慧，無罣礙清涼。莘混世，人笑似風狂。祖丘劉譚馬，消滅、萬慮俱忘。猿住，通道德，豈肯外昭彰。
> 分。清靜妙，嬰男妳，雲路休忙。虛無造化，汞結鉛光。兀騰騰飄逸，販骨、趄了無常。袍侶，公甘鎮，詩挈滿庭芳。（《仙樂集》卷四〈滿庭芳·藏頭拆字〉，頁425，10）

該詞可還原如下：

> 方寸明眞，一靈通慧，心無罣礙清涼。京莘混世，人笑似風狂。王祖丘劉譚馬，火消滅、萬慮俱忘。心猿住，人（主）通道德，豈肯外昭彰。十分。清靜妙，女嬰男妳，雲路休忙。心虛無造化，汞結鉛光。兀兀騰騰飄逸，免販骨、趄了無常。巾袍侶，呂公甘鎮，詩挈滿庭芳。

另迻錄其福唐獨木橋體詞二首，如下：

> △ 退道愚生。意亂心生。喪命盡貪生。不畏神明察日，千愆萬過迷生。死墮酆都苦苦，苦盡傍生。進道清眞忘世夢，閑看聖教似書生。達理悟修生。氣結神靈異，自然有、霞彩光生。寶鑑碧霄光耀，眞箇先生。（《仙樂

集》卷四〈山亭柳〉，頁 428，26)

△ 天元將盡。去年掛盡。這世夢冤親，何時是盡。三寸
不來休，卻變骷髏盡。到如斯，俗念心盡。道靈真無
盡。忘機業盡。覺萬慧千通，頓然明盡。外貌似憨癡，
吟笑風燈盡。樂無極，任他物盡。(《仙樂集》卷四〈惜黃
花〉，頁 432，45)

這兩首詞都是以一字押韻到底的福唐體，押韻勉強，並不自然妥貼；
前一首「藏頭拆字」則落理障，思路不順，可看出劉處玄並非塡作「藏
頭拆字體」及「福唐獨木橋體」的能手。

（三）表現技巧方面

就表現技巧言，劉處玄的詞作幾乎全用賦筆，直接鋪陳其事，少
用其他文學表現技巧。先舉一例來看看：

想人生，老與少，似春秋。恰幼年、卻變白頭。莫爭空假，
無常氣斷臥荒丘。大都三萬六千日，多病多愁。崇真道，
敬真聖，明真理，了真修。侍二尊、至孝全周。全家拔宅，
功成同去到瀛洲。出離生死無來去，閬苑清遊。(〈上平西〉，
頁 424，05)

這是一首勸人入道修行的作品。上片從想起人生短暫，韶光易逝寫
起；「老與少，似春秋」以季節比喻歲月流轉、人生易老；「恰幼年、
卻變白頭」用誇飾法，形容時光消逝之迅疾；「莫爭」四句用直敘法，
說明人生無常且多災難，不須作無謂的爭執。過片「崇真道」四句，
用類字法強調「真」字，勸人必須修真。「侍二尊」以後各句，則用
許遜與龐蘊全家拔宅飛昇的典故（參前文及註 53、註 54）來說明，
修道之人亦須「至孝全周」，能「崇真道，敬真聖，明真理，了真修」，
且「至孝全周」，自然能如許龐全家超昇，同登仙境。整首詞全用賦
筆，明白了當，毫無曲折婉轉、費解難懂之處。這是劉處玄塡詞的主
要表現方法。

就修辭技巧言，劉處玄較常用的是比喻法。其他方法，如：對偶、
呼告、類字、誇飾、對比、頂真等，皆僅偶一為之，並不常見。試舉

一首，略作分析：

> 甘雨及時貴似油。今朝歡樂便無愁。明夜耕田野外唱，嗔
> 牛。動鞭輕打勝余修。過了天元難積行，一麻一麥寸中收。
> 養就妊嬰雲外去，優遊。命光圓若月新秋。(《仙樂集》卷四
> 〈定風波〉，頁433，56)

這是說明內丹修煉情形的作品。全眞教在實際修煉方法上，特別強調「先性後命」與「性命雙修」的原則。其內丹法從修性開始，先教人收心降念，做對境不染的明心見性功夫，使心定念寂，然後再靜坐調息，按傳統內丹法的修鍊程序，依次煉精化氣、煉氣化神、煉神還虛。這首詞便是說明靜坐調息情況的作品。其中「甘雨」、「麻麥」、「妊嬰」分別用來比喻「精、氣、神」，「嗔牛」則比喻受貪嗔癡三毒污染的眞靈本性〔註56〕，「命光」是指清靜光明的自性本體。佛經中常以下種耕田來比喻修福養身的工夫〔註57〕，詞中「耕田」即是比喻靜坐調息的修煉工夫。其修煉次第爲：先鍛鍊得之於父母的精血，工夫純熟，自能煉精化氣、煉氣化神，等到能進一步煉神還虛，則眞靈本性就能湛然常寂、光明清淨，此即到達證眞成仙的境界。整首詞皆用比喻法，讀者若不了解全眞教的修煉方法，必然不知所云，若能了解，則能心領神會。全眞道士的詞，凡是論內丹修煉方法的，多用種種比喻，這首詞是頗爲典型的作品。茲再列舉其他使用比喻法的詞句如下：

> △　想百年，如一夢，幾多時。(《仙樂集》卷四〈上平西〉，頁
> 　　423，02)
>
> △　月圓月缺如憂喜。(《仙樂集》卷四〈上平西〉，頁424，03)

〔註56〕《妙法蓮華經‧譬喻品》曾以大白牛車比喻自性本體，全眞教自王重陽以下，即常用牛比喻眞靈本性。

〔註57〕田以生長爲義，人若行善修慧，猶如農夫於農田下種，能得福慧之報，故名福田。《六祖壇經‧行由品第一》云：「不離自性，即是福田。」又云：「有情來下種，因地果還生。」《無量壽經》淨影疏：「生世福善，如田生物，故名福田。」《報恩經》：「眾僧者出三界之福田。謂比丘具有戒體，戒爲萬善之根，是故世人歸信，共養種福，如沃壤之田，能生嘉苗，故號良福田。」《華嚴經》云：「下佛種子於眾生田，生此覺芽，是故能令佛寶不斷。」

△　世華非堅如石火，火宅囚牢。(《仙樂集》卷四〈上平西〉，
　　頁 424，04)

△　想人生，老與少，似春秋。(《仙樂集》卷四〈上平西〉，頁
　　424，05)

△　真明了，碧天瑩淨，命耀似新秋。(《仙樂集》卷四〈滿庭
　　芳〉，頁 425，08)

△　世僞浮華，轉頭如夢，到底成虛矯。(《仙樂集》卷四〈醉
　　江月〉，頁 427，17)

△　石火光陰，浮漚生滅，飛走鳥隨兔。(《仙樂集》卷四〈醉
　　江月〉，頁 427，19)

△　厭居人世，似孤雲飄逸，鶴昇霄漢。(《仙樂集》卷四〈醉
　　江月〉，頁 427，21)

△　人間華麗，恰似風前燭。(《仙樂集》卷四〈驀山溪〉，頁 429，
　　28)

△　身似藕出泥花靜。(《仙樂集》卷四〈驀山溪〉，頁 429，31)

△　人間寵辱，辱似圓光缺。(《仙樂集》卷四〈驀山溪〉，頁 429，
　　32)

△　光陰似箭催人老。(《仙樂集》卷四〈踏雲行〉，頁 431，39)

△　兒女金枷，愛情玉杻。火坑牢獄身如囚。迷迷到了似
　　春蠶。(〈踏雲行〉，頁 431，40)

△　亙初一點光如電。(《仙樂集》卷四〈踏雲行〉，頁 431，42)

△　迷者似河沙。想世間、學者如麻。(《仙樂集》卷四〈青杏
　　兒〉，頁 432，49)

△　形如鶴，性耀似孤雲。自在空中無罣礙。(《仙樂集》卷
　　四〈望蓬萊〉，頁 434，63)

這些作品中，有的以夢、浮漚、電光火石比喻人生短暫、浮華易滅，
有的以孤雲野鶴比喻自身之悠遊自在，有的以風前燭比喻人間華麗，
有的以蓮藕比喻肉身、以蓮花比喻清淨無染之自性真靈，有的以金
枷、玉杻比喻兒女、愛情，有的以河沙、麻比喻數量之多，都是極常
見而通俗的比喻，頗能符合以易知說明難知、具體顯現抽象的比喻原則。

　　劉處玄使用疊字的情況，並不特出，先來看看他所使用過的疊字（依筆劃排列，數字表使用次數）：

　　　　了了 5、兀兀 1、永永 1、去去 1、休休 1、呵呵 1、波波 1、
　　　　哈哈 1、來來 1、苦苦 1、洒洒 1、時時 1、般般 1、迷迷 1、
　　　　茫茫 1、陶陶 1、箇箇 1、瑩瑩 1、騰騰 1、瀟瀟 1。

在他的六十五首作品中，只用了二十種疊字，除「了了」用了五次外，其餘皆只用一次，可見他並未曾刻意運用這一修辭技巧。

　　綜合言之：劉處玄的詞在內容上，也是始終不離論道說理和抒寫道士襟懷的範圍。其詞作屢次提及丹陽，顯見其思想受馬鈺影響較深。在論道說理方面，劉處玄偏重於闡述「清靜無為」的思想，強調必須內外雙修、功行並作；屢次提及許遜、龐蘊、六銖衣等，充份表現出三教合一的思想。在勸人入道修行的方法上，也是常以善惡輪迴觀念警示世人，勸人要跳出火宅，拋棄恩愛塵緣，尤喜以歲月易逝、人生短暫來警惕信眾，勸人要及早修行。較不同於王重陽、馬鈺的是劉處玄的詞作中，從未見「妻」、「色」、「財」等字，「酒」字也僅一見。其詞作最明顯的特色是多抒發其對山林泉石的鍾愛，及淡薄名利的灑脫襟懷。又常提及作醮之事，可作為全真道士並不排斥齋醮禳襘，甚至經常參加這類活動的明證。〈滿庭芳〉（釋氏禪宗）一詞，述及鍾呂師承，可作為全真教思想淵源的佐證。

　　他的詞作在形式方面，無論是用調、體式、表現技巧各方面，都較少特色。所用十九種詞牌，僅〈青杏兒〉一調王重陽未曾填過，亦未有以道家語改易詞牌名稱的情形。較常運用的修辭技巧也只有比喻法。整體來說，文學創作的技巧，略顯單薄。

第四節　丘處機

一、生平事略

　　丘處機，字通密，號長春子，小名丘哥，山東登州棲霞（今山

東山省棲霞縣）人。生於金熙宗皇統八年（1148），卒於元太祖二十二年（1227），享年八十。幼亡父母，未嘗讀書，世代業農，樂善好施，故稱善門。自小聰敏，成長以後，始知向學，日記千言，久而不忘，以後能文擅詩，均賴自學。年十九，棄俗學道，隱居山東寧海州（牟平）之崑崳山煙霞洞。金大定七年（1167），遇重陽真人王嘉，甚為投機，執弟子禮，重陽為訓今名字號。為重陽掌文翰，學業更進，並擅吟詠。隨重陽學道三年，重陽仙蛻，營葬於重陽故鄉陝西咸陽劉蔣村，盧於墓側，守喪三年。大定十四年（1174）西入陝西寶雞之磻蹊（又名凡谷。相傳太公望垂釣於此，得遇文王。）持心修鍊六年，脅不占蓆，寒暑不移。大定二十年（1180），遷居隴州（今陝西隴縣）西北之龍門山七年，苦修如磻溪時，並博覽詩書，真積力久，學道乃成，遠方學者咸敬禮之。（此十三年苦修，對丘處機後來事業，很有影響，他能以七四老翁，西行萬里，以及為「帝王師」的精神，向成吉思汗不屈不撓，三説養生之道，獲得信任與尊重，都與持心養氣，苦修勤學有關。）大定二十七年（1187），移居終南山祖庵。次年，奉金世宗詔見於燕京，主萬春節醮，剖析天人之理，頗邀天聽，蒙賜巾袍，並錢十萬，表而還山。金章宗明昌二年（1191），由終南山東歸，隱居登州棲霞太虛觀，修建壇宇，氣象一新。泰和三年（1203），長生真人劉處玄仙逝，處機繼掌教門，是為全真教第五任教主。泰和六年（1206），蒙古可汗鐵木真統一蒙古各部，在斡難河召集宗親大會，建號曰成吉思汗。泰和八年（1208），金章宗敕賜其居為太虛觀。李元妃重道教，加賜玄都寶藏六千餘卷，驛送太虛觀，由是全真教名滿宇內，達官貴人，奉道日眾。金宣宗貞祐二年（1214），元兵分擾華北各地，逼近燕京，宣宗決定遷都汴梁（開封）。次年，燕京雖破，元兵仍北還，然河朔已為廢墟，強凌弱，眾暴寡，遺民自相吞噬，中原數千里，混亂悲慘，自此而始。興定三年（1219·元太祖十四年），移居萊州（今山東掖縣）。元太祖成吉思汗，統兵征伐花剌子模（突厥族，在今中亞細亞），

行至舊乃蠻國（即也兒底石河行宮），欽重處機盛名，乃遣使返國徵
召，持虎頭金牌，文曰：「如朕親行，便宜行事。」近侍劉仲祿奉詔
率蒙古二十騎，來漢地敦請。興定四年（1220・元太祖十五年），離
萊州，應召北覲，有弟子尹志平、李志常、宋道安……等十八人隨
行〔註58〕，至盧溝橋（今宛平縣治），燕京士庶僧道來迎，並應道眾
請求，作醮於天長觀，時有數鶴飛來，乃作瑞鶴圖，燕京士大夫多
有題詠。五月至德興府（今察哈爾涿縣），八月至宣德州（今宣化縣）。
興定五年（1221・元太祖十六年），正月時，寄詩燕京道友言志，詩
云：「十年兵火萬民愁，千萬中無一二留，去歲幸蒙慈詔下，今年須
合冒寒遊，不辭嶺北三千里，仍念山東二百州。窮急漏誅殘喘在，
早教身命得消憂。」時處機已七十四高齡，不辭艱遠，萬里西行，
慈心救苦，千古欽敬。西行以宣德州為起點，至成吉思汗大雪山行
宮（即欣都庫什山，在今阿富汗京城喀布爾附近），自元太祖十六年
（1221）二月，至十七年三月始抵撒馬爾干，在此侯至十月，轉至
行在覲見，上問：「真人遠來，有何長生之藥？」對曰：「有養生之
道，而無長生之藥。」此後，凡講道三次。太祖時方西征，日事攻
戰，處機每言欲一天下者，必在乎不嗜殺人；及問為治之方，則對
以敬天愛民為本；問長生久視之道，則以清心寡欲為要。太祖深契
其言，曰：「天錫仙翁，以寤朕志。」命左右書之，且以訓諸子焉。
時太祖行在設在大雪山之陽，故史稱處機之講道為「雪山講道」。元
太祖十八年（1223），處機隨軍，至三月懇辭先行，太祖飭阿里鮮陪
同，八月抵宣化，往返整三年。據《七真年譜》：「是歲三月，得旨
東還，賜號神仙，俾掌管天下道門大小事務，一聽神仙處置，他人

〔註58〕據《長春子西遊記・附錄》載，侍行門人為：盧靜先生趙靜堅、沖
　　　　虛大師宋道安、清和大師尹志平、虛寂大師孫志堅、清貧道人夏志
　　　　誠、清虛大師宋德方、葆光大師王志明、沖虛大師于志可、崇道大
　　　　師張志素、通真大師鞠志圓、通玄大師李志常、頤真大師鄭志修、
　　　　玄真大師張志遠、悟真大師孟志穩、清真大師綦志清、保真大師何
　　　　志清、通玄大師楊志靜、沖和大師潘德沖等十八人。

無得干預。宮觀差役，盡行蠲免，所在官司，常加衛護。」此爲全眞教在當時盛行之主要原因，以及其教徒享有特權之情形。元太祖十九年（1224），三月返抵燕京住太極宮（後改長春宮，即今北京之白雲觀。）全眞教更因此開展，如日中天，而漢地庶民得救者，河北山東，無慮數十萬。《元史・丘處機傳》稱：「時國兵踐蹂中原，河南北尤甚。民罹俘戮，無所逃命。處機還燕，使其徒持牒招求於戰伐之餘，由是爲人奴者得復爲良，與濱死而得更生者，毋慮二三萬人。中州人至今稱道之。」其有恩於民可見。元太祖二十一年（1226）五月，京師大旱，農田荒蕪，行省請處機作醮祈雨，前夕雨降，醮竟雨勢海湧，因有秋收，名公碩儒，以詩來賀。元太祖二十二年（1227），自春至夏又旱，處機定五月一日，爲祈雨醮，醮竟雨作，翌日盈尺。六月得疾，七月疾重，爲遺囑告門人曰：「昔丹陽（馬鈺）嘗授記於余云：『吾歿之後，教門當大興，四方往往化爲道鄉，公正當其時也。道院皆勒賜名號，又當住大宮觀。仍有使者佩符乘傳，勾當教門事。此時乃公功成名遂，歸休之時也。』丹陽之言，一一皆驗，若合符契，況教門中勾當人內外悉具，吾歸無遺恨矣！」七月九日登寶玄堂，留頌而逝，並遺囑：令門人宋道安提舉教門事，尹志平副之，張志松又其次，王志明依舊勾當，宋德方、李志常等同議教門事。各弟子俱麻服行喪禮，首七道俗來弔者，以萬計。是年秋，成吉思汗亦崩於甘肅秦州（今清水縣）年七十二。生平行實詳《元史》、李志常《長春眞人西遊記》、陳銘珪《長春道教源流》、姚從吾《元邱處機年譜》。〔註59〕

〔註59〕有關丘處機記載見：《甘水仙源錄》卷二，頁 5～11，陳時可撰〈長春眞人本行碑〉；《金蓮正宗記》卷四，頁 7～14；《金蓮正宗仙源像傳》，頁 31～36；《七眞年譜》，頁 4～20；《歷世眞仙體道通鑑續編》卷二，頁 10～22；《雲山集》卷七，頁 12～17，姬志眞〈長春眞人成道碑〉；《元史》卷二〇二卷；《新元史》卷二四三；《元史類編》卷四一，《元書》卷九五；關於丘處機的政治活動見姚從吾編《元邱處機年譜》，此文收入姚氏的《東北史論叢》（台北：正中書局，1959）

　　丘處機的著作，今本《道藏》收有《磻溪集》六卷、《大丹直指》二卷，另有元人王玠所注的丘處機的《青天歌》。《四庫全書》中則有丘處機的《攝生消息論》。據陳時可〈長春眞人本行碑〉云：「師（丘處機）於道經無所不讀，儒書、梵典亦歷歷上口。又喜屬文賦詩，然未始起稿，大率以提倡玄要爲意，雖不事雕鐫，而自然成文，有《磻溪》、《鳴道》二集行於世。」《金蓮正宗紀》亦言丘處機：「所有歌詩、雜說、書簡、論議、直言、語錄，曰《磻溪集》、《鳴道集》、《西遊記》，近數千首見行於世。」又據元人郭起南所撰《重修磻溪長春觀紀》亦稱丘處機著《磻溪集》、《鳴道集》及《西遊記》。今本《道藏》載有《磻溪集》六卷，前有玉峰老人胡光謙、金太常博士校書郎毛麾及移剌霖、陳大任四序。四序中胡序、毛序分別作於金大定二十六年（1186）及大定二十七年（1187）。移序及陳序分別作於金章宗泰和六年（1206），及泰和八年（1208）。由此可知，《磻溪集》最晚於金泰和年間即已刊印。《鳴道集》今本《道藏》中未見，當已失傳。《西遊記》則爲丘處機門人李志常所撰。今本《道藏》所收《大丹直指》一書，前題「長春演道主教眞人丘處機述」。丘處機作《大丹直指》一事，全眞教各碑銘均未見有記載，但觀其內容則與丘處機一貫思想頗相吻合，或許是因爲碑傳材料有漏。又：今本《道藏》有《眞仙直指語錄》載〈長春眞人寄西州道友書〉；《群仙要語纂集》中有〈丘處機語錄〉。據今人張廣保《金元全眞道內丹心性論研究》云：北京中國社會科學院世界宗教研究所圖書室藏有《長春祖師語錄》，極可能是出于丘門弟子之手（參該書附錄〈金元全眞著述詳考〉）。今人王卡於《道教三百題》一書中，對《磻溪集》及《大丹直指》二書，曾作介紹，頗能提綱挈領，切中旨要，值得參考，今迻錄其原文於下：

　　　　《磻溪集》六卷，收入道藏太平部。另有金朝刻本，收藏在北京圖書館善本部。此書爲丘處機詩詞集，由其門徒編

註：下冊，頁214～176。

集刊行，共收錄詩詞四百七十餘篇。詩詞題材廣泛，大多為抒情言志，紀事寫景之作。言求道成仙之志，抒傷時濟世之懷，是其詩詞基調。其登臨攬勝，謳歌山川，苦旱喜雨，警世愍物，有如仁人志士；其贈答應酬，隨機施教，除頑解蔽，論道明心，儼然一代宗師；其居山臨海，吟松讚月，流連光景，歸心自然，則似隱居高士。書中讚道愍物之詩屢見不鮮，大抵謂浮生若夢，世事無常，四大皆空，有如泡影。屢及早看破紅塵，驚覺黃粱，脫離名利場，拋卻臭皮囊，遁入玄門，悟道修真，方為人生之歸宿。其或不然，亦當敦倫盡分，隨緣修行，身在凡間，而心明物外。其論修道，重在身心清靜，返本歸真，去愛欲，離聲色，除妄念，復真性。所謂「本來一物無凝礙」，「一念無生即自由」。其說近似莊禪。然其傷時感世之作，表達對金元亂世眾生哀憫之情，教人以真功苦行濟世化人，則又近儒。故書中屢屢倡言三教同源一致，「儒釋道源三教祖，由來千聖古今同。」其詩詞藝術水平極高，「動容無不鈔，出語總成真。」不愧為道流詩文上乘之作。

《大丹直指》二卷，專言內丹理論及行功力法。宣稱：「金丹之祕，在一性一命而已。性者天也，常潛於頂；命者地也，常潛於臍。頂者性根也，臍者命蒂也。」人心中藏正陽之精，名曰汞木龍；臍中藏元陽真氣，名曰鉛金虎。先使水火二氣上下相交，升降相結，用意勾引，脫出真精真氣，結成大丹。非特能長生益壽，若功行兼修，可躋聖位。其內鍊步驟分為九節，即：龍虎交媾、周天火候、肘後飛金精、金液還丹、太陽鍊形、三田既濟、鍊神入頂、煉神合道、棄殼昇仙、超凡入聖。又分此功為三成法：僅鍊「龍虎交媾」為小成法，可安樂延年；繼而鍊至「太陽鍊形」，為中成法，可成地仙；繼而鍊至「鍊神入頂」，為大成法，可成仙證真。

　　重陽仙蛻後，全真七子分途弘道，各自創立了自己的傳法世系，丘處機所傳一支為「全真龍門派」。因丘處機曾在隴州龍門山隱修七

年，因此稱爲「龍門派」。丘處機弟子甚多，奉詔西遊侍行的十八弟子，皆著名於當時。丘歿後，由弟子尹志平嗣教。尹志平（1169～1251），山東萊州（今山東掖縣）人，丘處機主持長春宮時，住德興龍陽觀，丘賜號清和子，嗣教後返長春宮，於宮東立下院——白雲觀，建處順堂（今白雲觀丘祖殿），以安置丘處機遺骸。元太宗四年（1232）南征還，命中宮代祀於長春宮，六年（1234）又遣使勞問，賜道經一藏。八年（1236），尹志平往終南山，修復全眞祖庭。十年（1238），傳掌教位於李志常。李志常（1193～1256），觀城（今河南范縣）人，號眞常子。丘歿後，李志常爲都道錄兼領長春宮事。元太宗五年（1233）受詔教蒙古貴官子弟十八人。掌教後，朝庭詔命加號「玄門正派嗣法演教眞常眞人」。元憲宗元年（1251），賜金符寶誥，遍詣岳瀆，以行祀事。其後連續四年，赴終南山規度營造祖庭，在京都作金籙大齋，爲各路道士女冠普度戒牒；建普天大醮，附薦海內亡魂；召於內宮，咨以治國保民之術等等，備受恩寵。六年（1256），傳掌教位於張志敬。八年（1258）因佛道論爭失敗，全眞教由盛轉衰。清康熙年間，白雲觀住持王常月得朝庭支持，全眞龍門派再度中興。王常月（1522～1680），號崑陽子，山西長治人。據傳在河南王屋山和湖北龍宮山兩次遇見龍門派第六代祖師趙復陽，受「天仙大戒」，於清世祖順治十三年（1656）一百三十四歲時，出任白雲觀方丈。順治尊封他爲國師，康熙則皈依於王常月門下。王常月利用朝廷的恩寵，頒發度牒，廣收弟子一千餘人，並長途跋涉到江蘇茅山、浙江金蓋山和湖北武當山傳戒，於是龍門派風遍於天下，一些原屬正一派的名山也逐漸易爲全眞龍門派的叢林。王常月普度眾生，傳道放戒，主持白雲觀二十餘年，擴建宮觀，整肅道門，嚴行清規戒律，住觀道士經常達二、三百人，成爲全眞龍門第一叢林，至今仍傳授不息。〔註60〕

〔註60〕參閱陳耀庭．劉仲宇合著《道．仙．人——中國道教縱橫談》，上海社會科學院出版社，1992 年 12 月第一版。

二、詞作內容分析

　　丘處機的詞作收錄在《磻溪集》中的第五、六卷之中。吳昌綬《雙照樓景宋金元明本詞》匯刻本據金本《磻溪集》收詞一百三十四首；其〈敍錄〉云：「此本首題棲霞長春子丘神仙《磻溪集》，凡詩詞七卷，九行十七字。核其卷中，無一入元後作，版本亦與元代絕異，審爲金刻無疑。」《道藏》本《磻溪集》收詞數量與吳刻本同。朱祖謀《彊村叢書》覆刻晦木齋舊鈔《磻溪集》本，收詞一百三十四首，又補遺二首。近人周泳先編《唐宋金元詞鉤沈》，據《鳴鶴餘音》補八首。近人唐圭璋先生編《全金元詞》，以《彊村叢書》爲底本，參校吳刻本，並收周泳先所補詞七首（其中〈黑漆弩〉一首，唐先生認爲應是白賁詞，不錄），又據《鳴鶴餘音》、《西遊記》、《金蓮正宗記》、《清河書畫舫》等書，輯補九首，故《全金元詞》所收丘處機詞，共計一百五十二首。丘氏存詞，殆盡於此。

　　丘處機是全眞教的第五任掌教，也是全眞教發展過程中，最爲關鍵的三個重要人物之一（另兩位是王重陽與馬鈺）。自十九歲棄俗學道，隱居山東寧海州（牟平）之崑崳山煙霞洞，二十歲禮王重陽爲師，一生即以道士應世，故其作品無論是說理勸世、抒情言志、酬贈寄答、敍事記實、詠物寫景，都不離道士生涯的範疇。但是他的作品的藝術水準，卻非一般道士所可比擬，在全眞道士中，除了長筌子與馮尊師（詳第五章第二節及第六節）的詞作水準在其伯仲之間外，其餘則無人出其右了。茲將他的詞作約略分爲說理勸世、抒情言志、酬贈寄答、敍事記實、詠物寫景等五類，以便於分析。

　　丘處機的第一類詞作是說理勸世的作品。他的詞有五十餘首屬這類作品，約佔總數的三分之一，內容都是發揮全眞教義或勸人入道修行。例如：

　　　　△　法輪初轉，慧風生、陡覺清涼無極。皓色凝空嘉氣會，
　　　　　　豁蕩塵煩胸臆。五賊奔亡，三尸逃遁，表裏無蹤跡。
　　　　　　神思安泰，湛然不動戈戟。信步紫陌紅塵，飢餐渴飲，

度日隨緣覓。物外閑中天地寬，時復玎璫敲擊。後約
參師，前程歸路，自有眞消息。鶴書來召，坐昇雲漢
游歷。（〈無俗念‧性通〉，《全金元詞》頁 455，〈丘處機詞〉
第十二首，下引只列詞牌、頁碼、順序，以便查考。）

△ 大智閑閑，放蕩無拘，任其自然。寄雅懷幽興，松間
石上，高歌沉醉，月下風前。玉女吹簫，金童舞袖，
送我醺醺入太玄。玄中理，盡浮沉浩浩，來去綿綿。
奇哉妙景難言。算別是、人間一洞天。傲立身敦厚，
山磨歲月，從佗輕薄，海變桑田。神氣沖和，陰陽昇
降，已占逍遙陸地仙。無煩惱，任開懷縱筆，端寫靈
篇。（〈沁園春‧心通〉，頁 456，16）

△ 悲歡絕念，視聽忘懷，從初號曰希夷。不曉根源，剛
強說是談非。百般拈花摘葉，謾徒勞、使盡心機。這
些事，算人人易悟，箇箇難依。不在唇槍舌劍，人前
鬥、惺惺廣學多知。上士無爭，只要返樸除疑。冥冥
放開四大，把塵勞、一旦紛飛。認得後，管教賢、拍
手笑歸。（〈神光燦〉，頁 459，29）

△ 修眞門戶，大道家風，長春境界無邊。秀氣盈盈，閑
里別有壺天。天中自然快樂，運三光、日月周旋。忘
伎巧，任淳風坦坦，聖道平平。一念懷鄉寂處，三宮
罩、清靈萬派歸源。浩浩神光，來去透骨綿綿。行人
頓除造作，待功成、指日登仙。未行者，向詞中、明
取一言。（〈神光燦〉，頁 459，31）

△ 神仙風範，長生門戶，從來道德爲基。餘外萬般，留
心一念，顚狂造作皆非。眞教示開迷。自上古軒轅，
龍駕齊飛。代代相傳授，至今日、盡歸依。虛無千聖
同規。蓋摧殘嗜欲，剖判天機。貪利喻鑷，觀身似夢，
婪耽不整容儀。恬素返希夷。任垢面蓬頭，紙襖麻衣。
行滿都拋卻，泛寥廓，步雲霓。（〈望海潮‧學道〉，頁 462，
42）

△ 渾淪樸散，天地始玄黃。鳥飛兔走漸生，群物類開張。

一點如如至性，撲入臭皮囊。游魂失道，隨波逐浪，
萬年千載不還鄉。錯了鴻濛體段，僧愛日相望。卻認
父母形骸，做我好容光。劫劫輪迴販骨，受盡苦和殃。
何人聞早，尋他歸路，瑩然恢廓舊嘉祥。（〈六么令・法
性〉，頁463，49）

△　要離生滅。把舊習般般，從頭磨徹。愛欲千重，身心
百錬，錬出寸心如鐵。放教六神，和暢不動，三尸顛
蹶。事猛烈。伏虛空一片，無情分別。關結，除繰紲。
方遇至人，金口傳微訣。頓覺靈風，吹開魔陣，形似
木雕泥捏。既得性珠，天寶勘破，春花秋月。恁時節。
鬼難呼，唯有神仙提挈。（〈喜遷鶯・錬心〉，頁464，51）

△　征鴈迴時，野菊褊斕。向深溪、古洞彎跧。孤吟靜境，
獨錬還丹。被夜蕭條，控局促，坐艱難。一性參差，
數載留連。到如今、方露因緣。瓊珠達地，寶月通天。
便出玲瓏，忘機構，沒致煎。（〈燕心香〉，頁474，123）

這些詞的內容，都與修煉有關，大致上都是要人從明心見性入手，以
清靜無爲爲要，所說的都是「修眞門戶，大道家風」，所期望的都是
「待功成，指日登仙」，這和其他全眞道士的詞作內容，並無二致。
不過有一點較特殊的是，丘處機的詞作明顯偏重論性，較少談及命功
的修煉，在他的詞作中，從無「鉛」、「汞」、「嬰兒」、「妊女」、「金公」、
「黃婆」……等全眞道士習用的術語，陳銘珪《長春道教源流》曾說：
「余考《磻溪集》諸詩詞，皆言修性工夫，無一字及內丹。」〔註61〕
陳銘珪的斷語自然不夠精確，但也正可顯示出丘處機少言命功修煉的
這一特點。丘處機詞作中，論及內丹修命的，除上引〈燕心香〉提及
「獨錬還丹」之外，尚有數處，摘錄如下：

△　有幸悟入玄門，擘開疑網，撞透眞歡樂。白玉壺中祥
瑞罩，一粒神丹揮霍。（〈無俗念・樂道〉，頁454，11）

△　玉洞瓊筵。滿泛流霞，高吟古調，骨健神清丹自圓。

〔註61〕語見《長春道教源流》卷三，頁140。是書收錄於嚴一萍編《道教研
究資料・第二輯》，臺北：藝文印書館，民63年11月初版。

眞堪愛，待功成一舉，永鎮飛仙。(〈沁園春〉，頁 455，
14)

△ 流轉碧空如水。任縱橫、略無凝滯。衝山拍海，傾光
騰秀，綿綿吐瑞。達了從茲，寶餅堅固，玉漿時泥。(〈水
龍吟・夜晴〉，頁 457，21)

△ 修鍊事，地軸鎖天關。出有人無三尺劍，長生不死一
丸丹。名列上仙班。(〈望蓬萊・遊興〉，頁 467，74)

△ 逗引中丹壞，銷磨內藏虛。悲愁災患共縈紆。(〈悟南柯〉，
頁 469，91)

△ 況是中丹宛轉，徒勞外景因循。(〈玉鑪三澗雪〉，頁 470，
96)

△ 百尺孤松影下。獨弄周天卦。(〈桃源憶故人〉，頁 473，117)

從上引可知，丘處機即使偶爾有述及內丹修命的話頭，也都只是點到
為止，未有闡述修命方法的作品，難怪陳銘珪會有丘處機詩詞「無一
字及內丹」的說法。丘處機的詞作中，屬於闡述全真義理的作品，除
前引外，還有：〈無俗念・仙景〉10、〈水龍吟・道運〉24、〈神光燦〉
(推窮三教) 30、〈上丹霄・迷惑〉32、〈瑤臺月・勸酒〉39、〈木蘭
花慢・轉輪〉40、〈望海潮・脫俗〉43、〈留客住・修道〉47、〈忍辱
仙人・聲色〉65、〈忍辱仙人・妙用〉66、〈忍辱仙人〉(天下周游身
不動) 67、〈瓶丹砂・退道〉110、〈無漏子・假軀〉113、〈蓬萊閣・
仙山〉120、〈蓺心香・學道〉122、〈拾荼娘〉(一片頑心要似飛) 142、
〈夢遊仙〉(夢遊仙) 143、〈賀聖朝〉(斷雲歸岫) 145、〈賀聖朝〉(洞
天深處) 146、〈鳳棲梧〉(一點靈明潛啟悟) 147、〈鳳棲梧〉(日月循
環無定止) 148、〈恨歡遲〉(一種靈苗體性殊) 149、〈鳳棲梧〉(得好
休來休便是) 150、〈西江月〉(屈指追思前世) 152 。屬於勸人修行
的作品有：〈沁園春・示眾〉13、〈沁園春〉(列鼎雄豪) 14、〈沁園春〉
(智慧男兒) 15、〈水龍吟・警世〉20、〈滿庭芳・警世〉26、〈報師
恩〉(一橫嘉景日常新) 79、〈清心鏡・警殺生〉93、〈清心鏡〉(鬼神
摛) 94、〈玉鑪三澗雪・勸同道楊公不遊海〉96、〈烏夜啼・戒洗麵〉

131、〈無夢令・誡奢〉133、〈望蓬萊〉（聽咨告）137 等。茲錄三首，以括其餘：

△ 世事紛紛，似水東傾，甚時了期。歎利名千古，爭馳虎豹，丘原一旦，總伴狐狸。枳棘叢中，桑楡影裏，亂塚堆堆誰是誰。君知否，謾徒勞百載，空皺雙眉。爭如歸去來兮。放四大、優游無所爲。向碧巖古洞，完全性命，臨風對月，笑傲希夷。一曲玄歌，千鍾美酒，日月循環不老伊。童顏在，鎭龜齡鶴壽，罷喝黃雞。（〈沁園春・示眾〉，頁 465，13）

△ 算來浮世忙忙，競爭嗜欲閑煩惱。六朝五霸，三分七國，東征西討。武略今何在，空悽愴，野花芳草。歎深謀遠慮，雄心壯氣，無光彩，盡灰槁。歷遍長安古道。問郊墟、百年遺老。唐朝漢市，秦宮周苑，明明見告。故址留連，故人消散，莫通音耗。念朝生暮死，天長地久，是誰能保。（〈水龍吟・警世〉，頁 457，20）

△ 嗚呼俗態，行樂恣胸襟。蓋論人情，苹世度光陰。陰陽反覆，天地有浮沉。福謝映來，悲痛怎生禁。統年纏過，腸胃飽初侵。洗麵淘筋，還是競貪淫。人無遠慮，必有禍胎深。禍未萌時，誰解預防心。（〈烏夜啼・戒洗麵〉，頁 475，131）

這些詞都是告訴世人時光易逝、百年光陰難得，勸人要拋卻塵勞俗務，莫貪利祿功名，要早日醒悟、及時入道修行。

三教合一思想，是全眞教的基本教義，丘處機自然也是這一思想的奉行者。其詞作中直接言及三教的有一首，原詞如下：

推窮三教，誘化群生，皆令上合天爲。慕道修眞，行住坐臥歸依。先須保身潔淨，內常懷、愍物慈悲。挫剛銳，乃初心作用，下手根基。款款磨礱情性，除貪愛、時時剪拂愚迷。福慧雙全，開悟自入希夷。靈臺內思不疚，任縱橫、出處何疑。徹頭了，儘虛空、裁斷是非。（〈神光燦〉，頁 459，30）

丘處機的門人尹清和在《北遊語錄》中曾說：「丹陽師父以無爲主教，古道也。至長春師父則教人積功行，存無爲而行有爲。」錢穆先生在〈金元統治下之新道教〉說：「丹陽之學似多參佛理，獨善之意爲多。長春之學似多參儒術，兼善之意尤切。」孫克寬先生在〈金元全真教的初期活動〉中也說：「丘長春的思想形態，比較近於儒家。」詳考丘處機一生的行誼，確實是如此。但他的詞作中，也經常以佛家語入詞，例如：

    △ 色身輕健，法身容易將息。(〈無俗念·居磻溪〉，頁452，01)

    △ 漫漫苦海，似東溟、深闊無邊無底。(〈無俗念·讚師〉，頁453，04)

    △ 圓明法界，法輪常自充實。(〈無俗念·月〉，頁454，07)

    △ 法輪初轉，慧風生、陡覺清涼無極。(〈無俗念·性通〉，頁455，12)

    △ 深迴向，虔誠道友，各各少災凶。(〈滿庭芳〉，頁458，27)

    △ 助四大聊壯神氣。(〈瑤臺月·勸酒〉，頁461，39)

    △ 三光慧照，萬劫雲收。(〈木蘭花慢·轉輪〉，頁461，40)

    △ 萬種狂心。六道奔波浮更沉。天真佛性。昧了如何重顯證，寶範仙宗。(〈金蓮出玉花·法門寺李生求〉，頁469，84)

其中的「色身」、「法身」、「苦海」、「法界」、「法輪」、「慧風」、「迴向」、「四大」、「慧照」、「萬劫」、「六道」、「佛性」等都是佛家用語，〈木蘭花慢〉(歎靈源曠代)40的題目「轉輪」、〈齊天樂〉(自東離海上)45題目「憶法眷」的「法眷」、〈六么令〉(渾淪樸散)49的題目「法性」，也都是佛家語，在丘處機的詞作中，「法界」一詞共用了九次，指時間長度的「劫」字也用了六次，還有一首「讚佛」的作品，原詞如下：

淨梵王宮，太子愍勤，雪山六期。把世情我態，絲毫斷念，雲根水谷，麻麥充飢。芥納須彌，毛吞大海，自古男兒了

悟時。超生滅，任循環宇宙，不管東西。圓成無得無知。
信法界、空空寂滅機。又勿勞習定，安禪作用，偸閑終日，
打坐行治。大理無時，其功非相，動靜昏昏合聖規。無高
下，但能通般若，總證牟尼。（〈沁園春・讚佛〉，頁456，17）

這些都具體表現出丘處機三教合一的思想，其一生行誼雖近於入世的
儒家，但他的作品中，援用佛家語的，也屢見不鮮。另有一首〈報師
恩・削髮留髭〉詞：

不僧不道不溫柔。九伯人前不害羞。覺性一時超法界，知
身億劫是吾囚。改頭換面人難悟，走骨行屍我不憂。得意
忘形還樸去，從教人笑不風流。（頁468，77）

詞中「不僧不道不溫柔」的「溫柔」，黃兆漢先生認爲：大概取自《禮
記・經解篇》：「溫柔敦厚，詩教也。」暗指儒家而言。〔註62〕筆者深
表同意，「不僧不道不溫柔」就是「非僧非道亦非儒」，這正是全眞道
士「三教合一」的具體形像。

　　丘處機的第二類詞作是抒情言志的作品。黃兆漢先生說：「丘處
機是位道士，自有宗教家的懷抱，他的一切所思所想所言所行自然不
會脫離修煉、說教、勸世一類的主題，這一點在《磻溪集》裏可找到
充分的證明。」（同註62）確實是如此。他的詞作中，題爲「述懷」
或「自詠」一類的作品也多談他自己的修煉過程或經驗，茲舉兩首如下：

△　漂泊形骸，顚狂蹤跡，狀同不繫之舟。逍遙終日，食
飽恣遨遊。任使高官重祿，金魚袋、肥馬輕裘。爭知
道，莊周夢蝶，蝴蝶夢莊周。休休。吾省也，貪財戀
色，多病多憂。且麻袍葛屨，閑度春秋。逐　迎村過
處，兒童盡、呼飯相留。深知我，南柯夢斷，心上別
無求。（〈滿庭芳・述懷〉，頁458，25）

△　平生懶墮。只贏得、無憂一枕高臥。蓬頭垢面，不管
形骸摧挫。任三光、日夜奔馳，放四大、林泉擔荷。

<hr>

〔註62〕參見黃兆漢〈丘處機的《磻溪詞》〉，該文刊於《道教文化》四卷四
　　　期（總號四〇），1986年11月，頁27～42。後收錄於黃氏《道教研
　　　究論文集》頁211～235，香港：中文大學出版社，1988年初版。

> 深溪畔，幽巖左。青山擁，白雲鎖。災禍。雷轟電掣，
> 無由近我。日午起行了還坐。把舊習般般打破。清閒
> 處，唯有這些兒箇。倦貪心、樂受貧窮，愛恣意、慵
> 興煙火。糧無貯，丹無貨。蕭然唱，灑然和。堪可。
> 神仙未了，優游且過。（〈瑤臺月・自詠〉，頁461，38）

這些詞的內容，所抒發的是道士之情，所言的也是證真成仙之志。其他題為「述懷」的作品，還有：〈無俗念〉（群山四瀆）09、〈鳳棲梧〉（西轉金烏朝白帝）56、〈好離鄉〉（獨坐向南溪）118、〈好離鄉〉（亂草獨彎跧）119、〈蓬萊閣〉（棲霞客）121 等五首，題為「自詠」的作品，還有：〈玉鑪三澗雪〉（夜宿磻溪古廟）98、前調（一性昭彰乍顯）99、〈解冤結〉（當初學道）106、〈下手遲〉（落魄閑人本姓丘）124、前調（物外優游散誕身）125、〈水雲遊〉（且住且住）129 等六首。另外，像：

> 自東離海上，元本三洲，四人同契。異域殊鄉，同行並坐，
> 終日相將游戲。談玄論妙，究方外清虛，道家真味。唱和
> 從容，一時法眷情何義。如今分顯迥然，苦志勤心，磨鍊
> 各逃傾逝。既是飄零，難為會合，幽僻關山迢遞。乾坤間
> 隔，望落落猶如，曉星之勢。再遇何年，駕雲朝上帝。（〈齊
> 天樂・憶法眷〉，頁462，45）

則是抒發他對同門師兄弟的思念之情，詞中的「四人」指的是馬鈺、譚處端、王處一和丘處機自己，在全真諸子中，四人受王重陽教誨最深，曾經同在崑嵛山煙霞洞修行，丘與譚、馬又曾同在王重陽墓側築廬守喪三年，故情逾他人，丘處機想念他們，也是人之常情，而詞中於思念之餘，又作「駕雲朝上帝」語，真可說是不離道士本色。

> 二十年間，大魔交正陣，約度千重。狂弓迸箭暗窗，零落
> 無窮。因心睡覺，透歷年、無礙真宗。興慧劍，群魔自然
> 消散，獨聘威雄。出入銳光八表，算神機莫測，天網難籠。
> 驅雲掃霧蕩搖，法界無蹤。飛騰變化，任太虛、蕭瑟鳴風。
> 巡四海，嶒嶸□□，往來幾個人同。（〈漢宮春・苦志〉，頁463，
> 46）

這首詞，則是敘寫其堅定志向、苦心向道的經歷與決心，縱使群魔
交陣、狂弓迸箭、暗窗無窮，都打消不了他學道的決心，表現出一
付果敢剛毅、堅忍不拔的大無畏精神，所以最後終能驅雲掃霧，修
煉有成。

> 飄蓬客，天賜水雲閒。自在行時無日月，相隨到處有萋
> 蠻。風雨亦開顏。修鍊事，地軸鎖天關。出有入無三尺
> 劍，長生不死一丸丹。名列上仙班。（〈望蓬萊·遊興〉，頁
> 467，74）

這首詞抒發的是雲遊時的心情感受。《重陽立教十五論》的第二論即
是〈雲遊〉，所以，全真道士必須雲遊四海、參尋性命、問道無厭，
是重陽祖師所定下的規矩。此詞描述雲遊的瀟灑自在情懷，「相隨到
處有萋蠻，風雨亦開顏」生動地表現出一個道士，不求名位、不恥惡
衣惡食的曠達襟懷，下片則明白指出修道之人唯一的目標，即是能修
成長生不死丹，名列上仙班。全詞既是真實心境的表白，也是雲遊生
涯的寫照。

> 去年禾，今歲麥。陸地如雲充塞。豐稔世，太平年。黎民
> 各坦然。眾心安，閒客易。到處逍遙無事，昏告宿，餒求
> 餐。坊村沒阻顏。（〈無漏子·樂道〉，頁472，111）

這首詞，則歌頌太平盛世，百姓豐衣足食的景象，表現出在亂世中的
反戰思想。事實上，這不僅是丘處機所樂之道，更是千千萬萬老百姓
心中的願望，丘處機只是代他們說出而已。以上四首，也可算是抒情
言志這類的作品。通過這些詞篇可以生動看見丘處機求道的艱苦過
程、得道後超拔瀟脫的心境，與心繫群黎、欲拯救世人於苦難的宗教
家情懷。

　　丘處機的第三類詞作是酬唱贈寄的作品。這類作品都是丘處機平
日交遊中以詞酬贈、為度化信眾、或信眾所有徵求詢問時所作，其內
容自然也不離闡述教義，勸人行善積德，或敘述修煉的方法與種種好
處，以勉勵受者入道修行。茲舉三首，以括其餘：

> △ 厭塵勞，拋家計，慕清閒。向物外、觀照人間。須臾

變滅，蜃樓歌側海濤飜。暫時光景，轉身休、百歲如
彈。掀天富，傾城麗，過人勇，徹心姦。盡逐境、顛
倒循環。紛紛醉夢，往來爭奪苦摧殘。不如聞早，伴
煙霞、高臥雲山。（〈上丹霄·答隴州防禦裴滿鎮國〉，頁460，
34）

△　物外天機唯不審。人間世事無過恁。縱你英雄官極品。
身如賃。貪饕逼迫應圖甚。我自肌餐并渴飲。布裘不
羨披綾錦。飽暖之餘邪僻禁。盧堂任。曲肱展腳和衣
寢。（〈忍辱仙人·虢縣元押司求〉，頁465，61）

△　守分莫強圖。遣日閑居。樂天知命忍蕭疏。萬事休論
成與敗，兀兀前途。失去本來盧。得也何如。百年反
覆乃須史。不似中心存道念，賢聖相扶。（〈鍊丹砂·贈
西虢周道全〉，頁470，92）

這類作品還有：〈上丹霄·贈京兆府統軍夾谷龍虎〉33、〈鳳棲梧·寄
東方學道者〉53、〈黃鶴洞中仙·贈同道〉68、〈望蓬萊·王喬二生架
屋于渭水之南，頗逐幽曠，因以望蓬萊詞贈之〉71、〈報師恩·贈眾
道友〉80、〈金蓮出玉花·法門寺李生求志〉84、〈悟南柯·隴州防禦
裴滿鎮國，因病召余下山，將還，乃子覓言，遂書此以贈〉91、〈清
心鏡·贈西虢醮眾，時強公病噎疾〉95、〈解冤結·贈醮眾〉105、〈恣
逍遙·贈眾道友虢縣渭南也〉114、前調（忙裏愉閑）115、〈桃源憶
故人·丹陽屢傳教誨寄答〉116、前調〈故人別後閑吟罷〉117、〈心
月照雲溪·喬生喪偶〉126、〈離苦海·贈西虢周道全〉127、〈武陵春·
渭南楊五生朝〉128、〈望遠行·因旱，贈渭南王坦公醮上諸道友〉130
等十七首。除了兩首〈桃源憶故人·丹陽屢傳教誨寄答〉是丘處機寫
給大師兄馬鈺，反映出二人雖然分地弘教，但彼此仍是互通訊息，相
互扶持關懷的作品之外，其餘十五首，都是丘處機隨時把握各種機會
說教傳道，度化眾生的實際記錄。

　　丘處機的第四類詞作是敘事記實的作品。這類作品是最具史料價
值的作品，不但生動地刻劃了丘處機的實際生活與活動，也實際反映

了當時的某些情況。在他的詞作中，可以確定寫於磻溪或描寫磻溪隱
居生活的有：〈無俗念‧居磻溪〉01、〈無俗念‧歲寒守志〉02、〈無
俗念‧蓑衣〉05、〈梅花引‧磻溪舊隱〉48、〈芰荷香‧乞食〉50、〈鳳
棲梧‧道友見訪于磻溪〉54、〈鳳棲梧〉（今日思量當日故）55、〈望
蓬萊‧南溪竹，磻溪舊隱也〉73、〈青蓮池上客‧幽棲〉76、〈玉爐三
澗雪‧自詠〉98、〈水雲遊‧自詠〉129 等十一首（同註 62）。透過
這些作品，可以讓我們更生動具體的了解丘處機在磻溪時的隱居生
活，如：

　△　孤身蹭蹬，泛秦川、西入磻溪鄉域。曠谷巖前幽澗畔，
　　　高鑿雲龕棲跡。煙火俱無，簞瓢不置，日用何曾積。
　　　飢餐渴飲，逐時村巷求覓。選甚冷熱殘餘，填腸塞肚，
　　　不假珍羞力。好弱將來餬口過，免得庖廚勞役。裝貫
　　　皮囊，熏蒸關竅，圖使添津液。色身輕健，法身容易
　　　將息。（〈無俗念‧居磻溪〉，頁 452，01）

　△　深溪古岸，到秋來、莎密茸茸無極。揀擇脩纖歸洞府，
　　　虛落晴天吹炙。兩束絲乾，千條繩就，不假良工織。
　　　閑軒親自，結成漁父裝飾。時伴樵牧嬉遊，青山綠水，
　　　帶雨和煙適。妙絕堪珍幽徑晚，披雪衝開蘆荻。我本
　　　忘名，人皆易號，喚作蓑衣客。佗年功滿，化雲天上
　　　無跡。（〈無俗念‧蓑衣〉，頁 453，05）

　△　無名客。無牽迫。無桑無梓無田宅。古巖前。老松邊。
　　　長歌隱几，徐徐考太玄。玄中默論無生死。實際何曾
　　　分彼此。貫千經。協三靈。包含萬化，都歸一念冥。
　　　行不勞，坐不倦。任行任坐隨吾便。晚風輕。暮天晴。
　　　逍遙大道，南溪上下平。溪東幸獲忘形友。月下時斟
　　　消夜酒。酒杯停。月華清。披襟散髮，欣欣唱道情。（〈梅
　　　花引‧磻溪舊隱〉，頁 463，48）

金大定十四年（1174）至二十七年（1187）丘處機隱居於磻溪與隴州
龍門山，據《金蓮正宗記》載：「大葬（王重陽）禮畢，西遊鳳翔，
乞食於磻溪太公垂釣之所；戰睡魔，除雜念，前後七載，脅不沾席，

一簑一笠，雖寒暑不變也。」陳時可〈長春眞人本行碑〉亦載：「師
（丘處機）乃入磻溪，穴居，日乞一食，行則一簑，雖簞瓢不置也，
人謂之簑衣先生，晝夜不寐者六年。既而隱隴州龍門山七年，如在磻
溪時，其志道如此。道既成，遠方學者咸依之。」從這些記載，雖可
知道丘處機這十三年隱居生活的大略，但其細節則無法清楚呈現，透
過丘處機詞作中的描寫，則可讓讀者更具體而生動地了解丘處機日常
生活狀況，有助於增進對他的了解，其詞淺近明白，讀者瀏覽之餘，
自然心領神會。茲不贅筆。再迻錄數首丘處機描寫平日生活的作品，
以饗讀者：

△　側磬懸鍾，慕巢由、隱淪活計蕭索。天然耿介，愛一
　　身孤僻，逍遙雲壑。利名千種事，我心上、何曾掛著。
　　幸遇清平世，諸軍宴安，刀劍罷揮霍。民歌兩穗之豐，
　　教門興我忘，三島之約。來賓去友，遞日常幽谷，驂
　　鸞騎鶴。洞前無限景，異花秀、香風噴薄。更謝汧源
　　眾，分餐助余長嘯樂。（〈月中仙・山居〉，頁 460，36）

△　秋夜沉沉，漏長睡酷多思想。須依仗。道情和暢。不
　　縱魔軍王。打疊神情，物物離心上。盧空帳。慧燈明
　　放。坐待金雞唱。（〈萬年春・驚睡〉，頁 465，60）

△　懶看經教懶燒香。兀兀騰騰似醉狂。日月但知生與落，
　　是非寧辨短和長。客來坐上心慵問，飯到唇邊口倦張。
　　不是故將形體縱，養成貧病療無方。（〈報師恩・疏慵〉，
　　頁 468，81）

△　仙院深沉古柏青。森森寒影拂苔輕。蕭條終日爽人情。
　　洞冷不知門外暑，心閒唯覺腹中清。遠身渾以積冰凌。
　　（〈翫丹砂・土埄避暑〉，頁 472，109）

上舉四詞，雖無法確認寫作的時間，但頗有可能也是寫於磻溪或龍門
山隱居時期，詞中所記都是隱居時的生活情形。還有幾首也是這類作
品，列其題目如下：〈滿庭芳・九日〉28、〈黃鶴洞中仙・虢縣渭南灤
裏〉69、〈報師恩・削髮留髭〉77、〈玉鑪三澗雪・勸勞〉97、〈訴衷

情‧九日後作〉102、〈解冤結‧覓飯〉107、點絳唇（昨夜醺醺）144
等。黃兆漢先生說：「《磻溪詞》的內容是多方面的，除了忠實實地刻
劃了丘氏自己的生活各方面外，更有不少對客觀環境的實際描寫，所
以它們所表現的不單止丘氏本人，更包括外界的客觀大環境，通過它
們我們可以在某個程度上了解丘氏，亦可以對當時的實況有若干認
識。」（同註62）確實是如此。再來看看其他有文獻價值的作品：

　△　佇登臨曠望，湧雲氣，北山興。旋恍惚陰陽，虛無變
　　　化，寥廓充盈。奇峰狀如太華，靄稜層、峻極染空青。
　　　急雨翻盆潑墨，迅雷激電飛聲。威靈。大騁神通，三
　　　伏暑，結凝冰。歎是處飄風，良田遇害，廈屋遭傾。
　　　唯斯道鄉幸感，履涔涔至也忽然輕。深信皇天輔德，
　　　善因惡果分明。（〈木蘭花慢‧西虢作善者多，而感應屢至〉，
　　　頁461，41）

　△　時當正熱。正值天高時雨闕。萬里晴暉。雲欲生來風
　　　旋吹。如鑪天地。盡日炎炎鎔暑氣。物困人疲。憶得
　　　前春嫌雨時。（〈金蓮出玉花‧夏旱〉，頁469，85）

　△　皇統年時飢餓。萬戶愁生眉鎖。有口卻無餐，滴淚謾
　　　成珠顆。災禍。災禍。災禍臨頭怎趓。（〈無夢令〉，頁476，
　　　134）

這三首詞的藝術價值雖然不高，但卻真實反映出在戰禍頻繁、殺戮慘
重的時代背景下，黎民百姓一方面要忍受人禍的摧殘，一方面又要遭
受天災無情的肆虐﹝註63﹞，其艱苦情狀是可以想見的。第一首雖正面
敘寫西虢作善者多，而感應屢至，歸結為善有善報的天理不爽，但卻
更讓人想起，西虢以外地區「三伏暑，結凝冰。嘆是處飄風，良田遇

────────────

﹝註63﹞據趙經緯〈元代的天災狀況及其影響〉（《河北師院學報》1994 第三
　　　期，頁 55～58）統計，從元太宗十年（1238）到順帝至正二十八年
　　　（1368）的一百三十年間，共發生一千五百十二次天災，平均每年
　　　發生十一點六次。統計資料雖未及於元初丘處機生前的時代（可能
　　　是因《元史》資料不齊），但可以推想在元統一中國，戰禍已少的情
　　　況下，尚且如此，在宋金元連年交戰的背景下，百姓所受的苦難，
　　　必是有增無減。

害，廈屋遭傾。」的慘狀；「憶得前春嫌雨時」道出了今夏旱災、前春水禍的事實，如此的天災（人禍），如何教人不起側隱之心？「萬戶愁生眉鎖。有口卻無餐，滴淚謾成珠顆。」的慘狀，又怎是一句「災禍，災禍，災禍臨頭怎趓。」的感慨，就可以忘懷的呢！這三首詞不但是當時天災人禍的真實記錄，更表現出了丘處機悲天憫人的宗教家情懷。

> 重陽羽化登仙路。兄弟如何措。各各勤修生覺悟。通無入有，靜思忘念，密考丹經祖。一時浩劫真容露。放蕩情懷任詩句。直待人間功行具。雲朋霞友，爽邀風月，笑指蓬瀛去。（〈青蓮池上客・入關〉，頁467，75）

丘處機曾二入關中，大闡全真門風〔註64〕，這首詞便是他入關之時，抒寫當時心境與懷抱的作品，可作為研究丘處機行化關中時期的活動的補充材料。

> 鳳鳴南邑清佳，大仙降跡行鸞地。琳宮寶閣，星壇月館，槐陰竹翠。煙蓋雲幢，影搖寒殿，往來呈瑞。向盧亭東望，平川似錦，洪波泛，渺天際。山秀水甜人義。遍坊村、各生和氣。我來不忍，輕歸劉蔣，天心地肺。須待他時，暗淘真秀，育成丹桂。去長安路上，眠冰臥日，作終身異。（〈水龍吟・西虢〉，頁456，19）

扶鸞是舊時占術的一種，起於唐代，明清則盛行於士大夫之間。術士假藉鬼神名義，兩人合作，扶丁字形木架橫木的兩端，懸錐於直木末端，等作法請神降臨，錐則自動在沙盤上劃字，以卜吉凶，或為人開藥方等。因傳說中神仙降臨時，均乘風駕鸞，故名扶鸞，也稱扶乩或扶箕。近人許地山有《扶箕迷信底研究》一書。〔註65〕這首詞的上片

〔註64〕詳參麻天祥〈丘處機二入關中與全真道的發展〉，文刊《人文雜誌》1992第四期，頁97～100。

〔註65〕根據許地山教授《扶箕迷信底研究》（上海：商務印書館，1941，頁10～11），現存有關扶箕的最古記載是劉宋時劉敬叔的《異苑》，該書卷五記載世人迎紫姑神事（《津逮秘書》本，上海，1922），見卷五，頁5下～6上。在南北朝時這些只是婦孺之戲，可是到了南宋時，

的前兩句「鳳鳴南邑清佳，大仙降跡行鸞地」指出了扶鸞在當時是流行的。

> 九夏疲天旱，萬物傷時熱。算都爲人心，分外生枝節。鬥衣鮮馬，壯社火班行引拽。小兄弟虛耗村村結。下士無邪正，上帝分優劣。傲咱心不同，彼志胡漂撒。啓虔誠修齋念善，因循歲月。望賢聖、空裏相提挈。(〈望遠行·因旱，贈渭南王坦公醮上諸道友〉，頁 475，130)

這首詞的「小兄弟虛耗村」句下，原有注語曰：「關西風俗，結年甲相次者爲社，春秋殺牲，釀酒賽神取樂。」可以作爲考證關西風俗的材料。

> 幼稚抛家，孤貧樂道，縱心物外飄蓬。故山墳壟，時節罷修崇。幸謝鄉豪併力，穿新壙、起塔重重。遺骸並，同區改葬，遷入大塋中。人從。關外至，皆傳盛德，悉報微躬。耳聞言，心下感念無窮。自恨無由報德，彌加志、篤進玄功。深迴向，虔誠道友，各各少災凶。(〈滿庭芳〉，頁 458，27)

這首詞在調名下有小序云：「余自東離海上，西入關中，十五餘年，捨身求道，聖賢是則，墳塋罷修，考妣枯骸，孰加憐憫。邇聞鄉中信士，戮力葬之，懷抱不勝感激，無以爲報，遂成小詞，慇懃寄謝云。」可以作爲考證丘處機生平事跡的補充資料。「耳聞言，心下感念無窮」此句透露出丘處機的一片孝心與待人的赤誠。全真教主張三教合一，王重陽儒道釋並重，馬鈺偏於道，譚處端近於釋，而丘處機則近於儒，

逐漸演變爲學士文人們有意識的活動，如孔平仲的《孔氏談苑》(卷二，頁 18～19 的「扇神」條。《叢書集成初編》本，上海商務印書館，1939)，及張世南的《游宦紀聞》(卷三，頁 15～16。《叢書集成初編》本，上海商務印書館，1936)，都述及宋代文人的扶箕活動。及至明清之際，扶箕就更爲盛行，箕壇遍設各地，文人學士遇到那裏去問考題、問功名，更多對箕仙的指示信奉不疑的。明清兩代的文人筆記便有很多這一類的記載，如郎瑛(生於 1487)的《七修類稿》，袁枚(1716～1798)的《子不語》，紀昀(1724～1805)的《閱微草堂筆記》等。(本則資料引自黃兆漢〈丘處機的《磻溪詞》〉註釋五十六)

於此詞亦可得一證。

> 寶運龍飛。當四海、群仙降跡時。萬機多暇，三靈協贊，
> 不動槍旗。玉樓金殿廣，更月臺風榭臨池。靜無爲，泛彩
> 舟鳴棹，涼簟枰碁。深惟。前王創業，太平難遇道難期。
> 會逢天祐，逆荒入貢，玄教開迷。坐朝垂聽暇，伴赤松、
> 談論希夷。勝驅馳。向人間一度，天外空歸。（〈瑤臺第一層〉，
> 頁 479，151）

金世宗大定二十八年（1188），皇上召見，丘處機應制獻詞，世宗覽
之，大悅。全眞諸碑傳多載此事，這首即是丘處機應制所獻之詞，欲
了解金世宗大悅之因，自然須從詞的內容去考究，故此詞也頗具有歷
史價值。

> △ 漫漫苦海，似東溟、深闊無邊無底。逐逐群生顚倒競，
> 還若游魚爭戲。巨浪浮沉，洪波出沒，嗜欲如癡醉。
> 漂淪無限，化鵬超度能幾。唯有當日重陽，惺惺了了，
> 獨有衝天志。學易年高心大悟，掣斷浮華韁繫。十載
> 丹成，一時功就，脫殼成蟬蛻。從師別後，更誰風範
> 相繼。（〈無俗念・讚師〉，頁 453，04）
>
> △ 重陽師父。昔日甘河曾得遇。大道心開。設教東游海
> 上來。天涯迴首。挈得吾鄉三四友。魏國昇遐。驚動
> 秦川百萬家。（〈金蓮出玉花・得遇行化〉，頁 468，82）

這兩首詞是與師父王重陽有關的作品。詞中敘寫王重陽傳道與自己得
遇的經過，「從師別後，更誰風範相繼」表現出對王重陽無現的追思
與懷念，景仰孺慕之情，溢於言表。

> 登萊濰密。四海皆聞頭插筆。愛諍多詞。不肯饒人些子兒。
> 余今向道。非似從前生計較。好弱都休。腦後如今沒筆頭。
>
> （〈金蓮出玉花〉，頁 469，88）

此首題下有注云：「至虢州，與丹陽致魔作外界人被因。」可作爲研
究全眞教的補充材料，亦可藉此了解，馬鈺與丘處機之間的交往情形。

全眞教雖不尚齋醮，但在齋醮禳禬盛行的當時，亦不能免俗地必
須經常參加這類活動，丘處機的詞作中，述及齋醮的有八首，分別是：

〈沁園春・九日虢縣傅宅作朝真醮〉18、〈醉蓬萊・九月十八日西虢
劉氏醮〉44、〈報師恩・贈眾道友〉80、〈悟南柯・西虢劉氏作下元醮
時，喬生簪菊滿頭〉89、前調（爛漫黃金蘂）90、〈清心鏡・贈西虢
醮眾，時強公病噎疾〉95、〈解冤結・贈醮眾〉105、〈望遠行・因旱，
贈渭南王坦公醮上諸道友〉130 等。茲錄三首以觀大概：

　△　曄曄重陽，秀氣飄飄，廓周大千。正故庵交會，賓朋
　　　浩浩，青霄依約，鴻雁翩翩。是處登高，銜杯逸興，
　　　放曠猶如陸地仙。朝真會，讚金風淡蕩，玉露新鮮。
　　　黃花嫩蘂堪憐。散嫋嫋，清香滿坐傳。使眾人得味，
　　　皆明至道，群鶯無語，獨王秋天。豔杏妖桃，繁葦春
　　　景、莫與迎霜敢鬥堅。乘佳趣，對芳叢爛飲，一醉千
　　　年。(〈沁園春・九日虢縣傅宅作朝真醮〉，頁456，18)

　△　神仙縹緲太虛私。世俗無由得見之。幸遇門庭開教化，
　　　臨逢齋醮莫推辭。擔家造孽常終日，作福治心只暫時。
　　　更到時來心不謹，終身何以報恩慈。(〈報師恩・贈眾道
　　　友〉，頁468，80)

　△　山河已定，干戈不起，太平時、八方和義。齋醮頻修，
　　　盛答報、虛空天地。謝洪恩、暗中慈惠。千年一遇，
　　　神仙出世。幸遭逢、莫生輕易。供養精嚴，但一歲、
　　　勝如一歲。遇良辰，大家沉醉。(〈解冤結・贈醮眾〉，頁
　　　471，105)

第一首上片第五句「賓朋浩浩」下原有注語：「每年重九日，道友集
祖庵燒香」可作為全真教活動之補充資料。

　　丘處機的第五類詞作是詠物寫景的作品。這類作品是丘處機的詞
作中，文學藝術價值最高的一類。詠物詞有十首，分別是：〈無俗念・
枰棋〉03、〈無俗念・蓑衣〉05、〈無俗念・竹〉06、〈無俗念・月〉
07、〈月中仙・對松〉37、〈萬年春・土埕〉57、〈萬年春・衲衣〉58、
〈萬年春・杜鵑〉59、〈望蓬萊・南溪竹，磻溪舊隱也〉73、〈無俗念・
靈虛宮梨花詞〉136。茲舉〈無俗念・枰棋〉03、〈無俗念・靈虛宮梨

花詞〉136 兩首分析,如下:

> 前程路遠,未昭彰、金玉仙姿靈質。寂寞無功天賜我,棋
> 局開顏銷日。古柏巖前,清風臺上,宛轉晨餐畢。幽人來
> 訪,雅懷閑鬥機密。初似海上江邊,三三五五,亂鶴群鴉
> 出。打節衝關成陣勢,錯雜蛟龍蟠屈。妙算嘉謀,斜飛正
> 跳,萬變皆歸一。含弘神用,不關方外經術。(〈無俗念 · 枰
> 棋〉,頁 453,03)

這是一首詠圍棋的作品。上片寫下棋的緣由、環境及對手。前六句言
自己近期修煉無功,並未領悟玄關秘訣,不免閑悶寂寞,於是動了下
棋的念頭。「古柏岩前,清風臺上」寫下棋的環境,寧靜而幽雅。清
晨,沆瀣之氣未散,詞人剛剛用過早餐,正巧一位同道來訪,天賜對
手,總算有了開顏銷日的機會。同爲「幽人」,同是「雅懷」,自然既
不爲「錦標」,也不爲「名利」,純是出於消閑。整個上片都出以一種
優遊從容的敘述,逐步交代了下棋的起因、環境、對手,極其自然地
過度到下片對棋局的描寫。過片「初似」三句,用明喻的手法,寫開
局之初黑白棋子星星點點散布於棋盤的樣子。

　　接著「打節衝關」兩句,寫棋局的進一步展開和隨之出現的膠著
狀態的爭鬥,並以「蛟龍蟠屈」作喻寫出了在互相圍殺中黑白子形成
的複雜圖案。這兩個層次描寫的是兩個不同的圍戰階段。使用的兩個
比喻,一明一暗,都極具生動形象。最後,寫自己對棋道的認知。「飛」
和「跳」,是圍棋布子的術語。「跳」是縱橫方向沿線隔一間外著子,
「飛」則是對角斜向著子。在詞人看來,雖然圍棋布局千變萬化,但
萬變不離其宗。這是詞人以道家的心性來體認棋術的變化,與他在〈忍
辱仙人〉一詞中所說的「千古聖賢皆一軌」同出於「萬物雖多,其治
爲一」的道家觀念。不過,詞人還是承認棋術是複雜微妙的。「含弘
神用」,神用指棋術的千變萬化之處,也就是上片結尾所謂「機密」
之所在。含弘意爲內涵弘富深博。詞人認爲,棋藝的這些神用變化,
與自己信奉的全真義理沒有具體的相關之處。

　　這最後的評價，與開篇所敘述的下棋緣由恰好形成了呼應。在這無意的照應中，我們感受到了詞人對待下棋的超然而略帶一些思考意味的態度。他全然沒有韓愈、孟郊「圍棋鬥黑白，生死隨機變」那樣的嚴肅認真。他沒有興奮於棋術中的機變巧思，而是著眼於圍棋「開顏銷日」的效用。他是「閑鬥機密」，重在「閑」，而不在「鬥」。這完全出於一個全真道士「情態如嬰，懷抱如冰」（見《磻溪集》卷六〈蘸心香〉，《全金元詞》頁 474）的心性。我們應該從這一角度去把握該詞在詠物中所體現出來的雅意靜懷。此詞雖屬詠物，但真正寫棋的內容不多，散文化的敘述多於意象的經營，自我活動多於擬物象徵。這反映了宋金以來大量日常生活細節湧入詞中所必然形成的散文化傾向。其中固有藝術本體提煉、昇華不足之憾（這樣的詞作難以創造出情景圓融、詩意渾然的境界），但在內容和形式的隨意、散漫中也不乏個性自由、主體樹立的時代意味。〔註66〕況周頤《蕙風詞話》卷三云：「邱長春《磻溪詞》，十九作道家語，亦有精警清切之句。〈無俗念・枰棋〉云：『初似海上江邊，三三五五，亂鶴群鴉出。打節衝關成陣勢，錯雜蛟龍蟠屈。』前調〈月〉云：『露結霜凝，金華玉潤，淡蕩何飄逸。』其形容棋勢，如見開奩落子時。淡蕩飄逸，尤能寫出月之神韻。向來賦此二題者，殆未曾有。」對此詞評價極高。

> 春游浩蕩，是年年、寒食梨花時節。白錦無紋香爛漫，玉樹瓊葩堆雪。靜夜沈沈，浮光靄靄，冷浸溶溶月。人間天上，爛銀霞照通徹。渾似姑射真人，天姿靈秀，意氣舒高潔。萬化參差誰信道，不與群芳同列。浩氣清英，仙材卓犖，下土難分別。瑤臺歸去，洞天方看清絕。（〈無俗念・靈虛宮梨花詞〉，頁 476，136）

這是一首詠梨花的作品。上片寫花開的季節、情態、環境。前三句點出梨花開於暮春寒食節前後，「春游浩蕩」顯示季節是芳草無邊、

〔註66〕以上分析，取材自唐圭璋主編《金元明清詞鑒賞辭典》頁 213～214，程傑所撰之賞析。上海：江蘇古籍出版社，1989 年 5 月第一版。又：台北新地文學出版社，1992 年 9 月初版。

四處飛花的晚春時節。「白錦」二句，以白錦和雪比喻梨花的潔白無瑕與花團錦簇的盛開模樣，形象具體而鮮明。「靜夜」五句寫梨花開放的環境，沉沉的靜夜裏，梨花悄悄地綻放在月光溶溶的夜色中。「冷」字，生動地烘托出沉寂寧靜、清露微寒的夜景。人間與天上都溶浸在月光與花色交織而成的氛圍中，月光皎潔明亮，花色明淨似雪，給人一種高潔清絕、靈秀脫俗的感受。下片前三句繼續以天姿靈秀的姑射眞人來比喻梨花，《莊子‧逍遙遊》云：「藐姑射之山，有神人居焉，肌膚若冰雪，綽約若處子。」這三句便是用這典故，暗寫梨花之冰清玉潔與綽約若處子的曼妙仙姿。「萬化」諸句寫詞人的感受與想法。由梨花的清絕脫俗、不與群芳同列，感慨世俗之人未能欣慕讚賞，就好像詞人的孤高傲骨，無人賞識。畢竟，世人沉迷者多，清醒者寡，這般不食人間煙火、超塵拔世的清高境界，也只有能入洞天修行的有道者，方能心領神會，親身感受了。雖是詠物，實即詠己，這是一般詠物詞的寄寓手法。此詞把梨花獨特不凡的氣質，生動鮮明的寫出，讓人有清新脫俗，靈秀異常的感覺，雖結尾不免落入道家范圍，但仍不失爲一首佳作。明楊愼《詞品》卷二，即曾援引此詞，並讚歎地說：「長春世之所謂仙人也，而詞之清拔如此。」此詞可說是丘處機詞作中的上乘之作。黃兆漢先生說丘處機：「詠物詞中寫得最好而又最爲人所傳誦的大概是〈無俗念‧靈虛宮梨花詞〉。」（同註62）筆者個人也認爲，此詞可與前一首〈無俗念‧枰棋〉同列爲丘處機詠物詞中，最優秀的兩首作品。丘處機於群芳中，獨鍾愛梨花，《磻溪集》卷三有〈武官梨花〉五言長篇一首，也寫得精緻可喜，附錄於下，讀者可與〈無俗念‧靈虛宮梨花詞〉合併欣賞，原詩爲：

> 白帝離金闕，蒼龍下玉京。地神開要妙，天質賦清英。色貫銀蟾媚，香浮寶殿清。參差千萬樹，皎潔二三更。艷杏無光彩，妖桃陪下情。梅花先自匿，柳絮敢相輕。最好和風暖，尤佳麗日晴。游人期放曠，羽客賀昇平。未許塵埃

染，常資雨露榮。郭西傳舊跡，山北耀新聲。爛熳鶯穿喜，扶疏鵲踏驚。琳宮當戶牖，芝室近簷楹。綽約姑山秀，依稀華嶽精。會看年穀熟，普濟法橋情。(〈武官梨花〉)

另外，寫物的佳句，像：

△　虛心翠竹，稟天然、一氣生來清獨。……嫩葉蕭騷，隆冬掩映，秀出千林木。英姿光潤，狀同玄圃寒玉。……盡日高吟窗外看，風颭筠梢搖綠。冉冉幽香，蕭蕭疏影，坐臥清肌肉。(〈無俗念・竹〉，頁453，06)

△　皓月澄澄山上顯，天角輝輝初出。露結霜凝，金華玉潤，淡蕩何飄逸。清臨寰宇，發揚神秀姿質。(〈無俗念・月〉，頁454，07)

△　春暖煙晴，杜鵑永日啼芳樹。聲聲苦。勸人歸去。不道歸何處。我欲東歸，歸去無門路。君提舉。有何憑據。空設閒言語。(〈萬年春・杜鵑〉，頁465，59)

前兩例造語清切可喜，後一例辭淺意深，有真實情感，頗能引發讀者共鳴，也應算是佳作。

丘處機的寫景詞共計有二十一首。先來看一首〈訴衷情〉，原詞爲：

孤城寒角韻悠颺。風送入斜陽。池塘菡萏無色，蘭畹有餘香。秋日短，暮天長。月華昌。空空寂照，蕩蕩虛心，一片清涼。(〈訴衷情〉，頁471，103)

《磻溪集》卷六在此詞之前有另一首題爲「九日後作」的同調詞，二首應是同時之作。寫作的時間在農曆九月九日重陽節過後，此時已是天高氣爽、略帶寒意的暮秋時節。詞的開頭即寫出一片空曠深遠的秋意，黃昏時後，悠颺的號角聲在空蕩蕩的孤城中，隨風飄送。荷花已經凋謝，蘭畹依然有餘香傳送，整個大地呈現出一種略帶衰殘，卻又更顯淒清空曠的景象。下片點明這時節，晝短夜長，月華揮灑在澄淨的夜空中，給人的感覺也是一片寧靜空曠安祥，這種氛圍，正是詞人擺落一切塵累俗染之後，心中一片清明，靈光遍照虛空，心性湛然常寂的境界。寫秋景實即寫心境，內外輝映，情景交融，形成一種感人

的氣氛，頗能引起讀者共鳴，讓人讀後，頓覺心中一片清明祥和。這首詞可以說是丘處機寫景詞中的佳作。另外一首：

> 霜風盪颺，舞飄零、木葉斜飛阡陌。極目長郊凝望處，衰菊瀾瀰猶坼。點點蒼苔，漫漫朝露，漸結清霜白。山川高下，盡成一片秋色。瀟灑萬物摧殘，淒涼天氣，愁損征途客。水谷雲根無可翫，獨有蒼蒼松柏，悟道眞仙，忘機逸士，互古同標格。欺寒壓眾，自來天地饒得。（《無俗念・暮秋》，頁 454，08）

這首詞寫得清麗幽雅，瀟灑自然，也是不可多得的作品。黃兆漢先生說：「本來以丘氏的功力來作寫景詞，是沒有問題的，可惜的是，往往一番清詞麗句之後，到了煞尾便出現一些道家語或仙家語，以致把詞篇蒙上一層道家或仙家色彩，因而減低了它們應有或已有的藝術價值。」（同註 62）這確實是一針見血的評語。丘處機的二十餘首寫景詞，通篇佳作的就只有以上所舉二首，第二首中的「悟道眞仙，忘機逸士，互古同標格」就已略有這種瑕疵，只是還不算是很明顯，其餘各首則都明顯有這種缺憾。茲舉二首以證：

> △　春煙淡盪，青山媚，行雲亂飄空界。花光石潤，秀出洞天奇怪。戶牖平高萬丈，盡耳目、臨風一快。多生浩劫塵情，曠朗渾無纖芥。堪愛。逍遙自在。疏枷鎖，拋離業根冤債。風鄰月伴，道合水晶天籟。無限崢嶸勝景，盡賜與、山堂教賣。千聖寶珠，酬價問君誰解。
>
> （《雙雙燕・春山》，頁 464，52）
>
> △　一方勝景滿川稀。水竹彎環四面圍。簇檻名花紅冉冉，當門幽檜綠依依。爭歌稚子春風舞，鬥巧靈禽曉樹啼。社內人家三十戶，崇眞修道壓磻溪。（《報師恩・虢縣渭南漊裏》，頁 468，78）

這兩首都是開頭寫景極佳，最後卻結以道家語的作品。當然，丘處機本是道士，爲一代宗教領袖，強以純文學的藝術境界來要求他，恐怕也是過份的苛責了。茲再摘取他的寫景詞中，清切雅麗的詞句於下，

以供鑒賞：

△　夜晴寥廓初寒，淡天瑩徹瑠璃翠。無陰樹下，長安樓上，月明風細。（〈水龍吟·夜晴〉，頁 457，21）

△　洞天春色盈盈，亂山秀出千堆錦。雲收雨斂，曉晴煙淡，碧空橫枕。（〈水龍吟〉，頁 457，23）

△　秦川好，一片錦紋華。日出雨晴山色秀，月明風急水聲嘉。千里淨無涯。（〈望蓬萊·秦川〉，頁 467，72）

△　南村地勝。曲水橫斜穿柳徑。是處池塘。拍塞荷花映粉牆。（〈金蓮出玉花·西虢南村〉，頁 469，86）

△　雲收雨霽。露出青峰寒骨勢。野靜天空。岌岌高橫碧落中。（〈金蓮出玉花·青峰〉，頁 469，87）

△　日落風生古洞，夜深月照寒潭。澄澄秋色淨煙嵐。獨弄圓明寶鑑。（〈玉鑪三澗雪〉，頁 471，101）

△　夕陽紅，秋水澹。雨過碧天如鑑。籬菊綻，塞鴻歸，長郊葉亂飛。（〈無漏子·秋霽〉，頁 472，112）

△　夕陽沉後，隴收殘照，柏鎖寒煙。向南溪獨坐，順風長聽，一派鳴泉。（〈賀聖朝·靜夜〉，頁 475，132）

△　夜來又見銀河綻。碎翦鵝毛交加亂。染畫素山如粉面。路難辨。超超萬里如鋪練。（〈漁家傲〉，頁 476，135）

除了以上所舉之外，丘處機的寫景詞還有：〈月中仙·賞月〉35、〈忍辱仙人·春澤〉62、〈玉鑪三澗雪·暮景〉100、〈訴衷情·風景〉104、〈望江南·四時四首〉138、139、140、141 等八首。

　　丘處機還有兩首即興之作，內容以寫景為主，也頗清新可喜，一併錄出，以饗讀者：

△　昊天空闊初晴，氣迴萬物欣欣茂。亭臺俯仰，山川高下，妝成錦繡。碧洞清泉，響聞迢遞，一聲長溜。更時時注目，悠悠遠看，青峰上，白雲湊。無限靈禽異獸。慰閒心，不辭柴瘦。含風翠柏，雙崖爭長，千株競秀。耀日丹臺，四時為伴，百年隨壽。任寒來暑往，星移物換，得高眠晝。（〈水龍吟·春興〉，頁 457，22）

　△　春日春風春景媚。春山春谷流春水。春草春花開滿
　　地。乘春勢。百禽弄古爭春意。澤又如膏田又美。禁
　　煙時節堪游戲。正好花間連夜醉。無愁繫。玉山任倒
　　和衣睡。(〈忍辱仙人・春興〉，頁 466，64)

三、詞作形式分析

　　本小節主要就：詞調、體式、表現技巧等三方面，分析丘處機詞
的形式特色。

（一）詞調方面

　　丘處機今傳詞作，凡一百五十二首，共用五十一調。今依唐圭璋
《全金元詞》之編次，表列調名及闋數如下：

表五：丘處機詞所用詞調一覽表

編號	詞　調　名	數　量	編號	詞　調　名	數　量
1	無俗念（念奴嬌）	一三首	2	沁園春	六首
3	水龍吟	六首	4	滿庭芳	四首
5	神光燦（聲聲慢）	三首	6	上丹霄（上平西）	三首
7	月中仙（月中桂）	三首	8	瑤臺月	二首
9	木蘭花慢	二首	10	望海潮	二首
11	醉蓬萊	一首	12	齊天樂	一首
13	漢宮春	一首	14	留客住	一首
15	梅花引	一首	16	六么令	一首
17	芰荷香	一首	18	喜遷鶯	一首
19	雙雙燕	一首	20	鳳棲梧（蝶戀花）	七首
21	萬年春（點絳唇）	五首	22	忍辱仙人（漁家傲）	八首
23	黃鶴洞中仙（卜算子）	三首	24	望蓬萊（望江南・憶江南）	九首

25	青蓮池上客（青玉案）	二首	26	報師恩·拾荼娘（瑞鷓鴣）	六首
27	金蓮出玉花（減字木蘭花）	七首	28	悟南柯（南柯子）	三首
29	鍊丹砂（浪淘沙）	一首	30	清心鏡（紅窗迥）	三首
31	玉鑪三澗雪（西江月）	七首	32	訴衷情	三首
33	解冤結（解佩令）	三首	34	翫丹砂（浣溪沙）	三首
35	無漏子（更漏子）	三首	36	恣逍遙（嬌人嬌）	二首
37	桃源憶故人（桃園憶故人）	二首	38	好離鄉（南鄉子）	二首
39	蓬萊閣（憶秦娥·秦樓月）	二首	40	蓺心香（行香子）	二首
41	下手遲（恨歡遲）	三首	42	心月照雲溪（驀山溪）	一首
43	離苦海（離別難）	一首	44	武陵春	一首
45	水雲遊（黃鶯兒令）	一首	46	望遠行	一首
47	烏夜啼	一首	48	賀聖朝	三首
49	無夢令（如夢令）	二首	50	夢遊仙（感氏）	一首
51	瑤臺第一層	一首			

附註：以上共計一百五十二首詞，五十一種詞牌。

　　從上表可知，丘處機所用詞牌共五十一調。其中有〈望海潮〉、〈芰荷香〉、〈雙雙燕〉、〈訴衷情〉、〈無漏子〉、〈烏夜啼〉、〈瑤臺第一層〉七調，是王重陽與馬鈺都未填過的調子；另外，有〈無俗念〉、〈沁園春〉、〈水龍吟〉、〈月中仙〉、〈瑤臺月〉、〈木蘭花慢〉、〈醉蓬萊〉、〈齊天樂〉、〈漢宮春〉、〈留客住〉、〈六么令〉、〈喜遷鶯〉、〈下手遲〉、〈武陵春〉、〈望遠行〉、〈夢遊仙〉十六調，是王重陽填過而馬鈺未填的詞牌。總計丘處機所填五十一種詞牌中，有二十三種是馬鈺未曾填過的，可知丘處機在選調上，與馬鈺關係不大。從丘處機所填各調的作品數量來看，以〈無俗念〉十三首爲最多，其次爲

〈望蓬萊〉九首、再其次爲〈忍辱仙人〉八首、〈鳳棲梧〉、〈金蓮出玉花〉、〈玉鑪三澗雪〉各七首、〈沁園春〉、〈水龍吟〉、〈報師恩〉各六首、〈萬年春〉五首、〈滿庭芳〉四首，這十一調共七十八首詞，已超過丘處機全部詞作的半數，可以說是他最喜愛的詞牌。

　　丘處機所用詞牌，萬樹《詞律》、御製《詞譜》未收錄者只有〈下手遲〉一調。此調丘處機共有三首，二首見於《磻溪集》卷六，景金本注云：「二首本名〈恨歡遲〉。」另一首見於《西遊記》卷上，調名〈恨歡遲〉。此調王重陽詞有一首，見於《重陽全眞集》卷四，調名〈恨歡遲〉。丘詞三首格式全同，皆雙調五十四字，上、下片各二十七字四句三平韻。與王詞相校，僅上片第二句及兩結句，句式稍異。此調宋人無塡作者，與《詞律》、《詞譜》所收〈恨來遲〉之別名〈恨歡遲〉者無涉，有可能是王重陽或丘處機所創（銘按：王重陽所創的可能性較高，因王有二十餘種創調，丘則未有；且王爲丘之師父，年長丘三十六歲）。潘愼《詞律辭典》以〈下手遲〉立調，採丘處機詞爲正體，似仍待商榷。又：丘處機詞作中有〈烏夜啼〉一首，雙調七十二字，上下片各八句四平韻，格式與《詞譜》所收四十七字、四十八、五十字三體大異，明顯爲不同詞調，周玉魁〈金元詞調考〉將此詞歸爲新詞調。〔註67〕遍查諸詞譜，無格式與之相同的詞調，似可據以補調，唯調名如何與舊〈烏夜啼〉區別，則待斟酌。

　　丘處機詞可補《詞律》、《詞譜》未收之同調異體者，有：〈月中仙〉可補〈月中桂〉一百四字一體〔註68〕、〈青蓮池上客〉可補〈青

〔註67〕周玉魁〈金元詞調考〉一文，刊載於《詞學》第八輯，頁 139～149。上海：華東師大出版社，1990 年 10 月。

〔註68〕〈月中仙〉即〈月中桂〉，《詞譜》卷三十二云：「調見趙彥端詞集。趙孟頫詞，平仄韻互押者，名〈月中仙〉。」實則金元詞調名〈月中仙〉，不一定平仄韻互押。此調丘處機詞共三首，俱見於《磻溪集》卷五，《全金元詞》頁 460。三首格式全同，皆雙調一百四字，上片五十二字十一句四仄韻，下片五十二字十句四仄韻。《詞律》收趙彥

玉案〉六十六字一體〔註69〕、〈賀聖朝〉可補五十字字一體〔註70〕，總計可補三調三體。

　　丘處機詞以道家語改易調名者，有下列二十八調：〈無俗念〉、〈神光燦〉、〈上丹霄〉、〈月中仙〉、〈萬年春〉、〈忍辱仙人〉、〈黃鶴洞中仙〉、〈望蓬萊〉、〈青蓮池上客〉、〈報師恩〉、〈金蓮出玉花〉、〈悟南柯〉、〈鍊丹砂〉、〈清心鏡〉、〈玉鑪三澗雪〉、〈解冤結〉、〈翫丹砂〉、〈無漏子〉、〈恣逍遙〉、〈好離鄉〉、〈蓬萊閣〉、〈爇心香〉、〈下手遲〉、〈心月照雲溪〉、〈離苦海〉、〈水雲遊〉、〈無夢令〉、〈夢遊仙〉。其中除〈月中仙〉、〈無夢令〉、〈夢遊仙〉三調《全金元詞》未註明，餘皆已據陶湘景金本註出。這二十八調改易調名的詞牌，除〈無俗念〉、〈忍辱仙人〉、〈金蓮出玉花〉、〈鍊丹砂〉、〈翫丹砂〉、〈好離鄉〉、〈下手遲〉、〈離苦海〉、〈夢遊仙〉等九種詞牌，王重陽詞未見之外，其餘皆已見於王重陽詞；又其中〈金蓮出玉花〉、〈鍊丹砂〉、〈翫丹砂〉、

　　　　端詞一體，雙調一百四字；《詞譜》三體，增無名氏詞一體，亦雙調一百四字，又增趙孟頫詞一體，雙調一百二字。以丘詞校趙詞，上片第七句與換頭句不押韻異。

〔註69〕〈青蓮池上客〉本名〈青玉案〉，丘處機詞有兩首，俱見於《磻溪集》卷六，《全金元詞》頁467～468。雙調六十六字，上片三十二字，下片三十四字，各六句四仄韻。兩首格式僅「重陽羽化登仙路」一首較「一從東別長安道」一首，於上片第二句多押一韻異，餘全同。《詞律》七體，《詞譜》十三體，皆收有趙長卿「恍如遼鶴歸華表」六十六字體，丘詞上下片第五句皆不押韻，餘同趙詞。

〔註70〕〈賀聖朝〉一調丘處機詞共三首，一首見於《磻溪集》卷六，《全金元詞》頁475，二者見於《西遊記》卷上，《全金元詞》頁478。三首格式全同，皆雙調五十字，上片二十五字六句二平韻，下片二十五字五句二平韻。《詞律》五體，《詞律拾遺》又補四體，《詞譜》十一體，丘處機詞與諸體皆異，可採以備一體。又：潘慎《詞律辭典》採無名氏〈轉調賀聖朝〉詞，別立一調，收丘丘處機〈賀聖朝〉（夕陽沉後）一詞為範例，並云：「此調字句韻皆與仄韻〈賀聖朝〉異，且又名『轉調』，無疑已將〈賀聖朝〉本調『轉』為別調，故另立，並取〈轉調賀聖朝〉之名，以示區別。」銘按：以丘詞與無名氏「草堂初寐」一詞相校，僅下片末三句，丘詞作三五五句式，無名氏詞作五四四句式異，其餘押韻字數全同，潘說似可成立。

〈離苦海〉四種已見於馬鈺詞；故可能爲丘處機改易的詞牌，有〈無俗念〉、〈忍辱仙人〉、〈好離鄉〉、〈下手遲〉、〈夢遊仙〉五種。〈無俗念〉本名〈念奴嬌〉，王重陽詞調名〈酹江月〉；〈忍辱仙人〉本名〈漁家傲〉，王重陽、馬鈺詞皆用原調名；〈好離鄉〉本名〈南鄉子〉，王重陽、馬鈺詞皆名〈莫思鄉〉；〈下手遲〉本名〈恨歡遲〉，爲王重陽創調；〈夢遊仙〉本名〈戚氏〉，王重陽詞用原名。另有〈拾荼娘〉一首，按律實即〈瑞鷓鴣〉，此調丘處機共塡六首，其中五首名〈報師恩〉，調名與王重陽、馬鈺詞相同，唯「一片頑心要似飛」一首名〈拾荼娘〉，「拾荼娘」一語雖與道家無涉，然此調名《全金元詞》中，僅丘處機一首，應該也是丘處機所改易的新調名。

（二）體式方面

丘處機的詞作在體式方面，無「藏頭拆字體」及「攢三拆字體」，《磻溪集》卷一至卷四所收各體詩作，亦無這兩種特殊體式，可知丘處機並不作興塡這種特殊體式。「福唐獨木橋體」有一首，原詞如下：

> 北方一日，南方一日，共東西、四方交日。夢寐沉沉，且
> 往來、遊行銷日。待佗年、道心開日。百年短景，都來幾
> 日。暗推排、今朝明日。不覺推排，到聖賢、嘉音來日。
> 洞天開、是吾歸日。（〈解冤結‧覓飯〉，頁 472，107）

這是一首以「日」字押韻到底的福唐體，上片押韻自然，能帖切詞意，下片後兩韻則略顯勉強，不夠自然妥貼。大體言之，尙稱流利平順，與王重陽、馬鈺的同類作品相比，較無文字遊戲的意味。

（三）表現技巧方面

丘處機的詞作，在全眞道士的作品中，堪稱最爲上乘，不但用詞典雅清麗，寫景詠物更是清新脫俗。其詞在表現技巧方面的最大特色是，取材精當，擅於融情入景，藉景抒情。雖然能達到情景交融的佳作並不是很多，但在意境的塑造與藝術的提升上，已有不錯的成績，這在道士詞中，已算是難能可貴的了。其佳作如：〈無俗念‧枰棋〉

03、〈無俗念・靈虛宮梨花詞〉136、〈訴哀情〉（孤城寒角韻悠颺）103、〈無俗念・暮秋〉08、〈水龍吟・春興〉22、〈忍辱仙人・春興〉64等，在前一小節已援引或作分析，讀者細細品味，自能體會丘處機精於取材、擅長融情入景、藉景抒情的這一技巧，為省篇幅，茲不贅複。另外，丘處機喜用對比、比喻巧妙、對偶工整、呼告懇切、類字疊字的運用恰到好處等，都是他的詞作的優點。

　　丘處機的詞作中，使用對比技巧的句子非常多，例如：「青鷗白鷺」、「綠檜喬松，丹霞密霧」、「紫陌紅塵」等是顏色的對比，「霜風蕩颺，木葉斜飛」、「松間石上，月下風前」、「雙崖爭長，千株競秀」是景的對比，「同雲瑞雪」、「露結霜凝」、「石枯松老」是物的對比，「深溪古岸」、「碧洞清泉」、「海移山變」、「洞天清，神山秀」是地理的對比，「迎今送古」、「寒來暑往」、「百年壽，一春寐」是時間的對比，「三光慧照，萬劫雲收」、「五賊奔亡，三尸逃遁」、「高下萬疊千群」、「萬種纏綿，千般汩沒」、「百禍潛銷，萬家同賞，一般清味」是數字的對比，「古柏巖前，清風臺上」、「東方出，西方沒，南方死，北方生」、「東離海上，西入關中」、「東別長安道，西住磻溪廟」、「北方一日，南方一日，共東西四方交日」是方位的對比，「雅懷幽興」、「厭塵勞，拋家計，慕清閑」、「悲歡絕念，視聽忘懷」、「洞冷不知門外暑，心閑唯覺腹中清」是人情的對比，「悟道真仙，忘機逸士」、「玉女吹簫，金童舞袖」是人物的對比，「東征西討」、「唐朝漢市，秦宮周苑」是人事的對比……等等，都是使用對比修辭的句子，以上所列尚不及五分之一，可見丘處機之好用此一技巧。

　　丘處機詞作中，比喻的修辭法，也是屢見不鮮，例如：

　　△　漫漫苦海，似東溟、深闊無邊無底。遠遠群生顛倒競，還若游魚爭戲。巨浪浮沉，洪波出沒，嗜欲如癡醉。漂淪無限，化鵬超度能幾。（〈無俗念・讚師〉，頁453，04）

　　△　列鼎雄豪，兔走烏飛，轉頭悄然。似電光開夜，雲中乍閃，晨霜迎日，草上難堅。立馬文章，題橋名譽，

　　　恍惚皆如作夢傳。(〈沁園春〉，頁455，14)

△　流轉碧空如水。任縱橫、略無凝滯。衡山拍海，傾光
　　騰秀，綿綿吐瑞。(〈水龍吟・夜晴〉，頁457，21)

△　漂泊形骸，顚狂蹤跡，狀同不繫之舟。(〈滿庭芳・述懷〉，
　　頁458，25)

△　幻身無賴，何異燭當風。(〈滿庭芳・警世〉，頁458，26)

△　一輪明月，昭昭無著。皓然三界外，似百鍊、青銅鑑
　　躍。(〈月中仙・賞月〉，頁460，35)

△　物外優游散誕身。似青霄、一片閑雲。任虛空、來往
　　呈嘉瑞，但不惹纖塵。(〈下手遲〉，頁474，125)

第一首以苦海比喻人世，以海中游魚比喻芸芸眾生；第二首以電光晨
霜比喻歷史上英雄豪傑的短暫虛無，一切功名利祿，不過恍惚如夢；
第三首以水比喻晴朗之夜色，第四首以隨波逐流的漂舟比喻奔波勞碌
的形骸；第五首以風前燭比喻無常的幻身；第六首以百鍊青銅鏡比喻
明月；第七首以悠遊於青霄之上的閑雲比喻擺落塵累的自由之身。以
上所舉，都是能抓緊喻體的特質，而以適當事物作爲喻依寫成的作
品，可謂比喻生動，頗具巧思。以上所舉也還不及兩成，其他比喻的
佳作，仍是唾手可得，讀者可自行搜求。在這裡可附帶一提的是，第
二首「立馬文章，題橋名譽」二句，分別以陸賈爲漢高祖劉邦說詩書，
以治理天下；及司馬相如題詞於昇仙橋，決心謀取官爵的典故〔註
71〕，來泛指「列鼎雄豪」治國平天下與追求仕宦利祿的事跡，用典
使事能精確切合題旨，使內容更豐富、形像更具體生動，是用典的佳
例，值得留意。

〔註71〕漢司馬遷《史記・酈生陸賈傳》載：「陸生(賈)時時前說稱《詩》、
　　　　《書》，高帝罵之曰：『迺公居馬上而得之，安事《詩》、《書》？』
　　　　陸生曰：『居馬上得之，寧可以馬上治之乎？且湯武逆取而以順守
　　　　之，文武並用，長久之術也。』」晉常璩《華陽國志・蜀志・蜀郡州
　　　　治》載：「城北十里有昇仙橋，有送客觀。司馬相如初入長安，題市
　　　　門曰：『不乘赤車駟馬，不過汝下也。』」岑參有〈昇仙橋〉詩云：「長
　　　　橋題柱去，猶是未達時。及乘駟馬車，卻從橋上歸。」

丘處機詞作中的對偶句，寫得十分工整精警，略舉數例，如下：

△　家給千兵，官封一品。（〈無俗念・樂道〉，頁 454，11）

△　枳棘叢中，桑榆影裏。……一曲玄歌，千鍾美酒。（〈沁園春・示眾〉，頁 455，21）

△　白露三秋盡，清霜十月初。……爛漫真堪愛，馨香不可辜。（〈悟南柯・西虢劉氏作下元醮時，喬生簪菊滿頭〉，頁 469，89）

△　爛漫黃金蕊，輕盈白玉枝。……牒奏三天主，聲聞九地司。（〈悟南柯〉，頁 469，90）

△　簇檻名花紅冉冉，當門幽檜綠依依。……爭歌稚子春風舞，鬥巧靈禽曉樹啼。（〈報師恩・虢縣渭南澥裏〉，頁 468，78）

△　紅白野花千種樣，間關幽鳥百般啼。……百結布衫忘世慮，幾壺村酒適天機。（〈望江南・四時四首〉，頁 476，138）

△　修竹萬竿金鎖碎，飛流千尺玉簾垂。……沉李浮瓜供枕簞，蒼松白石伴琴碁。（同前，頁 477，139）

△　白酒黃雞新稻熟，紫茉金菊有清香。……但見村翁歌賀社，不聞丁壯在門傍。（同前，頁 477，140）

△　紙帳蒲團香淡碧，竹爐茶灶火深紅。……梅蕊綻時泉脈動，雪花飛處雁書空。（同前，頁 477，141）

丘處機詞作中的呼告法，運用得十分懇切，略舉數例，如下：

△　枳棘叢中，桑榆影裏，亂塚堆堆誰是誰。君知否，謾徒勞百載，空皺雙眉。（〈沁園春・示眾〉，頁 455，13）

△　諸公。聞早悟，抽身退跡，跳出樊籠。（〈滿庭芳・警世〉，頁 458，26）

△　唯願諸公皆省悟，同登無漏出紅塵。（〈報師恩〉，頁 468，79）

△　吾言至囑，君耳深聽。（〈蒸心香・學道〉，頁 474，122）

△　陝右人人聽我。福地好修因果。（〈無夢令・誡奢〉，頁 476，133）

△　聽咨告，小事要君知。萬事苦求終害己，得便宜處落
　　便宜。伶俐不如癡。(〈望蓬萊〉，頁476，137)

丘處機詞作中，也常用疊字或類字的修辭技巧，例如：

△　冉冉幽香，蕭蕭竦影，坐臥清肌肉。(〈無俗念・竹〉，頁
　　453，06)

△　見金星朗朗，銀河耿耿，交光燦，滿天地。(〈水龍吟・
　　夜晴〉，頁457，21)

△　獨聽巖前子規叫。切切松梢啼到曉。聲聲相勸，不如
　　歸去，爭奈功夫少。(〈青蓮池上客・幽棲〉，頁468，76)

△　春日春風春景媚。春山春谷流春水。春草春花開滿地。
　　乘春勢。百禽弄古爭春意。(〈忍辱仙人・春興〉，頁466，
　　64)

△　大道無形。方寸何憑。在人人、智見高明。能降眾欲，
　　解斷群情。作鬧中閑，忙中靜，濁中清。……下十分
　　功，十分志，十分誠。(〈爇心香・學道〉，頁474，122)

△　得好休來休便是。……昨日歡歌，今日愁煩至。今日
　　不知明日事。(〈鳳棲梧〉，頁479，150)

以上所舉，前三則使用疊字技巧，後三則使用類字法，都是用得十分
妥貼巧妙的例子。與王重陽、馬鈺比較，丘處機使用類疊法的平均次
數差不多（註72），疊字共用九十五種一百六十八次，但完全沒有濫用
或玩文字遊戲的情形，這一技巧的運用，丘處機顯然要比王重陽、馬
鈺高明多了。附錄丘處機所用過的疊字如下（依筆劃排列，數字表使
用次數）：

　　了了1、人人6、三三1、兀兀3、五五1、戶戶3、切切1、
　　日日1、冉冉3、平平1、代代1、匆匆2、年年2、忙忙2、
　　休休1、各各2、如如3、早早2、劫劫2、炭炭1、沉沉2、

[註72] 王重陽六百三十三首詞，共用六百八十九次疊字，平均每一首詞用一
　　　點零九次疊字；馬鈺八百八十首詞，共用七百七十二次疊字，平均
　　　每一首詞用零點八八次疊字；丘處機一百五十二首詞，共用一百六
　　　十八次疊字，平均每一首詞用一點一一次疊字。三人以丘處機平均
　　　次數最高，王重陽次之，馬鈺最低，但皆相去不遠。

村村1、步步1、空空2、明明1、欣欣2、怡怡1、非非1、
昏昏1、坦坦1、物物1、依依1、炎炎1、事事1、重重3、
昭昭1、亭亭1、迢迢2、悄悄1、茸茸1、紛紛3、浩浩3、
朗朗1、耿耿1、時時5、盈盈2、冥冥2、家家1、般般4、
茫茫2、涔涔1、徐徐1、堆堆1、陶陶2、悠悠3、區區3、
處處2、乾乾1、得得1、累累1、堂堂1、混混1、惺惺2、
閑閑1、湛湛2、款款1、森森2、嫋嫋1、落落2、溫溫1、
微微1、溶溶1、漫漫4、蒼蒼1、綿綿4、箇箇1、漸漸1、
澄澄3、輝輝1、翩翩2、蕩蕩2、頭頭2、默默2、蕭蕭1、
點點1、燦燦1、聲聲2、濛濛1、曄曄1、擾擾1、騰騰4、
藹藹1、飄飄5、醺醺5、靄靄1。

綜合言之：丘處機的詞作在內容上十之七八不離道家語，不論說
理勸世、抒情言志、酬贈寄答、敘事記實、詠物寫景，都不離道士生
涯的範疇。他的作品最有價值的是詠物寫景和敘事記實這兩類。

就文學藝術水準言，在全真道士中，丘處機是首屈一指的，尤其
是詠物寫景這一類的作品，最為人稱誦，是最具文學藝術價值的作
品。敘事記實這一類的作品則提供了許多了解丘處機平日生活、當時
大環境、和全真教活動的資料，具有史料價值。至於說理勸世、抒情
言志、酬贈寄答這三類，則都不離闡發明心見性、清靜無為的全真義
理，以人生短暫、善惡報應不爽等觀念，勸人拋棄塵累、入道修行的
範疇，只不過寫得較典雅精緻、委婉含蓄，較富文學趣味與個人情感
而已。就詞作形式而言，丘處機一百五十二首詞，共用五十一種詞牌，
其中萬樹《詞律》、御製《詞譜》未收錄者有〈下手遲〉一調；另有
〈烏夜啼〉一調與各詞譜所填格式大異，應可據以補調。可補《詞律》、
《詞譜》未收之同調異體者，有：〈月中仙〉、〈青蓮池上客〉、〈賀聖
朝〉三調各一體。丘處機詞改以道家語為調名者有二十八調，其中可
能為丘處機所改者有〈無俗念〉、〈忍辱仙人〉、〈好離鄉〉、〈下手遲〉、
〈夢遊仙〉五種，另有一首〈拾菜娘〉，實即〈瑞鷓鴣〉，調名僅見於
丘處機詞，也應該是他所改易的新調名。在體式方面，丘處機詞作無

「藏頭拆字體」及「攢三拆字體」，「福唐獨木橋體」只有一首。在表現技巧方面，最大特色是取材精當，擅於融情入景，藉景抒情；常用的修辭方法，則有對比，比喻、對偶、呼告、疊字、類字等技巧。整體而言，丘處機的詞作能達到情景圓融，詩意渾然的佳作並不是很多，但在意境的塑造與藝術的提升上，已有不錯的成績，在道士詞中，已可算是上乘作品。也正因爲他的作品已具文學藝術的價值，所以在專門匯刻文學作品的歷代詞選叢書中，他是少數能入選的道士詞人。﹝註73﹞他的詞集除見於今本《道藏》以外，尚收入於朱祖謀《彊村叢書》與陶湘《景刊宋金元明本詞補編》。

第五節　王處一

一、生平事略

　　王處一，號玉陽（一説字玉陽，號爺陽子），舊名字不詳，寧海東牟人（今山東省牟平縣）。生於金熙宗皇統二年（1142）三月十八日，卒於金宣宗興定元年（1217），享年七十六。

　　自幼喪父，事母至孝。七歲時，無疾死而復甦，由是知死生之事。十四歲，偶步山間，遇玄庭宮主語之曰：「汝他日必揚名帝闕，當與玄門大宗師。」自茲之後，語言放曠，不與世合，行止顛狂。大定八年（1168），年二十七，自牛仙山謁王重陽於寧海全眞庵，願爲門弟子，重陽爲訓今名字號；其母周氏亦願出家學道，重陽訓名德清，號玄靖散人；二月晦日處一隨重陽入崑崳山煙霞洞修行；八月，遷文登姜實庵。大定九年（1169）春，奉師命隱居鐵查山雲光洞；四月，重

─────────────────────

﹝註73﹞宋金元道士，有詞作入匯刻者，朱祖謀《彊村叢書》收錄：張伯端《紫陽眞人詞》、張繼先《虛靖眞君詞》、葛長庚《玉蟾先生詩餘》、夏元鼎《蓬萊鼓吹》、丘處機《磻溪詞》、李道純《清庵先生詞》、朱思本《貞一齋詞》、張雨《貞居詞》八家；吳昌綬、陶湘《景刊宋元明清本詞》收錄：丘處機《磻溪詞》、姬翼（志眞）《知常先生雲山集》二家；近人周泳先《唐宋金元詞鉤沈》收錄：長筌子《洞淵詞》、滕賓《玉霄集》二家，去其重複，共得十一家。

陽攜馬鈺、譚處端、丘處機、郝大通遷居寧海州金蓮堂，道經龍泉，時炎暑，重陽持傘，忽傘自手中飛去，墜查山，處一於傘柄中得詩一首，並「焱陽子」三字，因以為號；六月，郝大通亦辭師（重陽）隱於鐵查山。大定十八年（1178），居洞九年，制形鍊魄，入於大妙，出遊於齊魯間，大著神異，一方千里，聳動嚮化。大定二十三年（1183），馬鈺昇仙於萊陽遊仙宮，處一與劉處玄同主喪事，守墳百日，各歸其隱所。大定二十五年（1185），萊陽縣宰劉顯武延處一至府中，問道請益。二十七年（1187），世宗徵至燕京，居之天長觀，嘗問衛生為治之道，對曰：「保精以養神，恭己以無為。」世宗嘉之。明年（1188）求還山，復經滄州，皇親四官人請為黃籙濟度；東還受道俗歡迎，不令他適，遂結庵於聖水巖（在崑崳山南邊之小崑崳山）；十二月，世宗寢疾，特差近侍內族詣聖水傳宣，令乘馹馬車速來。翌年（1189）正月初三至都下，世宗已於初二崩，少主即位，宣使不致見，遂還。章宗明昌六年（1195），朝省罷無敕額庵院，悉沒於官，終南山祖庭亦在沒收之數。承安二年（1197）七月，再徵至便殿，問衛生之方，對如告世宗者，賜紫衣，號「體玄大師」（處一為全真教受帝王賜封尊號之第一人），賜崇福、修真二觀，任便居之，月給齋錢二百鏹；十二月，敕賜聖水巖所居額曰「玉虛觀」。承安三年（1198）春，遣人召終祖庭庵主呂道安至都，買祖庭為靈虛觀，並保授呂為沖虛大師號，使掌敕牒主領觀事，又保賜畢知常為通真大師號，令副知觀事，祖庭道風復振；夏，以母玄靖散人年已九十，求還山，遂得旨東歸侍親。承安四年（1199）居聖水玉虛觀，每年季春三月三日，聖水會聚，是日為道眾演教說法。泰和元年（1201），奉詔詣亳州太清宮作普天大醮。泰和三年（1203）復奉詔詣亳州太清宮作普天大醮，臨壇度道士千餘人；七月二十五日，母玄靖散人逝。泰和四年（1204），至沂州臨沂遇于洞真於縣廨，殷殷垂詢，並授以微旨及洞真子號，居數日乃別。泰和七年（1207），李元妃施道經二藏，一驛送聖水玉虛觀，一驛送棲霞太虛觀。金衛紹王大安元年（1209）七月十四日，至

北京應李尤魯參政之請，居華陽觀，保賜華陽觀于通清紫衣大師號，自是道價益高，門徒愈集；有按察副使嘉議大夫之母痼疾獲痊，乞求法訓，願爲弟子，爲訓名清質，號開眞子；是時大旱，僚庶請爲祈雨，後果驗，將離京，傾城相餞。大安二年（1210），赴薊州玉田縣醮，醮罷，至玉清觀住；夏五月初十，因旱作，官民禱請祈雨，果驗；於玉清觀謂其徒曰：「若聞空中劍楯擊撞聲乎，北方氣運將新，生齒必有罹其毒者。」是年蒙兵果然南牧。大安三年（1211），自北方回至德州重興鎮，爲前滄州節使光祿修黃籙大醮。崇慶元年（1212），劉志淵東遊鐵查山請謁，願爲弟子，得授祕訣。金宣宗貞祐四年（1216），文登縣令溫迪罕龜壽，迎處一歸縣之天寶觀。明年（1217），四月二十三日，沐浴衣冠，拜上下四方畢，端坐留頌而逝。元世祖至元六年（1219）賜封爲「玉陽體玄廣度眞人」，世稱「玉陽眞人」。生平行實詳姚燧〈玉陽體玄廣度眞人王宗師道行碑銘〉、《金蓮正宗記》、《金蓮正宗仙源像傳》、《體玄眞人顯異錄》。〔註74〕

據《金蓮正宗記》載：「（王處一）平生所集詩近千餘首，目之曰《清眞集》、《雲光集》盛行於世。」《清眞集》已佚。今本《道藏》收有《雲光集》四卷，前題「聖水玉陽王處一撰」。題爲聖水，是因王處一曾住聖水玉虛觀；而命名爲《雲光集》的緣由，是因王處一早年曾在鐵查山雲光洞修煉九年。《雲光集》卷一收各體詩一百三十四

〔註74〕有關王處一的記載見：《八瓊室金石補正》卷一二八，頁 2138，金國俀撰〈玉虛觀記〉；《甘水仙源錄》卷二，頁 11～18，姚燧撰〈玉陽體玄廣度眞人王宗師道行碑銘〉；《金蓮正宗記》卷五，頁 1～6；《金蓮正宗仙源像傳》，頁 36～39；《七眞年譜》，頁 3～17 頁；《歷世眞仙體道通鑑續編》卷三，頁 1～5；《道藏》第十八冊（藝文版）《體玄眞人顯異錄》；《新元史》卷二四三；《秦川志》卷八頁 29。又：成功大學歷史語言研究所八十三年度碩士論文有：劉煥玲〈全眞教體玄大師王玉陽之研究〉，其附錄〈王玉陽大事年表〉博參諸傳，鈎稽事要，雖偶有失誤，然頗稱簡便，可爲參考。大陸學者趙鈞波有〈全眞道嵛山派的創始人王玉陽行道蹤跡初探——兼論其在中國道教史上的地位〉一文，發幽顯微，持論中肯，值得參考。

首，卷二收七言絕句二百四十九首，卷三收五言律詩三十四首、五言絕句五十八首、頌詩三十首、金丹訣一篇、歌三首、吟十三首，卷四收詞九十五闋。又：今本《道藏》收有題名蓮峰逸士王處一所撰《西岳華山志》一卷。劉師培《讀道藏紀》將其歸爲王玉陽所撰，此考不確。詳考全眞各碑傳資料，未有王玉陽作《西岳華山志》之記載。陳國符《道藏源流考》有云：「金王處一《字子淵》編《西岳華山錄》。」由此可知，金時有兩個王處一，皆爲道士。〔註75〕

全眞七子分途弘教後，王處一所傳一支爲「全眞崳山派」。其弟子甚多，在《雲光集》提到的門下弟子有：張志明、初志常、于了一、初小仙、韓道蘊、王守正、魏志明、劉悟眞；其他碑記中有姓名可考的有：劉志源、辛希聲、史公上人、李志符、韓抱眞、魏道寧、孫道古、王道深等。劉志源在終南山重修上清太平宮，歷時四十五年，建造了通明、紫微、七元三殿，虛皇一壇，凌霄一門，靈官、演法、湛然、傳應法師祠四堂，鐘樓、齋堂、倉廩等近二百間，隨劉志源在終南重修太平宮的弟子有：陳志玄，朱志彥、趙志古、張志隱，李志宗、李志明、崔志安、趙志眞、賀志沖、李志眞等十人，這些都是有傳記資料可考的，至於有姓名，無碑傳可考事跡的有：于道潤、解道樞、韓道溫、劉道淵、王道元、楊道玄、扈慶眞等。〔註76〕

二、詞作內容分析

王處一詞作全部收錄在《雲光集》卷四。《全金元詞》據《道藏》本《雲光集》輯錄，共得九十五首。

王處一是全眞教道士中，除馬鈺以外，在金弘道最廣的一位。〔註77〕也是首位受朝廷徵召及賜號的全眞道士（詳前）。全眞七子

〔註75〕參見張廣保《金元全眞道內丹心性論研究》附錄〈金元全眞著述詳考〉頁335。臺北：文津出版社，民82年7月初版。
〔註76〕詳參劉煥玲《全眞教體玄大師王玉陽之研究・第六章・王玉陽之門人及其門派》。
〔註77〕參見孫克寬〈金元全眞教的初期活動〉。文刊《景風》第二二期，1969

中，獨王處一有《顯異錄》﹝註78﹞傳世，可見他當時在朝廷及民間的崇高地位。他的一生以弘道救人為職志，所作詩詞無一不是道家語，無論是闡述全真教義、勸人行善修道，或是贈寄答謝、述懷、詠物、敘事，全都不離說教論道的範圍，可說是一位全心全意急於傳道濟人的宗教家。

王處一的詞作中，專為闡述全真教義而作的詞有：〈神光燦〉（石中隱玉）23、〈滿路花〉（普天諸道眾）24、〈一枝花‧藥方〉29、〈謝師恩〉（謝師提挈沉淪外）34、〈謝師恩〉（就中偏許同音耗）46、〈江神子‧進道〉48、〈江神子‧投真〉49、〈歸朝歡‧繼古韻五首〉55、56、57、58、59、〈蘇幕遮‧行化〉（遇行緣）91 等十三首。﹝註79﹞茲舉兩首，以見一斑：

△ 石中隱玉，蚌內藏珠，須憑匠手功夫。裏面真光，顯現恰似元初。欲要明心識性，把般般、打破空虛。清淨處，見天如玉案，秋夜蟾孤。自是十方明徹，握陰陽樞要，塵垢難拘。古往達人，因此妙入無餘。論甚千枝萬葉，與儒門、釋道同居。常歸一，證圓成了了，得赴仙都。（《雲光集》卷四〈神光燦〉，《全金元詞》頁440，〈王處一詞〉第23首，下引只列詞牌、頁碼、順序，以便查考。）

△ 普勸門中友。妙藥時人有。先師親說下，與君修。一味真心，繫縛休教走。柔弱為引子，低下服之，論甚食前食後。大忌氣財並色酒。鬧處稀開口。忘情恩愛

年9月，頁23～46。

﹝註78﹞《體玄真人顯異錄》收錄於《正統道藏》洞玄部記傳類，第三二九冊。藝文印書館合訂本第十八冊。全書分〈木神作祟〉、〈瓦獸為災〉、〈熟食遍眾〉、〈生麵充齋〉、〈所祈即應〉、〈凡會先知〉、〈出神飲酒〉、〈忘形奕棋〉、〈專知嗣續〉、〈抱陽身安〉、〈雨龍忽起〉、〈烹雞復還〉、〈王公落馬〉、〈李婦食狗〉、〈痼疾獲痊〉、〈冤魂乞救〉、〈精邪去宅〉、〈鶯鶴集壇〉、〈太上雲端〉等十九目，記載王處一行化之時的各種靈異事跡。原書不著撰者，從內容上來看，應是出於其門人之手。

﹝註79﹞王處一的全部詞作，實際上都與全真教義有關，此處所列，只是無詞題，或內容只涉及全真教義，不宜歸入它類者。

斷，罷憂愁。依方修合，更不傷懷袖。謹服三五載，

返老還童，管得長生不朽。(〈一枝花・藥方〉，頁441，29)

從詞的內容可看出，王處一說教論道，完全是秉持全眞道的教義，以三教合一爲思想原則，主張性命雙修，功行兩全；修煉的方法首在明心見性，欲明心見性則須清靜無爲，嚴斥酒色財氣等塵染；欲修命功，則先須多行善事，累積善德，然後進一步煉精化炁、煉炁化神、煉神合道，自然能證眞成仙，名列仙曹。這完全是全眞教義的闡述。其詞中提及三教的，除上引第一首〈神光燦〉中的「論甚千枝萬葉，與儒門、釋道同居」外，還有：

△ 長養諸天大地，資三教、天下歸依。眞明了，觀天之道，清淨更無爲。(〈滿庭芳・贈盧宣武二首・之一〉，頁436，05)

△ 更望參玄眾友，遵三教、千古同欣。齊回向，吾皇萬壽，永永御楓宸。(〈滿庭芳・三宣到都住持天長觀，復敕修新道院，乃作〉，頁437，10)

另外，像：

△ 眞仙開妙趣，菩提佛果，一理無差。(〈滿庭芳・上京劉朝眞索〉，頁436，04)

△ 演苦空般若，左右圓方。立教分乘引度，通十地、諸聖行藏。(〈滿庭芳〉，頁437，08)

△ 謝師提挈沉淪外。生死難交代。不墮輪迴超法界。諸天運度，化生無相，一點圓明在。(〈謝師恩〉，頁442，34)

△ 永無生滅，到茲方契，般若經中偈。(〈謝師恩・贈贛榆善眾〉，頁443，45)

△ 四大圓光攢一簇，明月清風開慧目，法身養就道根芽。(〈歸朝歡・繼古韻五首・之二〉，頁445，56)

△ 苦海茫茫。深可悲傷。(〈行香子・勸徐老奉善〉，頁448，74)

△ 大唐僧，九度老。萬種艱辛，一志終須到。東進佛經

　　　　弘釋教。相契如來，證果真常道。(〈蘇幕遮・示李梁張三
　　　　人〉，頁 450，83)

句中「菩提佛果」、「般若」、「法界」、「無相」、「般若經中偈」、「四大」、
「慧目」、「法身」、「苦海」、「大唐僧」、「佛經」、「釋教」、「如來」等
詞彙，都是佛家語。而：

　　　　大抵儒風並道理，若能運用兩無妨，了了赴仙鄉。(〈望蓬萊・
　　　　贈小童〉，頁 452，94)

則是儒道並舉，這些都是三教合一思想的具體表現。

　　　王處一勸人修道的詞作有：〈青玉案・警俗迴心〉42、〈行香子・
勸人改惡遷善〉71、〈行香子・勸徐老奉善〉74、〈蘇幕遮・誠道人相
爭〉76、〈蘇幕遮・示李梁張三人〉83、〈蘇幕遮・勸休網罟〉84、〈蘇
幕遮・勸迷途〉85、〈蘇幕遮・勸船戶〉86、〈蘇幕遮・勸修鍊三首〉
87、88、89 等十一首。茲舉三首，如下：

　　△　好兒好女心頭氣。生死難相替。不測無常先到你。皮
　　　　囊臭爛，骨骸分散，空惹冤家淚。悟來不使心猿戲。
　　　　慧劍磨教利。六賊三尸都趕離。炎炎紫焰，載搬丹寶，
　　　　上獻三清帝。(〈謝師恩・警俗迴心〉，頁 443，42)

　　△　我生來，元怕死。固蒂深根，方證長生位。一切含靈
　　　　無稍異。普願安全，此是天公意。運慈悲，呈雅瑞。
　　　　赫赫雲霞，萬道祥光起。三界高真興法喜。祐護人人，
　　　　各各無災沴。(〈蘇幕遮・勸休網罟〉，頁 450，84)

　　△　嘆迷人，如大醉。敢使機謀，爭眼謾天地。殺盜邪淫
　　　　咒神理。一向無知，不顧臨時罪。氣歸空，形委廢。
　　　　性識區區，走以入幽牢裏。無限冤魂誰放你。鞭棒隨
　　　　身，蛇狗爭吞噬。(〈蘇幕遮・勸迷途〉，頁 450，85)

詞中苦口婆心，勸人行善修道，完全是宗教家的口吻，在規誠勸告之
餘，自然而然地流露出悲天憫人、愛及萬物的仁慈情懷，頗具宗教家
的風範。

　　　《雲光集》中，贈寄謝答這類的詩詞特別多。就詞作言，題為

贈詞的有：〈滿庭芳・贈盧宣武二首〉05、06、〈滿庭芳・贈萊陽縣
宰劉顯武〉07、〈滿庭芳・贈出家眾〉09、〈滿庭芳・贈范明叔〉14、
〈滿庭芳・贛榆縣諸王廟黃籙醮罷，贈眾〉16、〈滿庭芳・贈出家〉
20、〈滿庭芳・贈廣陵鎭散人〉21、〈滿路花・贈三州五會善眾〉25、
〈滿路花・贈文山周先生〉27、〈謝師恩・贈皇親四官人〉35、〈謝
師恩・贈眾道友二首〉36、37、〈謝師恩・贈福山縣仁壽保善眾〉39、
〈謝師恩・贈贛榆善眾〉45、〈驀山溪・贈都下門人〉51、〈驀山溪・
贈劉七翁〉53、〈驀山溪・贈卑一翁〉54、〈踏雲行・贈劉妙眞化緣〉
61、〈踏雲行・贈文登王志明〉62、〈踏雲行・贈登州韓一翁〉64、〈踏
雲行・贈道人〉66、〈行香子・贈濱州小胡〉68、〈行香子・贈萊州
劉小童〉70、〈行香子・贈不語王哥〉75、〈蘇幕遮・贈蓬萊李一翁〉
90、〈望蓬萊・贈小童〉94 等二十七首；題爲寄詞有：〈滿路花・寄
朝元公〉26、〈望蓬萊・寄朝元公〉92 等兩首；題爲謝詞的有：〈軟
翻鞋・謝人助緣〉30、〈行香子・謝聖水會眾〉69、〈行香子・謝公
主惠香二首〉72、73 等四首。題爲答詞的有：〈謝師恩・答皇親見
召〉41 一首；另外，像：〈滿庭芳・中夼于大郎索〉03、〈滿庭芳・
上京劉朝眞索〉04、〈謝師恩・李悟眞索〉40、〈踏雲行・登州閻一
翁索〉63、〈蘇幕遮・寧海趙信武索〉77、〈驀山溪・于二翁染疾求
教〉52、〈蘇幕遮・姜鍾二公法名〉80、〈蘇幕遮・徐公問因果〉81
等八首，也是屬於贈寄類作品，總計這類作品，共得四十二首，佔
全部詞作的四成四，比例不可謂不高。茲舉數首，如下：

　△　一點靈光，無中顯現，太平高步煙霞。清風皓月，流
　　　注玉京砂。五氣三芳結秀，升騰處、雲輅交加。蓬瀛
　　　會，瑞光縹渺，盈座散香花。堪誇眞妙用，仙丹一粒，
　　　洞煥東華。滿太虛寥廓，清境無涯。認得元初至性，
　　　因修鍊、清淨根芽。圓成也，玉蟾影裏，穩赴大羅家。
　　　（〈滿庭芳・中夼于大郎索〉，頁 435，03）

　△　心爇眞香，神排妙供，滿空遙送丹方。收藏靈寶，嘉
　　　瑞自呈祥。一點穿聯浩劫，兩儀內、反復陰陽。全眞

樂，團團性月，光散滿空香。搜詳玄妙理，根源無漏，
道德芬芳。聚神砂玉液，無致傾亡。結果眞仙妙道，
超三界、無極清涼。全家悟，頤神養浩，皆得到蓬莊。
（〈滿庭芳・贈盧宣武二首・之二〉，頁436，06）

△ 清信出寬懷。都莫亂參猜。累蒙施惠宴重開。又無百
回奉，相酬賽，春深去，夏歸來。齋會好編排。增福
更消災。始終如一不生乖。守無爲清淨，眞功滿，離
塵世，赴蓬萊。（〈軟翻鞋・謝人助緣〉，頁441，30）

△ 隨緣順化行方便。豈敢微生倦。唯望英豪皆向善。遵
崇内教，外施洪行，各把頑心鍊。兩肩童子相攀戀。
報應頭頭顯。家道興隆多喜宴。同躋福壽，永除災障，
勿昧修眞願。（〈謝師恩・贈眾道友二首・之二〉，頁442，37）

△ 三冬凜冽彤雲布。六出飄飛絮。地凍天寒難進步。滿
途冰雪，喚回童稚，且向茅菴住。貴州大醮無推訴。
必要功圓聚。遠逝新亡皆濟度。加持妙道，展舒雲宴，
一會朝元去。（〈謝師恩・答皇親見召〉，頁443，41）

△ 有箇眞方。誰肯承當。聚煙霞、馥郁清涼。充盈法體，
補益神光。定本根源，無生忍，返嘉祥。元氣充飡，
渴飲霞漿。混玄精，與道爲常。碧蓮自綻，瓊萼芬芳。
結紫金丹，清眞果，滿穹蒼。（〈行香子・贈濱州小胡〉，頁
448，68）

△ 朝元子，偏共道相親。宿契良因今日現，未來妙果再
鋪陳。日日轉清新。通造化，空外走蟾輪。認正本來
清淨主，瑤臺閬苑四時春。方稱箇中人。（〈望蓬萊・寄
朝元公〉，頁451，92）

這類有特定寫作對象的作品，也完全是說教論道，充份表露出王處一
急欲度化眾生的熱忱。

王處一的述懷詞有四首，分別是：〈滿庭芳・述懷〉18、〈江神子・
述懷〉47、〈蘇幕遮・述懷〉78、〈望蓬萊・述懷〉95。所述也都是修
煉內丹，證眞成仙的道士情懷，茲舉一首，以括其餘：

青天爲被地爲氈。覆靈源。照心田。玉汞金鉛。兩脈吐流

泉。自是道芽橫碧漢，頻澆灌，再新鮮。雲朋霞友暗相傳。
意綿綿。運胎仙。密鎖玄關。光透九重天。丹就萬神齊慶
賀，真靈性，復朝元。(〈江神子‧述懷〉，頁 444，47)

王處一的詠物詞只有一首，明顯偏少，雖名詠物，實際上內容也是述
內丹修煉，對物著墨甚少，錄其詞於下，聊備一格：

四海雲膏，三山靈秀。採芝須要忘形友。充飢濟渴養瓊苗，
添神益算光明透。鸞鳳翱翔，虎龍戰鬥。金獅玉象鳴哮吼。
已曾攜去獻高真，人還服了無衰朽。(〈踏雲行‧詠鐵查山石芝〉，
頁 447，65)

王處一的敘事詞有將近二十首，有些具有史料價值，可藉以了解王處
一的某些情況。例如：

元稟仙胎，隱七歲玄光混太陽。感東華真跡，飄空垂顧，
悟人間世夢，復遇重陽。密叩玄關，潛施高論，皓月清風
煉一陽。神丹結，繼璇璣幹運，羽化清陽。欣欣舞拜純陽。
又虛妙天師同正陽。命海蟾引進旌陽。元妙古任安，尹喜
關令丹陽。大道橫施，驅雲天下，絕蕩冤魔顯玉陽。諸仙
會，講無生天理，空外真陽。(〈沁園春〉，頁 435，01)

此詞題下有序云：「予自七歲，遇東華帝君於空中警喚，不令昏昧。
至大定戊子（1168），復遇重陽師父，因作此詞，用紀其實云。」關
於王處一七歲時的奇異事跡，全真各碑傳皆有記載，摘錄如下：

△ 七歲，無疾死而復生，由是若知死生說。(姚燧〈玉陽體
玄廣度真人王宗師道行碑銘〉)

△ 七歲，遇東華教主，授以長生久視之訣。(秦志安《金蓮
正宗記》)

△ 七歲，無疾死而復甦，由是知死生之事。(劉天素《金蓮
正宗仙源像傳》)

△ 甫七歲，嘗氣絕仆地，移時方蘇。母驚問曰：「汝何爲
而若是？」曰：「但知熟寐，不知其他。」師因悟生死
之理。(趙道一《歷世真仙體道通鑑續編》)

各傳所記內容不盡相同，〈沁園春〉詞的序語可作爲考證此事的輔助

資料。詞中歷述全眞教的淵源傳承，可證鍾呂師承之說，自王重陽始，全眞七子亦屢言及。〔註80〕

> 俯視滄溟，屛山掩映，萬重松檜森然。金波滾滾，雲鎖翠峰巓。畫對清光浩渺，更闌顯、月印新鮮。圓明聚，紅霞影裏，捧出洞中仙。元初眞面目，如今了了，高臥雲軒。爲丹鑪無漏，頤養三千。聖祖垂光下降，諸天舉、嬰子朝元。功成也，金書紫詔，常在玉皇前。（〈滿庭芳・住鐵查山雲光洞作〉，頁435，02）

王處一曾於大定九年（1169）春，奉王重陽命隱居鐵查山雲光洞修煉，至大定十八年（1178），始離洞雲遊於齊魯間，居洞修煉達九年之久，此詞可作爲了解其居洞情形的參考資料。

王處一的行化事跡，在全眞七子中，是最具神奇靈異色彩的一位，其門人所纂輯的《體玄眞人顯異錄》，多載其神異不可思議之事蹟，在他的詞作中，也有數首述其行化事蹟的，如：〈滿庭芳・因福山縣王遠村北丹灶山道友聚話，論及此山，乃方平修煉之處，話間空中忽有報應，遂作〉08、〈滿庭芳・黃縣久旱，請作黃籙醮，得飽雨作二首〉12、13、〈滿庭芳・抄化孤魂經紙〉17等。這些詞可用來作爲介紹他的行化事蹟的資料。在他的著作中（尤其是詩）有關齋醮的作品，明顯較全眞諸子增多。以齋醮爲詞題或小序述及齋醮的，除了此處所舉的兩首〈滿庭芳〉之外，還有：〈滿庭芳・贛榆縣諸王廟黃籙醮罷贈眾〉16、〈木蘭花慢・贛榆縣諸王村三殿廟黃籙醮罷作〉28、〈青玉案・詔赴太清宮普天醮作〉33、〈滿庭芳・丹陽昇霞作黃籙，醮罷憶師，遂作〉19等四首；於詞中述及齋醮的則另有：〈滿路花・寄朝元公〉26、〈軟翻鞋・謝人助綠〉30、〈謝師恩・贈眾道友二首・之一〉36、〈謝師恩・答皇親見召〉41四首。其中〈青玉案・詔赴太

〔註80〕陳銘珪《長春道教源流》卷一云：「考長春《磻溪集》述其師行教事甚夥，無一字及鍾呂。……當日張大其說，實始於樗櫟道人，時長春化去已十餘年矣。」其說不確，已於前（第三章第二節王重陽詞內容分析）詳述，茲不贅複。

清宮普天醮作〉、〈滿庭芳·丹陽昇霞作黃籙，醮罷憶師，遂作〉兩首，
具有史料價值，錄之於下：

　　△　上天容許清貧漢。隨處香風散。萬禍千災真不亂。寧
　　　　心行教，普開心月，了悟迴光看。太清宮下重遊翫。
　　　　萬事俱無絆。仰答皇恩酬本願。逍遙回步，密州安化，
　　　　復隱元居觀。(〈青玉案·詔赴太清宮普天醮作〉，頁 442，33)

　　△　的祖純陽，隨時顯異，密傳師父仙宗。重陽憫化，遺
　　　　教馬扶風。幹運玄機順應，真功就、三界圓融。垂光
　　　　降，亡靈濟度，都在碧霄中。諸公還悟解，頓拋俗海，
　　　　體道皆同。聚玄珠丹寶，返老還童。定是超凡入聖，
　　　　騰雲外、光滿山東。真無妄，乘成九轉，直赴大羅宮。

　　　　(〈滿庭芳·丹陽昇霞作黃籙，醮罷憶師，遂作〉，頁 439，19)

王處一曾分別於金世宗大定二十七年（1187）、二十八年（1188）、金
章宗承安二年（1197）、泰和元年（1201）、三年（1203），五度應金
廷宣召赴都。泰和元年、三年兩度宣詔，皆詣亳州太清宮作普天大醮。
此詞由「太清宮下重遊翫」句推測，應作於泰和三年第五宣之時。另
有：〈滿庭芳·三宣到都住持天長觀，復敕修新道院，乃作〉10、〈青
玉案·初宣作〉31、〈青玉案·第三宣作〉32 三首，也都是應召後所
作，可作為考查此事的補充資料。

　　後一首〈滿庭芳〉起句的「純陽」即是呂洞賓，此詞是述及師承
的作品。王處一在其詞作中，常述及其師王重陽，他有一首〈行香子·
遇師〉，述其得道經過，原詞如下：

　　　　定八年間，得遇重陽。感真慈、訣破心王。清中誘化，靜
　　　　裏斟量。見紫霞生，祥風至，聚雲光。抱一無離，應物圓
　　　　方。喚東牟、得道嬰郎。丹成果滿，披挂霓裳。便見三清，
　　　　朝玉帝，普行香。(〈行香子·遇師〉，頁 447，67)

另外，像：

　　△　先師教，頤真了性，富國更安民。(〈滿庭芳·贈出家眾〉，
　　　　頁 437，09)

　　△　我師玄化，譚馬並加恩。七朵金蓮顯異，清朝喜、優

　　渥惟新。(〈滿庭芳・三宣到都住持天長觀，復敕修新道院，乃
　　作〉，頁 437，10)

△　因緣濟，玉陽自此，同保見重陽。(〈滿庭芳・贈出家〉，
　　頁 439，20)

△　聖訣仙方，玄機玄理，無文口口相傳。幸蒙師誨，說
　　破未生前。默把周天斡運，見參羅、萬象推遷。(〈滿庭
　　芳・贈廣陵鎮散人〉，頁 439，21)

△　普勸門中友。妙藥時人有。先師親說下，與君修。(〈一
　　枝花・藥方〉，頁 441，29)

△　謝師提挈沉淪外。生死難交代。(〈謝師恩〉，頁 442，34)

都是提及其師父王重陽的作品，尊敬與推崇之情，溢於言表。王處一
詞作提及馬鈺的也有數處，除前已述及的〈滿庭芳・丹陽昇霞作黃籙，
醮罷憶師，遂作〉外，還有：〈滿庭芳・讚丹陽公〉11、〈蘇幕遮・丹
陽祠堂〉79、〈蘇幕遮・請丹陽法體往西關〉82 等三首；〈行香子・
贈不語王哥〉75 一首則是致贈郝大通之作，這些都是可藉以了解其
師兄弟間交往情形，全眞諸傳不足之處的作品。

　　另有〈謝師恩・請觀額度牒〉38 一首，可作爲考查金廷藉頒發
度牒，來控制宗教活動，並進一步利用宗教力量的佐證。〔註81〕

三、詞作形式分析

　　本小節主要就：詞調、體式、表現技巧等三方面，分析王處一詞

〔註81〕金世宗即位之初，對北方新興的道教一方面採取承認保護的措施，一
　　　　方面又依遼舊制加強管理控制，以防止其發展氾濫與犯上作亂。
　　　　其中頒發度牒即是控制的手段之一，凡欲出家爲道士、僧人，或欲
　　　　度人出家必須有度牒，才算合法。金章宗承安二年（1197），金廷
　　　　爲解決北疆戰事造成的財政困難，仿北宋神宗朝之制，出售觀額、
　　　　度牒、大師號、紫衣，全眞教乘機買了不少觀額、度牒，修造了一
　　　　批觀庵。詳情可參閱卿希泰主編《中國道教史》第三卷〈第八章第
　　　　三節全眞道在金代的發展〉（成都：四川人民出版社，1993 年 10 月
　　　　第一版）頁 45。朝廷出售寺觀名額、僧道度牒，一方面可增加國庫
　　　　收入，一方面又可藉以嚴格控制僧人道士的出家人數，一方面又可
　　　　用來作爲對某一宗教團體表示禮遇藉以拉攏的工具，眞是一舉數得。

的形式特色。

（一）詞調方面

王處一今傳詞作，凡九十五首，共用十五調。今依唐圭璋《全金元詞》之編次，表列調名及闋數如下：

表六：王處一詞所用詞調一覽表

編號	詞　調　名	數量	編號	詞　調　名	數量
1	沁園春	一首	2	滿庭芳	二一首
3	神光燦（聲聲慢）	一首	4	滿路花	四首
5	木蘭花慢	一首	6	一枝花	一首
7	軟翻鞋（緱山月·清心月）	一首	8	青玉案·謝師恩	一六首
9	江神子（江城子）	三首	10	驀山溪	五首
11	歸朝歡	五首	12	踏雲行（踏莎行）	七首
13	行香子	九首	14	蘇幕遮	一六首
15	望蓬萊（望江南）	四首			

附註：以上共計九十五首詞，十五種詞牌。

從上表可知，王處一所用詞牌共十五調。其中王重陽未曾填過的有〈一枝花〉、〈軟翻鞋〉二調，馬鈺未曾填過的則有〈沁園春〉、〈滿路花〉、〈木蘭花慢〉、〈一枝花〉、〈江神子〉、〈歸朝歡〉六調。從王處一所填各調的作品數量來看，以〈滿庭芳〉最多，有二十首；其次是〈青玉案〉（謝師恩）和〈蘇幕遮〉，各有十六首；再其次是〈行香子〉，有九首。這四種詞牌共六十二首詞，已超過其全部作品的六成五，可以說是他最喜愛的詞牌。

王處一所用詞牌，萬樹《詞律》、御製《詞譜》未收錄者有〈軟翻鞋〉一調。雙調六十二字，上、下片各三十一字七句四平韻。《詞律拾遺》、《詞譜》有〈緱山月〉一調，皆收梁寅（1304～1389）一體，梁詞僅過片起句多二字且不押韻與王處一詞不同，其餘全同；

又馬鈺有〈清心月〉（起念破清齋）一首，格式與王詞僅上下片第四、五兩句合爲八言一句異，其餘全同；王丹桂《草堂集》有〈步雲鞋〉（幸遇教風開）一首，題註：「本名〈軟翻鞋〉」，格式與馬鈺詞全同。周玉魁〈金元詞調考〉云：「余謂此四首調名雖異，實爲同調之作。《詞譜》未見《道藏》中詞，故僅收梁寅〈緱山月〉一首爲譜。」〔註82〕其說可從。王處一所塡〈軟翻鞋〉一首，可用以訂補《詞律拾遺》、《詞譜》之缺漏。

　　王處一詞作可補《詞律》、《詞譜》未收之同調異體者，有〈謝師恩〉一調，可補〈青玉案〉六十四字、六十五字、七十字三體〔註83〕。

　　王處一詞作以道家語爲調名者，有〈神光燦〉（聲聲慢）、〈謝師恩〉（青玉案）、〈踏雲行〉（踏莎行）、〈望蓬萊〉（望江南）四調，除〈謝師恩〉之調名前人未見外，餘皆已見於王重陽詞。

（二）體式方面

　　王處一的詞作在特殊體式方面，有「攢三拆字體」一首，「福唐獨木橋體」四首。先錄其「攢三拆字體」詞，如下：

> 三光。從道，神守清涼。悟正，遙唱滿庭芳。上朝歸去，
> 性、光泛純陽。覷聞者，同我證眞常。我開化，信順，福
> 壽延長。仁丹結，四大圓方。明中叫笑，出、通闡嘉祥。
> 語，道德，隨步任飄颺。（〈滿庭芳·攢三字〉，頁 440，22）

此詞之標點悉依《全金元詞》，因筆者個人對「攢三拆字體」之還原規則尙不明瞭，暫引原詞於此，亟盼能者不吝賜教。

〔註82〕語見周玉魁〈金元詞調考〉，該文載於《詞學》第八輯，頁 139～149。上海：華東師大出版社 1990 年 10 月。

〔註83〕王處一《雲光集》卷四有〈青玉案〉三首、〈謝師恩〉十三首，格式大體相同，可知〈謝師恩〉實爲〈青玉案〉之異名。《詞律》收〈青玉案〉七體，《詞律拾遺》又補一體，《詞譜》收十三體，皆六十六至六十九字，王處一所塡，除「須知塵世光陰短」一首爲六十五字、「就中偏許同音耗」一首爲七十字外，餘皆六十四字。六十四字、六十五字、七十字三體，與諸譜書所錄各詞格式皆不盡相同，皆可採以備體。

　　王處一的「福唐獨木橋體」詞有四首，其中〈沁園春〉（元稟仙胎）01 一首，已於前一小節分析詞作內容時援引，其餘三首為：

　　△　悚息回惶。廣啟心香。謝清頌、檀髓沉香。金鑪篆起，
　　　　法界飄香。獻玉虛尊，諸天帝，普聞香。仰祝吾皇。
　　　　稽首焚香。讚金枝、玉葉馨香。一人布德，萬國傳香。
　　　　顯本來真，元初性，自然香。（〈行香子‧謝公主惠香二首〉，
　　　　頁 448，72）

　　△　一點圓光。妙洞真香。恣逍遙、三界行香。沖和道體，
　　　　浩瀚天香。得大良因，長生果，性靈香。清淨仙香。
　　　　無價名香。遇清朝、遠近欽香。太平逸樂，花卉偏香。
　　　　願大功成，朝元去，滿空香。（同前，頁 448，73）

　　△　守靈芽，搬瑞果。七寶金蓮，應結長生果。無作無為
　　　　成道果。出離凡籠，決證真仙果。老來修，難成果。
　　　　透漏真元，敗壞祇園果。拍手空迴沒因果。譬似無常，
　　　　速鍊全真果。（〈蘇幕遮‧徐公問因果〉，頁 450，81）

王處一所填四首「福唐獨木橋體」都是以同一字押韻到底。其中兩首〈行香子〉上下片首句，按律可押韻也可不押韻〔註84〕，此處「福唐獨木橋體」則以同韻部的另一字押韻，也可視作是「福唐獨木橋體」的一種變格。

（三）表現技巧方面

　　就表現技巧言，王處一的詞作幾乎全用賦筆，直接鋪陳其事，少用其他文學表現技巧。前一節分析詞的內容時，已舉不少例子，讀者隨手摘讀即可體會，此處不再贅舉。

　　就修辭技巧言，王處一較常用的是：比喻、對偶、呼告、類字、疊字等，這都是王重陽、馬鈺、譚處端、劉處玄、丘處機等人，常用

〔註84〕王處一所填〈行香子〉共有九首，其中「欲趨災凶」、「悚息回惶」、
　　　　「一點圓光」、「苦海茫茫」、「真樂閑閑」五首，上下片首句皆押韻；
　　　　「有箇真方」、「無相容光」二首，上片首句押韻，下片首句則不押
　　　　韻；「定八年間」、「獨倚蓬門」二首，上下片首句皆不押韻。

的方法。比較起來，看不出王處一的詞作有何特色，故不擬深論。可以一提的是他的類字技巧用得十分順當自然，略舉數句，以窺一斑：

　　△　成造化，真龍真虎，真汞與真鉛。……長生道，非遙非近，非缺亦非圓。（〈滿庭芳・贈廣陵鎮散人〉，頁 439，21）

　　△　好兒好女心頭氣。生死難相替。（〈謝師恩・警俗迴心〉，頁 443，42）

　　△　玉妃金嬰圍繞簇。玉蕊金蓮清骨目。金光籠罩玉鱗龍，玉泉澆灌金稜竹。玉鋒鳴勝曲。玉樓金殿金間玉。玉金交、玉爐金鼎，焰迸青黃綠。玉飯金漿非世祿。玉兔金烏常往覆。玉山玉海玉乾坤，玉人玉性無淋漉。玉蟾明匝燭。玉樹蟠桃仙果熟。玉京丹、玉陽服了，不被諸仙辱。（〈歸朝歡・繼古韻五首之三〉，頁 446，57）

　　△　天女天男天衣祿。仙語仙言仙稟覆。謝天謝地謝神祇，免教玉性拖泥漉。（〈歸朝歡・繼古韻五首之四〉，頁 446，58）

　　△　每樂真歡，搜真趣，悟真空。（〈行香子・勸人改惡遷善〉，頁 448，71）

以上所舉，像第三首〈〈歸朝歡・繼古韻五首之三〉整首「金」、「玉」二字一再使用，讓人目不暇給，真有金玉輝煌的感覺，但整首讀來，卻又不覺牽強凝滯，可以看出他使用類字技巧的匠心所在。

　　王處一九十五首詞作，共使用四十六種七十一次疊字。運用疊字的情況，並不特出，茲將他使用過的疊字列舉於後（依筆劃排列，數字表使用次數），聊備一格：

　　一一1、了了9、人人3、九九1、口口1、日日1、永永5、各各2、如如1、早早1、沉沉1、步步3、刪刪1、欣欣1、杳杳3、炎炎1、珊珊1、洋洋1、風風1、冥冥2、般般2、盈盈1、涌涌1、時時1、茫茫1、琅琅1、處處2、細細1、速速1、得得1、區區1、閑閑2、朝朝1、滾滾1、團團1、頻頻1、漸漸2、綿綿1、箇箇1、輕輕1、赫赫1、滴滴1、頭頭1、默默1、燦燦1、飄飄2。

綜合言之：王處一的詞在內容上可細分爲闡述全眞教義、勸人行善修道，贈寄答謝、述懷詠物、敍事等五類，但無論那一類，完全不離說教論道的範圍，深刻表現出宗教家的熱忱與風範。在詞的形式方面，其表現方法全採賦筆，直接鋪陳，無明顯的特色可言。

第六節　郝大通

一、生平事略

　　郝大通，字太古，道號廣寧子，初名昇，寧海人（今山東省牟平縣）。生於金熙宗天眷三年（1140），卒於衛紹王崇慶元年（1212），享年七十三。家故饒財，爲州首戶。少孤，事母孝。秉賦穎異，識度夷曠，蕭然有出塵之資。喜讀易經，研精尤甚，因而洞曉陰陽律曆之術。性不樂仕進，慕司馬季主、嚴君平之爲人，以卜筮自晦。大定七年（1167）貨卜於市肆中，適王重陽遊於寧海，見大通言動不凡、仙質可度，思所以感發之，遂背肆而坐，大通曰：「請先生回頭。」重陽應聲曰：「君何爲不回頭耶？」大通悚然異之。重陽出，大通閉肆，從之，及於館所而請教焉；重陽授以二詞，覽之大悟，不覺下拜，自是日往親炙，以有老母未即入道。明年（1168）母捐館，三月乃棄家入崑崳山禮重陽於煙霞洞，求爲弟子。重陽賜名璘，號恬然子；仍解衲衣去其袖而與之，曰：「勿患無袖，汝當自成。」蓋傳法之意也。大定九年（1169）六月，辭重陽，往居鐵查山，與王處一同修。十一年（1171），聞重陽昇仙，馬譚丘劉四子已入關，遂西遊以訪之。十二年（1172）四子遷重陽靈柩，葬於劉蔣村故地，大通欲與四子同廬墓側，譚處端激之曰：「隨人腳跟轉，可乎？」明日遂行，至岐山遇神人，授今名字及道號。十三年（1173）度大慶關而東，翱翔趙、魏間（趙州、魏縣皆在今河北省）。十五年（1175），坐於沃州（今河北趙縣）石橋下，緘口不語，河水泛溢，身不少移，水亦弗及；人饋之食則食，無則已，雖祁寒盛暑，兀然無變，身槁木而心死灰，如是者

六年。二十二年（1182），過灤城，又與神人遇，受大易秘義，自爾
爲人言未來事，不差毫髮。至鎭陽居觀升堂演道，遠近來聽者常數百
人。已而闡化諸方，專以利物度人爲務，由是郝太古之名聞天下。金
章宗明昌初（1190），東還寧海。一日，欲作易圖，遽索紙筆，適粥
熟，弟子不即與，請俟食已，大通曰：「速持來，我方得意，何暇食
粥。」筆入手揮染，疾若風雨，不終朝成三十三圖，其旨意皆天人蘊
奧，昔賢所未發者。咸平高士王賢佐占筮素精，見師推服，盡棄其學
而學焉。其他靈異之跡，如天長預告侯子眞之火、恩州夜入王鎭國之
夢，不可殫記。崇慶元年（1212）臘月晦日，仙蛻於寧海州之先天觀。
前此三年，敕其徒預營塚壙，告以歸期，及是果然。元世祖至元六年
（1269）春正月，詔贈「廣寧通玄太古眞人」之號。生平行實詳徐琰
〈廣寧通玄太古眞人郝宗師道行碑〉。〔註85〕

　　徐琰〈廣寧通玄太古眞人郝宗師道行碑〉云：「（郝大通）平生制
作有三教入易論一卷，示教直言一卷，心經解一卷，救苦經解一卷，
周易參同契簡要釋義、詩賦、雜文、樂府及所作易圖，號《太古集》
凡十五卷，行于世。」金人元好問撰《太古觀記》提及《太古集》云：
「今《太古集》所載言詞，往往深入理窟，其以古道自任，有不可誣
者。」元好問又撰《太古堂銘》云：「余嘗讀《太古集》，見其論超詣，
非今日披裘擁絮，囚首喪面者之所可萬一。」〔註86〕可見，《太古集》
在金元時期就已經流行甚廣。今本《道藏》收有《太古集》四卷，前
有自序及馮壁、劉祁、范圓曦等人所撰序文。自序撰於大定十八年
（1178），序文言：「予嘗研精於《周易》，刪正義以爲參同，畫兩儀、
四象、三才、八卦、六律、九宮、七政、五行、星辰張布、日月度躔、

〔註85〕有關郝大通的記載見：《甘水仙源錄》卷二，頁 18～24，徐琰撰〈廣
　　　　寧通玄太古眞人郝宗師道行碑〉；《金蓮正宗記》卷五，頁 6～9；《金
　　　　蓮正宗仙源像傳》，頁 39～41；《七眞年譜》，頁 3～17；《歷世眞仙
　　　　體道通鑑續編》卷三，頁 6～8；《新元史》卷二四三。
〔註86〕《太古觀記》見元好問《遺山集》卷三十五。《太古堂銘》見《遺山
　　　　集》卷三十八。

有無混成以爲圖象，述懷應問詩詞歌賦共一十五卷，分併三帙，以慕太古之風，目之日《太古集》。」今本《道藏》所收《太古集》四卷，卷一爲〈周易參同契簡要釋義〉，卷二、卷三爲言天地、八卦、氣數、圖像之學，卷四收〈金丹詩〉三十首，全部皆言內丹修鍊之事。張廣保《金元全眞道內丹心性論研究》附錄〈金元全眞著述詳考〉云：「今本《道藏》所收《太古集》三（當爲四）卷，絕非《太古集》原貌。全集僅三（當爲四）卷，且大半爲圖象，其中精義了不可見。由此推測，其遺佚訛奪極爲嚴重。」〔註87〕據徐碑云《太古集》有十五卷，今存四卷，故其遺佚之嚴重，明顯可知。今本《道藏》另有《群仙要語纂集》，收錄除孫不二以外全眞六子述教語錄。

　　全眞七子分途弘教後，郝大通所傳一支爲「全眞華山派」。其嗣法弟子有十餘人，以范圓曦、王志謹最爲著稱。王志謹之弟子徐志根、姬志眞、張志信、論志元、魏志信、賈志福崔志隱、管志道、董道亨、李志希、李志居、儒久志、劉志甫、張志夷、田志敬等，亦皆著名於當世。徐志根所傳弟子孫履道，後爲全眞教第十五任掌教。

二、詞作分析

　　郝大通《太古集》並無詞作。《全金元詞》從《鳴鶴餘音》卷一、《金蓮正宗記》卷五各輯錄一首，現存郝大通詞作僅此二首。先來介紹〈無俗念〉：

　　　　十年學道，遇明師、指破神仙眞訣。一句便知天外事，萬
　　　　載千年疑絕。見色明心，聞聲悟道，此理難言說。玄關幹
　　　　運，心生無限歡悅。放開匝地清風，迷雲散盡，露出青霄

〔註87〕本段主要參考張氏之文，訂補而成。《金元全眞道內丹心性論研究》爲張廣保之博士論文，1993年7月由臺北文津出版社出版。原書附錄〈金元全眞著述詳考〉，文中錯誤不少，考訂亦嫌疏漏，張氏於1995年4月由北京三聯書店重新刊行時，書名改稱《金元全眞道內丹心性學》，並刪去原附錄〈金元全眞著述詳考〉。可能是張氏已察覺該文之疏漏謬誤。不過，該文廣搜金石碑文，匯聚全眞著述於一文，使讀者便於按圖索驥之功亦不可沒。該文仍應有其參考價值。

月。萬里乾坤明似水，一色寒光皎潔。玉戶推開，珠簾高
捲，坐對千巖雪。人牛不見，悟箇不生不滅。（《鳴鶴餘音》
卷一〈無俗念〉，《全金元詞》頁 423）

這是一首自述求道過程與悟道情形的作品。上片前五句述其遇師的經
歷，據徐琰〈廣寧通玄太古眞人郝宗師道行碑〉載：「大定七年（1167），
重陽眞君王祖師自關西寧海遊行於市，見師（郝大通）言動不凡、仙
質可度，思所以感發之者，遂背肆而坐，師曰：『請先生回頭。』眞
君應聲曰：『君何爲不回頭耶？』師悚然異之。眞君出，師閉肆從之，
及於館所而請教焉；眞君授以二詞，師大悟，不覺下拜，自是日往親
炙，以有老母，未即入道。明年母捐館，師乃棄家入崑崙山，禮眞君
於煙霞洞，求爲弟子。」《金蓮正宗記》卷五〈廣寧郝眞人傳〉亦載：
「大定丁亥（1167）秋，貨卜於市，士大夫環列而作。重陽最後至，
背面而坐。先生（郝大通）曰：『何不回頭？』重陽曰：『只恐先生不
肯回頭。』先生頗驚，遽起作禮，邀赴他所，閒話往來，問答如石投
水。先生獻詩云：『同席諸君樂太古，未明黑白希夷路；今朝得遇達
人吟，伏望先生垂玉句。』重陽答曰：『口（疑爲只）愛郝公通上古，
口談心甲神仙路；足間翠霧接來時，日要先生清靜句。』先生覽之，
得意而歸。至來年戊子歲三月中，專往崑崙山煙霞洞，焚香敬謁，甘
洒掃之役。」從這兩段記載，可清楚得知郝大通遇師求道的經過。郝
大通於二十八歲時遇王重陽，由「十年學道」句可知在遇王重陽之前，
自己研易學道已有一段時間。「一句便知天外事」則是指「何不回頭」
的那段遇師經過。「見色」四句，寫得道後明見心性的歡悅。下片鋪
寫悟道後的情形，能拋棄所有塵緣俗累，無染無著，自然能像撥雲見
月般，心性一片皎潔明淨，湛然常寂，光明常照。藉清風朗月寫得道
後的心境，不但十分貼切，也顯得頗爲超塵拔俗。「玉戶推開，珠簾
高捲，坐對千巖雪」三句，清新雅健，瀟灑脫俗。《妙法蓮華經‧譬
喻品》曾以羊車、鹿車、牛車比喻聲聞、緣覺、菩薩三乘人，以白牛
車比喻一佛乘，並云：「唯一佛乘，無有餘乘，若二若三，乃至無數

方便，種種因緣譬喻言詞，是法皆爲一佛乘故。」所以修道即是修自性，能明心見性，依法修行，自能成就佛果，至於種種譬喻言詞，則皆當擺落一邊，正如因指見月，既見月，則不可執著於指。結尾「人牛」二句即是藉用此一典故，說明必須了悟不生不滅、人人本有的自性本體，方能證眞成仙，成就佛果。於此可見郝大通雖是以道家爲本，但是受佛教影響亦深，「三教合一」是他的基本思想型態。

接下來介紹他的另一首作品〈悟南柯‧示眾〉，原詞如下：

　　地肺重陽子，崑崙太古仙。二人結約未生前。托居凡世，
　　飛下大羅天。共闡玄元教，行藏度有緣。奈何不悟似流泉。
　　別後相逢，再約一千年。（《金蓮正宗記》卷五〈悟南柯‧示眾〉，
　　《全金元詞》頁423）

這是一首勸人把握時機求道的作品。輯錄自《金蓮正宗記》。《金蓮正宗記》載郝大通在沃州（今河北趙縣）石橋下，緘口不語，默坐靜修六年後，「乃忻然而起，杖屨北遊，盤桓於眞定（今河北正定縣）間，往來請益者不知其數。大興宮觀，昇堂誘化，玄風爲之熾盛，以〈南柯子〉示眾云……」此詞即是所示之詞。上片告訴信眾，自己與王重陽是神仙下凡，托居凡世。王重陽曾說自己「元正是地肺明師」（《重陽全眞集》卷十一〈夏雲峰〉，《全金元詞》頁 218），馬鈺亦屢稱王重陽爲「地肺重陽師父」（例如：《漸悟集》卷上〈西江月〉，《全金元詞》頁318；《漸悟集》卷下〈無夢令‧感師〉，《全金元詞》頁329），故此處亦以「地肺重陽子」來稱呼王重陽。過片前兩句，承上片說明師徒二人托居凡世的目的，在於度化有緣之人。接著以流泉作喻，感嘆世人之不能開悟者如泉湧般，汩汩不絕；最後告訴聽眾，機會難逢，必須及時把握，若錯失此求道機會，就必須再等千年了。整首詞以賦筆，直接鋪陳其事，勸人及時求道，意思清楚明白，淺近易解。

郝大通的兩首詞，全用道家語爲調名。〈無俗念〉原調名爲〈念奴嬌〉（註88），王重陽、馬鈺所塡俱名〈酹江月〉。丘處機有十三首

〔註88〕〈念奴嬌〉一調之異名頗多，據潘慎《詞律辭典》所收異名即有：白

〈無俗念〉，〈無俗念〉一名，可能即是丘處機所創改。〈悟南柯〉原調名爲〈南歌子〉。《金蓮正宗記》載此詞名爲〈悟南柯〉，《全金元詞》輯錄時改用〈南柯子〉，〈南柯子〉亦〈南歌子〉之異名〔註89〕。〈悟南柯〉一名始於王重陽詞，取意於李公佐的《南柯太守傳》，謂當醒悟人世的榮華富貴，皆如夢幻。馬鈺、丘處機所塡，亦俱名〈悟南柯〉。

　　卿希泰主編《中國道教史・第三卷》云：「在王重陽七大高徒中，郝大通《太古集》的內丹思想最爲豐富，獨具特色。郝本精於《易》學，長於卜筮，善於用易學闡釋內煉原理。」可惜他的存詞只有兩首，且都不及修鍊事，無法藉由詞作來了解他的這一特色。黃兆漢先生說：「據徐琰〈郝宗師道行碑〉，《太古集》有十五卷之多，今存本只有四卷，散佚的自然不少，可能其中有詞也說不定。」〔註90〕果眞如此，也只能輯得佚詞之後，再深入探討了。

第七節　孫不二

一、生平事略

　　孫不二，號清靜散人，初名不詳，寧海人（今山東省牟平縣），孫忠翊之幼女。生於金太祖天輔三年（1119），卒於世宗大定二十二年（1182），年六十四。性甚聰慧，在閨房中，禮法嚴謹。素善翰墨，尤工吟詠。既笄，適馬鈺丹陽。生三子，皆教之以義。大定七年（1167）

雪詞、百歲令、百字歌、百字令、百字謠、長歌、赤壁詞、大江詞、大江東、大江東去、大江西上曲、古梅曲、壺中天、壺中天慢、淮甸春、醉江月、醉月、千秋歲、慶長春、雙翠羽、壽南枝、太平歌、無俗念、湘月、杏花天、大江乘等二十六種。詳參該書頁783。
〔註89〕據潘愼《詞律辭典》，〈南歌子〉一調之異名有：碧窗夢、春宵曲、斷腸聲、鳳蝶令、南柯子、十愛詞、水晶簾、悟南柯、望秦川、宴齊雲、醉厭厭等十一種。詳參該書頁767。
〔註90〕語見黃兆漢〈全眞七子詞述評〉，刊於香港中文大學《中國文化研究所學報》第十九期，1988，頁135～162。後又收錄於黃著《道教與文學》頁43～85，台灣：學生書局出版。

冬，王重陽自終南來，馬鈺待之甚厚，不二未之純信，乃鎖重陽於庵中百餘日，不與飲食，開關視之，顏采勝常，方始信奉。馬鈺既從重陽入道，不二尚且愛心未盡，猶豫不決。更待一年，始拋三子，竹冠布袍，詣本州金蓮堂禮重陽而求度，重陽乃賜之今法名及道號，授以天符雲篆秘訣。重陽仙蛻（1170），馬譚劉丘四子負重陽仙骨，歸葬終南劉蔣村。不二聞訊，迤邐西邁，穿雲度月，臥雪眠霜，毀容敗色而不以爲苦。逮大定十二年（1172）春，抵京兆趙蓬萊宅中，與馬鈺相見，參同妙旨，轉涉理窟。馬鈺乃贈之以〈鍊丹砂〉詞曰：「奉報富春姑。休要隨余。而今非婦亦非夫。各自修完眞面目，脫免三塗。鍊氣莫教粗。上下寬舒。綿綿似有卻如無。箇裡靈童調引動，得赴仙都。」不二謝而受之，相別東西，各處一方，鍊心環堵。七年之後，三田返復，百竅周流，遂起而東行，遊歷洛陽，勸化接引，度人甚多。大定二十二年（1182）十二月二十九日，忽沐浴更衣，問弟子天氣早晚，對曰：「卓午矣。」遂援筆書〈卜算子〉，趺坐而化。元世祖至元六年（1219）賜封爲「清淨淵貞順德眞人」。武宗至大三年（1310）加封「清淨淵貞玄虛順化元君」。生平行實詳樗櫟道人秦志安《金蓮正宗記》。〔註91〕

　　孫不二的著作，今本《道藏》未見收錄，《道藏輯要》胃集七則收有《孫不二元君法語》一卷、《孫不二元君傳述丹道秘書》三卷等兩種。《孫不二元君法語》收〈坤道功夫次第〉五言律詩十四首及〈女功內丹〉七言絕句詩七首，辭句雅馴，意義渾涵，是丹訣詩中的上乘之作。〔註92〕《孫不二元君傳述丹道秘書》三卷內容全爲女丹修鍊的論述和訣頌。過去的內丹修鍊論著都是爲男性而設，未嘗考慮男女生理有別。孫不二的著作，是最早專述婦女內丹修鍊方法的論

〔註91〕有關孫不二的記載見：《金蓮正宗記》卷五，頁 9～11；《金蓮正宗仙源像傳》，頁 41～43；《七眞年譜》，頁 2～12；《歷世眞仙體道通鑑後集》卷六，頁 15～19；《新元史》卷二四三。

〔註92〕語見鄺國強《全眞北宗思想史》頁 140。廣東：中山大學出版社，1993年 6 月第一版。

著，爲研究女丹修鍊的重要參考資料，近人陳攖寧曾注〈孫不二女功內丹次第詩〉，收錄於《道教與養生》一書中。〔註93〕

　　孫不二爲「全眞清靜派」的創立者。據《金蓮正宗記》載，其門弟子甚多，然皆不見著錄。現藏於北京白雲觀的《諸眞宗派總簿》手抄本，載有清靜散人孫不二傳「清靜派」，該書是用來考核來往遊方道士用的，道士若說不清本派源流，不能背誦本派系譜，則可能被認爲是冒充道士。是書所列道派截止於清宣統年間（1909～1911），共有八十六個道派〔註94〕，可見「清靜派」至清末仍傳承不絕。

二、詞作分析

　　《全金元詞》從《鳴鶴餘音》卷五及卷六輯錄孫不二的詞作，各得一首，現存孫不二詞作僅此二首。先來介紹〈卜算子〉：

　　　　握固披衣候。水火頻交媾。萬道霞光海底生，一撞三關透。

　　　　仙樂頻頻奏。常飲醍醐酒。妙藥都來頃刻間，九轉金丹就。

　　　　（《鳴鶴餘音》卷五〈卜算子・辭世〉，《全金元詞》頁398）

這首詞是孫不二昇仙前的遺作。《金蓮正宗仙源像傳》載：「（大定）二十二年壬寅十二月二十九日，忽沐浴更衣冠，問弟子天氣早晚，對曰：『卓午矣。』遂援筆書〈卜算子〉云『握固……（詞略）』，書畢，謂弟子云：『吾今歸矣！各善護持。』乃趺坐而化。」《金蓮正宗記》亦載此事及此詞。此詞採賦筆，陳述修鍊內丹已有成就，寓意當即昇仙。黃兆漢〈全眞七子詞述評〉云：「這詞所說純爲修鍊之事、丹家之言，沒有甚麼文學趣味。」確實是如此。

　　孫不二的另一首作品是〈繡薄眉〉，原詞如下：

　　　　勸人悟。修行脫免三塗苦。明放著跳出門户，譚馬丘劉，孫王郝太古。法海慈航，寰中普度。（《鳴鶴餘音》卷六〈繡薄眉〉，《全金元詞》頁399）

〔註93〕陳攖寧著《道教與養生》，北京：華文出版社，1989年7月第一版。

〔註94〕《諸眞宗派總簿》一書，筆者未能親見，本段敍述依據王卡主編《道教三百題》，頁172～175，汪桂平所撰對《諸眞宗派總簿》之介紹。

這首詞雖然無文學趣味，但詞中提及譚處端、馬鈺、丘處機、劉處玄、孫不二、王處一、郝大通，這七人都是王重陽生前苦心度化或刻意栽培的高徒，也即是被後世全眞弟子尊爲「全眞七子」〔註95〕的七人。自王重陽喜將自己姓名或他人名號塡入詩詞，全眞門人多承襲了這一習慣，此詞也是如此，可以看見受王重陽影響的蛛絲馬跡。

〈繡薄眉〉一調，《詞律》及《詞譜》皆未收。孫不二此詞可補《詞律》、《詞譜》之缺漏。潘愼《詞律辭典》據孫不二此首，立〈繡薄眉〉一調，說明云：「無別詞可校。」實則《全金元詞》頁1297～1298 即錄有元無名氏〈繡薄眉〉十二首，潘氏顯然失查。無名氏所塡十二首〈繡薄眉〉押韻句式，與孫不二所塡完全相同，句中平仄可據以參訂。潘氏訂此調之譜式，起句不押韻，實爲大誤，當改。

又：《全金元詞》頁1299～1300 有無名氏〈遍地錦〉八首，原詞如下：

△　吾本當初水竹村。甘河鎭上便狂風。七朵金蓮朵朵新。
　　丘劉譚馬郝王孫。

△　吾本當初馬半州。因與先師說根由。獨坐圜牆向內修。
　　功成行滿赴瀛洲。

△　四大假合本姓譚。前緣相遇棄俗緣。天下雲遊不住庵。
　　功成行滿赴仙壇。

△　萊州武觀是吾鄉。因遇先生號長生。穿街柳巷也無妨。
　　不染塵埃性月朗。

△　三宣賜紫住天長。便是雲光鐵腳王。因遇先生赴洛陽。
　　功成行滿到仙鄉。

〔註95〕徐琰〈廣寧通玄太古眞人郝宗師道行碑〉云：「重陽唱之，馬譚劉丘王郝六子和之，天下之道流祖之，是謂七眞。」王粹〈七眞讚〉所讚爲王重陽與馬譚劉丘王郝，李道謙編《甘水仙源錄》亦無孫不二碑傳，由此可知，元初之時全眞門人的心目中，所謂的「全眞七子」是指王重陽及馬譚劉丘王郝。後來，秦志安作《金蓮正宗記》（成書於1241）倡五祖七眞之說，將王重陽從七眞中抽出，上升爲祖師，補孫不二爲七眞之一，「全眞七子」才成爲馬譚劉丘王郝孫七人。

△　十九拋家棄俗緣。磻溪下志便安然。悟得長春不夜天。
　　大教門開萬古傳。

△　太古今日說因由。趙州橋下度春秋。唱住橋邊水不流。
　　一葉落時天下秋。

△　吾本當初本姓孫。馬家門下結婚姻。因爲先師點破心。
　　各自分頭覓主人。

潘愼《詞律辭典》將此八首歸爲孫不二作品，並據以立調，說明云：
「作者原作『無名氏』，據第八首：『吾本當初本姓孫，馬家門下結
婚姻』則作者或爲孫不二，孫爲馬鈺妻，又與詞中所擧七人同時代，
故改。」銘按：潘氏所改，頗爲唐突。詞調名〈遍地錦〉，實爲詠全
眞教宗師之作。王重陽及馬譚劉丘王郝孫全眞七子等八人，皆被後
世全眞教徒尊爲祖師及宗師，此詞當爲後世門人之作，其內容分詠
八人，豈可據第八首詠孫不二事即斷言爲孫作！且孫不二逝世於大
定二十二年（1172），王處一「三宣賜紫住天長」事在金章宗承安二
年（1197），丘處機「大教門開萬古傳」事在元太祖十七年（1222）
於雪山覲見成吉思汗之後，全眞各碑傳述王丘之事甚詳，此皆孫不
二不可預知之事，則這八首作品不能爲孫不二所作，其理甚明。

第五章　全眞門人詞析論

　　據唐圭璋《全金元詞》所輯錄之金源道士詞，作者可確定爲全眞道士者，除王重陽及全眞七子之外，另有王丹桂、長筌子二人。〔註1〕元代道士詞，作者可確定爲全眞道士者，有：尹志平、高道寬、宋德方、王志謹、姬翼、李道純、苗善時、馮尊師、三于眞人、劉鐵冠、牛眞人（道淳）、楊眞人（明眞）、范眞人（圓曦）、紙舟先生、雲陽子、牧常晁、王玠等十七人。〔註2〕本章將分節評述：王丹桂、長筌

〔註1〕唐圭璋《全金元詞》所錄金代道士詞人，共有王重陽、馬鈺、譚處端、劉處玄、丘處機、王處一、郝大通、孫不二、王丹桂、侯善淵、王吉昌、劉志淵、長筌子等十三人。除王重陽及全眞七子（馬譚劉丘王郝孫）之外，王丹桂爲馬鈺弟子，可確認爲全眞道士。長筌子《洞淵集》卷四〈唐州長春觀金蓮會〉有：「惟我重陽祖師普化眞人，大開方便之門，廣演玄元之理，接引凡流……」語，同卷又有〈全眞賦〉一篇，可知長筌子亦爲全眞道士。至於侯善淵、王吉昌、劉志淵三人是否爲全眞道士，則待斟酌，暫不納入研究範圍。詳參本論文第一章第二小節研究範圍。

〔註2〕唐圭璋《全金元詞》所輯錄元代道士詞，作者有二十五人（滕賓及張雨的作品，《全金元詞》未將之歸入道士詞，故不計入）。其中：朱思本、吳眞人（全節）爲玄教道士；王惟一爲神霄教道士；皇甫眞人可能即是南宋西蜀峨嵋山道士皇甫坦（？）；林轅有《谷神篇》，其〈自敘〉云：「余閩鄉林氏子也……余傳之有師也，派出韓逍遙……」可知非全眞道士；《全金元詞》於李眞人詞後按云：「宋元間道士姓李者頗多，以上詞未著名字，不知李眞人確爲誰，姑作道謙。」筆者細讀所錄二十首作品，未發現有足以證明爲李道謙或全眞道士所

子、尹志平、姬翼、李道純等人詞作，其餘諸人則都集爲一節略作分析。

第一節　王丹桂

　　王丹桂，字昌齡，道號白雲子，利州（今陝西省南鄭縣）人。生卒年不詳。初禮馬鈺爲師，隱居崑崙山神清洞，馬鈺爲訓今名字號。馬鈺昇霞後，從丘處機遊。有自祖居利州來者，言族中親眷，聞先生入道多歲矣，未知是王家那一宗派。丹桂因作〈好離鄉〉詞寄之云：「聊與話行藏，生死輪回豈盡量；無奈頑心迷愛欲，滋彰，千古悠悠不到鄉。幸遇祖重陽，開闡全眞出世方。寄語吾族當省悟，消詳，這箇從來不姓王」。著有《草堂集》，見於今本《道藏》與《道藏輯要》。

一、詞作內容分析

　　今本《道藏》收王丹桂《草堂集》一卷，全數爲詞。《全金元詞》據此輯錄王丹桂詞作共得一百四十六首。

　　王丹桂爲馬鈺之弟子，生平行實雖不見載於全眞各碑傳中，然據《草堂集》內容可知，也是一位奉道虔誠的全眞道士。其現存一百四十六首詞，無一不涉及道家語，爲方便介紹，約略分爲：說理勸世、贈寄酬和、敘事記實、抒情言志、詠物寫景五類。

　　王丹桂的詞作中專爲說理而作的有十首，分別是：〈滿庭芳・詠三教〉07、〈玉鑪三澗雪・妙用〉21、〈玉鑪三澗雪・雙泯〉22、〈金鼎一溪雲・骷髏喻〉26、〈金鼎一溪雲・傀儡喻〉27、〈上丹霄・入道〉80、〈朝中措・拋俗〉81、〈月中仙・返照〉93、〈心月照雲溪・牧牛喻〉105、〈洞仙歌・示門人〉142　。這類詞作的內容都是在三教合一的前提下，以清靜無爲、內外雙修、功行兩全等全眞教義爲基本思想，闡述修行的種種樂趣，或是敘述內丹修鍊心得，以示人修鍊的門徑。

作的線索，故暫時存疑待考；潛眞子、陳益之二人，資料不足，無法確定是否爲全眞道士，亦暫且存疑待考；其餘十七人則皆爲全眞道士。

茲舉兩首，以見一斑：

　　△　歷劫昏蒙，爲恩情愛戀，一向迷執。爭頭競角，覷巨
　　　　浪洪波，豈顧沈溺。幸今生覺悟，便拂袖、開懷暢意。
　　　　返照從前事，行蹤過跡，翻作大儱侗。飄然做箇閑人，
　　　　向青松影下，白雲堆裏。怡怡自樂，但詠歌談笑，隨
　　　　緣銷日。晚來增雅趣，對天鑑、澄澄湛碧。次第銀蟾
　　　　上，昭彰奮離三島跡。(《草堂集》〈月中仙‧返照〉，《全金
　　　　元詞》頁 494，〈王丹桂詞〉第 93 首，下引簡列詞牌、頁碼、
　　　　順序，以便查考。)

　　△　修行日用，試與重提領。本爲拋家顧性命。下虔心、
　　　　苦志挫銳摧強，忘寵辱，自得神安氣定。番番境上，
　　　　猿馬休教弄。稍覺偏頗便改正。向閑中鍊就，一粒金
　　　　丹，成片段、萬道霞光輝映。有青龍、白虎共扶持，
　　　　遍三界十方，盡來稱慶。(〈洞仙歌‧示門人〉，頁 502，142)

另有一首詠三教的作品，頗具參考價值，亦錄之如下：

　　釋演空寂，道談清靜，儒宗百行周全。三枝既立，遞互闢
　　良緣。尼父名揚至聖，如來證、大覺金仙。吾門祖，老君
　　睿號，今古自相傳。玄玄。同一體，誰高誰下，誰後誰先。
　　共扶持邦國，普化人天。渾似滄溟大海，分異派、流泛諸
　　川。然如是，周遊去處。終久盡歸源。(〈滿庭芳‧詠三教〉，
　　頁 481，07)

這首詞上片前三句先扼要點出三教的特色，接著說明三教互闢良緣、
今古相傳。下片則指出三教同體，同源分派，共扶持邦國，普化人天，
並無先後高下的分別。清楚而具體地說出了全眞教對儒道釋三教所秉
持的態度和看法，在全眞道士中，論及三教的作品中，是頗具代表性
的。王丹桂詞作中直接述及三教的，還有數處，一併錄出：

　　△　應物隨機順化，垂方便三教通同。(〈滿庭芳〉，頁 479，01)

　　△　身崇三教。敬釋尊儒行大道。(〈金蓮出玉華‧贈胡先生〉，
　　　　頁 485，33)

　　△　身崇三教，心敬三光，頭戴三花。(〈訴衷情‧繼古韻〉，

頁 492，84）

王丹桂的詞作中勸世的作品有十三首，分別是：〈滿庭芳‧示眾〉09、〈玉鑪三澗雪‧嘆出家兒生煙發火〉20、〈金蓮出玉華‧勉道友三首〉29、30、31、〈無俗念‧嘆世〉48、〈臨江仙‧誡釋道相辯〉49、〈黃鶴洞中仙‧示眾〉54、〈好離鄉‧警世〉67、〈鳳棲梧‧勸遊春子〉75、〈鳳棲梧‧清明前三日因微雨過示眾〉77、〈行香子‧示眾〉88、〈木蘭花慢〉（嘆滔滔苦海）〉140 。這類詞作的內容都是在勸人入道修行，或勉勵道友堅持修道信念。勸誡勉勵的方法與王重陽、全眞七子等宗師們所用方法並無二致，不外乎告訴世人善有善報、惡有惡報；富貴榮華，如夢幻泡影，不可久留；酒氣財色是爲四害，應當禁絕；出家人不可生煙發火；人生迅疾短暫，當及時求道；只要認正修行路，必能成就仙果⋯⋯等。茲舉三首，以見一斑：

△ 蟾烏景急，暗催人、兩鬢銀絲如織。終日區區猶不省，蓋爲家緣煎逼。蝸角虛名，蠅頭微利，得也成何濟。閒身康健，好尋雲路活計。拂袖落魄婪耽，水邊石上，笑傲閒吟綴。一粒神丹光燦燦，免使塵清連累。坦蕩逍遙，優游自在，占得眞消息。功成歸去，永居蓬島仙位。（〈無俗念‧嘆世〉，頁 487，48）

△ 人本是神仙。只爲當初縱馬猿。換骨更形無定止，連綿。致使塵情種種牽。若解固根原。玉鼎金鑪聚汞鉛。鍛鍊三千功行滿，還元。復返蓬瀛絕變遷。（〈好離鄉‧警世〉，頁 489，67）

△ 嘆滔滔苦海，任群迷，恣漂游。被有限形軀，無涯愛慾，一向拘囚。空生萬千計較，況百年、短景不常留。貪爲名深利切，豈期水遠山悠。如流。歲月相催，宜省悟，覓抽頭。向太一峰前，雙林樹下，早把心收。從來既知是錯，待番番、放下便休休。撒手縱橫無礙，狀同不繫之舟。（〈木蘭花慢〉，頁 501，140）

王丹桂的詞作中贈寄酬和的作品特別多，共有七十八首，超過他全部作品的半數。題爲贈詞的有：〈滿庭芳‧眾道友修齋畢，以詞贈之〉

01、〈滿庭芳・贈魏德純〉02、〈滿庭芳・贈劉四郎〉03、〈滿庭芳・
贈周信等三首〉04、05、06、〈玉鑪三澗雪・贈顯異觀王后堂〉15、〈玉
鑪三澗雪・贈安抱眞等三首〉16、17、18、〈玉鑪三澗雪・贈平州菩
薩堂劉僧〉19、〈金鼎一溪雲・贈孫志道王居易二首〉24、25、〈金蓮
出玉華・贈羅家莊道友〉32、〈金蓮出玉華・贈胡先生〉33、〈踏雲行・
贈安山李秀才〉38、〈踏雲行・贈羅家莊梁秀才叔姪處化地建庵〉39、
〈踏雲行・贈羅家莊崇道庵長春邑眾〉40、〈踏雲行・贈楊德遠〉41、
〈望蓬萊・贈家兄忠武訪及〉43、〈臨江仙・贈石遇仙等〉50、〈青蓮
池上客・贈烏林荅德潤〉53、〈黃鶴洞中仙・贈程三〉55、〈妊鶯嬌・
贈油麵王廣道〉57、〈喜遷鶯・贈康德機〉58、〈好離鄉・贈崔妙信〉
70、〈訴衷情・贈魏老〉85、〈滿路花・贈小崔評〉90、〈滿路花・贈
兩山道友烏林荅同監等〉92、〈齊天樂・贈蔡德厚〉96、〈醉桃源・贈
趙姑〉98、〈醉桃源・贈趙戒師〉99、〈醉桃源・贈吾古論戒師善淵〉
100、〈醉桃源・贈庫使縣君完顏氏〉101、〈心月照雲溪・贈魏德柔家
中魔障，權令牧羊〉104、〈心月照雲溪・贈趙德備〉106、〈悟黃粱・
贈劉九郎二首〉107、108、〈鍊丹砂・孫義來說，因以詞贈之〉112、
〈鍊丹砂・贈女姑郭守淵郭善知〉113、〈鍊丹砂・贈女姑張善行〉114、
〈鍊丹砂・贈徒單姑姑〉115、〈悟南柯・贈樂亭劉司候〉117、〈春從
天上來・贈首陽山李志朴〉122、〈長思仙・贈平山劉志常、神山劉志
本〉130、〈長思仙・贈平州劉志眞〉132、〈長思仙・贈平州宋志洪〉
133、〈步雲鞋・贈玄眞觀單姑等獻履鞋〉134、〈昭君怨・贈女姑蕭敬
善等〉146 等四十九首；題爲寄詞的有：〈望蓬萊・寄桃林口王都監〉
44、〈望蓬萊・寄張四秀才〉45、〈鳳棲梧・寄同道〉74、〈武陵春・
寄七河鎭陳都統〉110、〈武陵春・寄樂亭劉嗣昌〉111 等五首；題爲
壽詞的有：〈金蓮出玉華・壽明威縣君完顏明慧〉34、〈滿路花・歲日
贈馮六等〉91、〈瑤臺第一層・崔大師生辰〉119、〈瑤臺第一層・吳
大卿壽日〉121、〈水調歌頭・趙相公壽日〉129、〈浣溪沙・劉姑姑生
朝〉135、〈醉桃源・趙恭善生朝〉136 等七首；題爲和詞的有：〈玉

鑪三澗雪・和秦先生〉13、〈上丹霄・用張子雲韻二首〉78、79、〈朝中措・和孫圓明先生韻〉82、〈悟南柯・和常顯之〉116、〈桃源憶故人・因趙元帥舍人出示用其韻四首〉124、125、126、127、〈水調歌頭・趙舍人又寫日本國人詞，索和其韻〉128 等十首；題爲索詞的有：〈滿庭芳・平州節使完顏驃騎命作醮，索詞二首〉10、11、〈踏雲行・楊德遠求詞〉42、〈洞仙歌・達虎部落游仙觀醮畢，眾人索〉145 等四首；題爲謝詞的有：〈玉鑪三澗雪・謝道友訪及〉23、〈滿路花・謝昌黎道友訪及〉89 等二首；題爲答詞的有：〈滿庭芳・答門人，緣甚出家，如何修鍊〉08 一首；又〈醉桃源・釣烏林答二郎君〉97 也屬這一類詞。這類詞是王丹桂在平日交遊中，酬唱贈答的作品。

　　茲舉三首，以見一斑：

　　△　冷淡家風，清閑門户，有誰著意搜求。元初靈識，剛
　　　　被火宅囚。貪戀時間恩愛，終不道、前有程頭。常省
　　　　悟，好學我輩，一割萬緣休。優游。何可似，鷹離籠
　　　　罩，魚脱綸竿，信飄飄，渾如解纜孤舟。隨分飢飡渴
　　　　飲，飽來後、鼓腹歌謳。無縈絆，功成歸去，高步紡
　　　　瀛洲。（〈滿庭芳・贈劉四郎〉，頁 480，03）

　　△　既悟出家學道，須憑一志堅堅。假饒心上起諸緣。全
　　　　在殷勤鍛鍊。處眞莫生異見，利他損己爲先。内功外
　　　　行兩雙全。得赴瑤池瓊筵。（〈玉鑪三澗雪〉，頁 483，18）

　　△　人似當風燭。誰肯心回顧。目下恩情緊絆牽，豈覺於
　　　　身苦。幸有修仙路。散散閑閑做。到處逍遙任自由，
　　　　功滿蓬瀛住。（〈黃鶴洞中仙・贈程三〉，頁 488，55）

從這些詞的內容上看，也全是說教論理、勸人修道的話頭，與前面兩類詞的內容並無不同，只是寫作時有特定的對象而已。這類詞可作爲察考王丹桂生平交遊情形的參考資料。

　　王丹桂的詞作中敘事記實的作品有七首。其中〈憶王孫・因王孫二舊友同日不期而會〉66、〈好離鄉〉（坐久欲曨晴）68、〈悟南柯・溟州值雨阻道友留戀〉118、〈訴衷情・九日登黃崖〉137 四首記其平

日生活瑣事，茲舉〈好離鄉〉一首如下：

> 坐久欲曨晴。不覺天公祥瑞呈。夜暖忽聞巖溜滴，聲聲。
> 喚覺游仙夢不成。靸履起開扃。四望遙峰盡變更。唯有
> 長松天性異，堅貞。獨倚幽巖顯道清。（〈好離鄉〉，頁490，
> 68）

此詞記其隱居清神洞的情形，前有小敘云：「余隱居崑嵛山清神洞，
常習不睡。因久坐，不覺雪降。其夜稍暖，巖溜半溶，似乎有聲。俄
然而起，出戶視之，四圍山色，盡為更變。因倚松而作是詞。」全詞
平鋪直敘，雖缺少文學趣味，但也寫得頗為清順。由此詞可知王丹桂
隱居的地方為「崑嵛山清神洞」，可補傳記之缺。〈齊天樂·得遇〉95
一首，寫其入道修行的經過，可惜皆是泛泛之言，茲不贅錄。另外二
首則具有文獻價值，分別迻錄於下：

> △　聊與話行藏。生死輪回豈盡量。無奈頑心迷愛欲，滋
> 　　彰。千古悠悠不到鄉。幸遇祖重陽。開闡全真出世方。
> 　　寄語吾族當省悟，消詳。這箇從來不姓王。（〈好離鄉〉，頁
> 　　490，69）
> △　幼悟離塵。鍊汞烹銀。把壺中、造化區分。虎龍調處，
> 　　滋助陽初。現互來容，元來面，本來身。雲水為鄰。
> 　　風月常親。妙玄通、方稱全真。憶師慈訓，稍異常人。
> 　　便字昌齡，名丹桂，號白雲。（〈行香子·憶師父訓號白雲
> 　　子，名丹桂，字昌齡〉，頁492，87）

第一首〈好離鄉〉調名下有小敘云：「余祖居利州，有李仙者，自彼
而來。言族中親眷，聞先生入道多歲矣，未知是王家那一家派，請示
一書，因成此詞以寄之。」由此可知，王丹桂祖籍為利州（今陝西省
南鄭縣）。第二首〈行香子〉，由詞題可確認，王丹桂為馬鈺之弟子，
其名字號皆為馬鈺所賜。

　　王丹桂的詞作中，題為「自詠」或「自遣」的有：〈望海潮·自
詠〉12、〈踏雲行·自遣三首〉35、36、37、〈憶王孫·自詠七首〉59、
60、61、62、63、64、65、〈行香子·自詠〉86等十二首。

全是詠入道修行後的優閒情境，茲舉一首，以括其餘：

> 昔年貪愛，平生做作，而今一旦紛飛。知命樂天，風前月
> 下，依山臨水幽棲。杜口且如癡也，不管傍人，說是談非。
> 盡日無餘事，惟保守這些兒。幽微。暗洽玄機。覺澄澄湛
> 湛，並沒歸依。興即唱吟，欣來歌舞，隨緣悅我希夷，不
> 整外容儀。放落魄婪耽，自在無爲。但樂貧閒過，任烏兔
> 走東西。（〈望海潮・自詠〉，頁 482，12）

題爲述懷的有：〈小重山・述懷〉28、〈妖鶯嬌・山居述懷〉56、〈心
月照雲溪・山居述懷二首〉102、103、〈秋霽・繼古韻述懷〉109 等
五首。所述皆是道士情懷，不離道家言語。

王丹桂詞作中，較具文學趣味的是詠物寫景這一類，但也都不離
道家語。詠物詞有三首，分別是：〈無俗念・詠竹，謹繼長春眞人韻〉
46、〈秦樓月・詠松〉71、〈秦樓月・詠竹〉72。茲錄〈無俗念〉一首
如下：

> 一竿修竹，有天然標本，森然唯獨。檻外窗前橫翠影，幽
> 雅眞非尋俗。內蘊虛心，外彰高節，超越凡材木。靜吟風
> 月，韻同敲擊冰玉。可愛素質英姿，引鶴棲鳳，四序清人
> 目。茂葉重重光潤膩，裊裊柔枝凝綠。根曲蛟蚪，氣含蔬
> 筍，全味勝粱肉。此君嘉秀，並余遐算遐福。（〈無俗念・詠
> 竹〉，頁 486，46）

此首爲繼丘處機韻之作，與前述王丹桂的其他類作品比較，雖已顯得
較爲清麗雅致，但藝術水準去丘處機仍甚遠。王丹桂繼丘處機韻之
作，除此首外，另有〈木蘭花慢〉（憶當時穎脫）139、（嘆滔滔苦海）
140 二首。王丹桂禮馬鈺爲師，馬鈺昇霞後，繼從丘處機遊，故陳銘
珪《長春道教源流》列王丹桂爲丘處機弟子，不無道理。王丹桂繼長
春眞人韻之作，可作爲此事的佐證。又：〈木蘭花慢〉（憶當時穎脫）
一首，王丹桂詞雖已註明「用長春眞人韻」，然遍查丘處機《磻溪集》，
無一闋與此詞押韻相同，不知是王詞題註有誤或丘詞有遺佚，暫錄王
詞於後，以待考校：

憶當時穎脫，道情濃，世緣疏。愛古洞深溪，蒼松翠柏，
萬景齊敷。簞瓢粗爲遣日，樂貧閑、況味勝蓴蘆。千古昏
昏醉夢，廓然一旦樵蘇。瑤圖。寶錄幽微，精勤佩，未嘗
辜。慶靈驗昭昭，心花燦燦，並沒凋殂。威雄猛持慧劍，
屏三尸、六賊泯狂徒。永保胎仙出入，往來紫府清都。(〈木
蘭花慢‧用長春真人韻〉，頁501，139)

寫景之詞有九首，分別是：〈無俗念‧九日〉47、〈臨江仙‧晚景〉51、
〈訴衷情‧九日〉83、〈月中仙‧望海〉94、〈瑤臺第一層‧元宵〉120、
〈春從天上來‧冬至日〉123、〈木蘭花慢‧中秋〉138、〈洞仙歌‧九
日二首〉143、144。錄二首如下：

　△　重陽嘉節興尤深。勝賞一登臨。天闊水清山秀，霜葉
　　　墜疏林。增雅趣，助微吟。息塵襟。壺觴滿泛，清韻
　　　重彈，誰是知音。(〈訴衷情‧九日〉，頁492，83)

　△　風高露冷，又報重陽書候。過雨群山倍明秀。正披巖、
　　　紅葉接徑黃花，堆錦繡，裊裊清香依舊。凝神望久。
　　　思入無何有。回首溪邊聽長溜。念人生如夢，世事無
　　　涯，空汩沒、爭似吾家拂袖。據盤石、容膝生忘機，
　　　看天末飄飄，斷雲歸岫。(〈洞仙歌‧九日〉，頁502，143)

每年九月九日是全真教徒會聚於終南山劉蔣村祖庭，行齋醮法會記念
祖師王重陽的日子，故全真門人中，詠九日的詞要比詠其他節令的詞
來得多，這兩首也都是詠九日的作品。詞中雖不脫道家口吻，但已寫
得清新脫俗，是王丹桂詞作中較佳的作品。另有三首即興之作，也是
王丹桂詞作中，較具文學趣味的作品，一併錄下，以饗讀者：

　△　一片閑心閑不倦，騰騰兀兀忘機。曉來微雨過窗扉。
　　　翠霞青嶂裏，還聽杜鵑啼。句句不如歸去朗，我今已
　　　應歸期。功成自是步雲霓。何須施巧辯，苦苦競相催。
　　　(〈臨江仙‧聞杜鵑戲成〉，頁488，52)

　△　滿目青青松間竹。掩映山家，有甚閑榮辱。獨自唱吟
　　　斟美釀。味濃醉倒和衣宿。清夢覺來情未足。重抱瑤
　　　琴，品弄無生曲。誰是知音余伴侶。草堂風月應相許。

（〈鳳棲梧・山居遣興〉，頁 490，73）

△　短景相催何太促。麗日和風，又送春光暮。漸聽流鶯
　　枝上語。綿蠻似把衷情訴。昨日花開紅滿樹。今已飄
　　零，狂蕩逐飛絮。奉勸游人生覺悟。莫教失卻來時路。

（〈鳳棲梧・暮春聞鶯〉，頁 491，76）

二、詞作形式分析

　　本小節主要就：詞調、體式、表現技巧等三方面，分析王丹桂詞
的形式特色。

（一）詞調方面

　　王丹桂今傳詞作，凡一百四十六首，共用四十二調。今依唐圭璋
《全金元詞》之編次，表列調名及闋數如下：

表七：王丹桂詞所用詞調一覽表

編號	詞　調　名	數　量	編號	詞　調　名	數　量
1	滿庭芳	一一首	2	望海潮	一首
3	玉鑪三澗雪（西江月）	一一首	4	金鼎一溪雲（巫山一段雲）	四首
5	小重山	一首	6	金蓮出玉華（減字木蘭花）	六首
7	踏雲行（踏莎行）	八首	8	望蓬萊（望江南）	三首
9	無俗念（念奴嬌）	三首	10	臨江仙	四首
11	青蓮池上客（青玉案）	一首	12	黃鶴洞中仙（卜算子）	二首
13	姹鶯嬌（惜奴嬌）	二首	14	喜遷鶯	一首
15	憶王孫	八首	16	好離鄉（南鄉子）	四首
17	秦樓月	二首	18	鳳棲梧	五首
19	上丹霄（上平西）	三首	20	朝中措	二首
21	訴衷情	四首	22	行香子	三首
23	滿路花	四首	24	月中仙（月中桂）	二首

25	齊天樂	二首	26	醉桃源（阮郎歸）	六首
27	心月照雲溪（驀山溪）	五首	28	悟黃梁（燕歸梁）	二首
29	秋霽	一首	30	武陵春	二首
31	鍊丹砂（浪淘沙）	四首	32	悟南柯（南柯子）	三首
33	瑤臺第一層	三首	34	春從天上來	二首
35	桃源憶故人	四首	36	水調歌頭	二首
37	長思仙（長相思）	四首	38	步雲鞋（緱山月·軟翻鞋）	一首
39	浣溪沙	一首	40	木蘭花慢	三首
41	洞仙歌	五首	42	昭君怨	一首

附註：以上共計一百四十六首詞，四十二種詞牌。

　　從上表可知，王丹桂所用詞牌共四十二調。其中有〈妖鶯嬌〉、〈朝中措〉、〈秋霽〉、〈春從天上來〉、〈水調歌頭〉、〈洞仙歌〉六調，是王重陽、馬鈺、丘處機皆未塡過的調子。從王丹桂所塡各調的作品數量來看，以〈滿庭芳〉和〈玉鑪三澗雪〉最多，各有十一首；其次是〈踏雲行〉和〈憶王孫〉，各有八首；再其次是〈金蓮出玉華〉和〈醉桃源〉，各有六首；又其次是〈鳳棲梧〉、〈心月照雲溪〉、〈洞仙歌〉，各有五首。這九種詞牌共六十五首詞，佔其全部作品的四成五，可以說是他最喜愛的詞牌。

　　王丹桂所用詞牌，萬樹《詞律》、御製《詞譜》未收錄者有〈步雲鞋〉一調。此調馬鈺所塡名〈清心月〉，王處一所塡名〈軟翻鞋〉，實即《詞律拾遺》、《詞譜》所收梁寅之〈緱山月〉一調。梁寅（1304～1389）爲元末明初人，時代遠在馬鈺，王處一、王丹桂之後，《詞譜》編者未見《道藏》詞，故僅收梁寅〈緱山月〉一首爲譜，當改（已詳第四章第五節王處一詞作形式分析）。

　　王丹桂詞作可補《詞律》、《詞譜》未收之同調異體者，有〈妖鶯

嬌〉一調，可補〈惜奴嬌〉七十字一體﹝註3﹞。

王丹桂詞作以道家語為調名者，有〈玉鑪三澗雪〉、〈金鼎一溪雲〉、〈金蓮出玉華〉、〈踏雲行〉、〈望蓬萊〉、〈無俗念〉、〈青蓮池上客〉、〈黃鶴洞中仙〉、〈妬鶯嬌〉、〈好離鄉〉、〈上丹霄〉、〈月中仙〉、〈醉桃源〉、〈心月照雲溪〉、〈悟黃粱〉、〈鍊丹砂〉、〈悟南柯〉、〈長思仙〉、〈步雲鞋〉等十九種詞牌。其中〈玉鑪三澗雪〉、〈金鼎一溪雲〉、〈踏雲行〉、〈望蓬萊〉、〈青蓮池上客〉、〈黃鶴洞中仙〉、〈上丹霄〉、〈月中仙〉、〈心月照雲溪〉、〈悟南柯〉、〈長思仙〉等十一種已見於王重陽詞；〈金蓮出玉華〉、〈悟黃粱〉、〈鍊丹砂〉等三種已見於馬鈺詞；〈無俗念〉、〈好離鄉〉等二種已見於丘處機詞；王丹桂所改的調名有：〈妬鶯嬌〉、〈醉桃源〉、〈步雲鞋〉三種。

（二）體式方面

王丹桂的詞作在特殊體式方面，有「藏頭拆字體」二首，「福唐獨木橋體」二首。先錄其「藏頭拆字體」詞，並還原如下：

原詞：大非為堅固，今迷執居家。還悟得紫靈砂。棄琴棋書畫。載殷勤鍛鍊，中養就名茶。今知味豈須誇。日功成無價。拆起四字
（〈玉鑪三澗雪〉，頁482，14）

還原：四大非為堅固，古今迷執居家。□還悟得紫靈砂。少棄琴棋書畫。十載殷勤鍛鍊，金中養就名茶。余今知味豈須誇。一日功成無價。

原詞：來萬事心頭少。隱任他昏曉。兀但忘談笑。限誰愁惱。閒愈覺沖和好。後午前功了，補衰顏重少。檢仙無老。（〈桃源憶故人〉，頁499，127）

還原：□來萬事心頭少。小隱任他昏曉。兀兀但忘談笑。大限誰愁惱。心閒愈覺沖和好。子後午前功了，一補衰顏重少。小檢仙無老。

﹝註3﹞〈妬鶯嬌〉本名〈惜奴嬌〉，王丹桂詞共二首，俱見於《草堂集》。兩首格式全同，皆雙調七十字，上、下片各三十五字七句五仄韻。《詞律》二體、《詞譜》五體皆未有七十字體，可據王丹桂詞補七十字一體。

□表筆者不知該拆補何字。王丹桂所作藏頭拆字體，於義不甚通順，
讓人宛如在猜啞謎。

王丹桂所塡「福唐獨木橋體」有二首，逐錄如下：

△　慕全眞。處全眞。舉動行爲務正眞。惟憑一志眞。合
天眞。契天眞。十二時中守内眞。頭頭現本眞。（〈長思
仙‧贈平州劉志真〉，頁 500，132）

△　李志特。做修持。早把心田荊棘治。休教下手遲。汲
華池。灌華池。劣馬顛猿不騁馳。功成拜玉墀。（〈長思
仙‧贈濱州李志持〉，頁 500，131）

前一首詞以一「眞」字押韻到底，是標準的「福唐獨木橋體」。後一
首則全詞以同音字押韻，就聲韻的聽覺效果言，與「福唐獨木橋體」
用同一字押韻到底有相同的效果，可視作「福唐獨木橋體」的變體。
另外，有一首：

平山劉。神山劉。更易俗流作道流。人情誓莫留。悟驊騮。
禁驊騮。燦燦神珠得自由。光明常逗遛。（〈長思仙‧贈平山劉
志常、神山劉志本〉，頁 500，130）

僅下片第三句押韻，與其他韻腳不同音，能否視作「福唐獨木橋體」
的變體，則待斟酌。

（三）表現技巧方面

就表現技巧言，王丹桂的詞作大多採用賦筆，直接鋪陳其事；也
常用鋪敘的手法，來敘事說理，茲舉一首爲例：

貴賤由天，榮枯隨分，分明不在強圖。得之本有，失者本
來無。謾使機關巧倖，勞神智、疲役形軀。癡迷客，蠅頭
利路，貪得又何如。蟾烏。飛走急，百年限裏，光景須臾。
恰紅顏青鬢，盡變霜鬚。不日無常來到，問君待、著甚枝
梧。爭如我，虛閑寂靜，保固大丹爐。（〈滿庭芳‧贈周信等〉，
頁 480，04）

這是一首勸人求道修行的贈詞。上片鋪敘榮華富貴不必強求的道理，
下片敘寫百年光景須臾即過的情況。全詞以富貴不可求，生命誠短暫

兩個子題，焦聚成必須及時入道修行的主題，採用鋪寫手法，使人清楚而深刻地了解，榮華富貴的虛幻與生命短暫的事實，繼而產生警惕作用與向道之心，這是王丹桂在勸人入道與贈寄唱和這類詞作品中常用的表現手法。

　　王丹桂較常用的修辭技巧是比喻法，有時全詞以譬喻的方式來說理，例如：〈金鼎一溪雲・骷髏喻〉26、〈金鼎一溪雲・傀儡喻〉27、〈心月照雲溪・牧牛喻〉105 等，茲舉一首，以見一斑：

> 魚在迷津苦海，隨波逐浪漂遊。閒拋香餌下綸鉤。一釣俄
> 然回首。也是宿緣深重，一齊萬事都休。前途何處是程頭。
> 作箇群仙領袖。(〈玉鑪三澗雪・贈安抱真等〉，頁 482，16)

這是一首贈門下弟子的詞。上片以游魚比喻未入道之前的凡夫，以苦海比喻人間塵世，以香餌比喻真道真理，垂釣者（宗師）苦心下餌，終能使沉淪於苦海之中的迷魚，俄然回首，脫離苦海。下片則勉勵門人，將萬緣一起放下，努力修持，以成為群仙領袖為標的。全詞雖無深意，但上片採用比喻手法，避免了直接敘述的枯燥乏味，使意象更具體生動，增添了作品的可讀性。

　　王丹桂的類字法運用得相當多，也頗具技巧，摘錄數句如下：

△　醒還醉了醉還醒，醉還醒了醒還醉。(〈踏雲行・自遣〉，
　　頁 485，36)

△　休向夢中重作夢，便於玄上更搜玄。(〈望蓬萊・寄張四秀
　　才〉，頁 486，45)

△　閒中不起閒思慮。自得玄中妙玄趣。(〈青蓮池上客・贈烏
　　林答德潤〉，頁 488，53)

△　要結靈胎，收靈物，聚靈芽。……便曳瓊琚，搖瓊珮，
　　戴瓊花。(〈行香子・自詠〉，頁 492，86)

△　欲要全完，當全道，露全身。……志常清、常靜常真。
　　不惟自利，兼利他人。定結祥光，成祥瑞，躡祥雲。(〈行
　　香子・示眾〉，頁 493，88)

△　逢魔逢難敢承當。盡始盡終無變易，決赴蓬莊。(〈鍊丹

砂·贈女姑郭守淵郭善知〉，頁 497，113）

王丹桂一百四十六首詞，共使用七十四種一百四十六次疊字。運用疊
字的情況，並無特殊之處，茲將他使用過的疊字列舉於後（依筆劃排
列，數字表使用次數），聊備一格：

一一 1、人人 4、了了 1、兀兀 4、久久 1、日日 2、玄玄 3、
去去 1、句句 1、永永 3、各各 1、如如 2、早早 4、休休 1、
每每 1、步步 3、念念 1、物物 2、來來 1、青青 1、怡怡 1、
空空 1、明明 1、事事 1、坦坦 2、昏昏 1、洒洒 1、重重 2、
昭昭 2、苦苦 1、亭亭 1、呱呱 1、家家 4、紛紛 3、時時 3、
晃晃 1、淒淒 1、茫茫 2、區區 3、堂堂 1、陶陶 2、悠悠 3、
連連 1、清清 1、堅堅 2、湛湛 5、朝朝 1、番番 7、散散 1、
閑閑 3、裊裊 3、損損 1、滔滔 1、綿綿 4、箇箇 2、種種 2、
漸漸 2、澄澄 3、瑩瑩 1、輝輝 2、融融 1、頭頭 5、駪駪 1、
默默 3、靜靜 1、燦燦 4、聲聲 1、謹謹 2、擾擾 1、飄飄 3、
瀟瀟 2、騰騰 1、灑灑 1、靈靈 1。

綜合言之：王丹桂的詞在內容上，雖可細分為說理勸世、贈寄酬
和、敘事記實、抒情言志、詠物寫景五類，但都不離說教論道的範圍，
完全表現出一位道士的操守和情懷。在詞的形式方面，一百四十六首
詞，共用四十二種詞牌；有二首「藏頭拆字體」，二首「福唐獨木橋
體」。其表現方法多用賦筆及鋪敘手法，喜用比喻技巧，類字法運用
得十分技巧，其餘技巧則較不突出。整體而言，其詞作文學價值不高。

第二節　長筌子

長筌子，姓氏字里均無可考。著有《洞淵集》五卷，無序跋，題
「龜山長筌子撰」。卷一至卷四為詩文雜著，卷五為詞作，凡七十六
首。卷四〈幽居〉詩序有「正大辛卯歲（金哀宗正大八年，西元 1231）
孟春望日，時有龜山長筌子逃干戈於古唐之境，避地於泌陽畎畝之
中。」語，故可斷定其為金末時人。卷四〈唐州長春觀金蓮會〉有：
「惟我重陽祖師普化真人，大開方便之門，廣演玄元之理，接引凡

流……」語，同卷又有〈全眞賦〉一篇，可知長筌子亦爲全眞道士。
《洞淵集》見今本《道藏》第七三二、七三三冊（藝文合訂本第三十
九冊）。近人周泳先《唐宋金元詞鉤沈》收錄其詞作，校本題記曰：「長
筌子《洞淵》一集，造語頗多精美清綺之辭，雖仍不免作道家語，但
較諸玉蟾（葛長庚）、長春（丘處機），已高出一著矣。因亟爲錄出，
以實吾書。……卷中有稱頌重陽全眞教詩文，蓋與王喆（重陽）同爲
全眞派道士也。」

一、詞作內容分析

《全金元詞》據《道藏》本《洞淵集》卷五，輯錄長筌子詞作共
得七十六首。

長筌子之姓氏字里雖均無可考，據其《洞淵集》中，有稱頌王重
陽全眞教詩文，可知亦爲全眞道士。唯其著作中，除曾述及重陽祖師
外，並未及於全眞七子或其他全眞道士。其《洞淵集》卷四有〈唐州
長春觀金蓮會〉一文，唐州即今河南泌陽縣治，爲長筌子避居之地，
宋金時屬金南京路轄區，位處宋金交界處，王重陽及全眞七子皆未能
履及；「金蓮會」爲王重陽於金世宗大定八年（1168）創立於山東寧
海州的教會組織，「唐州長春觀金蓮會」爲其分會，由此可知，王重
陽所創全眞教，於金末時，已遍布金源全境。長筌子應是信奉全眞教
義，但未入全眞七子之門的全眞道隱士，所以全眞教各碑傳並無有關
他的記載，在他的著作中，也看不出有與全眞門人交往的情形。由於
他具有隱士與道士的雙重身份，故其詞作不免多作道家語，但卻也頗
有清新可喜具文學氣息的作品。他的詞作，可約略分爲：論道說理、
嘆世勸人、抒情言志、生活寫實、詠物寫景等五類。

長筌子的詞作中，純粹論道說理的有：〈拋毬樂〉（道人心印悟来）
01、〈拋毬樂〉（細開根基妙道）02、〈滿庭芳〉（大覺光明）07、〈滿
庭芳〉（微妙家風）08、〈滿庭芳〉（決烈修眞）09、〈滿庭芳〉（老氏
眞機）10、〈百寶粧〉（一點靈光）31、〈天香〉（若論修眞）34、〈上

丹霄〉（嘆人生如掣電）39、〈楊柳枝〉（頓悟真空棄外緣）49、〈楊柳枝〉（二曜忙忙若轉丸）50、〈踏雲行〉（無相形容）51、〈青玉案〉（瞥然悟得長生路）55、〈花心動〉（劫外威音）73、〈月中仙〉（歷劫清凝）74等十五首，茲舉數首如下：

△　大覺光明，不須外覓，人人各有如來。浮生迷昧，販骨走千迴。鑿透靈源法海，禪河派、風浪崔巍。泥牛吼，威音嘹喨，鐵壁起雲雷。菩提。無縫塔，林巒掩映，山色分開。任曹溪雪滿，漏泄紅梅。處處香嚴法界，休分別、祇樹蒿萊。真消息，孤峰頂上，石女繡莓苔。（《洞淵集》〈滿庭芳〉，《全金元詞》頁 583，〈長筌子詞〉第 07 首，下引簡列詞牌、頁碼、順序，以便查考。）

△　決烈修真，殷勤辦道，萬緣識破皆空。太虛鼎內，默默養和沖。一顆靈珠燦爛，光輝似、月射千峰。長春景，五雲台上，芝草吐香風。這些微妙理，有緣端的，千里相逢。纖塵不染，清淨是真功。日用頭頭不昧，超生滅、法界難籠。還能此，逍遙自在，處處是仙宮。（〈滿庭芳〉，頁 583，09）

△　老氏真機，如來祖印，明明象帝之先。不生不滅，端的至幽玄。一派清風匝地，迷雲散、皓月當天。君知否，寥寥劫外，法鼓震三千。本來真箇妙，無名無相，非道非禪。學人外覓，教我怎生傳。不肯迴光返照，區區地、走遍山川。歸來也，人牛不見，芳草鎖江煙。（〈滿庭芳〉，頁 584，10）

△　一點靈光，輪迴萬劫，胎卵濕化無歇。苦海無涯，生滅甚時徹。無根四大非堅固，戀此箇形骸何太拙。把浮沉世夢磨開，慧劍割斷根蘖。逍遙物外生涯，隨分樂天知命，閒伴風月。抱守元陽，神氣自交結。乾坤倒顛翻離坎，這既濟天然非扭捏。有春生夏長秋成，萬彙一氣無別。（〈百寶粧〉，頁 588，31）

△　若論修真，玄關直指，外緣心上都撇。靜處跏趺，存神握固，莫辯是非優劣。任緣度日，除飽暖、其餘忘

　　絕。一味清閑價無窮，對下愚難說。端的至誠妙訣。
　　歎學人、幾曾休歇。默默昏昏，壺內玉花開徹。恍惚
　　中間顯現象，見寶珠、光耀似皎月。悟得之時，同遊
　　聖闕。(〈天香〉，頁589，34)

從這類作品可以明顯看出，長筌子也是三教合一思想的崇信者。其
思想偏於道釋二家，詞作中釋道合稱，或援用佛家言語的地方，屢
見不鮮；引儒家之言，則僅〈訴衷情〉62：「焉能繫而不食，吾志豈
匏瓜。」(註4) 一處；另外，〈雨霖鈴〉14 有：「增瑞慶、兆民歌舞。
五穀豐登，庶事康寧，遐邇安固。感上下和睦無為，敬禮玄元祖。」
則表現出儒道融合的思想。長筌子於詞作中，喜愛用「長春」一詞，
除上舉第二首「長春景，五雲台上，芝草吐香風。」外，尚有：
　　△　悟者免輪迴，拈出長春聖境。(〈滿庭芳〉，頁583，08)
　　△　更別有、長春手段，向無為樹上芬芳，光彩日常呈現。
　　　　(〈絳都春·花開闔苑〉，頁586，19)
　　△　看蓬萊紫府，長春勝景，妙無加矣。(〈水龍吟〉，頁588，
　　　　28)
　　△　向桃源仙會，玉殿金樓，長春不夜。(〈二郎神〉，頁590，
　　　　38)

這四首詞作，也都言及「長春」，也許長筌子是屬丘處機 (長春真人)
所創「全真龍門派」一系的道士 (此點仍待考)。
　　歎世勸人的作品，有〈解愁〉(歲月匆匆) 05、〈滿庭芳〉(本分
家風) 11、〈綠頭鴨〉(雨初晴) 12、〈瑞鶴仙〉(歲華如轉輦) 18、〈玩
瑤台〉(直指玄元路) 23、〈花心動〉(百歲光陰) 25、〈二郎神〉(歎
平生) 35、〈二郎神〉(訴衷情) 38、〈月上海棠〉(應時宇宙行慈善)
40、〈一枝春〉(堪嗟肉傀儡) 41、〈醉中歸〉(過隙時光促) 42、〈傾
盃〉(物外迴觀) 43、〈神仙會〉(堪嗟世上人) 46、〈神仙會〉(韶華
似激箭) 47、〈粉蝶兒〉(欲說天機) 52 等十五首。茲舉數首如下：
　　△　歲月匆匆，忙如奔騎。來往暗催浮世。愛河誰省悟，

[註4]《論語·陽貨·第七章》：子曰「……吾豈匏瓜也哉，焉能繫而不食！」

戲欲浪苦爭名利。火院憂他妻共子。更不念、自身憔悴。你直待大限臨頭，恁時悔恨，又成何濟。活鬼販骨千迴，空勞攘紛紛，鬧如螻蟻。丈夫心猛烈，秉慧萬緣齊棄。劈碎凡籠無罣礙。任自在、翫山遊水。向林下、醉飲真風，坦然高臥，占清閒貴。（〈解愁〉，頁582，05）

△　百歲光陰，似飄風浮漚，電雷轟掣。返照速修，急景難留，不覺鬢莘如雪。萬緣羈絆何時了，謾昏曉、寸心愁結。勸英傑。莫教釜破，斷繩難接。一失人身萬劫。歎伶俐惺惺，不遭縲絏。欲浪恩山，玉杻金枷，誰肯猛然拋撇。一朝大限臨門，喚見閻老，怎生推說。恁時節。追思聖賢妙訣。（〈花心動〉，頁587，25）

△　訴衷情，爲大地眾生淚灑。曉夜憂煎貪活路，盡都被、妻男相挂。使萬種機關圖富貴，全不怕、犁耨高架。勸愚迷早悟，後世因緣，直言真寫。幽雅。買玄妙不用錢價。只用他心燈常不昧，要萬法靈通總壓。待行滿丹成歸去日，把四假凡軀脫下。向桃源仙會，玉殿金樓，長春不夜。（〈二郎神〉，頁590，38）

△　堪嗟世上人，箇箇蠶成繭。不肯回頭，抵孔火坑貪戀。千辛萬苦，甘受無辭嘆。置家計，慮妻男，恐不辦。一朝業滿，看你如何免。眼光落地，別改一般頭面。披毛戴角，恁時難分辯。早下手，出迷津，應仙選。（〈神仙會〉，頁591，46）

從這些作品，可以感受到長筌子的救世熱忱。全真道一貫的宗旨都是必須功行兩全、救世濟人。詞中嘆世與勸人的內容，與王重陽及全真七子的同類作品頗爲相似，都是苦嘆世人沉迷於恩山愛海、受縛於妻男家緣，勸人要儘速拋棄塵緣家累、玉杻金枷，入道修行，以免人身不再，徒受地獄折磨。這類作品似可作爲長筌子乃全真道士的佐證。

　　抒情言志的作品，有〈解愁〉（返照人間）06、〈絳都春〉（天生懶惰）15、〈絳都春〉（心如江海）17、〈水龍吟〉（故鄉何處棲遲）28、

〈雨中花〉（急急蚩音）29、〈二郎神〉（平生興）36、〈傾盃〉（休休我省也）44、〈江神子令〉（世情誰不愛浮榮）53、〈江神子令〉（莊周蝶夢幾人醒）54 等九首。舉三首如下：

△　天生懶惰。愛靜處坦然，開懷澄坐。面垢頭鬆，養疏慵，消災禍。無縈無繫隨緣過。也不會、焚燒香火。囉噔哩噔，鶯歌舌誕，恣情吟和。南柯夢中識破。把蝸角蠅頭，身心摧挫。手握靈芝，泛無何，誰知我。清風皓月時相賀。杳冥中、修成仙果。了然歸去，綿綿九天高臥。（〈絳都春〉，頁585，15）

△　心如江海，納百川萬派，澄清無礙。渺渺淵源幾人知，包沙界。光明燦爛超三昧。詆小乘、邪魔潛退。混元風範，虛無祕密，下愚難解。宣揚互初真載。統眾妙之門，高下無賽。應物頭頭，顯慈悲，消災害。不生不滅非中外。這一曲、玄歌誰買。玉京仙子，吹動太虛天籟。（〈絳都春〉，頁585，17）

△　平生興，有萬頃雲山野景。竹疃梅村蓬戶悄，這幽閒、世間難勝。一曲無絃喧宇宙，對沉水、石爐絕聽。向林下棲遲，養就懶散，煙霞情性。復命。披短褐玄通古聖。看鷺立鷗飛沙觜岸，笑醯雞瓮中流梗。一枕莘莘春夢覺，豈羨封侯列鼎。早回首歸來，月照松溪，雲罌苔徑。（〈二郎神〉，頁589，36）

這類作品的內容，主要是抒寫長筌子個人的情志。長筌子是一位隱逸的道士，既有道士的身份，又有隱士的情懷，所以詞中每每表現出其離塵脫俗、飄逸不拘的曠達胸襟與豪邁個性。

　　長筌子的詞作中，最具文學價值與藝術水準的是生活寫實與詠物寫景這兩類。先舉若干生活寫實的作品如下：

△　侵尋妙景。看赤城秀稔，芝田千頃。物外閑閑，樂真情，搜佳興。扁舟載月煙蓑冷。酒醒時、臨流清詠。一聲羌管，三幅曉風，灑然幽勝。徽音慢彈誰聽。似野鶴騰空，生涯萍梗。放曠乾坤，與江湖，絲綸整。

錦鱗釣得成餘慶。便歸來、玄都馳騁。杖挑春色，逍
遙太虛仙境。（〈絳都春〉，頁585，16）

△　倦遊退尺，栗里潛疏拙。浩氣凌空向誰說。醉酬春、
醞釀三杯，遣幽興、滄茫一葉。更野服蕭然越林叢，
拉信友，相須竹風花月。生涯淡淨，至妙人間絕。不
尚文軒錦屏列。樂田廬、嘯傲華顛，種松菊、棲遲清
節。這一味真歡幾人知，有靜几蒲團，歗爐沉屑。（〈洞
玄歌〉，頁587，27）

△　榴蕊濃芳，簾幕半捲，清閒白晝偏長。院宇無塵，微
雨過池塘。幽軒細細風披竹，歕石枕藤床分外涼。看
雲峰偃仰高眠，晃然已到羲皇。休休塵世俱忘。真常
妙用，安排黃卷爐香。莫羨俗情，如蟻慕羶腸。清虛
淡素甘貧樂，縱酷暑難侵道哲堂。好棲心見素家風，
洞中別是仙鄉。（〈百寶粧〉，頁588，30）

△　乘桴默契。便休休倦役，結茅歸里。一任貔貅威鎮，
虎韜熊略，旌麾爭起。趁趁成何濟。只贏得、玉顏先
弊。覆手一場空，過眼繁華虛矣。爭似樂然從己。賞
花濃上苑，魚游春水。滿泛紅潮美。且鬱陶襟懷，青
門歌吹。醉臥東風裏。看隋堤柳搖金蕊。放適簪纓，
亂鋪蒼翠。（〈鶯穿柳〉，頁589，32）

△　離塵俗，便點檢林泉雅趣。竹杖芒鞋青篛笠，泛煙波、
緣蓑柔櫓。月夜江天無盡樂，品短笛、瀟湘蓼渚。此
消息，千金不賣，好對漁樵分付。歸去。對晚翠風生
小浦。勘破南華龜曳尾，儘教他衣冠豺虎。野水添杯
誰似我，醉臥白雲深處。任秋月春花，暗換桑田，明
催今古。（〈二郎神〉，頁590，37）

△　楮冠竹杖友南華。耕釣老生涯。焉能繫而不食，吾志
豈匏瓜。忘扣角，憶歸槎。傲漁家。煙波萬頃，紅蓼
灘頭，醉臥蒹葭。（〈訴衷情〉，頁594，62）

以上所舉都是描寫隱逸生活的作品，寫景之細緻精美與意境之高雅絕
俗，實在是讓人讚嘆欽羨，詞中雖偶作道家仙語，但並不明顯，置之

一般文人詞中，也毫不遜色，充份表現出長筌子高超的文學素養與寫作技巧，在道士詞作中，是不可多得的佳作。描寫隱逸生活的作品除上舉六首外，還有：〈江神子慢〉（掃除六塵跡）13、〈絳都春・風入瓊林〉20、〈天香〉（過隙年光）33、〈鳳棲梧〉（逃暑繩床聊慰興）45、〈一剪梅〉（身若白雲任卷舒）48、〈賀聖朝〉（道人幽趣）57、〈長思仙〉（醉中醒）58、〈西江月〉（莫羨金閨黼黻）59、〈西江月〉（形物雖居宇內）60、〈小重山〉（自古高人遠市塵）63、〈成功了〉（瞥然曉）75、〈成功了〉（悟浮世）76 等十二首，也都屬此類作品，其中頗多清詞麗景，可供品賞，值得翻閱。

詠物寫景這類的作品，其實也是隱逸生活中的作品，與上一類作品同格調。詠物之詞有〈天香慢・梅〉03、〈燭影搖紅〉（菊綻黃花）04、〈絳都春・花開閬苑〉19、〈花心動〉（江路閑遊）24、〈華溪仄〉（華溪仄。春風也是人間客）72 等五首，茲舉二首如下：

△　萬木歸根，三冬拔翠，曉來梅萼輕坼。妒雪精神，清人氣焰，不許等閒攀摘。百花未發，獨占得、東君春色。庾嶺斜橫秀孤芳，更妙機難測。西湖灑然至極。勝蠟黃愈增靈識。漏世前村，驛使喜傳消息。解引詩人雅詠，對一枝、金蕾興自適。月浸寒梢，天香可惜。（〈天香慢・梅〉，頁582，03）

△　江路閑遊，見梅芳姿，水邊將發。蓓蕾半開，疏影斜橫，幽艷傲欺霜雪。清朧獨秀風台畔，笑百卉、凍凝摧折。散芳烈。竹離茅舍，最堪栽接。破臘傳春放徹。吐玉蕊瓊芝，等閒誰瞥。欲寄故人，驛使稀逢，空對暗香淒切。壽陽公主今何在，這姑射玉仙清絕。向誰說。黃昏小窗淡月。（〈花心動〉，頁587，24）

這兩首都是詠梅花的作品，能將梅花孤高不俗的氣質與清朧獨秀的姿態描寫得十分生動傳神，也寫出了詞人對梅花的愛好，「解引詩人雅詠，對一枝、金蕾興自適。」正是詞人賞梅的雅趣，「疏影斜橫，幽艷傲欺霜雪」是梅花的孤高氣質，也是詞人的性格，既寫花也寫人，

物我融合，相映相襯，堪稱是詠物的佳作。

　　寫景的作品，有〈絳都春・月照洞庭〉21、〈絳都春・雪迷蓬島〉22、〈洞玄歌〉（野堂花老）26、〈賀聖朝〉（春光明媚）56、〈訴衷情〉（夜深人悄漏聲殘）61、〈大官樂・春〉64、〈大官樂・夏〉65、〈大官樂・秋〉66、〈大官樂・東〉67、〈鷓鴣天・春〉68、〈鷓鴣天・夏〉69、〈鷓鴣天・秋〉70、〈鷓鴣天・冬〉71 等十三首。先舉二首如下：

　　△　春光明媚，黃鶯出谷，紫燕來巢。見仙桃初放兩三枝，間翠竹香茅。琴書高枕，柴門緊閉，莫放人敲。任松軒紅日照三竿，更蝶夢花梢。（〈賀聖朝〉，頁593，56）

　　△　夜深人悄漏聲殘。秋色滿江干。寒煙野塘橫渡，誰寫畫圖間。風瀝瀝，月彎彎。坐更闌。寶鼎香爐，銀漢星稀，蝶夢飛還。（〈訴衷情〉，頁594，61）

這兩首詞，一寫春日風光明媚的景象，給人清新雅緻的喜悅；一寫秋天野塘橫渡的夜景，給人靜謐安祥的感受。造語雅潔，形象鮮明，取材之精當，與布局之精巧，顯現了長筌子文學藝術造詣的高超之處，非一般道士詞作可相與比擬。長筌子還有兩組描寫四季的聯章詞，也都寫得頗爲精美而有雅趣，錄其中一組如下：

　　△　小村隱居樂至閒。興來吟首鷓鴣天。桃花笑日開紅錦，門柳垂絲裊翠煙。扃蓽戶，掃苔錢。困時禪榻枕書眠。有人問我修何事，夢載華胥月一船。（〈鷓鴣天・春〉，頁594，68）

　　△　弄舌閑禽向鬱林。滌蒸散髮趁松陰。清風習習來冰簟，陶寫眞情取次吟。天似水，柳如金。火雲疊翠出遙岑。危樓安枕王孫趣，靜室忘機逸士心。（〈鷓鴣天・夏〉，頁595，69）

　　△　乍覺西風吹葛衣。蕭蕭秋色滿華夷。催排蕎麥花開日，點勘梧桐葉落時。鴉噪晚，客思歸。一川禾黍正離離。蟬聲莫向高枝叫，切恐賓鴻苦皺眉。（〈鷓鴣天・秋〉，頁595，70）

　　△　一夜嚴凝作苦寒。頭明六出落人間。形雲摻粉蛾飛舞，

柳絮隨風蝶往還。梅影瘦，竹枝彎。一丘湖玉倚闌干。
何人助我丹青力，寫入屏山子細看。（〈鷓鴣天・冬〉，頁
595，71）

詞中寫四時景物，景象分明，並且融匯了詞人的瀟灑情懷與悠閑生活
於其中，既寫景物，也反映了詞人的胸襟懷抱與生活情態，情景交融，
詞意渾圓，是寫景詠時的絕妙好詞，像這樣清綺典雅、富高度文學技
巧的作品，實在很難讓人想到是出自於道士詞人之手。

二、詞作形式分析

　　長筌子的作品，造語典雅清綺，寫景生動如畫，擅長各種表現手
法，在全真道士詞人中是頗為傑出的作手。其作品值得深入分析與仔
細品味，讀者當可從前一小節所舉作品，體會一二，此處限於篇幅，
僅就詞調方面略作分析。至於體式方面，長筌子未有「藏頭拆字體」
與「福唐獨木橋體」等特殊體式，故亦從略。修辭技巧則僅列疊字的
使用情形。

　　長筌子用調之情形，依唐圭璋《全金元詞》之編次，表列如下：

表八：長筌子詞所用詞調一覽表

編號	詞　調　名	數　量	編號	詞　調　名	數量
1	拋毬樂	二首	2	天香慢（天香）	三首
3	燭影搖紅	一首	4	解愁	二首
5	滿庭芳	五首	6	綠頭鴨（多麗）	一首
7	江神子慢（江城子慢）	一首	8	雨霖鈴	一首
9	絳都春	三首	10	瑞鶴仙	五首
11	玩瑤台（北曲・耍三台）	一首	12	花心動	三首
13	洞玄歌（洞仙歌）	二首	14	水龍吟	一首
15	雨中花慢	一首	16	百寶粧	二首

17	鶯穿柳	一首	18	二郎神	四首
19	上丹霄（上平西）	一首	20	月上海棠	一首
21	一枝花（促拍滿路花）	一首	22	醉中歸	一首
23	傾盃（傾盃樂）	二首	24	鳳棲梧（蝶戀花）	一首
25	神仙會（相思會·千年調）	二首	26	一剪梅	一首
27	楊柳枝	二首	28	踏雲行（踏莎行）	一首
29	粉蝶兒	一首	30	江神子令（江城子）	二首
31	青玉案	一首	32	賀聖朝	二首
33	長思仙（長相思）	一首	34	西江月	二首
35	訴衷情	二首	36	小重山	一首
37	大官樂	四首	38	鷓鴣天	四首
39	華溪仄（憶秦娥·秦樓月）	一首	40	月中仙（月中桂）	二首
41	成功了（繡停鍼）	二首			

附註：
1. 以上共計七十六首詞，四十一種詞牌。
2. 編號一一〈玩瑤台〉實即北曲越調〈耍三台〉。
3. 編號一五〈雨中花慢〉，原誤作〈雨中花〉，據律改。
4. 編號二一〈一枝花〉，按律實即〈促拍滿路花〉，原誤作〈一枝春〉，據律改。

　　從上表可知，長筌子七十六首詞，共用四十一調，一種詞牌平均不到二首作品。其中作品最多的〈滿庭芳〉、〈瑞鶴仙〉二調，也不過各有五首；而有二十一種詞牌各只有一首作品，這在全眞道士詞人中，是較特殊的現象。長筌子所填四十一種詞牌，王重陽未曾填過的有十七種，馬鈺未曾填過的有二十六種，譚處端、劉處玄、丘處機、王處一未曾填過的，則更分別高達三十四種、三十五種、三十一種、

三十六種﹝註5﹞，顯示出長筌子擇調，與王重陽、全眞七子的差異性頗大。

　　長筌子所用詞牌，萬樹《詞律》、御製《詞譜》未收錄者有〈玩瑤台〉、〈百寶粧〉、〈鶯穿柳〉、〈醉中歸〉、〈大官樂〉五調。其中〈玩瑤台〉實即北曲越調〈耍三台〉，應入曲譜；〈百寶粧〉﹝註6﹞、〈鶯穿柳〉﹝註7﹞、〈醉中歸〉﹝註8﹞、〈大官樂〉﹝註9﹞四調，可補《詞律》、《詞譜》之缺。

﹝註5﹞ 長筌子所填四十一種詞牌，王重陽未曾填過的十七種詞牌，分別是：〈天香慢〉、〈江神子慢〉、〈瑞鶴仙〉、〈玩瑤台〉、〈洞玄歌〉、〈百寶粧〉、〈鶯穿柳〉、〈月上海棠〉、〈醉中歸〉、〈傾盃〉、〈神仙會〉、〈一剪梅〉、〈粉蝶兒〉、〈訴衷情〉、〈大官樂〉、〈鷓鴣天〉、〈成功了〉。馬鈺未曾填過的二十六種詞牌，是上述十七種扣除〈神仙會〉、〈鷓鴣天〉兩種，另加〈燭影搖紅〉、〈解愁〉、〈綠頭鴨〉、〈雨霖鈴〉、〈絳都春〉、〈花心動〉、〈水龍吟〉、〈雨中花慢〉、〈一枝花〉、〈江神子令〉、〈月中仙〉十一種。譚處端則僅填過〈滿庭芳〉、〈水龍吟〉、〈一枝花〉（滿路花）、〈踏雲行〉、〈青玉案〉、〈長思仙〉、〈西江月〉七調。劉處玄則僅填過〈江神子令〉、〈上丹霄〉、〈滿庭芳〉、〈水龍吟〉的、〈一枝花〉（滿路花）、〈踏雲行〉六調。丘處機則僅填過〈滿庭芳〉、〈水龍吟〉、〈上丹霄〉、〈鳳棲梧〉、〈青玉案〉、〈賀聖朝〉、〈西江月〉、〈訴衷情〉、〈華溪仄〉（秦樓月）、〈月中仙〉十調。王處一則僅填過〈滿庭芳〉、〈一枝花〉（滿路花）、〈踏雲行〉、〈青玉案〉、〈江神子〉五調。郝大通與孫不二各僅二首詞作，無比較價值，從略。

﹝註6﹞ 〈百寶粧〉一調長筌子詞共二首，俱見於《洞淵集》卷五，《全金元詞》頁588。二首皆雙調一百四字，一押平韻，一押仄韻。此調與〈新雁過妝樓〉之別名〈百寶妝〉者，格式迥異，爲不同之詞牌。此調王吉昌亦有一首，押仄韻，句式與長筌子所填二首皆異。

﹝註7﹞ 〈鶯穿柳〉一調長筌子詞僅一首，見於《洞淵集》卷五，《全金元詞》頁589。雙調九十九字，上片五十字十句六仄韻，下片四十九字十句七仄韻。此調王吉昌亦有一首，雙調一百一字，字數句式與長筌子所填略異。

﹝註8﹞ 〈醉中歸〉一調長筌子詞僅一首，見於《洞淵集》卷五，《全金元詞》頁591。雙調八十五字，上片四十三字九句七仄韻，下片四十二字九句五仄韻。此調別無他詞可校。

﹝註9﹞ 〈大官樂〉一調長筌子詞有四首，俱見於《洞淵集》卷五，《全金元詞》頁594。四首格式相同，皆單調二十八字四句四仄韻。四首分寫春夏秋冬四時景色，爲聯章詞。

　　長筌子詞作可補《詞律》、《詞譜》未收之同調異體者，有〈抛毬樂〉一調，可補一百九十字、一百九十三字二體〔註10〕，〈解愁〉一調，可補〈無愁可解〉一百十字一體〔註11〕，〈洞玄歌〉一調，可補〈洞仙歌〉九十四字一體〔註12〕，〈雨中花慢〉一調，可補九十四字一體〔註13〕，〈成功了〉一調，可補〈繡停鍼〉九十八字一體〔註14〕，共可補五調六體。

　　長筌子詞作以道家語爲調名者，有〈洞玄歌〉、〈上丹霄〉、〈神仙會〉、〈長思仙〉、〈月中仙〉、〈成功了〉等六種詞牌。其中〈上丹霄〉、

〔註10〕〈抛毬樂〉一調長筌子有二首，俱見於《洞淵集》卷五，《全金元詞》頁 581、582。一首一百九十字，一首一百九十三字，與《詞律》、《詞譜》所首各體皆異，可據以補二體。

〔註11〕〈解愁〉又名〈無愁可解〉，長筌子詞有兩首，俱見於《洞淵集》卷五，《全金元詞》頁 582、583。二首格式相同，皆雙調一百十字，上、下片各五十五字十一句六韻。聞汝賢《詞牌彙釋》「解愁」條按云：「〈解愁〉調名，東坡〈無愁可解〉調名下自注。詞失傳。」《詞律》收東坡詞一百七字一體，並注云：「此坡公自度曲」，《詞譜》收〈無愁可解〉一百九字、一百十二字二體。潘愼《詞律詞典》分立〈解愁〉、〈無愁可解〉二調，當合併。

〔註12〕〈洞玄歌〉本名〈洞仙歌〉，長筌子詞有兩首，見於《洞淵集》卷五，《全金元詞》頁 587、588。二首格式相同，皆雙調九十四字，上、下片各四十七字八句四仄韻。此調《詞律拾遺》、《詞譜》皆收有僧揮「廣寒曉駕」九十三字一體；據周玉魁〈金元詞調考〉引長筌子〈洞玄歌〉（野堂花老）一首云：「此詞九十四字，上下片字句全同。與僧揮『廣寒曉駕』一首相較，祇下片次句多一字叶韻爲異。余謂僧揮詞必脱去一叶韻字。」此説可信，可據以修訂《詞律拾遺》、《詞譜》之錯誤。又：潘愼《詞律辭典》不察此點，據長筌子詞另立〈洞玄歌〉一調，亦當修改。

〔註13〕〈雨中花慢〉一調長筌子詞僅一首，見於《洞淵集》卷五，《全金元詞》頁 588。原誤作〈雨中花〉，據律改。長筌子所填爲雙調九十四字，上片四十八字，下片四十六字，各十句四平韻。《詞律》、《詞譜》所收無九十四字體，可據以補一體。

〔註14〕〈成功了〉本名〈繡停鍼〉，長筌子詞有兩首，俱見於《洞淵集》卷五，《全金元詞》頁 595、596。二首格式相同，皆雙調九十八字，上片四十九字十一句六仄韻，下片四十九字十句七仄韻。此調《詞律》、《詞譜》均只收陸游九十八字一體，《詞律拾遺》又補張虛清一百字一體。長筌子所填句式押韻於陸游詞不同，可據以補一體。

〈長思仙〉、〈月中仙〉三種已見於王重陽詞;〈洞玄歌〉本名〈洞仙歌〉,〈神仙會〉本名〈千年調〉又名〈相思會〉,馬鈺所塡名〈平等會〉,〈成功了〉本名〈繡停鍼〉;〈洞玄歌〉、〈神仙會〉、〈成功了〉三種名稱,皆未見於長筌子以前詞人作品,有可能是他所改易的調名。又:〈華溪仄〉本名〈憶秦娥〉,又名〈秦樓月〉,全眞道士所塡多名〈蓬萊閣〉,長筌子詞首句爲「華溪仄」,因以爲調名。

長筌子的詞作在用調上,還有一個特點,就是喜用長調。他的七十六首詞作中,有四十四首是九十字以上的長調,佔了將近六成(六十字以內的小令只有二十首),這在全眞道士的詞作中,也算是一個特色。

長筌子七十六首詞,共使用五十九種七十八次疊字。所有疊字都是在十分自然的情況下運用,並無刻意勉強之處。茲將他使用過的疊字列舉於後(依筆劃排列,數字表使用次數),聊備一格:

人人1、兀兀2、片片1、匆匆1、平平1、忙忙3、休休4、朵朵1、劫劫1、芊芊1、沉沉1、明明1、昏昏1、念念1、物物1、杳杳2、急急1、赳赳1、苦苦1、恢恢1、紛紛1、茫茫1、朗朗1、般般1、處處5、區區1、琅琅1、皎皎1、細細1、習習1、閑閑3、渺渺1、惺惺1、勞勞1、森森1、箇箇1、落落1、寥寥1、綿綿1、颯颯1、滾滾1、魄魄1、輝輝1、頭頭3、默默2、譪譪1、點點1、蕭蕭2、隱隱2、簇簇1、擾擾1、颼颼1、穩穩1、瀝瀝1、離離1、騰騰2、攘攘1、攢攢1、彎彎1。

綜合言之:長筌子的詞在內容上,雖可細分爲論道說理、嘆世勸人、抒情言志、生活寫實、詠物寫景等五類。實際上論道說理、嘆世勸人兩類可歸納爲一大類,這一大類多是道家語,表現出其修道思想與救世情操,是道士的本色語。另外抒情言志、生活寫實、詠物寫景等三類,亦可歸納爲一大類,這一大類雖也雜有些許道家言語,但較多表現隱逸生活的實況與澹泊名利的曠達胸襟,是隱逸文學家的眞實生活寫照。由於他傑出的描寫技巧,使他的作品在全眞道士詞人中,

堪稱是最具文學價值與藝術水準的一位。

第三節　尹志平

　　尹志平，字太和，道號清和，萊州人（今山東省萊州縣）。生於金世宗大定九年（1169）正月二十日，卒於元憲宗元年（1251）二月六日，享年八十三。十四歲，遇丹陽真人（馬鈺），遽欲棄家入道，其父難之，遂潛往。十九歲，復迫令還家，錮之，竟逃出再三，始從之。金章宗明昌初（1190）覲長春真人（丘處機）於棲霞觀，執弟子禮，長春特器異之，付授無所隱。又受易於太古郝真人（大通），受口訣於玉陽王真人（處一）。自是道業日隆，聲價大振，四方學者歙然宗之。大元己卯歲（1219），元太祖遣劉仲祿徵長春真人，仲祿至益都，李志常曰：「長春今在海上，非先見尹公不能成此盛事。」及濰陽，謁志平於玉清丈室，志平大喜，曰：「將以斯道覺斯民，今其時矣。」遂偕往覲長春真人。先是宋金聘命交至，長春皆不應，至是始決計北上，時從行皆德望素重者，志平為之冠。還及雲中，長春真人聞山東亂，元兵又南下，謂志平曰：「彼方生靈，命懸砧鼎，非汝莫能救。」遂遣往招慰，所全活甚多。乙酉歲（1225）元太祖敕令長春真人住太極宮（後易名長春宮），志平在席下，四方尊禮者雲合，志平曰：「我無功德，敢與享此供奉乎？」

　　遂辭往德興之龍陽觀。屢承長春真人手箚，示以託重之意。及長春真人昇霞，志平方隱煙霞觀，又欲絕跡，連遁，為眾以主教事敦請，勉從之還長春宮，以嗣事自任，是為全真教第六任掌教。戊戌歲（1238）春，忽曰：「吾老矣，久厭勞事。」以正月上日傳衣鉢於李志常，俾主教事，乃卜居五華山之真陽觀。己酉歲（1249），元海迷失后賜號「清和演道至德真人」，元世祖中統二年（1261）璽書追贈「清和妙道廣化真人」號，世稱「清和真人」。著有《葆光集》三卷、《清和真人北遊語錄》四卷（尹志平講・門人段志堅編），收於今本《道藏》

第七八七及一〇一七冊（藝文合訂本《正統道藏》第四十二及五十五冊。）生平行實詳元弋谷毅撰〈清和妙道廣化眞人尹宗師碑銘〉。〔註15〕

一、詞作內容分析

尹志平詞作見於《葆光集》卷中、卷下。尹志平曾在長春宮寶玄堂之葆光軒接待四方人士，因居地而命書名。今本《道藏》收《葆光集》三卷，卷上收〈七言絕句〉二百十一首、〈五言全章〉十七首、〈五言長篇〉五首、〈五言絕句〉二十二首、〈古調詩〉三首、〈語錄〉一篇，卷中收〈詞〉七十三首，卷下收〈詞〉九十六首。《全金元詞》據《道藏》本《葆光集》卷中及卷下，輯錄尹志平詞作共得一百六十九首。

尹志平是繼丘處機之後，全眞教的一代宗師。全眞教發展勢力達於極盛，便是在尹志平和李志常掌教之時。在全眞教第二代弟子中，可謂地位最爲崇高的一人。故全眞教各碑傳記載他的生平事跡，也特別詳盡。他的詞作，無論是直接論道說教，或是勸世、寄贈、述懷、記實、寫景、詠物，都不離道家言語。其中所表現出來的思想型態，完全是全眞家風，其詞作經常言及「全眞」一詞，例如：

△　目前認得這些兒。便是全眞苗裔。(《葆光集》卷中〈西江月〉，《全金元詞》頁1168，〈尹志平詞〉第05首，下引簡列書名卷次、詞牌、頁碼、順序，以便查考。)

△　孤身到處自全眞。風月永爲鄰。(《葆光集》卷中〈巫山一段雲·攜杖上禪房山〉，頁1171，32)

△　合是全眞一會。(《葆光集》卷中〈巫山一段雲〉，頁1172，34)

〔註15〕弋谷毅〈清和妙道廣化眞人尹宗師碑銘〉收錄於李道謙編《甘水仙源錄》卷三及《終南山祖庭仙眞內傳》卷下。關於尹志平的傳記資料，尚有數篇：《道家金石略》收全眞道徒李志全撰〈清和演道玄德眞人仙跡之碑〉、朱象仙《古樓觀紫雲衍慶集》卷中有元人賈賦誠撰〈大元清和大宗師尹眞人道行碑〉、元王惲《秋澗集》卷五十六有〈大元故清和妙道廣化眞人掌教大宗師尹公道行碑銘〉。

△ 全真妙體圓明了。(《葆光集》卷中〈鳳棲梧・先天觀作〉，
　　頁 1174，50)

△ 有中皆妄想，無内卻全真。(《葆光集》卷中〈臨江仙・朝
　　元觀，請以詞許之〉，頁 1175，56)

△ 參透全真清靜法，何勞相上經求。(《葆光集》卷中〈臨江
　　仙〉，頁 1175，60)

△ 全真正教，正大心地無錯。(《葆光集》卷中〈無俗念〉，頁
　　1177，69)

△ 抱樸全真明日用，神燦燦，性輝輝。(《葆光集》卷下〈江
　　城子・和蒼蓋郭秀才韻〉，頁 1178，74)

△ 保命全真無別用，好容易，不難尋。(《葆光集》卷下〈江
　　城子〉，頁 1180，85)

△ 四海遍天涯，都是全真枝葉。(《葆光集》卷下〈無夢令〉，
　　頁 1181，90)

△ 全真抱樸。無慮無思無做作。抱樸全真。入聖超凡只
　　在人。(《葆光集》卷下〈減字木蘭花・贈龍虎夫人〉，頁 1184，
　　117)

△ 全真宗祖。畫向白雲傳萬古。宗祖全真。永鎮燕山日
　　日新。(《葆光集》卷下〈減字木蘭花・西路請張道人，於處順
　　堂畫西遊記〉，頁 1185，122)

△ 返樸全真，日用垂方便。(《葆光集》卷下〈鳳棲梧・勸世〉，
　　頁 1191，169)

這些都是直接言及「全真」的詞句，他的作品又經常提到他的師父（長
春真人），例如：

△ 隨師歷八荒。(《葆光集》卷中〈巫山一段雲・秋陽觀作〉，頁
　　1171，26)

△ 別師迢遞過關津。(《葆光集》卷中〈巫山一段雲〉，頁 1171，
　　29)

△ 數載師前人事倦。(《葆光集》卷中〈鳳棲梧・宣德州見請，
　　以此詞答之〉，頁 1173，48)

△ 十載區區，恐負先師願。(《葆光集》卷中〈鳳棲梧・述懷〉，

頁 1174，53）

△ 先師默悟知還到。(《葆光集》卷中〈鳳棲梧〉，頁 1175，55)

△ 眞師幸遇長春。(《葆光集》卷中〈臨江仙〉，頁 1175，57)

△ 立言明祖教，演法繼師蹤。(《葆光集》卷中〈臨江仙〉，頁 1176，62)

△ 會集雲朋扶正教，相繼先師無別。(《葆光集》卷中〈無俗念‧繼人韻〉，頁 1177，70)

△ 師意眞慈普度。(《葆光集》卷下〈道無情〉，頁 1181，97)

△ 先師歸去功無量。(《葆光集》卷下〈月上海棠‧示眾〉，頁 1187，141)

△ 修眞幸遇先師指。葆光殿閣對青山，白雲堪伴長春子。(《葆光集》卷下〈踏雲行‧贈長春宮道眾〉，頁 1187，142)

△ 他年功滿去朝元，先師應賜長生酒。(《葆光集》卷下〈踏雲行〉，頁 1188，144)

從全眞各碑傳所載，可知尹志平奉教謹嚴，全心全意尊崇丘處機，掌教後，亦以光大教風門庭爲職志，爲報答師恩不辭老邁艱辛，如大修全眞祖庭，會葬長春等人遺骸（詳元陳時可〈燕京白雲觀處順堂會葬記〉），都在在表現出他的這份心意，「十載區區，恐負先師願」、「立言明祖教，演法繼師蹤。」確實是他的肺腑之言。他在詞作中，喜歡用「長春」一語來形容仙境或道果，可能和他的師父道號「長春子」有關。他另有一首「讚師父仙體不朽」的詞作，寫於會葬丘處機遺骸於白雲觀處順堂之後，充份表達出他對師父的推崇，迻錄如下：

玉骨元清，金丹已就。長春不老何年朽。圓成一性遍河沙，遺骸全體仍依舊。萬代稀逢，一時罕有。天涯門弟來奔湊。安居處順慶眞容，焚香十萬連三晝。(《葆光集》卷下〈踏雲行‧讚師父仙體不朽〉，頁 1188，146)

由於他奉教嚴謹，又得全眞諸宗師之眞傳，故詞中所論，都不離全眞教義的範疇。他的詞作專論道義的有三十餘首，勸世的作品有近四十首，都是以三教合一爲前提，以明心見性爲修行根本，清靜無爲、內外雙修爲方法；勸人要拋棄名位利祿，禁絕酒色財氣等塵緣俗累。茲

各舉數首，以觀大概：

△ 天上仙無懵懂，人間性有頑愚。門中有幸看經書。性性堂堂開悟。達理真，觀空體合虛無。慧通靈寶證元初。誰解無文不度。（《葆光集》卷中〈西江月〉，頁1168，07）

△ 參透全真清靜法，何勞相上經求。好於此處覓蹤由。莫生迷執見，休要不回頭。真性如何能寂滅，真空空外閑搜。其中無慾認真修。隨機常寂定，應物自圓周。（《葆光集》卷中〈臨江仙〉，頁1175，60）

△ 道人活計日開顏。性多寬。六神安。晦跡韜光，無事到心間。養就互初靈底物，名利客，不如閑。人生能有幾多歡。老摧殘。死生關。六道輪迴，來往苦艱難。好認吾門親至道，情慾斷，出塵寰。（《葆光集》卷下〈江城子〉，頁1178，76）

△ 紛紛世夢暫無安。蟻循環。少開顏。悟道修真，要脫死生關。認得元初無一物，除妄想，斷高攀。老來佚樂正宜閑。罷輪竿。釣舟還。物外清遊，歷遍古仙壇。更待東君傳信息，度遼水，看閭山。（《葆光集》卷下〈江城子‧義州作〉，頁1180，84）

△ 真常應物要方圓。且隨圓。行功全。眼正心明，認得化工權。日用無私當直養，浩氣滿，現胎仙。一時慶會興無邊。透重玄。永綿綿。照徹人間，幻境豈能堅。便約故園堪久計，觀八水，酖三川。（《葆光集》卷下〈江城子‧榆次縣真常觀作〉，頁1180，86）

△ 道顯清虛妙，釋明智慧深。仲尼仁義古通今。三聖一般心。不認忘名默悟。只解分門別戶。一朝合眼見前程。悔恨不圓成。（前書卷中〈巫山一段雲‧勸世〉，頁1172，36）

△ 目對千差無可取，心閑一境堪憑。真常不昧谷神清。群魔從此滅，一點自圓成。物外清吟唯獨樂，人間寵辱何驚。勸君速悟問前程。要求真實相，休論假聰明。

（《葆光集》卷中〈臨江仙·示眾〉，頁 1176，61）

△　堆金積玉。日日慳貪心未足。足上何求。直待荒郊臥
土丘。迴頭有路。爭奈愚人迷不悟。若悟迴頭。免了
前程無限愁。（《葆光集》卷下〈減字木蘭花·秋陽觀作勸世〉，
頁 1183，106）

△　損人利己。貪愛欺瞞何日已。害眾成家。富貴人前仍
自誇。陰公暗記。死上頭來誰肯替。天道無私。報應
分明各有時。（《葆光集》卷下〈減字木蘭花〉，頁 1183，109）

△　外積陰功內固陽。長春示眾，此語偏長。還能頓悟入
無爲，宿業猶如，赫日消霜。不假澄心六慾忘。功成
行滿，越過炎涼。騰騰兀兀任西東，覺徹人間，且恁
韜光。（《葆光集》卷下〈一剪梅·示眾復用前韻〉，頁 11909，
158）

以上所舉，前五首爲專論道義教旨之作，後五首爲勸世之作，可以清
楚看出，全是全眞家風。詞中援用禪宗佛語之處，更較前賢普遍。

　　尹志平的詞作中，贈寄答和的作品有四十餘首。也全是闡道說教
的道家語。茲舉數首：

△　只爲功虧行闕，故教不免東西。自從別後二年期。路
轉風塵萬里。詞寄燕山道眾，聽予至囑休疑。外緣雖
幹內忘機。免卻前頭懊悔。（《葆光集》卷中〈西江月·寄
京師道友〉，頁 1170，23）

△　本性元虛不二，奈何情欲交加。人能頓悟道生涯。世
態分明是假。更要深通玄奧，須當拂去矜誇。含光默
默養靈芽。便是無爲造化。（《葆光集》卷中〈西江月·贈
儒士王子正〉，頁 1170，25）

△　山後三陽都歷遍，宣德朝元，不晚須相見。數載師前
人事倦。區區獨自隨風轉。幾度天長曾發願。糲食粗
衣，隔斷人情面。富貴榮華無意戀。不如巖下成修鍊。
（《葆光集》卷中〈鳳棲梧·宣德州見請，以此詞答之〉，頁 1173，
48）

△　了心一法，越三乘、妙體果離生滅。萬事知空非可取，

　　　慧性輝輝通徹。靜裏乾坤，閑中日月，堪付知音說。
　　　家山還到，自有無限風月。一點無相眞如，澄澄湛湛，
　　　內外難分別。要會玄元端的處，無縱迷情乖劣。勤論
　　　幽微，頻修祕密，參透天機訣。此時不了，更待何日
　　　休歇。(《葆光集》卷中〈無俗念·龍陽觀道眾索〉，頁1176，
　　　66）

　△　乘車坐馬走東西。論玄規。入幽微。天下崢嶸，隨分
　　　立階梯。吾教流通天地祐，無不喜，盡歸依。其中消
　　　息與誰期。解忘機。識無爲。霞友雲朋，心地要平夷。
　　　抱樸全眞明日用，神燦燦，性輝輝。(《葆光集》卷下〈江
　　　城子·和蒼蓋郭秀才韻〉，頁1178，74）

　△　先天欲別意沉吟。就清陰。散幽襟。酷暑全無，蚊蚋
　　　不相侵。清靜安居堪久計，住一日，勝千金。此方道
　　　友果堅心。日相尋。演清音。訪道崇眞，通古更明今。
　　　九夏待予無以報，臨去也，贈荒吟。(《葆光集》卷下〈江
　　　城子·別樊山先天觀道友〉，頁1179，81）

　△　一點靈明本寂然。隨通隨感，應赴諸緣。頭頭認得這
　　　些兒，動也方圓。靜也方圓。日用無私不著邊。消虛
　　　消息，此法堪傳。指人頓悟入無爲，行也忘言。坐也
　　　忘言。(《葆光集》卷下〈一剪梅·述懷贈柳先生〉，頁1191，
　　　165）

從這些作品可以看出，尹志平不論是酬贈、寄言、話別、唱和，都不
離說教闡道。與全眞諸宗師稍微不同的是，有關話別的作品多達十一
首，這是王重陽與全眞七子的詞作所未有的，這反映出尹志平溫柔敦
厚，重道友間的情誼。

　　尹志平的詞作，述懷言志的作品有十餘首，內容都是敘寫向道修
行的志願，充份表露出宗教的的意志與風範，茲錄二首如下：

　△　天下周遊將欲遍。十載區區，恐負先師願。老也休休
　　　人事遠，遊山翫水隨緣轉。報與知音聽我勸。劫運刀
　　　兵，箇箇都親見。仍自貪求生愛戀。前頭路險如何免。

（《葆光集》卷中〈鳳棲梧・述懷〉，頁 1174，53）

△ 薄利虛名，誰人能戒。前頭路險猶貪愛。惟予不肯著
浮華，中心有願超三界。廣布慈風，休生懈怠。心懷
忍辱常寧耐。豁開心地若虛空，分明見箇眞難壞。（《葆
光集》卷下〈踏雲行・自詠〉，頁 1187，143）

尹志平的詞作，寫景記遊的作品有十餘首，內容雖亦不離道家語，但
有些寫得較爲清麗可讀，茲舉三首如下：

△ 西山深處道人家。養道修眞何處加。九夏高眠無暑氣，
三秋結實有新瓜。亂山坡下宜禾黍，渾水河邊長桑麻。
四季平和人事少，三餐終日是生涯。（《葆光集》卷下〈瑞
鷓鴣・詠西山〉，頁 1186，132）

△ 西山一帶好人煙。曲水環山若洞天。無是無非無寵辱，
有花有果有林泉。家家奉道養閒客，戶戶欽壇禮大仙。
如此勤心行吉善，太平快樂過豐年。（《葆光集》卷下〈瑞
鷓鴣・過龍泉峪〉，頁 1186，133）

△ 昨日春遊，一行恰似乘鸞鳳。知音共。適懷心縱。直
入桃源洞。好向清溪，閒聽琴三弄。眞歡動。任地迎
送。管甚莊周夢。（《葆光集》卷下〈點絳唇・暮春遊五華
山，繼先師韻〉，頁 1189，153）

尹志平的詠物詞只有一首，迻錄如下：

瓊花瞭亂玉塵飛。滿長堤。擁柴扉。暖焙窗明，安用繡簾
幃。夜靜雲收銀鑑滿，看雪月，鬥光輝。季冬眞瑞古今奇。
助寒威。顯豐期。感動詩人，魂魄入希夷。謝女多才詠不
盡，留與俺，道人知。（《葆光集》卷下〈江城子・詠臘雪〉，頁
1179，78）

這首詞寫景造語清綺典雅，用瓊花玉塵來形容白雪，意象的塑造雖不
突出，倒也生動可讀。是尹志平的詞作中，較無道家氣味的一首。

　　尹志平的詞作，除了上述，寫景、記遊、詠物寫得較清麗可誦之
外，還有一類描寫隱居生活或隱居生活中的即興之作，也是較令人欣
賞的，這類作品約有十餘首，茲舉數首如下：

△　我愛秋陽地僻，松巖來往人稀，不勞打坐自忘機。兀
　　兀陶陶似醉。坐上有山有水，心間無是無非。朝朝常
　　見白雲飛。可以留連適意。(《葆光集》卷中〈西江月‧秋
　　陽觀作〉，頁1167，01)

△　窗外橫山入畫，門前流水堪聽。洞天幽處少人行。不
　　是塵寰路徑。占得靜中風月，卻迴鬧裏人情。湛然六
　　識自安寧。一任閑歌閑詠。(《葆光集》卷中〈西江月〉，頁
　　1169，12)

△　山後風光何處好。上谷靈蹤，自古軒轅廟。湧出清流
　　方曲繞。森森綠檜知多少。雲水閑遊今日到。信筆狂
　　吟，自在開懷笑。萬景難侵心合道。全真妙體圓明了。
　　(《葆光集》卷中〈鳳棲梧‧先天觀作〉，頁1174，50)

△　春日龍陽春睡。悟得春光真意。紅日正三竿，卻被春
　　風驚起。驚起。驚起。萬事一場春寐。(《葆光集》卷下
　　〈無夢令〉，頁1181，89)

△　本性愛疏慵。不厭無名不厭窮。落魄隨緣無所礙，心
　　通。觀透人間事事空。得失本來同。動靜何勞問吉凶。
　　兀兀前途真自得，成功。都在忘言冷笑中。(《葆光集》
　　卷下〈南鄉子‧寶玄堂偶得〉，頁1187，138)

這類作品，與論道說教或勸世的作品比較，少了道家氣味，詞中恬澹
靜謐的氣氛與幽雅脫俗的景緻，生動而具體地描繪出尹志平的隱居生
活，讓人嚮往之情，油然生起，讀這類作品，實在要比讀直接論道說
教的作品，來得令人感動。尹志平的詞作中，還有三首具參考價值的，
略述如下：

　　山後重興道院，燕南仍自干戈。道人功行累來多。免卻非
　　(疑為飛) 災橫禍。每日誦經報國，終朝念道降魔。福生
　　禍滅養沖和。真靜真清證果。(《葆光集》卷中〈西江月〉，頁1168，
　　09)

這首詞的起句「山後重興道院」，反映了全真教在丘處機雪山講道之
後，受成吉思汗賞識，大力扶持，因此能大興宮觀的事實。第二句「燕

南仍自干戈」，則反映了當時北方正處金元交戰之際。過片「每日誦經報國，終朝念道降魔」，則反映出全眞教受朝庭扶持之後掌教者的心態。可做爲研究全眞教發展的參考資料。

> 十九遊仙子，隨師歷八荒。西臨回紇大城隍。到處見農桑。
> 一種靈瓜甚美。赤縣幾人知味。大千沙界有多般。鶴駕復東
> 還。（《葆光集》卷中〈巫山一段雲・秋陽觀作〉，頁1171，26）

尹志平曾於元太祖十五年（1220），隨丘處機離萊州，應召北覲成吉思汗，至十八年（1223）始還。全眞碑傳載此事甚詳，李志常更有《長春眞人西遊記》二卷，備載始末。據李志常《西遊記》云：「師知不可辭，選門弟子十有九人，與之俱行。」可知當時隨丘處機北上之弟子應有十九人，可是《西遊記・附錄》所載隨行門人卻只有：趙靜堅、宋道安、尹志平、孫志堅、夏志誠、宋德方、王志明、于志可、張志素、鞠志圓、李志常、鄭志修、張志遠、孟志穩、綦志清、何志清、楊志靜、潘德沖等十八人。全眞碑傳，如：《祖庭內傳・批雲眞人（宋德方）》、弋轂〈清和妙道廣化眞人尹宗師碑銘〉……等，也都說是十八人。尹志平此詞即是回憶覲見之事的作品，開頭「十九遊仙子，隨師歷八荒」即清楚道出有十九人隨師（丘處機）而行。可能是趙九古從至賽籃城即逝世，故有十八人之說。〔註16〕這首詞可作爲考核此事的佐證。

> 暗地高眞，明加保祐。白雲仙跡當成就。吾門七祖鎮燕山，
> 金蓮萬朵芬芳秀。眾會寧心，道人長久。同修清德過星斗。
> 他年功滿去朝元，先師應賜長生酒。（《葆光集》卷下〈踏雲行〉，
> 頁1188，144）

這首詞中「吾門七祖鎮燕山」句，所謂七祖指的是：王重陽、馬鈺、譚處端、劉處玄、丘處機、王處一、郝大通等七人，顯然未將孫不二

〔註16〕陳銘珪《長春道教源流》卷四載此事，註云：「詳記內侍行者十九人，至阿不罕山，留九人，以十人從至賽籃城，趙九古逝，計尚有十八人，乃歸至阿不罕山，先後起程者，祇十七人，蓋一人尚留該地棲霞觀也。附錄連趙九古祇十八人，尚缺一人，其姓名今不可考。」

計入。這七人，在元初被全眞教徒尊爲「全眞七子」。後來，秦志安作《金蓮正宗記》（成書於1241）倡五祖七眞之說，將王重陽從七眞中抽出，上升爲祖師（另四祖爲：王玄甫、鍾離權、呂洞賓、劉海蟾），補孫不二爲七眞之一，「全眞七子」才成爲馬譚劉丘王郝孫七人。此詞可作爲論證此點的佐證。

二、詞作形式分析

　　尹志平的作品，幾乎都是用賦筆和白描手法，與大多數全眞道士的詞作相同，都有流於枯乾淺率、缺少文學藝術價值的情形。其常用修辭法，也都是比喻、對偶、呼告、類疊等全眞宗師們常用的技巧，故不擬深論。本小節僅就用調情形略作介紹，修辭技巧則僅列疊字的使用情形。

　　尹志平用調之情形，依唐圭璋《全金元詞》之編次，表列如下：

表九：尹志平詞所用詞調一覽表

編號	詞　調　名	數　量	編號	詞　調　名	數　量
1	西江月	二五首	2	巫山一段雲	一九首
3	鳳棲梧（蝶戀花）	一二首	4	臨江仙	一〇首
5	無俗念（念奴嬌・酹江月）	八首	6	江城子	一四首
7	如夢令	五首	8	道無情（昭君怨）	一四首
9	減字木蘭花	一七首	10	悟南柯（南歌子・南柯子）	四首
11	青玉案	四首	12	瑞鷓鴣	七首
13	南鄉子	二首	14	虞美人	一首
15	月上海棠	一首	16	踏雲行（踏莎行）	五首
17	點絳唇	六首	18	卜算子	一首
19	賀聖朝	三首	20	一剪梅	一〇首

21	下手遲（恨來遲·恨歡遲）	一首		

附註：以上共計一百六十九首詞，二十一種詞牌。

從上表可知，尹志平一百六十九首詞，共用二十一調。一種詞牌平均高達八首作品，明顯喜用相同詞調。其中王重陽未塡過的調子，只有〈月上海棠〉和〈一剪梅〉、兩種。從尹志平所塡各調的作品數量來看，以〈西江月〉二十五首爲最多，其次爲〈巫山一段雲〉十九首，再其次爲〈減字木蘭花〉十七首，〈江城子〉、〈道無情〉各十四首，〈鳳棲梧〉十二首，這六種詞牌共塡一百一首，佔尹志平全部詞作的六成，可以說是他最喜愛的詞牌。

尹志平所用詞牌，都已見於萬樹《詞律》、御製《詞譜》，所塡各體亦皆合於舊調，無可以補《詞律》、《詞譜》之缺漏者。

尹志平詞作改用道家語爲調名者，有〈無俗念〉、〈道無情〉、〈悟南柯〉、〈踏雲行〉、〈下手遲〉等五種詞牌。其中〈悟南柯〉、〈踏雲行〉已見於王重陽詞；〈無俗念〉、〈下手遲〉已見於丘處機詞。〈道無情〉本名〈昭君怨〉，王重陽一首，仍用舊調名；馬鈺也有一首，調名〈德報怨〉；〈道無情〉可能是尹志平所改易的新調名。又：《葆光集》卷下有一首〈卜算子〉：

> 眞性休空走。二物長相守。這些消息阿誰知，便是無中有。
>
> 寶鼎瓊花放，玉戶金光透。作箇清涼彼岸人，清靜工夫就。
>
> （《葆光集》卷下〈卜算子〉，頁1189，153）

此詞題下有小序云：「玉虛觀夜靜中，師父令和，都要奔波走，〈卜算子〉仍易其名曰〈北地樂〉。」此詞是丘處機與尹志平師徒之間，以詞相和的實際記錄，序言中已說明將調名〈卜算子〉改爲〈北地樂〉，但今本《道藏》卻仍名〈卜算子〉，由此可推測，尹志平的文集經後人整理過，並非當初原貌，且整理《葆光集》之人，有把更易調名的詞牌，改回舊稱的情形。

尹志平的詞作在用調上，還有一個特點，就是喜用中、短調。

他的一百六十九首作品二十一種詞牌中，九十字以上的長調，只有〈無俗念〉一調八首，超過七十（含）字的，也只有〈江城子〉一調十四首，其餘全在七十字以下。這和長筌子在用調上，正好成強烈對比。

尹志平作中，並無「藏頭拆字體」及「福唐獨木橋體」等特殊體式。

尹志平一百六十九首詞，共使用六十二種一百九次疊字。疊字的使用無特殊之處，茲將他使用過的疊字列舉於後（依筆劃排列，數字表使用次數），聊備一格：

人人4、九九4、了了2、兀兀3、日日2、戶戶1、各各1、休休3、年年1、如如2、早早2、朵朵1、步步2、依依1、性性1、事事3、青青1、波波1、昏昏2、垂垂1、涓涓1、般般1、紛紛4、朗朗1、時時2、茫茫2、悄悄1、草草1、迷迷1、盈盈1、家家1、陶陶2、堂堂2、區區3、常常1、寂寂2、悠悠1、處處2、戚戚1、朝朝1、森森2、湛湛1、閑閑1、蒼蒼1、箇箇5、種種2、綿綿3、熙熙1、燁燁1、澄澄3、輝輝2、曄曄1、默默6、整整1、頭頭1、擾擾1、燦燦1、點點1、顛顛2、飄飄1、騰騰1、潭潭1。

綜合言之：尹志平的詞在內容上，全是論道說教的道家語。寫景、記遊、詠物以及描寫隱居生活或隱居生活中的即興之作，是他的詞作中較為可讀的作品。在擇調上，尹志平喜用相同詞牌，多填中短調。整體而言，作品的文學藝術價值不高，在元代道士詞人的作品中，卻已算是較具特色的了。〔註17〕

第四節　姬　翼

姬翼，字輔之，入道後，名志真，號知常子；澤州高平縣（今山西高平縣）人。本長安雍氏，後避金世宗諱，易今姓。生於金章宗明

〔註17〕麼書儀〈元詞試論〉說：「在元代的大量枯燥乏味、荒誕不經的道士詞中，尹志平和姬翼的作品算是別具特色的。」

昌三年（1192），卒於元世祖至元五年（1267），享年七十六。四歲讀
書，九歲考妣俱喪，十三歲能賦詩，弱冠通天文地理陰陽律歷之學。
辛巳歲（1221），元兵下河東澤潞，居民半爲俘虜，翼子然一身，流
徙冀州之南宮。甲午歲（1234），遇棲雲王眞人（志謹），執弟子禮，
棲雲賜今名號；自是從遊盤山，頤眞養浩，大蒙印可。元憲宗二年壬
子（1252），掌教李眞常（志常）起置玄學於燕京大長春宮，翼與其
請，日與四方師德共主法席，後學之士多賴進益。四年甲寅（1254），
王志謹來燕赴普天醮事，禮竟，契翼還汴梁，居朝元宮。無幾，王志
謹登眞，以翼嗣主全眞盤山派教事。元世祖至元四年丁卯（1266），
詔賜「文醇德懿知常眞人」號，詔中有「德行貞良，文學優贍，易垂
直解，道入總章」語。明年（1267）十二月三十日，示微病而逝。所
著詩文曰《雲山集》，另有《南華解義》、《沖虛斷章》、《道德經總章》、
《周易直解》，今本《道藏》只收《雲山集》八卷，餘皆不存。生平
行實詳元李道謙〈知常姬眞人事蹟〉（收錄於《甘水仙源錄》卷八）
及元裴憲、王鶚〈雲山集序〉。

一、詞作內容分析

　　姬翼詞作見於《道藏》本《雲山集》卷五、卷六，又見於吳昌授
雙照樓景元延祐本《知常先生雲山集》卷三，二本所收相同。《全金
元詞》據吳刻本並參校《道藏》本，輯錄姬翼詞作共得一百六十三首。

　　姬翼是棲雲眞人王志謹的嗣法弟子，王志謹則是太古眞人郝大通
的大弟子，故屬全眞盤山派一系。盤山派的實際開創者是王志謹，而
其理論則是以王志謹和姬翼的心性論爲代表。全眞盤山派的理論是在
王重陽所創的全眞教義下，吸收禪宗、理學的心性思想，而建立起的
以心爲基點，以本心本性和道三者合一爲特色，具有濃厚禪宗色彩的
心性論。〔註18〕姬翼的詞作幾乎全是道家語，純粹論道說理的作品有

〔註18〕詳參張廣保《金元全眞道內丹心性論研究》第二部分心性論〈第三
　　　　章盤山派以道合禪心性論〉。

近八十首，約佔了他的全部作品的半數。茲舉數首如下：

△　一點元真被妄想，招來幻化身。蟪蛄朝菌，須臾情識，結習迷雲。火坑千丈機，詐萬端、白浪黃塵。謾橫陳，向污泥坑陷，苦海沉淪。紛紛。存亡得失，是非榮辱苦因循。有時開悟，癡團粉碎，眼孔如輪。性珠穿透方，信葆光、函蓋乾坤。自通神。有壺天不夜，洞府長春。（《雲山集》卷五〈瑤台第一層〉，《全金元詞》頁 1197，〈姬翼詞〉第 01 首，下引只列詞牌、頁碼、順序，以便查考。）

△　興廢閱青史，榮辱夢黃粱。空華電影蹤跡，謾弄恰如狂。分外爲蛇添足，不省狙公賦芋，憂喜兩相忘。回首舊鄉國，風物盡荒涼。百年身，彈指頃，鬢成霜。人間更莫理會，安穩處承當。靜夜月明風細，相對雲朋霞友，談笑興何長。一椀洗心茗，一瓣劫前香。（〈水調歌頭·其三〉，頁 1200，14）

△　萬論千經，俱涉獵、欲求真覺。驗古今行跡，移在口頭渾錯。不向心中團練就，多生浩劫空牢落。會本真、神口未能言，何方學。無一物，空索索。常清淨，通寥廓。下功夫涵養，不須揮霍，白雪陽春誰與和，村歌社酒爭跳躍。看牛毛、如許幾人知，同麟角。（〈滿江紅慢·其三〉，頁 1201，19）

△　全本無虧，真元不妄，從來何少何多。靈源互古，天地與同科。奈染諸緣萬境，生情識、招致翠魔。難超越，虛生浪死，苦海任奔波。聰明求出離，回機一念，決證無何。勘元初本有，些子般詑。應現頭頭總是，分明在、依舊山河。高懸鑒，又還打破，拍手笑呵呵。（〈滿庭芳·全真〉，頁 1202，23）

△　百年光影，綠鬢須臾改。擾擾勞生是非海。料存亡、隱顯盈虛興廢事，盡默聽、玄中眞宰。甚狗苟蠅營，爲浮名薄利苦縈心，萬般機械。閒中一著，莫妄生枝派。平地瀛洲故人在。運靈風掃蕩情塵，須勘破、生死牢關懸解。便領略玄珠用無窮，得自在逍遙，去來

無礙。(〈洞仙歌〉,頁 1207,45)

△ 瓊分石碎。珠離蚌壞。文豹豐狐自害。眾中誰肯密藏
　身,但鼓髻、爭頭要賣。誇功即退。成名即敗。鏡裏
　朱顏不再。到頭畢竟化爲塵,枉棄卻、玄珠寶貝。(〈鵲
　橋仙・其三〉,頁 1210,65)

△ 畫餅充餐必也虛。刻舟求劍決然無。癡心密數人遺契,
　妄念重尋兔守株。先聖跡,古人書。秕糠難作夜光珠。
　萬緣拂盡方知道,妙處那能說與渠。(〈鷓鴣天・其二〉,
　頁 1213,85)

△ 清淨本然眞,紅染(疑爲塵)積染。世網情枷競趨諂。
　茫茫苦海,鼓蕩洪濤激灩。弄潮人不避、風波險。彼
　岸高登,家園點檢。千古離魂自招颭。般般拂盡,依
　舊元初一點。夜光舒洞府、雲霞歛。(〈感皇恩・其六〉,
　頁 1218,118)

△ 事事飽諳知,纔尋易簡。種種施爲盡虛幻。飯囊氣袋,
　伎倆呈來羞報。夢魂驚覺後、開青眼。百不介懷,蹉
　跎懶散。法網塵緣莫推挽。嵐光野色,溪月松風何限。
　放閑身自在、無拘漢。(〈感皇恩・其十一〉,頁 1218,123)

△ 造物謾人人不懂。聲色場中,傀儡閑般弄。今古廢興
　乾取哄。須臾戲罷俱無用。眼自不明眞籠統。走骨行
　屍,逐勢相迎送。強弱是非空冗冗。虛生浪死輪迴種。
　(〈鳳棲梧〉,頁 1221,140)

從這些作品可以明顯看出,不論是論道或說理,都不離全眞祖師所談
的範圍,而且明顯受禪宗影響,偏於心性的討論,全無鉛汞嬰妊等煉
丹術語。《六祖壇經・機緣品第七》載:「有僧舉臥輪禪師偈云:『臥
輪有伎倆,能斷百思想;對境心不起,菩提日月長。』師聞之,曰:
『此偈未明心地。若依而行之,是加繫縛。』因示一偈曰:『惠能沒
伎倆,不斷百思想;對境心數起,菩提作麼長。』」姬翼詞云:「伎倆
呈來羞報」便是化用這個典故。作品中援用禪宗言語或融化禪宗思想
之處,屢見不鮮。張廣保指出盤山派的特色具有濃厚的禪宗色彩(同

註 18），從姬翼的詞作能得到明顯的證明。

　　姬翼的詞作中，有勸世意味的作品約近二十首，但甚少是針對某人耳提面命，殷殷致意的作品，而多是抒發他個人對生命的看法或平日修行的心得，然後再轉而勸人應該要盡早拋棄家緣塵累、入道修行，以共赴蓬萊仙島。茲舉數首如下：

△　眩目空花，紛紛盡、如繩緘縛。軟紅塵堆裏汩沒，認
　　爲眞樂。二陸來時忘後患，兩疏見處誰先著。正夢魂、
　　隨蟻到槐安，何時覺。興廢事，曾著莫。繁華盛，還
　　銷落。更不須人勸，自宜斟酌。古鏡磨開塵外境，隋
　　珠枉彈簷頭雀。待悟時、回首進前程，蓬萊約。（〈滿江
　　紅慢・勉劉主簿〉，頁 1200，17）

△　綠鬢朱顏，那禁兩輪烏兔。被恩枷、愛繩纏住。重如
　　山，深似海，渾身擔負。轉頭看，只贏得、一丘閑土。
　　些子時光，白乾自招憂苦。早抽身、快尋出路。水雲
　　鄉，閑笑傲，開懷行步。有玄珠，待歸來、向伊分付。
　　（〈粉蝶兒・其三〉，頁 1208，50）

△　此身有限，利名無盡苦貪求。人間事事何樓。大抵百
　　年光景，贏得一荒丘。似花梢晨露，水面浮漚。省時
　　便休。須勘破、此形囚。千古迷繩割斷，跳出洪流。
　　逍遙坦蕩，煉一粒神丹物外遊。功行滿、平步瀛洲。（〈婆
　　羅門引・其四〉，頁 1208，54）

△　妻男鐵鎖。家緣猛火。煎迫猖狂怎麼。蠅頭蝸角有多
　　來，便捨命、爭人競我。執迷不躲。甘心籠裏。黑謎
　　猜他不破。只須閻老帖來勾，待不得、兒孫長大。（〈鵲
　　橋仙・其六〉，頁 1211，68）

△　一念失眞常，沉淪苦海。六道周遊趁情愛。形囚物殼，
　　顛倒何時懸解。在人中分外、貪婪差。死去生來，千
　　形萬態，宛轉循環要寧耐。片時光景，不測頭皮更改。
　　勸抽身莫待、臨時悔。（〈感皇恩・其七〉，頁 1218，119）

這類作品所述內容，也未超出全眞宗師所討論的範疇，不過較王重陽

與馬鈺的詞作更具文采，勸戒方式也較含蓄。「勉劉主簿」一首，是
姬翼的詞作中，唯一題爲勉人之詞的作品，其他題爲勸人或示人的作
品，則一首都無，這在全眞道士詞人中，是較特殊的一點。

　　姬翼的詞作中，贈寄應酬的作品只有四首，分別是：〈滿庭芳·
其二·李老先生慶八十〉24、〈滿庭芳·其三·李社長壽〉25、〈雨中
花慢·其三〉（二十年間）43〔註19〕、〈鵲橋仙·其十一·贈大方，時
在共城〉73。由此可推測姬翼較少應酬活動，或不喜以詞交際應酬。
有一首〈春從天上來·天壽節〉，敍寫對當時皇帝的祝壽之意與感恩
情懷，可藉以考查全眞教入元後，受朝庭大力扶持，當時全眞道士們
的一些想法。錄其詞於下：

> 帝錫嘉祥。正九五龍飛，大業繁昌。斡旋洪造，整頓乾坤，
> 雷轟電掣成章。向玉京金闕，咸音震、膽裂遐荒。勝陶唐。
> 應群眞交會，四海平康。寧論普天率土，但蠢爾生民，共
> 賴脣匡。蛸翹端頓，葵藿傾心，竭報惠澤恩光。炷蘭薰瑞
> 靄，祈黃屋、枝葉聯芳。祝吾皇。願龍圖永固，聖壽無疆。

（《全金元詞》頁1205，37）

姬翼的詞作中，述懷言志的作品有近二十首，茲舉數首如下：

> △ 萬塵諸累重重，一時穎脫如懸解。青鞋拄杖，鶉衣百
> 衲，沿身輕快。南北東西，浪萍風梗，去留何礙。許
> 昂簪笑傲，行歌立舞，縈心事，無纖芥。不問壺天境
> 界。更誰分、區中方外。如雲似水，優游散誕，縱橫
> 自在。轉首襟期，世緣空幻，到頭終壞。待他時興盡，
> 雲霞堆裏，結無爲會。（〈水龍吟〉，頁1198，05）

> △ 此身幸脫塵樊累，宜更選清涼地。山靈招我，峰屏岫
> 幌，回環凝翠。白石清泉，竹軒松逕，草堂林際。揀
> 憑高穩處，儲風養月，更誰問，人間世。壓盡壺天景
> 致。笑桃源、落花流水。箇中時復，靈仙高會，彩雲
> 搖曳。談笑滄溟，幾番塵土，劫灰彈指。倒金壺碧酒，

〔註19〕原作〈雨中花〉，誤。據律改。

鯨波一吸，且陶陶醉。(〈水龍吟・其二〉，頁 1198，06)

△　舉世紛紛爭富貴，道人獨占清貧。清貧柔弱得安身。
　　心閑無事過，隨分樂天真。一點浩然如古鏡，圓明不
　　受微塵。護持功滿自通神。超陵三界外，遊賞四時春。
　　(〈臨江仙〉，頁 1215，102)

△　我本世間無用物，般般伎倆都忘。十年冰雪坐虛堂。
　　人情牽挽動，般弄不能藏。卻憶雲山尋僻地，結茅小
　　隱何妨。竹軒松逕倍清涼。月明千嶂外，風動百花香。
　　(〈臨江仙・其三〉，頁 1216，104)

△　雲水鄉中即是家。性耽丘壑，志傲煙霞。清虛已戰勝
　　紛華。世事從他，擾擾如麻。客至何妨不點茶。相忘
　　交結，冷淡生涯。坐中無物向人誇。唯有延生，一粒
　　丹砂。(〈一剪梅〉，頁 1221，142)

這些都是述寫他離俗隱居的情懷和出世修道的志願的作品。詞中超
塵出俗的胸襟躍然紙上，與世無爭、儲風養月的悠閑生活，頗令人
嚮往。

　　姬翼的詞作中，和前一類詞格調相同，但偏重描寫隱逸生活的作
品，有十餘首，茲舉數首如下：

△　坰外地偏塵遠，結茅小隱，事事俱休。脫粟黃虀安分，
　　足可優游。月徘徊、昂簪緩步，風冷淡、懸涕慵收。
　　且淹留，野雲歸岫，煙水橫秋。唯收。隨身數物，靜
　　巾悅手。細櫛梳頭。缽置囊閑，杖藜百衲外無求。唱
　　哩囉、招來牧豎，相爾汝、取次沙鷗。更何憂。奏刀
　　無礙，不見全牛。(〈玉蝴蝶・其三・村居〉，頁 1202，27)

△　幻塵擾擾夢魂飛。著腳履危機。省後自驚疑。猛跳出、
　　樊籠制圍。草鞋藜杖，素冠蓬鬢，蒻笠與蓑衣。雲水
　　任東西。更管甚、人間是非。(〈太常引・其三〉，頁 1212，
　　76)

△　雲散風清雨後天。新荷擎露碎珠圓。清泉汩汩流塵外，
　　白石巖巖賴醉眠。山色裏，水聲邊。留連風月話重玄。
　　溪童欲問人間事，笑指漫空柳撒綿。(〈鷓鴣天〉，頁 1213，

84)

△　暮落朝開木槿榮。圓荷出水露珠傾。火雲千丈燒空際，
　　汗雨淋漓倦鬱蒸。虛白室，誦黃庭。灑然風度有餘清。
　　坐看造化閑般弄，熱惱浮生不暫停。(〈鷓鴣天‧其四〉，頁
　　1213，87)

△　野服黃冠，芒鞋藜杖。無拘係、水雲來往。行歌立舞，
　　玄談清唱。也不論、王侯高尚。惟月圓明，神珠晃朗。
　　周沙界、迴無遮障。逍遙自在，優游偃仰。人間事，
　　任他勞攘。(〈恣逍遙‧其二〉，頁 1221，138)

這些作品都是描寫其雲遊生涯或隱居生活的實際情形，其中雖不免充
斥道家語，但卻是他生活的眞實寫照，「野雲歸岫，煙水橫秋」、「雲
散風清雨後天。新荷擎露碎珠圓。清泉汩汩流塵外，白石嚴嚴賴醉眠。」
寫景還算清麗，「唯收。隨身數物，靜巾帨手。細櫛梳頭。鉢置囊閑，
杖藜百衲外無求」、「野服黃冠，芒鞋藜杖。無拘係、水雲來往。行歌
立舞，玄談清唱。也不論、王侯高尚。」生動地描繪了他的生活動態，
也寫出了他的曠達胸襟，和純粹論道說理的作品比較起來，顯然生動
有趣多了。

　　這類作品還有〈水調歌頭〉(端坐懶成癖) 12、〈春從天上來‧其
五〉(枯木寒灰) 40、〈太常引‧其二〉(滿山風物一溪雲) 75、〈鷓鴣
天‧其七〉(門外黃塵點浣人) 90、〈鷓鴣天‧其十三〉(自救狂心忘
世情) 96、〈鷓鴣天‧其十四〉(爭鹿人家夢未回) 97、〈柳梢青〉(人
靜月明時節) 134 等七首。

　　姬翼的詞作中，寫景的有十二首，其中〈婆羅門引‧其三〉(洞
天物外) 53、〈鷓鴣天‧其六〉(霜雪嚴嚴百物殘) 89、〈青杏兒‧其
二〉(秋色滿林紅) 126、〈一剪梅‧其二〉(珠樹瑤林氣象嘉) 143 等
四首描寫仙境，全是道家語。茲錄四首較無道家氣味的作品如下：

△　翠翦紅裁滿故園。無窮花木鬥爭妍。東風不許常如此，
　　捨故移新別有權。花委地，絮漫天。景景青子葉含煙。
　　無窮不逆機關弄，坐看枝頭幾變遷。(〈鷓鴣天‧其三〉，

頁 1213，86）

△　金菊疏籬擅化工。草蟲切切話秋容。荷衰蘋老蘆花白，
　　撩亂西風墜葉紅。山減瘦，水爭雄。驅馳萬有盡歸宗。
　　道人亦喜三彭滅，清夜無眠坐絳宮。（〈鷓鴣天・其五〉，頁
　　1214，88）

△　薄暮餘霞天際紅。反關無俗，指點山童。新泉活火煮
　　雲龍。受用仙家，兩腋清風。千古埃霾雪山胸。陰魔
　　除掃，不敢形容。玉川攜手水晶宮。月裏行歌，縹緲
　　孤峰。（〈一剪梅・其三〉，頁 1222，144）

△　弄玉歌清律，飛瓊舞散花。乾坤一色散銀霞。何處是
　　仙家。表裏纖塵不立。呈似太虛消息。晃然高下盡玲
　　瓏。神鬼覓無蹤。（〈巫山一段雲・其六〉，頁 1224，162）

這四首作品雖也雜有道家語，但寫景寓理，還算清麗含蓄。另外四首
寫景的作品，也偶有佳句，摘錄如下：

△　此身幸脫塵樊累，宜更選清涼地。山靈招我，峰屏岫
　　幌，回環凝翠。白石清泉，竹軒松逕，草堂林際。揀
　　憑高穩處，儲風養月，更誰問，人間世。（〈水龍吟・其
　　二〉，頁 1198，06）

△　暖候飛灰律，陽和入燒痕。密傳春色滿乾坤。枯朽鬥
　　爭新。（〈巫山一段雲・其三〉，頁 1224，159）

△　秀木枝枝茂，圓荷柄柄香。化工圍圃密收藏。神秀滿
　　池塘。（〈巫山一段雲・其四〉，頁 1224，160）

△　雲散金風勁，天開玉宇新。亭亭孤月轉冰輪。光彩破
　　黃昏。（〈巫山一段雲・其五〉，頁 1224，161）

姬翼的詞作中，詠物的有六首，分別是：〈東風第一枝・其二・詠茶〉
32、〈江神子慢・詠香〉（二首）33、34、〈望梅花・布袍〉57、〈望梅
花・其二・衲襖〉58、〈青杏兒・詠菊〉125 。茲錄二首如下：

△　坼封緘、龍團鬬破，柏樹機關先見。玉童製、香霧輕
　　飛，銀缾引、靈泉新薦。成風手段，虯觷奮、擊碎鯨
　　波，仗此君、些子功夫，瓊花細浮甌面。這一則、全
　　提公案，宜受用，不煩寵勸。滌塵襟、靜盡無餘，開

心月、清涼一片。群魔電掃，瑩中外、獨露元眞，會
玉川、攜手蓬瀛。留連水晶宮殿。(〈東風第一枝‧其二‧
詠茶〉，頁 1204，32)

△　春夏競芬芳。天憐此秘惜藏光。紛華落盡方開展，疏
叢淺淡，孤標冷落，獨傲秋霜。好在水雲鄉。無人知、
見又何妨。賞心希遇陶元亮，新松相對，金英依舊，
風逗天香。(〈青杏兒‧詠菊〉，頁 1219，125)

前一首詠茶，詞中雖也不離道家氣味，但上片敘述泡茶的經過，氣勢
磅礴，語健力遒，描寫手法頗爲奇特，夸飾和譬喻的修辭技巧，運用
得頗具巧思。後一首描寫「紛華落盡方開展」的秋菊，「疏叢淺淡，
孤標冷落，獨傲秋霜」、「新松相對，金英依舊，風逗天香」頗能掌握
菊花孤高不群的氣質和神韻，雖然稱不上生動精彩，但在姬翼的詞作
中，卻是唯一沒有道家語氣的作品。另四首詠物詞，則皆不離道家言
語，茲不贅錄。

　　大體言之，姬翼的作品，在寫景、詠物方面雖比不上長筌子與丘
處機，但在元代道士詞中，已算是較爲傑出的了。〔註20〕

二、詞作形式分析

　　姬翼的作品，最大的特色是用語綺麗精美，甚少夾雜俚語白話。
又喜愛使用典故入詞，充份表現出書生本色。〔註21〕這個特點，從前
一小節所舉詞例，讀者當已能領略，此處不擬贅論。本小節僅就用調

〔註20〕由此亦可推知，元代道士詞在純文學的創作水準上，逐漸走下坡，
　　　　遠不如金源道士詞。

〔註21〕元李道謙〈知常姬眞人事蹟〉說姬翼：四歲讀書，十三歲能賦詩，
　　　　弱冠通天文地理陰陽律歷之學。元裴憲〈雲山集序〉云：「先生世本
　　　　澤郡名族，幼讀書習儒業，業成涉大變，因歸玄教，盡棄世緣，遂
　　　　逐神遊八表之志，何其偉歟。借使當年值承平，攎素業，盡展底蘊
　　　　而兼善天下，其積功種德爲何如哉？惟其時與事乖，於是退而作獨
　　　　善之計，以修身養性，日飲聖腴，與古仙上靈爲之侶，時有著述，
　　　　以鳴道妙，而啓迪後人，此兩者蓋知常與時舒卷之勢然也。」由此
　　　　可知，姬志眞本是書生，因逢世變，不得已始棄俗入道籍，然不改
　　　　其著書啓迪後學之習。

情形略作介紹，修辭技巧則對用典一事再略作分析，並列舉疊字的使用情形。

姬翼用調之情形，依唐圭璋《全金元詞》之編次，表列如下：

表十：姬翼詞所用詞調一覽表

編號	詞　調　名	數　量	編號	詞　調　名	數　量
1	瑤台第一層	一首	2	木蘭花慢	三首
3	水龍吟	三首	4	酹江月（念奴嬌）	三首
5	喜遷鶯	一首	6	水調歌頭	五首
7	滿江紅慢（滿江紅）	六首	8	滿庭芳	三首
9	玉蝴蝶	二首	10	金童捧露盤	二首
11	玉女搖仙珮（玉女搖仙佩）	一首	12	東風第一枝	二首
13	江神子慢（江城子慢）	二首	14	齊天樂	一首
15	春從天上來	五首	16	雨中花慢	三首
17	望海潮	一首	18	洞仙歌	二首
19	月中仙（月中桂）	一首	20	粉蝶兒	三首
21	婆羅門引	四首	22	侍香金童	一首
23	傳言玉女	一首	24	望梅花	二首
25	驀山溪	四首	26	鵲橋仙	一一首
27	太常引	一〇首	28	鷓鴣天	一八首
29	臨江仙	六首	30	萬年春（點絳唇）	三首
31	漁家傲	二首	32	感皇恩	一二首
33	青杏兒（攤破南鄉子）	五首	34	武陵春	四首
35	柳梢青	三首	36	恣逍遙（殢人嬌）	三首
37	鳳棲梧（蝶戀花）	二首	38	一剪梅	五首
39	西江月	一〇首	40	巫山一段雪	六首
41	蘇幕遮	一首			

附註：
1. 以上共計一百六十三首詞，四十一種詞牌。
2. 編號一六〈雨中花慢〉，原誤作〈雨中花〉，據律改。

　　從上表可知，姬翼一百六十三詞，共用四十一調。其中王重陽未填過的調子，有〈瑤台第一層〉、〈水調歌頭〉、〈滿江紅慢〉、〈金童捧露盤〉、〈東風第一枝〉、〈江神子慢〉、〈春從天上來〉、〈望海潮〉、〈洞仙歌〉、〈粉蝶兒〉、〈婆羅門引〉、〈傳言玉女〉、〈望梅花〉、〈鵲橋仙〉、〈太常引〉、〈鷓鴣天〉、〈一剪梅〉等十七調，馬鈺和丘處機未填過的調子，則分別有二十七調和二十五調〔註22〕，這顯示出姬翼在擇調上，與王重陽、馬鈺、丘處機等人有相當大的差異性。

　　從姬翼所填各調的作品數量來看，以〈鷓鴣天〉十八首爲最多，其次爲〈感皇恩〉十二首，再其次爲〈鵲橋仙〉十一首、〈太常引〉、〈西江月〉各十首，這五種詞牌共填六十一首，佔姬翼全部詞作近四成，可以說是他最喜愛的詞牌。

　　姬翼所用詞牌，萬樹《詞律》、御製《詞譜》未收錄者有〈金童捧露盤〉一調。此調姬翼共填二首，見於《道藏》本《雲山集》卷五（《全金元詞》頁 1203）。一首一百三十七字，一首一百三十九字，二首相校，僅「夢幻閻浮」一首於上片第七句不押韻，第十二句押韻，第十三句較「高會雲朋」一首多二字，其餘格式相同。潘慎《詞律辭典》據以立調，二體兼收，並云：「此調與〈玉女搖仙佩〉有近似處，很可能是作者據之改譜，取名〈金童捧露盤〉，調名構成對偶，并符合道家思想之宣傳需要。」其言可信。〔註23〕

〔註22〕姬翼所填四十一種詞牌，馬鈺未填過的有：〈瑤台第一層〉、〈木蘭花慢〉、〈水龍吟〉、〈醉江月〉、〈喜遷鶯〉、〈水調歌頭〉、〈滿江紅慢〉、〈玉蝴蝶〉、〈金童捧露盤〉、〈東風第一枝〉、〈江神子慢〉、〈齊天樂〉、〈春從天上來〉、〈雨中花慢〉、〈望海潮〉、〈洞仙歌〉、〈月中仙〉、〈粉蝶兒〉、〈婆羅門引〉、〈侍香金童〉、〈傳言玉女〉、〈望梅花〉、〈鵲橋仙〉、〈太常引〉、〈青杏兒〉、〈武陵春〉、〈一剪梅〉等二十七調。丘處機未填過的有：〈水調歌頭〉、〈滿江紅慢〉、〈玉蝴蝶〉、〈金童捧露盤〉、〈玉女搖仙珮〉、〈東風第一枝〉、〈江神子慢〉、〈春從天上來〉、〈雨中花慢〉、〈洞仙歌〉、〈粉蝶兒〉、〈婆羅門引〉、〈侍香金童〉、〈傳言玉女〉、〈望梅花〉、〈鵲橋仙〉、〈太常引〉、〈鷓鴣天〉、〈臨江仙〉、〈感皇恩〉、〈青杏兒〉、〈柳梢青〉、〈一剪梅〉、〈巫山一段雲〉、〈蘇幕遮〉等二十五調。

〔註23〕張朝範《《全金元詞》校讀》一文，亦認爲〈金童捧露盤〉爲〈玉女

　　姬翼詞可補《詞律》、《詞譜》未收之同調異體者，有：〈太常引〉一調可補四十八字一體。此調《詞律》二體，正辛棄疾一體，四十九字，又高觀國一體，五十字。《詞譜》二體，同《詞律》。

　　姬翼所塡共十首，見於《道藏》本《雲山集》卷六（《全金元詞》頁 1212～1213），其中九首與《詞律》所收辛詞「仙機似欲織纖羅」一首格式完全相同，僅「情知萬事轉頭空」一首，下片第四句減一字，作四字句異。此體僅此一首，宋金元人無如此塡者，不知是否原詞脫漏一字，暫採以備考。

　　姬翼所塡詞牌多用舊稱，改以道家語爲調名者，僅〈金童捧露盤〉、〈萬年春〉、〈恣逍遙〉三調。其中〈萬年春〉和〈恣逍遙〉皆已見於王重陽詞，各全眞道士所塡，也皆以〈萬年春〉、〈恣逍遙〉爲調名；〈金童捧露盤〉一調則可能是姬翼據〈玉女搖仙佩〉改譜而命新名。

　　姬翼詞作中，並無「藏頭拆字體」及「福唐獨木橋體」等特殊體式，押韻上則偶有重韻的現象，如：〈江神子慢·詠香〉34「徹」、〈鷓鴣天·其八〉91「場」、〈感皇恩·其二〉114 「意」字、〈巫山一段雲·其五〉116「輪」字皆重韻。

　　姬翼的作品除了造語綺麗精美外，還有一特點，就是喜用典故入詞。今《道藏》本《雲山集》有裴憲所撰序文云：「先生世本澤郡名族，幼讀書習儒業，業成涉大變，因歸玄教，盡棄世緣。」所謂涉大變，當指金亡於蒙古（1234，時姬翼四十三歲，遇棲雲眞人王志謹，執弟子禮，自此從遊於盤山）一事。由此可知姬翼本是業儒書生，自幼熟讀典籍，他在〈滿江紅慢·其三〉詞中也說自己：「萬論千經俱涉獵」，因此塡詞難免染上當時文人喜用典故的習性。茲舉一首如下：

　　　合浦未還珠，空撈赤水。萬目蓬心兩何濟。縱令垂手，援

搖仙佩〉之同調異名。文載《文獻》1996 年三期（總六九期），頁931～942。

溺孜孜爲意。奈洪波浩汗、爭沉底。槐裏圖勳，枕中得意。
說與重玄淡無味。木鵝休放，三老歸來沉醉。對晴波不用、
雲霞餌。(〈感皇恩・其二〉，頁 1217，114)

此詞「合浦未還珠」反用後漢孟嘗合浦還珠的典故〔註 24〕，「槐裏圖
勳，枕中得意」化用南柯太守的故事〔註 25〕，使事用典能符合妥貼自
然的要求，是用典用得相當好的例子。姬翼特別喜愛化用南柯太守的
故事，如：

△ 紛紜戰酣白蟻，向槐檀、影裏覓封侯。一覺黃粱未熟，
百年光景都休。(〈木蘭花慢・其二〉，頁 1197，03)

△ 槐南枝上，冷看黃蟻行樂。(〈醉江月・其二〉，頁 1198，09)

△ 正夢魂、隨蟻到槐安，何時覺。(〈滿江紅慢・勉劉主簿〉，
頁 1200，17)

△ 謾戲弄蝸蠻槐蟻，向魂夢悠悠，雄圖堅遠。(〈金童捧露
盤〉，頁 1203，29)

△ 何日夢中驚覺，管識破從前，白蟻庭槐。(〈春從天上
來〉，頁 1205，36)

△ 險處不隄防。競奔走、槐檀戰場。(〈太常引〉，頁 1212，
74)

△ 塵情重。牛毛冗冗。爭作槐根夢。(〈萬年春・其三〉，頁
1216，110)

△ 何日如輪開眼孔。惺惺不作槐根夢。(〈鳳棲梧・其二〉，
頁 1221，141)

以上所舉，都是化用《南柯記》故事的作品，由此可見姬翼好使事用
典之一斑。

〔註 24〕合浦還珠比喻寶物失而復得。漢時合浦產珠，官吏多貪鄙，濫採無
度，珠遂逐漸徙往交阯；後孟嘗爲合浦太守，革除舊弊，於是珠漸
復還。見《後漢書・循吏傳・孟嘗》。

〔註 25〕傳說淳于棼醉酒後，睡在大槐樹下，夢至大槐安國。被詔爲駙馬，
任南柯太守，居官數十年，甚有政績。公主死，因請罷郡守。回京
城後，威福日盛，遂遭國王疑忌，奪官遣歸故里。夢醒，見槐樹下
有大蟻穴，內有城郭台殿之狀，二大蟻及眾多螞蟻在其中，即槐安
國都；南枝上另有一穴，即南柯郡。見唐李公佐《南柯記》。

姬翼一百六十三首詞，共使用七十八種一百三十二次疊字。疊字的使用無特殊之處，茲將他使用過的疊字列舉於後（依筆劃排列，數字表使用次數），聊備一格：

分分1、切切1、冗冗3、早早1、在在2、色色1、如如2、忙忙1、汲汲1、汩汩1、孜孜1、呵呵2、事事7、物物4、昏昏1、的的2、泠泠1、夜夜1、來來1、炎炎1、非非1、芸芸2、枝枝1、重重3、苦苦1、是是1、柄柄1、亭亭1、紛紛6、茫茫5、浩浩4、索索1、般般6、朗朗1、家家1、盈盈1、時時1、眞眞1、倒倒1、冥冥1、陶陶1、處處4、密密1、常常1、琅琅1、悠悠2、淺淺1、專專1、區區1、寂寂1、囂囂1、閑閑1、惺惺3、楚楚1、碌碌1、漠漠1、漫漫2、端端1、種種2、寥寥1、澄澄1、蔥蔥1、鋒鋒1、頭頭6、幂幂1、默默2、蕩蕩1、營營1、融融1、遲遲1、轉轉1、擾擾5、馥馥1、顚顚1、醺醺1、槑槑1、嚴嚴2、靄靄1。

綜合言之：姬翼的詞在內容上，全是論道說教的道家語。多是抒寫他個人入道修行的心得與想法，較少應酬贈示之作。寫景、詠物以及描寫隱居生活的作品，是他的詞作中文學藝術價值較高的作品。在形式方面，造語綺麗精美，喜用典故是最大的特色。整體而言，作品的文學藝術價值不高，但在元代道士詞人中，卻可算是僅次於馮尊師的作家了。

第五節　李道純

李道純，字元素，號清庵，又號瑩蟾子。都梁（舊縣，故城在今湖南武岡縣東北）人。〔註26〕生卒年不詳。據《清庵瑩蟾子語錄》書

〔註26〕王圻《續文獻通考》卷一七九《經籍考‧中和集》，與《四庫全書總目》卷一四七《子部‧道家類存目》皆謂李道純爲都梁人。《道德會元》李道純自序亦稱「都梁參學」。清《湖南通志》卷二四二謂李道純爲武岡人，實誤。

前有至元戊子（元世祖至元二十五年，1288）廣蟾子序，《中和集》
書前有大德丙午（元成宗大德十年，1306）杜道堅序，又白樸《天籟
集》有〈水調歌頭〉二首，乃酬答道純之作，道純《中和集》亦有〈水
調歌頭·贈白蘭谷〉詞〔註27〕，可知道純爲元世祖時人。《鳳陽府志》
卷三十三列道純於盱眙縣（今安徽盱眙縣）道流中，《揚州府志》卷
十九謂道純：「住儀眞（今江蘇儀徵縣）長生觀，世傳其得道飛昇，
號所居觀曰飛仙，今觀雖廢，常有鶴翔其處。」盱眙、儀徵皆道純遊
化之地。道純本爲白玉蟾（本名葛長庚，字白叟）弟子王金蟾（本名
王景玄，字啓道）之門人，爲南宗〔註28〕嫡系。南宗道士於元世祖統
一江南後，多併入全眞教，道純爲南北二宗合流之先導，其著作中有
《全眞集玄祕要》一卷，《中和集》中又有〈全眞活法〉論「全眞之
道」，儼然以全眞道士自居。道純爲元初內丹大家，其著述唯論性命、
內丹，竭力和會三教，以內丹學解儒書，援儒入道，兼綜佛理，對《中
庸》：「喜怒哀樂之未發謂之中，發而皆中節謂之和」句和《尚書》：「人
心惟危，道心惟微，惟精惟一，允執厥中」句特有所悟，遂以中爲至
善之道，改革南北宗丹法，其說自成一家，後人以「中派」稱之。其
弟子甚夥，著名者有柴元皋、趙道可、苗善時、鄧德成、張應坦、蔡
志頤等。

　　道純著述宏富，今本《道藏》收錄有：《三天易髓》一卷、《太上
大通經註》、《太上昇玄消災護命經註》、《太上老君說常清靜經註》、《中
和集》六卷、《道德會元》二卷、《全眞集玄秘要》一卷、《清庵瑩蟾
子語錄》六卷、《無上赤文洞古眞經註》等九種。

〔註27〕詳參《彊村叢書》本《清庵先生詞》況周頤撰〈清庵先生詞跋〉。白
　　　蘭谷即白樸，蘭谷爲其號。
〔註28〕南宋之時，南宗並未形成教團，「南宗」之名乃後人所加，用來與全
　　　眞一派（北宗）區別。就廣義的內丹學意義上的「南宗」而言，指
　　　的是宗奉張伯端一系內丹學的內丹學派。（參卿希泰主編《中國道教
　　　史·第三卷》頁149。

一、詞作內容分析

　　李道純詞作見於《道藏》本《中和集》卷六，又見於朱祖謀《彊村叢書》本《清庵先生詞》，二本所收皆爲五十八首。《全金元詞》據《彊村叢書》元刊《清庵先生中和集》本，參校《道藏》本輯錄，並自《清庵瑩蟾子語錄》卷六補輯一首，得李道純詞作共五十九首。

　　李道純爲元初傑出的內丹大師，其內丹修煉理論十分豐富，基本路線則是性命雙修，先性後命。〔註29〕他融匯了南北二宗的內丹理論，而又能自成一家，所以後人另以「中派」稱其教門。他的五十九首詞作，除了〈沁園春〉（得遇眞傳）01、（身處玄門）02、（道曰五行）03、（道本虛無）04、（叉手者誰）05、（說與學人）06、〈水調歌頭‧言道〉45、〈水調歌頭‧言性〉46、〈水調歌頭‧顯性理〉59 等九首是純粹論道的作品外，其餘五十首都是贈寄指授示勉之作。從內容上看，則五十九首詞完全是論道說教的作品，無一例外。張子良先生《金元詞述評》謂其詞云：「雖入文學範疇，實亦辭章其表，玄道其中；即以彊村叢書所錄五十八首言，幾無一不涉及性、理與破惑悟道之法者，故玄趣彌多而詞味實少，豈亦所謂『文以載道』者歟！」〔註30〕，確實說得不錯。

　　李道純本爲張伯端一系南宗道士，元世祖統一江南後，以全眞道士自居。《中和集》卷三〈全眞活法〉云：「全眞道人當行全眞之道。所謂全眞者，全其本眞也；全精、全氣、全神，方謂之全眞。才有欠缺，便不全也；才有點污，便不眞也。」其內丹修煉理論亦多

〔註29〕關於李道純的內丹理論，卿希泰主編《中國道教史‧第三卷》頁369～370，有扼要的介紹。王家祐《道教論稿》收錄〈論李道純的內丹學說〉一文，論述頗爲詳盡，值得參考，見該書頁280～299（四川：巴蜀書社，1987年8月第一版）。另外，潘雨廷有〈論李道純及其著作〉一文，簡略介紹了李道純的思想及著作，文載《中國道教》1994年第二期，頁17～20。

〔註30〕語見該書頁174。台北：華正書局，1979年7月初版。又：該書頁173，謂李道純爲「儀眞人，或作都梁人。」當以都梁爲確，儀眞乃道純行化之所，非道純之籍貫。

論保全本來眞性之法，他的詞作中論及全眞的有數處，略錄之如下：

△ 全眞輩，苟不全眞性，劫運寧逃。(《中和集》卷六〈沁園春〉，《全金元詞》頁 1226，〈李道純詞〉第 06 首，下引只列詞牌、頁碼、順序，以便查考。)

△ 不識不知，無聲無臭，名曰希微。只道箇便是，全眞妙本，人能透得，即刻知幾。聞法聞經，說禪說道，執象泥文都屬非。君還悟，這平常日用，總是玄機。(〈沁園春・贈括蒼張希微號幾菴〉，頁 1226，09)

△ 在俗心不俗，塵裏不沾塵。處身中正，何妨鬧市與山林。踐履不偏不易，日用無爭無執，只此是全眞。方寸莫教昧，便是上乘人。(〈水調歌頭・贈劉居士〉，頁 1234，40)

△ 眞土眞鉛眞汞，元神元氣元精。三元合一藥方成。箇是全眞上品。(〈西江月・贈潘道人〉，頁 1237，54)

李道純所處的時代，正是佛道相爭激烈之時，元世祖至元十八年（1281）由朝庭主持的「第二次佛道論爭」，全眞教失利，發展上受到很大的打擊，此後佛教勢力因得朝庭大力扶持，擴張迅速，爲圖全眞教之發展，實有拉攏佛教的必要，何況三教合一思想本是全眞南北二宗共通的教旨，因此李道純在他的著作中極力主張會合三教，倡導三教圓融的思想。陳兵在〈略論全眞教的三教合一說〉一文中曾說：「金代全眞家倡三教歸一，一般說來還未對此說作出論證。到元代，全眞家著述中才普遍論證這一命題。他們多把三教的同源一致之點歸結於心性，如《性命圭旨》卷一：儒曰存心養性，道曰修心煉性，佛曰明心見性，指歸皆在心性，『心性者本體也』，乃三教之道的本源。道教說『得一萬事畢』，孔子說『吾道一以貫之』，禪宗說『萬法歸一』，三家所得、所貫、所歸之『一』，即此心性本體。李道純則謂理學的『太極』、佛教的『圓覺』、道教的『金丹』，名三體一，皆可以圓相○表之。而這三種東西，乃同一『眞性』或『元神』，亦即人心靜定、一念不生時的『本來一靈』。其《中和集》卷一說：『釋云如如不動，

了了常知；易繫云寂然不動，感而遂通；丹書云身心不動，以後復有無極眞機，言太極之妙本也，是知三教所尙者靜定也，周子所謂主於靜者是也。蓋人心靜定未感物時湛然天理，即太極之妙也。』因此，他又把三教義理之同歸結於一個『中』字，中者，即《禮記》『喜怒哀樂未發謂之中』的『中』；又把三教義理之同歸結於道教的『虛』，曰：『爲仙爲佛與爲儒，三教單傳一個虛。』(《中和集》卷四)，其所謂虛，是無方所、不可說、不可知見之意。」〔註31〕這段話頗能切合實況，又能扼要揭舉李道純的理論思想大綱。李道純在《中和集》卷三〈潔菴瓊蟾子程道安問三教一貫之道〉一文暢言三教一貫之道，卷五〈贈鄧一蟾〉詩云：「禪宗理學與全眞，教立三門接後人。釋氏蘊空須見性，儒流格物必存誠。丹臺留得星星火，靈府銷鎔種種塵。會得萬殊歸一致，熙臺內外總是春。」在《三天易髓》中，引道教引丹書釋儒教之「太極」與佛教之《心經》，又引《心經》釋道教之《陰符經》，並明言：「引儒釋之理證道，使學者知三教本一。」都在在表現其倡導三教融合的思想與態度。在他的詞作中，反映三教合一思想的作品有：

　　△　三教正傳，這蹊徑、元來驀直。問老子機緘，至虛靜
　　　　極。釋氏性從空裏悟，仲尼理自誠中入。筭始初、立
　　　　教派分三，其源一。道玄關，常應物。易幽微，須默
　　　　識。那禪宗奧旨，眞空至寂。刻刻兼持無間斷，生生
　　　　受用無休息。便歸根、復命體元虛，藏至密。(〈滿江紅‧
　　　　贈丁縣令三教一理〉，頁1230，22)

　　△　教有三門，致極處、元來只一。這一字法門，深不可
　　　　測。老子谷神恒不死，仲尼心易初無盡。問瞿曇教外
　　　　涅槃心，密密密。學神仙，須定息。學聖人，忘智識。
　　　　論做佛機緘，只憑慧力。道釋儒流都勘破，圓明覺照
　　　　工夫畢。看頂門、進破見眞如，光赫赫。(〈滿江紅‧贈

〔註31〕該文刊於《世界宗教研究》1984年第一期，頁7～21。陳兵撰此文時，任中國社會科學院世界宗教研究所助理研究員。

密菴述三教〉，頁 1230，26)

△ 道釋儒三教，名殊理不殊。參禪窮理，只要抱本返元
初。解得一中造化，便使三元輻輳，宿疾普消除。(〈水
調歌頭‧示眾無分彼此〉，頁 1234，43)

△ 道曰五行，釋曰五服，儒曰五常。矧仁義禮智，信爲
根本，金木水火，土在中央。白虎青龍，玄龜朱雀，
皆自句陳五主張。天數五，人精神魂魄，意屬中黃。……
(〈沁園春〉，頁 1225，03)

△ ……我爲諸公，分明舉似，老子瞿曇即仲尼。思今古，
有千賢萬聖，總是人爲。可憐後學無知。辨是是非非
沒了期。況天地與人，一源分判，道儒釋子，一理何
疑。見性明心，窮微至命，爲佛爲仙只在伊。……(〈沁
園春〉，頁 1225，05)

這些作品，有的直接論述三教一理，有的援引三教人物，間接反映三
教合一思想，可作爲考察李道純思想的資料。

李道純的詞作在援引三教人物時，特別愛用「瞿曇」一詞，例如：

△ 無中究竟，虛無兼達，勘破瞿曇。(〈沁園春〉，頁 1225，
04)

△ 老子瞿曇即仲尼。(〈沁園春〉，頁 1225，05)

△ 萬緣俱掃，方信道瞿曇即老聃。(〈沁園春‧贈春谷清禪師〉，
頁 1226，08)

△ 問瞿曇教外涅槃心，密密密。(〈滿江紅‧贈密菴述三教〉，
頁 1230，26)

△ 堪傷處，外邊尋覓，笑殺老瞿曇。(〈滿庭芳‧授記定菴〉，
頁 1233，36)

瞿曇本是梵語 Gotama 的音譯，爲釋迦车尼佛的俗姓，《涅槃經‧梵行
品》云：「大王當知，迦毗羅城淨飯王子，姓瞿曇氏，字悉達多。無
師覺悟自然而得阿耨多羅三藐三菩提。」後以「瞿曇」爲佛的代稱。

李道純以禪宗圓相○表三教同源之道，謂此○「釋曰圓覺，道
曰金丹，儒曰太極」本爲一物，它必須在靜定的心態下才能體驗得

到，故曰：「是知三教所尚者靜定也，周子所謂主於靜者是也。蓋人心靜定未感物時，湛然天理，即太極之妙也；一感於物，便有偏倚，即太極之變也。苟靜定之時，謹其所存，則天理常明，虛靈不昧，動時自有主宰，一切事物之來，俱可應也。靜定工夫純熟，不期然而自然，至此，無極之眞復矣！太極之妙應明矣！天地萬物之理，悉備於我矣！」（《中和集》卷一）陳兵〈元代江南道教〉述李道純思想說：「說道說心，終歸於宗教神秘主義的內省體驗，他（李道純）把這種內省工夫的原則標榜爲儒書《禮記》『喜怒哀樂未發謂之中，發而皆中節謂之和』之『中和』二字，以『中和』爲其室之匾、其文集之名。」〔註32〕由此可知，靜定乃李道純教人的修持方法，中和則是靜之時，虛靈眞性的狀態。在他的詞作中，常言及靜定與持中，茲摘錄如下：

△　神室虛閒，靈源澄靜，就裏自然天地交。（〈沁園春〉，頁1226，06）

△　欲求端的，勿泥身形。息定神清，緣空氣固，清靜無爲精自凝。（〈沁園春·贈靜菴口訣〉，頁1226，07）

△　心安定，那虛靈不昧，照破昏衢。（〈沁園春·贈吳居士丹旨〉，頁1227，11）

△　眞鼎眞爐，不無不有，惟正惟中。向靜裏施工，定中幹運，寂然不動，應感潛通。老蚌含珠，螟蛉咒子，箇樣眞機妙莫窮。只這是，若疑團打破，頓悟眞空。（〈沁園春·贈安閒子周高士〉，頁1227，12）

△　中是儒宗，中爲道本，中是禪機。這三教家風，中爲捷徑，五常百行，中立根基。動止得中，執中不易，更向中中認細微。其中趣，向詞中剖得，慎勿狐疑。（〈沁園春·勉中菴執中妙用〉，頁1228，16）

△　人心惟危，道心惟微，中藏化機。那些兒妙處，都無做造，靈明不昧，慧日光輝。（〈沁園春·贈圓菴蔣大師〉，

〔註32〕該文刊於《世界宗教研究》1986年第二期，頁65～80。

頁1228,17)

△　道在常人，日用之間，人自不知。奈叢識紛紛，紅塵
　　袞袞，靈源不定，心月無輝。人我山高，是非海闊，
　　一切掀翻便造微。諸賢眷，聽清庵設喻，切勿狐疑。
　　先將清淨爲基。用靜定爲庵自住持。以中爲門户，正
　　爲林栩，誠爲徑路，敬作藩籬。卑順和人，謙恭接物，
　　服食興居弗可違。常行此，若工夫不閒，直入無爲。(〈沁
　　園春・勉諸門人〉，頁1229,18)

△　道本自然，但有爲、頭頭是錯。若一味談空，如何摸
　　索。無有雙忘終不了，兩邊兼用遭纏縛。都不如、默
　　默守其中，神逸樂。(〈滿江紅・授覺庵〉，頁1229,21)

△　性正惟中，只這是、修仙祕訣。若稍有偏頗，動生差
　　別。試向動中持得定，自然靜裏機通徹。(〈滿江紅・贈
　　止庵張宰公〉，頁1230,25)

△　學神仙，須定息。(〈滿江紅・贈密庵述三教〉，頁1230,26)

△　觀復工夫，要默默、存存固守。靜極中一動，便通玄
　　牝。惚恍中閒情合性，虛無谷裏奇投偶。(〈滿江紅・贈
　　唯庵宗道人〉，頁1231,27)

△　道本無言，要學者、潛通默識。若萬慮俱捐，虛靈湛
　　寂。動處調停水中火，定中究竟波羅密。問玄關一竅
　　在何宮，中閒覓。(〈滿江紅・贈敬庵葛道人〉，頁1232,32)

△　寂寞山居，喧轟市隱，頭頭總是玄關。資明高士，須
　　向定中參。(〈滿庭芳・贈焦提舉〉，頁1232,35)

△　學佛學仙，參禪窮理，不離玄牝中閒。……定庵高士，
　　好向定中參。(〈滿庭芳・授記定庵〉，頁1233,36)

△　土釜要端正，定裏問黃公。流戊就己，須待山下出泉
　　蒙。採藥隄防不及，行火休教太過，貴在得其中。執
　　中常不易，天理感而通。(〈水調歌頭・贈和庵王察判〉，頁
　　1233,37)

△　學佛學仙要，玄妙在中誠。(〈水調歌頭・贈寶蟾子〉，頁
　　1233,39)

△　密密至虛守靜，便見無中妙有。（〈水調歌頭‧贈張蒙菴〉，
　　頁 1234，41）

△　說與洞蟾子，定裏作工夫。（〈水調歌頭‧贈實菴〉，頁 1234，
　　42）

△　性源清，心地靜，發天光。（〈水調歌頭‧言性〉，頁 1235，
　　46）

△　亙初一點，瑩如如、無相無形無質。不蕩不搖常正定，
　　直是斷蹤絕跡。……靜中拈出，蟾光爍破無極。（〈百字
　　令‧贈胡秀才〉，頁 1236，50）

△　心要安閒，身須正定，意在常存守。始終不怠，自然
　　通透玄牝。（〈百字令‧指老蟾張大夫下手〉，頁 1236，51）

△　識破無人無我，何須求佛求仙。隨時隨處總安禪。一
　　切幻塵不染。選甚山居野處，何妨鬧市門前。執中守
　　正固三田。久久神珠出現。（〈西江月‧贈周守正〉，頁 1237，
　　56）

△　九載三年常一定，便是神仙。（〈鍊丹砂‧示眾〉，頁 1237，
　　58）

△　至道無言說，神功妙莫量。本來具足，添之無礙減無
　　妨。不在多聞廣學，只要潛通默會，定裏細參詳。箇
　　中端的意，元不離中黃。（〈水調歌頭‧顯性理〉，頁 1237，
　　59）

以上所舉，或分論、或合論，都不離靜定與持中的原理，從引詞數量
之多，即可知這一思想在李道純的理論系統中，所佔的重要性。

二、詞作形式分析

　　李道純的作品，全是論道說理的作品，其中論自然本性與靜定持
中的作品，佔了大部份。本小節僅就用調情形略作介紹，並列舉疊字
的使用情形。

　　李道純用調之情形，依唐圭璋《全金元詞》之編次，表列如下：

表十一：李道純詞所用詞調一覽表

編號	詞　調　名	數量	編號	詞　調　名	數量
1	沁園春	一八首	2	滿江紅	一六首
3	滿庭芳	二首	4	水調歌頭	一一首
5	百字令（念奴嬌‧醉江月）	七首	6	西江月	三首
7	鍊丹砂（浪淘沙）	二首			

附註：以上共計五十九首詞，七種詞牌。

　　從上表可知，李道純五十九詞，共用七調。平均一種詞牌超過八首作品，明顯喜用相同詞調。其中〈滿江紅〉、〈水調歌頭〉兩種，王重陽和全真七子都未填過。其餘五種則王重陽和丘處機都有作品。從李道純所填各調的作品數量來看，以〈沁園春〉十八首為最多，其次為〈滿江紅〉十六首，再其次為〈水調歌頭〉十一首，這三種詞牌共填四十五首，佔全部詞作七成六，明顯偏愛這三種詞牌。

　　李道純所用詞牌，都已見於萬樹《詞律》、御製《詞譜》，所填各體亦皆合於舊調，無可以補《詞律》、《詞譜》之缺漏者。

　　李道純詞作改用道家語為調名者，有〈鍊丹砂〉一種。此名稱，已見於馬鈺及丘處機詞作。

　　李道純的詞作在用調上，還有一個特點，就是喜用長調。他的五十九首作品中，只有三首〈西江月〉都是五十字、兩首〈鍊丹砂〉都是五十四字以外，其餘五十四首都是九十字以上的長調。

　　李道純詞作中，並無「藏頭拆字體」及「福唐獨木橋體」等特殊體式，押韻上有二首重韻，〈沁園春〉（得遇真傳）重「閒」字、〈沁園春〉（叉手者誰）05重「誰」字。

　　李道純五十九首詞，共使用五十三種七十七次疊字。疊字的使用無特殊之處，茲將他使用過的疊字列舉於後（依筆劃排列，數字表使用次數），聊備一格：

　　　　人人1、三三1、兀兀1、久久1、片片1、化化1、玄玄2、
　　　　生生2、正正1、平平1、件件1、存存3、如如2、形形1、

物物 2、非非 1、門門 1、昏昏 1、陀陀 2、刻刻 1、帖帖 1、
的的 1、往往 1、青青 1、是是 1、亭亭 1、般般 2、紛紛 2、
圈圈 1、哀哀 1、密密 2、條條 1、陶陶 1、堂堂 2、湛湛 1、
當當 1、圓圓 1、慢慢 3、箇箇 1、端端 1、團團 1、赫赫 1、
徹徹 1、說說 1、嫩嫩 1、綿綿 1、澄澄 1、頭頭 5、默默 4、
爍爍 4、巍巍 2、體體 1、靈靈 1。

綜合言之：李道純的詞在內容上，全是論道說教之語，無一例外。
況周頤〈清庵先生詞跋〉云：「閱《清庵先生詞》竟，皆道家語，說
理圓徹，引而申之，乃三教一源，庶幾闓恉。其於禪乘，信有悟入處。」
確實是如此。在形式方面，五十九首詞，只塡了七種詞牌，明顯喜愛
使用〈沁園春〉、〈滿江紅〉、〈水調歌頭〉這三種詞牌。剖析事理，深
入淺出，圓融透徹，是李道純詞作的長處。純就論道說理而言，李道
純在金元兩代道士詞人中，可以算是這方面的佼佼者。

第六節　其他全眞門人詞析論

本節分別評述：高道寬、宋德方、王志謹、苗善時、馮尊師、三
于眞人、劉鐵冠、牛道淳、楊明眞、范圓曦、紙舟先生、雲陽子、牧
常晁、王玠等十四人之詞作。

一、高道寬

高道寬，字裕之，號圓明子，應州懷仁（今山西省懷仁縣）人。
生於金章宗明昌六年（1195）七月十九日，卒於元世祖至元十四年
（1277）正月二十五日，享年八十三。道寬先世夙饒財富，幼業儒，
通經史大義，長爲吏長安，丁內外艱，始棄室爲黃冠師。初學於蓬萊
菴安全眞及丹陽觀李沖虛，後禮于洞眞（善慶），遊其門最久。元太
宗十年（1238）從洞眞演教白霫。十二年（1240）又從入關興復祖庭，
洞眞授今號，署知重陽萬壽宮，及提點甘河遇仙宮事。憲宗二年（1252）
李眞常擢爲京兆道錄。世祖中統二年（1261），張誠明薦之於朝，制
以爲提點陝西興元等路道教。至元十三年（1276），天后、皇子安西

王各錫黃金雲羅冠服一，並令掌管西蜀道教，賜號「洞觀普濟圓明眞人」。典領教門踰二十年，事來即應，皆曲中其理。每夜分澄神靜坐，達旦不寐，習以爲常。生平行實詳元姚燧〈洞觀普濟圓明眞人高君道行碑〉（收錄於《甘水仙源錄》卷八）及李道謙《終南山祖庭先眞內傳》卷下〈圓明眞人傳〉。

高道寬爲于善慶之門人，于善慶爲馬鈺之弟子，後禮丘處機爲師，改名志道（《甘水仙源錄》卷三、《祖庭內傳》卷下有于善慶碑傳）。高道寬爲全眞教第三代弟子中著名於世者，時值全眞勢力臻於鼎盛之際，故入道後備受寵遇，提點掌管陝西、西蜀等一方道教，前後近二十年，可謂有功於全眞教之發展。

高道寬之著作，《道藏》收有《上乘修眞三要》二卷。書前題「圓明老人述」，無序跋。全書分三部分，即所謂之「三要」，以述「返還心性，體用權實，紀綱合一」爲主旨。第一要以十四幅圖畫展示「返還心性」之過程及訣竅，每圖並有七言雜體詩作說明。第二要分「周易參同大道第一」、「乾坤體用正道第二」、「乾坤丹鼎正道第三」、「丹藥偃月正道第四」、「火候昇降正道第五」、「三昧正道第六」、「三元七返正道第七」、「七返眞藥正道第八」、「九返大丹正道第九」、「乾坤日月正道第十」、「眞元超脫正道第十一」、「無爲大道第十二」等十二目，分述內丹修煉的過程與訣竅，即所謂「體用權實，紀綱合一」之法；每一小目，先畫圖一幅，然後以詞一首或二首說明圖畫含意，接著用五言或七言詩「訣」一首，提示修煉訣竅，最後有一段文字（偶爾從缺或以詞代替）作整體說明。第三要爲〈純覺心性歌〉一首，總論全書旨要及修眞心得。

《全金元詞》據《上乘修眞三要》卷下，輯錄高道寬詞作，共得二十六首。這二十六首詞即是《上乘修眞三要》卷下第二要中，說明圖畫函意或說明小目要旨的作品，故其內容全部都是論道說理或述內丹修煉的方法，無一例外。茲迻錄若干首，以窺一斑：

△　藥無窮，頻收採。丹鼎純烹，一味通三昧。萬法都無

真箇會。清靜家風，最上為精粹。付知音，偏可意。開口參同，方外生智慧。乾裏圓明添活計。了見之時，衲被蒙頭睡。(《上乘修真三要》卷下〈蘇幕遮〉，《全金元詞》頁1192，〈高道寬詞〉第06首，下引只列詞牌、頁碼、順序，以便查考。)

△　寶劍重磨光色顯，圓明正照無邊。月華皓皓鎖蟾天。一輪含弘處，松檜幾居仙。滿目玉塵風舞動，銀峰鋪翠雲軒。鶴來先報玉皇宣。跨鸞歸去也，拂袖朝天。(〈臨江仙〉，頁1193，09)

△　閉玄關，通三昧。採藥仙翁，收得真消息。柳岸蘆花添青翠。滿地白雲，只許人不會。但拈來，偏如意。本分家風，分付真心地。一顆神珠明麗麗。照破塵沙，相遇人授記。(〈蘇幕遮〉，頁1193，10)

△　真大道，脫體做神仙。兩箇一般無二樣，功成行滿玉皇宣。鶴駕赴朝元。浮空去，萬法總無言。我本獨超三界外，玄元不二妙真全。寰海度人船。(〈逍遙令〉，頁1195，23)

△　頓悟玄機，漸離塵境，雙忘頓漸無為。修真大道，了見本希夷。戒律精持道德，做神仙、方外先知。憑心地，三千功滿，八百行無虧。諸公休生退，勤勞謹務，慈儉明白，先人後己，忍讓慈悲。割斷俗緣最上，遇玄門、加志無移。神明祐，超拔七祖，同赴綵雲歸。(〈滿庭芳〉，頁1195，26)

上舉詞作中，論調養心性與修煉丹爐之語，參差互見，可知高道寬也是主張性命雙修。「清靜家風，最上為精粹」、「本分家風，分付真心地」是全真道士一貫的修性法則。「三千功滿，八百行無虧」是全真教「功行兩全」的教義。詞中雜用佛家與儒家語，屢見不鮮（如〈滿庭芳〉），則是「三教合一」思想的具體反映。大致言之，高道寬的思想，不離全真教義，而偏向融合遇山派（馬鈺所創）清淨本色，與龍門派（丘處機所創）內道外儒的心性論，這可能是因其師于善慶曾先

後禮馬鈺及丘處機爲師，而高道寬盡傳于善慶之學的緣故。〔註33〕

　　高道寬的詞作，在造語上十分典雅清麗。借景物喻理的筆法，運用得相當有技巧，如上舉〈臨江仙〉(寶劍重磨光色顯) 一首，及〈蘇幕遮〉：「柳岸蘆花添青翠。滿地白雲，只許人不會。」句，都是寓理於景物之中，寫景寫物清新可喜，又富言外之意的作品。由此可知，高道寬也是一爲能文的道士。

　　高道寬所塡二十六首詞，共用七種詞牌。依作品數量排列，分別是：〈蘇幕遮〉十二首、〈西江月〉五首、〈望蓬萊〉四首 (其中二首名〈逍遙令〉)、〈浪淘沙〉二首、〈臨江仙〉、〈掛金索〉、〈滿庭芳〉各一首。這七種詞牌馬鈺都有作品，王重陽則僅〈掛金索〉一調未塡過，該調單片八句四仄韻，實即北曲商調〈掛金索〉〔註34〕，應是散曲小令。高道寬所塡〈逍遙令〉二首，按律實即〈憶江南〉，〈憶江南〉又名〈望江南〉，全眞道士所塡皆名〈望蓬萊〉，〈逍遙令〉一名僅見於高道寬詞，是他所改易的調名。

　　　　高道寬的詞作在用韻方面，出韻和重韻的作品各有一首。
　　　　出韻的是：混沌屯蒙如卵，昏昏默默盈空。浩然太素抱鴻
　　　　濛。一氣循環凝重。內隱眞水眞火，氤氳盤結如冰。中心
　　　　元始造玄功。三氣齊分太定。(〈西江月〉，頁 1192，01)

此詞押「空、濛、重、冰、功、定」六韻，其中「空、濛、重、功」屬第一韻部 (戈載《詞林正韻》)，「冰、定」屬第十一部，明顯不同。重韻的一首作品則是〈浪淘沙〉(稽首聚神仙)，「全」字重韻。

二、宋德方

　　宋德方，字廣道，號披雲子，萊州掖城 (今山東省掖縣) 人。生

〔註33〕關於遇山派清淨本色心性論，與龍門派內道外儒心性論，可參張廣保《金元全眞道內丹心性論研究》頁 83～140。臺北：文津出版社，民 82 年 7 月初版。
〔註34〕詳參周玉魁〈金元詞調考〉，文載《詞學》第八輯，華東師大出版，1990 年 10 月，頁 139～149。又可參周玉魁〈略談《全金元詞》的校訂問題〉，文刊《文學遺產》1989 年五期，頁 130～132。

於金世宗大定二十三年（1183），卒於元定宗二年（1247），享年六十五。生後方能言，便好讀書。年十二，往見劉處玄學道，處玄留侍几杖。後得度於王處一，占道士籍。處玄逝後（1203），事丘處機於棲霞，處機賜號披雲。儒經道典，如易、老、中庸、大學、莊、列尤所酷好，即詩書子史，亦罔不涉躐，於中采其窮理盡性之學。元太祖十五年（1220）春正月，隨丘處機西覲成吉思汗，返燕後，侍處機居長春觀。及處機羽化，遺命德方與李志常同議教門事，遂提點教門。元太宗九年（1237）主平陽醮事，於玄都觀思及長春往日所囑重修《道藏》語，乃慨然以興復藏室爲己任，遂與門人秦志安謀爲鋟布。丞相胡天祿聞而悅之，傾白金千兩爲創始之資；終於乃馬眞后三年（1244）編纂刊行《大元玄都寶藏》，都七千八百餘卷，於保存道教典籍，厥功至偉。又於纂修《道藏》之餘，創建宮觀四十餘區，開展教門，貢獻至鉅。是年（1244）春，往終南祖庭，應皇子闊端大王醮事，醮竟，賜號「玄都至道眞人」。定宗二年（1247）十月，沐浴更衣，示微疾而逝。元世祖至元七年（1270），聖旨追贈「玄通弘教披雲眞人」號。《道家金石略》收有元商挺〈玄都至道崇文明化眞人道行碑〉、元王利用〈披雲眞人道行碑〉、元李鼎〈玄德至道披雲眞人宋天師祠堂碑銘並引〉三碑，詳其生平行實，李道謙《終南山祖庭仙眞內傳》卷下有〈披雲眞人傳〉。

　　宋德方所著詩文，名爲《樂全集》，行於當世，今本《道藏》未載，當已遺佚。《鳴鶴餘音》卷一載其〈雨霖鈴〉詞一首、卷七載其雙調〈風入松〉北曲一首、卷九載其〈七眞禪讚〉一篇，《古樓觀紫雲衍慶集》卷下有〈說經臺〉七律一首，宋德方現存作品，殆盡於此。《全金元詞》據《鳴鶴餘音》卷一輯錄宋德方詞〈雨霖鈴〉二首，並於第二首案云：「此首未注名，但其前一首注明宋披雲。以卷九載有宋披雲〈七眞禪讚〉，而此首亦詠七眞之詞，因疑此首亦宋披雲作。」實則據此首內容：「金蓮七朵。自甘河等閑參破。丘劉譚馬，孫王郝太古……枝派後分十九……」等語觀之，當非宋作。宋德方〈七眞禪

讚〉所詠七眞爲：王重陽、馬鈺、譚處端、劉處玄、丘處機、王處一、郝大通等七人，即元初之時全眞門人心目中的「全眞七子」。後來，宋德方的弟子秦志安作《金蓮正宗記》（成書於 1241）倡五祖七眞之說，將王重陽從七眞中抽出，上升爲祖師，補孫不二爲七眞之一，「全眞七子」才成爲馬譚劉丘王郝孫七人。此詞將孫不二與馬譚劉丘王郝並列，並云「枝派後分十九」，顯然作者是元代中期以後的人，所以，這首詞應該不是宋德方的作品，《全金元詞》貿然劃歸，值得商榷。

　　宋德方現存詞作，可信的只有一首，迻錄如下：

　　　高山流水。嘆知音者，世間能幾。終南萬里，煙霞歸去也，歲云暮矣。拄杖藥爐經卷，除此外、有何行李。樂恬淡、清靜家風，一片靈臺瑩如洗。就中妙處因師指。下工夫、戰退無常鬼。匣藏三尺神劍，霹靂響、火龍飛起。天下昇平無事，白雲間、笑傲而已。名利客，不信長生，奔走紅塵裏。（《鳴鶴餘音》卷一〈雨霖鈴〉，《全金元詞》頁 1196）

這是一首道士自述的作品。上片寫隱居的情境，「拄杖藥爐經卷，除此外、有何行李」簡潔生動地寫出隱者清簡的生活，「樂恬淡、清靜家風，一片靈臺瑩如洗」說明隱者的志趣與修爲。下片敘修行的經歷，「天下昇平無事」是因「一片靈臺瑩如洗」，天下本無事，庸人自擾之。能持守「恬淡清靜家風」，自能體會「白雲間笑傲而已」的悠遊與曠達。結尾「名利客」三句，感慨世人之執迷，呼應開頭「高山流水。嘆知音者，世間能幾」三句。全詞雖然寓意淺近，但前後呼應，結構嚴謹，頗見匠心；能生動具體地呈現出一位修道者的心態與想法，勘破名利塵情，終日煙霞爲伍，心如明鏡，清閑爲樂，可以說是隱居道士的最佳寫照。由全眞各碑傳的記載可知宋德方是一位飽讀詩書的道士，在全眞第二代弟子中，亦是能文之士。他的詩文集雖已不傳，但從這首作品看來，也是擅長布局構思，講求寫作技巧的作家。

三、王志謹

　　王志謹，號棲雲子，東明之溫里（故城在今河北省東明縣西南）

人。生於金世宗大定十八年（1178），卒於元世祖中統四年（1263），享年八十六歲。甫冠將娶，不告而出。聞郝大通演教寧海，往執弟子禮。大通仙蛻，隻影西行，壞衲破瓢，首蓬面垢，人役之，笑而往，辱之拜而受。值貞祐兵亂，為饑盜所縛，將殺而烹之，言詞慷慨，略無懼容，盜知其異人，釋之。亂甫定，從長春北遊燕、薊，居盤山西澗之石龕。長春仙蛻後，方雲遊度化，盛暑不笠不扇，嚴冬不裘不帽，所至願為門弟子者，動以千數。初重陽西歸，挈丹陽四子傳道於汴京，寓王氏之邸，及汴降（1234），志謹以其地建大朝元宮，殿宇壯麗，氣壓諸方。元成宗元貞元年（1295），追贈「惠慈利物至德真人」號。生平行實詳元王鶚〈棲雲真人王尊師道行碑〉，此碑見《甘水仙源錄》卷四。

今本《道藏》收王志謹之著作兩種，一為《修真十書》卷五十三之《盤山語錄》（《正統道藏》第八冊），一為《盤山棲雲王真人語錄》（《正統道藏》第三十九冊）。二書皆王志謹講述，門人輯錄，編次及內容略異，然宗旨大致相同，皆論心性修養之語。〔註35〕《全金元詞》據《鳴鶴餘音》卷一輯錄王志謹詞，得〈金人捧露盤〉一首。茲迻錄如下：

> 喜樂山村，風月知音，信任歲華交換。終日掩柴門，處幽軒，閒看古書慵倦。住坐從容，獨行獨步，都把聲名斷。抱守元陽，情忘境滅，氣神和沖，昇沈無礙，玉爐煉至寶，欲結清涼，重生溫煖。寂寂空空，沒空色養，真源返扑，默默熟慣。靜靜與清清，覺心猿意馬，沒絲毫亂。放曠無拘，恣情散誕。自在逍遙，行滿與功成，得無生，儘他烏兔走，飛騰休管。世情遠。修真之士休宜晚。（《鳴鶴餘音》卷一〈金人捧露盤〉，《全金元詞》頁1196）

〔註35〕關於王志謹之心性論，可參閱張廣保《金元全真道內丹心性論研究》頁141~165。及陳銘珪《長春道教源流・王志謹》，收錄於嚴一萍編《道教研究資料》第二輯頁201，臺北：藝文印書館，民63年11月初版。

此詞調名〈金人捧露盤〉，據張朝範〈《全金元詞》校讀〉云：當爲〈金童捧露盤〉之誤，〈金童捧露盤〉爲〈玉女搖仙佩〉之同調異名。銘按：《詞譜》卷三十八所錄〈金人捧露盤〉五體，最長者不過八十一字，此詞長達一百三十九字，格式與〈玉女搖仙佩〉近似，而與〈金人捧露盤〉大異，張氏之說似應可信。詞的上片寫山村閑居的樂趣，與抱守元陽的修煉情形，「閑看古書慵倦」、「住坐從容，獨行獨步」生動而具體地刻劃出蝸居時的悠閒情態。下片進一步描寫清靜的心境，而以勉人及早入道修行作結，儘是全眞家風道家語。王志謹承郝大通之緒開創盤山派，其說以「禪道合一的心性論」爲特色，但此詞所表現的思想，反而較接近馬鈺遇山派清靜本色的心性論。這或許是單篇孤詞不足爲證，也或許是遇山派和盤山派本是同源共幹，其理論皆師祖王重陽，本來即是相通的，強分派別，只不過是後人爲表述其特點與強調傳承的權宜做法而已。

四、苗善時

苗善時，字太素，號實菴〔註36〕，李道純門人。今本《道藏》收《太上洞神三元妙本福壽眞經》一卷、《純陽眞君（呂洞賓）神化妙通紀》七卷、《玄教大公案》二卷。《太上洞神三元妙本福壽眞經》爲苗善時校正之書，卷末題「泰定甲子陽至日金　紫衣玄一高士臣苗善時頓首敬序」可知苗善時於元泰定元年（1324）尚任朝庭道職，負責編修道書。《純陽眞君神化妙通紀》題「玄門苗善時校正編次詩象」，書前自序題「金陵中和老獸子苗善時敬序引」由此可知爲苗善時晚年校正編輯之書，金陵爲其傳化之地，「中和」可能是他的室名。〔註37〕

〔註36〕《全金元詞》作「善時字實菴，號太素」，值得商榷。苗善時爲李道純門人，道純之詞作中有「贈實菴」一首，又有「贈靜菴口訣」、「贈損菴入靜」、「勉中菴執中妙用」、「贈虛菴」、「授覺菴」、「贈密菴述三教」、「贈一菴」、「贈默菴」、「授記定菴」、「指中菴性命次序」、「贈通菴」等，似乎道純門人皆以「菴」字爲道號，而這道號依例當是入道之時道純所賜。

〔註37〕苗善時之師李道純著有《中和集》，「中和」爲道純之室名，苗善時晚

《玄教大公案》題「金蓮導師實菴先生苗太素舉、門人誠菴王志道集」，書前有「金陵淵嘿道人柯道沖」、「金陵清溪九曲逸民唐道麟」、「行臺監察御史王主敬從義」、「門人誠菴王志道」等四篇序文。王序寫於元泰定元年（1324），可知此書刊行的時間，由序文亦可知此時苗善時尚健在人世。

《全金元詞》據《純陽眞君神化妙通紀》輯錄苗善時詞作，得〈步蟾宮〉、〈望江南〉各一首。

苗善時現存之詞作僅此二首。逐錄如下：

△　陽復乾純陰姤午。象帝先、是吾玄祖。一氣氤氳降甘雨。始恍然、火浮黎土。無極極中誠密錮。玉龍蟠、幽囚金虎。主人輕鼓沒絃琴，全不屬、宮商律呂。（〈步蟾宮〉，《全金元詞》頁 1238）

△　清高士，志道體眞仙。養浩虛中吹玉笛，凝神眞樂吸瓊笙。清淨瑩心天。離慾海，放倒我人山。玄素採陰魔畜道，妻公邪術執爲玄。休效損丹田。（〈望江南〉，《全金元詞》頁 1238）

〈步蟾宮〉一詞見《純陽眞君神化妙通紀》卷五〈度張珍奴第八十〉，〈望江南〉一詞見《純陽眞君神化妙通紀》卷六〈警婁道明第八十五化〉，二首都是和呂洞賓之詞，須與《通紀》本事合讀，兩首作品都是抒寫對呂洞賓度世人的故事的感想，並無深意，茲不贅論。

五、馮尊師

馮尊師，名號里居及生平事跡俱不詳。元虞集《鳴鶴餘音・序》云：「會稽馮尊師，本燕趙書生，游汴遇異人，得仙學。所賦歌曲，高潔雄暢，最傳者〈蘇武幔〉二十篇，前十篇道遺世之樂，後十篇論修仙之事。會稽費無隱獨善歌之，聞者有凌雲之思，無復留連光景者

年道純應已昇仙，苗善時爲紀念恩師並標舉本門宗旨，有可能也以「中和」爲室名。（不過，這純粹是細讀苗善時所著諸書序文後，所作的推測之詞。李道純和苗善時確實的生卒年均無可考，臆測是否屬實，仍待考證。）

矣。」今所見馮尊師生平資料已盡於此，餘無所考。

《全金元詞》據《鳴鶴餘音》，輯錄馮尊師詞作，共得二十四首。[註38] 其作品可大致分爲抒寫離塵遺世之樂和論述修仙煉丹之事兩大類，前一類有十一首，後一類有十三首。先舉若干首抒寫出世離塵之樂的作品如下：

△ 飯了從容，消閒策杖，野望有何憑仗。帆歸遠浦，鷺立汀洲，千樹好花微放。芳草池塘，錦江樓閣，隱隱雲埋青嶂。向東郊、極目天涯，不見故人惆悵。歸去也、翠麓崎嶇，林巒掩映，消遣晚來情況。幽禽巧語，弱柳搖金，綠影小橋清響。揮掃龍蛇，領略風光，陶寫丹青吟唱。這雲山好景，物外煙霞，幾人能訪。(《鳴鶴餘音》卷二〈蘇武慢〉,《全金元詞》頁 1239，〈馮尊師詞〉第 01 首，下引列書名卷次、詞牌、頁碼、順序，以便查考。)

△ 返照回光，終焉活計，何處可爲依託。洞零鄭圃，竹塢松溪，林下勝游行樂。霞友雲朋，水色山光，幽隱煙蘿巖壑。更堂堂、氣概摩天，一點浩然寥廓。堪愛處、蝶戲花梢，苔生石徑，風細日高簾幕。清虛器量，咀嚼乾坤，高邁市朝歡約。疏葛寬裁，瘦玉橫拖，笑傲東籬吟酌。把眞情欲寫，奈何塵世，故人蕭索。(《鳴鶴餘音》卷二〈蘇武慢〉,《全金元詞》頁 1239，02)

△ 夢斷槐宮，倚天長嘯，勘破物情今古。擔簦映雪，射虎誅龍，曾把少年身誤。金谷繁華，漢苑禽宮，空有落花飛絮。歎浮生、終日茫茫，誰肯死前回顧。爭似我、玉麈清談，金徽雅弄，高臥洞天門戶。逍遙畎畝，肆任情懷，閒伴蓼汀鷗鷺。收拾生涯，紫蟹黃柑，江上一蓑煙雨。醉歸來、依舊蘆花深處，月明幽浦。(《鳴鶴餘音》卷二〈蘇武慢〉,《全金元詞》頁 1240，04)

△ 避世安時，同塵處順，淵默至人誰識。鶉居鷇食，藜

[註38] 其中〈玩瑤臺〉（直指玄元路）一首，又見於長筌子《洞淵集》卷五，二人詞風十分相近，無法確認歸屬，暫時互見以待考。

　　徑蘿龕，深密養廉寧極。浮沈有定，出入無方，逆順
　　神機難測。樂簞瓢、笑傲林泉，未肯折腰形役。當此
　　際、柴几松窗，脣歌舌彈，渴飲玉壺春色。一懷皓月，
　　兩袖清風，眞箇箇中消息。方外生涯，靜中意味，不
　　許等閒攀摘。待迷雲、吹散玉繩高潔，自知端的。(《鳴
　　鶴餘音》卷二〈蘇武慢〉，《全金元詞》頁 1241，08)

△　大道幽玄。似月滿寒空，水湛深淵。皎潔澄清，鑑物
　　無私，端的此理難言。問高人遙指，指落花飛絮翩翩。
　　草連天。嘆黃花翠竹，何異眞禪。雲山萬重斷續，更
　　寂寥溪壑，冷浸石田。霧鎖松亭，風輕蘭榭，時憑淨
　　几忘詮。對虛堂瀟灑，灰心性一味脩然。與誰傳。有
　　瓶盂燈火，瓦鼎沈煙。(《鳴鶴餘音》卷一〈春從天上來〉，《全
　　金元詞》頁 1244，21)

△　寒暑相催，俄然又秋傳□信。驚往事幾番成敗，百年
　　如瞬。軒冕未酬黃卷志，琴書早賦青山隱。占五湖煙
　　月樂希夷，無盈損。人間事，多愁恨。方外趣，別風
　　韻。這瀛洲寧美，玉堂金印。徇物情懷兒女操，摩天
　　頭角神仙分。看碧霄歸去彩鳳迎，白雲引。(《鳴鶴餘音》
　　卷二〈滿江紅〉，《全金元詞》頁 1244，23)

以上所舉作品，都是描寫隱居生活或抒發修道樂趣的作品。其中寫景
生動如畫，景致幽美宜人，令人神思嚮往；抒情出塵離俗，胸懷曠
達高遠，令人心生仰慕，是頗具感染力的作品。佳句如：「帆歸遠浦，
鷺立汀洲，千樹好花微放。芳草池塘，錦江樓閣，隱隱雲埋青嶂。」、
「歸去也、翠麓崎嶇，林巒掩映，消遣晚來情況。幽禽巧語，弱柳
搖金，綠影小橋清響。」這種擅於點染與描繪的筆法，眞讓人難以
想像是出於道士之手。而「爭似我、玉塵清談，金徽雅弄，高臥洞
天門戶。逍遙畎畝，肆任情懷，閒伴蓼汀鷗鷺。收拾生涯，紫蟹黃
柑，江上一蓑煙雨。醉歸來、依舊蘆花深處，月明幽浦。」、「疏葛
寬裁，瘦玉橫拖，笑傲東籬吟酌。」、「當此際、柴几松窗，脣歌舌
彈，渴飲玉壺春色。一懷皓月，兩袖清風，眞箇箇中消息。」、「軒

晃未酬黃卷志，琴書早賦青山隱。占五湖煙月樂希夷，無盈損。」
這些句子生動而傳神地寫出了隱逸生活的實況與樂趣，清閑悠遊、
瀟灑豪邁、怡然自得，眞是令人欽羨不已。這些作品在道士詞中，
是難得的具有文學藝術水準的作品。虞集在《鳴鶴餘音》序文中讚
賞馮尊師「所賦歌曲，高潔雄暢」是不錯的。這類作品除上引六首
外，還有〈蘇武慢〉（識破塵寰）03、〈蘇武慢〉（試問禪關）05、〈蘇
武慢〉（堪歎群情）09、〈蘇武慢〉（過隙年光）10、〈沁園春〉（曠劫
威音）24 等五首，雖寫景抒情的成分較少，文學藝術價值較低，但
也是屬於抒寫離塵遺世之樂一類的作品。

　　論述修仙煉丹之事的作品有十三首，先舉若干首如下：

　△　出世登眞，須憑剛志，決要頓開靈慧。消塵止念，絕
　　　愛忘憂，恬淡自然知味。雷震一聲，火發三田，半夜
　　　烏飛千里。透簾幃、鉛鼎溫溫，恣飲玉壺香膩。堪下
　　　手、策鳳攀鸞，烹金閒木，游賞洞房佳瑞。傾光吐秀，
　　　塞海衝山，眞氣遍充天地。乘履風雲，摘騎日月，不
　　　比尋常兒戲。把玄珠收取，大羅歸去，聖賢同域。（《鳴
　　　鶴餘音》卷一〈蘇武慢〉，《全金元詞》頁 1240，06）

　△　悟入曹溪，鶴沖霄漢，雲水道人活計。臨川舉楫，對
　　　鏡擲鉤，澇漉錦鱗紅鯉。風送漁舟，透入雙峰，影裏
　　　駭然明霽。見煙霞、極目金丹，一粒貴珍難比。玄妙
　　　處、太一含眞，玄元成象，升降箇中無滯。堅持九載，
　　　志鍊三千，精進五華瓊液。都在靈源，洞徹神光，眞
　　　境了然超彼。這長生久視，天機深奧，上仙眞理。（《鳴
　　　鶴餘音》卷一〈蘇武慢〉，《全金元詞》頁 1241，11）

　△　創建靈壇，初修丹灶，保養太和眞命。風上虎嘯，火
　　　起龍騰，變理要依時令。金木交并，鬥覺天關，旋繞
　　　滌除心徑。睹玄珠、一粒流霞，閃爍送歸金鼎。壺中
　　　景、造化希夷，玄機要妙，點製魄仙魂聖。元中體用，
　　　旨裏明眞，悟得本來眞性。還返無窮，漸入清陽，仙
　　　境照盈虛靜。這一輪明月，年年蒙蔽，豁然開瑩。（《鳴

鶴餘音》卷一〈蘇武慢〉,《全金元詞》頁 1242, 12)

△　運炁吞霞,乘風飲露,須列五雲爲則。南山赤鳳,北
　　海烏龜,堅志用心求得。鉛汞相迎,造化鑪中,烹就
　　一九端的。這陰陽、神用虛無,長養浩然消息。玄關
　　悟、到此方知,盲聾耳目,得遇至人開別。用符妙道,
　　默運玄機,瓊液轉流增益。雲水清閒,太虛空寂,寥
　　廓本無蹤跡,這金丹一訣,平生疑難,渙然冰釋。(《鳴
　　鶴餘音》卷一〈蘇武慢〉,《全金元詞》頁 1242, 13)

△　日月高奔,金波滿泛,七返九還延祚。眞精應物,大
　　道潛身,恍惚妙通玄路。直待陽生,造化神丹,龍虎
　　紫霄天府。這瑤函、寶篆天機,須仗至人開悟。長生
　　道、固蒂深根,仙家活計,烹鍊汞鉛爲務。鑪輝五彩,
　　鼎耀三光,識取本來宗祖。明月樓前,睹箇金蟬,飛
　　舞翠峰明宇。把凌雲一志,精誠精進,上仙科舉。(《鳴
　　鶴餘音》卷一〈蘇武慢〉,《全金元詞》頁 1242, 14)

△　洞曉玄機,深明丹奧,賴與祖宗符契。龍耕虎種,玉
　　液金芝,好箇道家活計。丹灶容光,睹箇嬰兒,旋繞
　　驚天駭地。馭紫雲、翠鳳相迎,眞的上仙苗裔。三陽
　　首、玉藥天香,琪花寶樹,掩映瑞雲佳麗。天光激灩,
　　桂影扶疏,鯤化大鵬相繼。休謂狂言,性理分明,消
　　息至人才藝。在英豪決烈,精誠果敢,性情高志。(《鳴
　　鶴餘音》卷一〈蘇武慢〉,《全金元詞》頁 1243, 17)

以上所舉作品,都是論述內丹修煉方法以求證眞成仙的作品。造語清
麗雅潔,文彩燦然可喜,不同於一般道士平鋪直敍、白描粗淺的作品。
陳銘珪〈長春道教源流〉云:「詳馮作,蓋亦兼南宗金丹之學者。」
從其內容多論內丹命功,較少言及心性,且用語如:「太一」、「天關」、
「玄關」、「金蟬」等,多是南宗道士常用而王重陽等人未用過的術語
來看,陳氏的說法是可信的。

　　綜合言之:馮尊師的詞作,頗具藝術水準,尤其是描寫幽居景致
與抒寫曠達胸襟的作品,形象鮮明,精彩生動,是最值得誦讀的佳作。

其詞造語典雅，對仗工穩，又擅於使事用典，情致飄逸瀟灑，色調五彩繽紛，顯得十分精美秀麗，在道士詞中頗具特色。他的二十四首詞作，全部都是九十字以上的長調，也是一項特點。

六、三于眞人

三于眞人，生平不詳。

《全金元詞》據《鳴鶴餘音》，輯錄三于眞人詞作，共得〈解紅〉、〈滿庭芳〉、〈無愁可解〉、〈綉停針〉四調各一首，四首皆爲長調。其中〈解紅〉一調，依律當爲〈解紅慢〉，衍一「慢」字。〈綉停針〉即〈繡停鍼〉，《御製詞譜》卷二十六收陸游一體，九十八字，並注云：「宋人無塡此詞者；惟元《鳴鶴餘音》有于眞人詞一首，因詞甚鄙俚，難以入譜參校。注明不錄。」注語中「于眞人」當爲「三于眞人」，衍一「三」字。此調長筌子《洞淵集》卷五有二首，調名〈成功了〉，王吉昌《會眞集》卷四有二首，調名〈繡定針〉。

三于眞人之詞頗爲鄙俗，如：

> 混元樸裂。轉四生六道何時徹。翻軀改殼，杳冥中萬度生滅。皆因父母，匹配陰陽合精血。胞衣內，感成胎孕，形自結。不知誰腥臭穴。認作自家好宅舍。鑽頭撲入輪迴劫。任形骸販骨，高似山疊。（《鳴鶴餘音》卷一〈解紅（慢）〉，《全金元詞》頁1245）

此爲〈解紅慢〉一詞之上半片，寫人降生塵世，輪迴不斷的情形，取材用辭之鄙陋，實屬罕見。茲再舉一首略述之：

> 落魄閑人，逍遙懶漢，逢人不語西東。騰騰兀兀，來往似塵中。乞化前街後巷，安居住、古廟閑宮。傍人問，這般懶漢，卻是甚家風。諸公。休分辯，三清上聖，鍾呂爲宗。拜丘劉譚馬，斡運神功。得處玄玄妙用，清虛志、款款朦朧。眞空就，長生話，三教習習通。（《鳴鶴餘音》卷三〈滿庭芳〉，《全金元詞》頁1245）

這是一首自述行狀兼勸人入道修行的作品。詞中「三清上聖，鍾呂爲宗。拜丘劉譚馬，斡運神功」明言自己師承；而「落魄閑人，逍遙懶

漢，逢人不語西東」、「乞化前街後巷，安居住、古廟閑宮」是典型的
全眞道士形像；「清虛志」、「三教習習通」則是全眞教的修煉訣竅與
基本教義，所以，由此詞可以確認三于眞人爲全眞道士。此詞採用白
描手法，平鋪直敘，粗俗淺近，全無意象的經營與技巧的講求，毫無
文學藝術的價値可言。其餘未列舉的二首，也都是如此。

綜合言之，三于眞人的詞作，除了能藉以判明他是全眞道士外，
並無其他價値。

七、劉鐵冠

劉鐵冠，生平不詳。

《全金元詞》據《鳴鶴餘音》卷二，輯錄劉鐵冠詞作，得〈月上
海棠〉一首。茲迻錄如下：

> 全眞辦下無空過，布袍麻條腋袋掛。剪髮鬐頭，逍遙自在
> 行踏。簞瓢把。每日沿門乞化。低頭稽首繞道罷。又撞著
> 箇魔頭來說話。問道先生，元是甚麼人家。隨緣答。俺師
> 父丘劉譚馬。(《鳴鶴餘音》卷二〈月上海棠〉，《全金元詞》頁1246)

此詞自述行狀師承，詞中明言「俺師父丘劉譚馬」，可知其爲全眞門
人。詞的上片描寫自己的裝束和沿街乞化的情形，是典型的全眞道士
形像。此詞平鋪直敘，意思淺近，可謂明白如話，既無深意，也無文
學技巧可言。

綜合言之，劉鐵冠的詞作，除了能藉以判明他是全眞道士外，並
無文學價値可述。

八、牛眞人（道淳）

牛眞人，名道淳，號逍遙子。元世祖、成宗時人。著有《文始眞
經註》九卷、《析疑指迷論》一卷，俱收錄於今本《道藏》。《文始眞
經註》題「神峰逍遙子牛道淳直解」，《析疑指迷論》書前有自序，撰
於元成宗元貞二年（1296），序云撰書之緣起，乃因悟眞子李志恆問
全眞妙理及修行次序，遂述是論，庶資初學之漸悟。另有劉道眞、王

道亨二序，撰於成宗大德二年（1298）及三年（1299），由序文可知，此時牛道淳尚在人世。其餘生平無可考。

《全金元詞》據《鳴鶴餘音》，輯錄牛道淳詞作，得〈宣靜三臺〉、〈跨金鸞〉各一首，《詞譜》卷二十錄牛眞人〈喝馬一枝花〉爲〈促拍滿路花〉之又一體。牛道淳現存詞作，僅此三首。先來看〈宣靜三臺〉一詞：

> 自小飄蓬，身心落魄，雲遊多在山東。世間事、看破渾是假，想榮華、猶似夢中。蓋箇庵兒，隈山靠水，栽松種竹成林。炕暖窗明，樂清閑、勝競利名。月朗山東，涼風細細，南溪綠水粼粼。漸煉得、方寸如灰冷，一陽生、玉鼎自溫。秀氣氤氳，仙花爛熳，芳芬開遍黃庭。玉女金童，採將來、煉就紫金。運轉三關，驅回四象，沖和一點靈明。氣結神凝。聽笙簫、一派樂音。夙世前緣，生逢正教，全眞妙道幽深。行滿功成，跨鸞鶴上太清。（《鳴鶴餘音》卷一〈宣靜三臺〉，《全金元詞》頁 1246）

這是一首自述生平事跡與幽居修煉情況的作品，上片開頭「自小飄蓬，身心落魄，雲遊多在山東」三句，說明了詞人飄零的身世與遊歷的所在。接者「世間事」各句，敘寫幽居的志趣與景致，「蓋箇庵兒，隈山靠水，栽松種竹成林。炕暖窗明」頗得清閑之趣。次片敘內丹修煉，用外景來比喻內丹修煉逐漸有成的情景，「月朗山東」三句指心性清明，無所染著；「秀氣氤氳」三句，比喻精炁周流全身，內丹修煉已有初步成就。末片則敘寫內丹大成，終能行滿功成，跨鸞鶴上太清。「全眞妙道幽深」一句，及先性後命的修煉次序，透露了詞人爲全眞道士的身份。全詞採白描手法，直接鋪寫，明白如話，唯情景相襯，造語清順，讀來尙不覺枯燥無味。

接著來看〈跨金鸞〉一詞：

> 錦堂春，璚仙朝列璚筵。遇良辰、名香共爇，吐氤氳、瑞藹祥煙。慶三眞、重陽五祖，願當今、聖主遐延。昔有軒轅。駕龍騰飛、上朝玉帝自爭先。恁時萬聖齊會，宴賞共

留連。蕭韶美，金童捧盞，玉女傳宣。觀神宮、仙苑異景，
降鸞鳳、鶴舞翩翩。仙童報、蟠桃正結，丹桂初圓。萬載
金龜，千秋玉兔，老人星見，慶這些事，洞天佳景，還也
勝塵緣。無來去，天地同壽，日月齊年。(《鳴鶴餘音》卷四〈跨
金鸞〉，《全金元詞》頁1247)

這是一首祝壽之詞。雖無詞題，從「願當今、聖主遐延」句來看，可
能是萬壽節時祝賀皇上的獻詞。

全真道士，在金元兩代，履蒙朝庭召賜，由其入元以來，一直與
朝廷保持相當密切的關係，故逢萬壽節（皇帝生日）時，多有祝壽之
詞，此詞當即屬此類作品。詞中造語典雅，運用神仙典故，描繪仙人
仙景，與一般壽辭相類，茲不再詳析。「重陽五祖」一語，則反映出
牛道淳之時，在全真教門人的心目中，王重陽已由「全真七子」晉升
爲「全真五祖」之一的事實。〈跨金鸞〉是牛道淳所改易的調名，本
名爲〈多麗〉，又名〈綠頭鴨〉。牛道淳此詞一百三十五字，與《詞譜》
所收各體格式皆不同，可據以補一體。

繼續來看〈喝馬一枝花〉一詞：

雨過山花綻。霧斂雲收天漢。清閒幽雅處、耽遊玩。古洞
巖前，時把金丹煉。不愛乘肥馬，富貴榮華，是非多不須
管。獨坐茅齋看。閒把道經時展。橫琴膝上撫、鶴來見。
紫綬金章，是則是、官高顯。五更忙上馬，爭似我山家，
日午柴門猶掩。(《御製詞譜》卷二十〈喝馬一枝花〉)

這是一首描寫隱居修行之樂的作品。《全金元詞》作無名氏詞。《御製
詞譜》卷二十於〈促拍滿路花〉調下錄此詞爲又一體，作者爲「牛眞
人」，並按云：「此詞見《鳴鶴餘音》，因前後段第六句，各有馬字故
名〈喝馬一枝花〉，亦借用蜀道喝馬嶺意以警世。蓋就秦詞添數襯字，
自成一體也。」詞的上片鋪寫隱居的景況，寫景清麗，簡潔生動。下
片「獨坐」四句續寫幽居的清閒生活，「紫綬金章」以後各句，用對
比手法突顯幽居生活的樂趣，「高官五更忙上馬」、「山家日午柴門猶
掩」形成強烈對比。全詞寫景抒情，一氣呵成，鋪寫能力與對比技巧

都頗爲出色。此詞應是牛道淳的三首作品中，寫得最好的一首。

九、楊眞人（明眞）

楊眞人，名明眞，號碧虛子，紙襖草履，或類狂癡，時人稱紙襖先生。耀州三原趙曲里（今陝西三原縣）人。生於金海陵王天德二年（1150）十一月十八日，卒於金哀宗正大五年（1228）六月十一日，享年七十九。二十五歲（1174）棄家赴終南祖庭從馬鈺學，鈺訓今名號。鈺逝後，復詣山東謁劉處玄、王處一、丘處機，多蒙指授。後迤邐西歸陝西傳道，金章宗承安、泰和間（1196～1208），徒眾頗多歸之，聲譽極高。時陝右二統帥俱皇族，相繼師禮焉。生平行實詳金劉祖謙〈終南山碧虛眞人楊先生墓銘〉（見《甘水仙源錄》卷四）及李道謙《終南山祖庭先眞內傳》卷中〈楊明眞傳〉。

劉祖謙〈終南山碧虛眞人楊先生墓銘〉云：「李志常……集（楊明眞）所爲歌詩餘三百篇，目曰《長安集》。」知楊明眞原有《長安集》行世，今本《道藏》未收，當已遺佚。《全金元詞》據《鳴鶴餘音》卷六，輯錄楊明眞詞作，得〈輥金丸〉五首。楊明眞現存詞作已盡於此，餘皆不傳。

〈輥金丸〉五首一更至五更，凡五首，亦屬〈五更轉〉一類。「輥金丸」一名僅見於楊明眞詞，其第二首有「潑焰都輥入泥丸」句、第四首有「鍊黑赤爐方輥金丸」句，調名當取於此。「輥金丸」即修鍊內丹金丸，這五首詞，將內丹修鍊過程分爲五個階段，一更至五更用以代表五個不同階段，各階段連續不斷，循序漸進。王重陽有〈五更出舍郎〉、〈五更令〉、〈川撥棹〉，馬鈺有〈兩隻雁兒〉、〈掛金索〉也都是如此填法，楊明眞之〈輥金丸〉可能即是模仿王、馬而作。茲迻錄原作如下：

> △ 一更裏，擒意馬。猿猴兒，莫顚耍。大悟來，心地覺
> 清涼，管自然都放下。本來面目常瀟灑。眞清淨，更
> 幽雅。更減口頤養氣神全，按四時，分造化。（《鳴鶴餘
> 音》卷六〈輥金丸〉，《全金元詞》頁1250，以下四首見頁1251）

△　二更裏，夫婦會。和嬰兒姹女交泰。復宇宙，顛倒任
循環，把坎離相匹配。土牛木馬撼山海。隨羊運搬載。
澄焰都輥入泥丸，教鬼神，須驚駭。

△　三更裏，根蒂固。玲瓏現日端午。要返覆，泥裏倒推
車，便即時揚勃土。木金間隔騰烏兔。刀圭至，汞鉛
聚。降滿地白雪注黃芽，看玉華，金蓮朵朵。

△　四更裏，法鼓響。金雞兒木頭唱。便斡旋，昇降透雙
關，早起隨明堂過。虎龍自在通來往，能抽添，運水
火。鍊黑赤爐方輥金丸，逆雪白，硃砂顆。

△　五更裏，天欲曉。功圓滿行都了。便脫殼，來往有無
間，顯出眞容貌。古今快樂仙家，延長生，永無老。
降紫詔傳報玉皇宣，駕祥雲，歸蓬島。

這是五首教人內丹修鍊方法的作品。全眞教的內丹修鍊次序是從修性
開始，先教人收心降念，做對境不染的明心見性功夫，使心定念寂，
然後再靜坐調息，按傳統煉丹法的程序依次煉精化氣，煉氣化神，煉
神還虛。這五首詞就是在說明這種修鍊的過程和方法，與王重陽、馬
鈺所塡的同一類詞，在內容思想以及造語用辭上，都大致相同，並無
二致。

十、范眞人（圓曦）

范眞人，名圓曦，號玄通子，山東寧海（今山東省牟平縣）人。
生於金世宗大定十八年（1178），卒於元海迷失后元年（1249），年
七十二。性有夙慧，能記始生時事。稍長見屠豕，遂不茹葷。年十九，
從郝大通學，大通深器之。後居密州。貞祐初（1213），紅寇起東海，
富人多以財寶寄圓曦，城破寇入，圓曦度不可保，乃盡出所有以啖渠
師，老幼獲免者甚眾。寇退，眾奉圓曦城守，朝廷命就拜州長，圓曦
力辭曰：「道人得此安用？」改賜「普照大師」。元太祖十八年（1223），
聞丘處機奉詔南下，詣謁於京師，大蒙印可。二十一年（1226）東平
行臺嚴實修建上清萬壽宮，迎請爲住持，署道教都提點，時遣人就諮
訪，圓曦論列利害，不屈左右，行臺之政，多所裨益。元定宗三年

（1248），朝命加賜「玄通廣濟普照眞人」，牢讓不受。生平行實詳元宋子貞〈普照眞人玄通子范公墓誌銘〉，此墓誌銘見《甘水仙源錄》卷四。

今本《道藏》無范圓曦著作，宋子貞所撰〈范公墓誌銘〉云：「其嘗受戒籙稱爲門弟子者，不可勝計。四方請益之士，多乞爲歌詩及手字；公布紙落筆，動數百幅，殊不致思，而文彩可觀，得片言隻字皆藏之十襲，以爲祕寶。」未言及裒集刊印范圓曦著作之事。《全金元詞》據《鳴鶴餘音》卷六輯錄范圓曦詞作，得〈步步嬌〉一首，迻錄如下：

> 住在古窰墓。行坐立歌舞。捉住這眞空，猛悟。自古及今說龍虎。無一無一箇人悟。（《鳴鶴餘音》卷六〈步步嬌〉，《全金元詞》頁 1251）

此詞自述行藏及修鍊心得，明白如話，無庸贅述。〈步步嬌〉一調，萬樹《詞律》及《御製詞譜》皆未收，潘愼《詞律辭典》據以立調，並云：「此調宋人無塡者，無別詞可校。」實則《鳴鶴餘音》卷六另有〈步步嬌〉九首，未著作者姓名；《全金元詞》據以輯錄，入無名氏詞。潘氏失考。無名氏九首，與范圓曦所塡，格式全同，俱單片三十一字。北曲有〈步步嬌〉一調，亦三十一字，惟押韻及句式皆異，二者是否有關聯，待考。

十一、紙舟先生

紙舟先生，不詳何許人。

《全金元詞》據《紙舟先生全眞直指》（《正統道藏》第七冊）輯錄〈西江月〉二首，題爲紙舟先生詞。《紙舟先生全眞直指》署名「嗣全眞正宗金月巖編・嗣全眞大癡黃公望傳」陳銘珪《長春道教源流》卷七〈黃公望傳〉注云：「金月巖未詳，蓋公望之師。」陳兵〈元代江南道教〉云：「金月巖疑即金志楊。」〔註39〕據卿希泰主編《中國

〔註39〕語見該文頁74。文載《世界宗教研究》1986年第二期，頁65～80。

道教史·第三卷》頁 371～373 之論述，黃公望師金志揚，金志揚師
李月溪，李月溪本爲白玉蟾（南宗道士）之門人，後拜李志常爲師，
李志常爲丘處機弟子，繼尹志平之後，爲全眞第七任掌教。由此可知：
李月溪、金志揚、黃公望皆本江南南宗道士，南北二宗交流後，歸入
全眞教（指北宗）。《紙舟先生全眞直指》署名金月巖編，當是據其師
所講論之內容編輯而成，則有可能「紙舟先生」乃金月巖之師，即李
月溪（此爲推測之語，是否爲眞，尚待考證）。

　　《全金元詞》所輯〈西江月〉二首，迻錄如下：
　△　本是一團血肉，惺惺全借陽神。起居言語是誰靈。神
　　　去更無把柄。說出萬般名相，教人轉入迷津。自從今
　　　日悟全眞。妙語奇言不信。（《全金元詞》頁 1253）
　△　光徹虛空上下，人人具足無虧。全眞眞裏露眞機。實
　　　證無爲不二。掃去閑名野字，胸中莫滯些兒。七眞五
　　　祖只如斯。悟得眞超聖地。（《全金元詞》頁 1253）

這兩首詞，本是《紙舟先生全眞直指》書中解釋「形」、「神」二圖的
文字。前一首釋「形」，其大意是告訴學者，形體只是一團臭肉，人
能起居言語，全是眞靈本性（陽神）的作用，故修煉須從保全眞性下
手。後一首釋「神」，其大意是告訴學者，眞靈本性本來人人具足無
虧，若能清靜無爲，自能保全眞性，證道成仙。此思想型態，偏向全
眞教（北宗）「先性後命」的修煉方式，與王重陽、馬鈺等全眞教宗
師的論點，若合符節。至於表現手法，全用賦筆白描，直接鋪敍，略
不修飾，也是一般道士詞的特點。

十二、雲陽子

　　雲陽子有二人，一爲姚玹、一爲柳志春。

　　姚玹，號雲陽子，終南蔣夏村（今陝西省盩厔縣東二十五里）
人，與王重陽有緦麻之親。大定七年（1167），重陽詣門告別，問將
安往，重陽告以遊海上丘劉譚中捉馬之行。玹素以害風相待，笑而
別。不數年，丘劉譚馬來居劉蔣村，玹愕然曰：「向重陽告別之語，

今果驗矣。」乃棄家捐累，乞受道於丹陽眞人馬鈺，鈺賜今名號。著有《破迷集》，今已失傳。生平詳李道謙《終南山祖庭仙眞內傳》卷上〈姚玹傳〉。

柳志春，號雲陽子，又號通玄大師。初禮碧霄子薛知微爲師，稱入室。北遊汾、晉間，會塗陽王樸與州長閻鎮建神清觀，疏邀住持。元太宗七年（1235）復禮尹志平，尊之曰父師。十二年（1240）秋，從綦清貞抵燕，請尹志平西行，改葬重陽祖師於劉蔣，遂從與俱西，振興祖庭。行實詳元王粹〈神清觀記〉（記見《甘水仙源錄》卷十）。

《鳴鶴餘音》卷二有雲陽子〈滿江紅〉一首，不知是姚玹或柳志春作品，無證據可確考。《全金元詞》據以輯錄（卷二誤作卷一），並注云：「雲陽子柳志春，又號通玄大師。」此說仍待商榷。余意以爲歸屬姚玹，似較恰當。據二人傳記資料，〈姚傳〉有：「平生所述詩詞，號《破迷集》行於世。」語，可知姚玹擅作詩詞，且有文集行世，而柳志春傳記，則未見著述之語，彭致中編輯《鳴鶴餘音》時，較有可能是採錄了姚玹的作品。其原詞如下：

> 竪起空拳，休著相、秤鎚是鐵。敢承當時，要丈夫剛烈。古佛拈花微微笑，今時幾箇齊腰雪。嘆杜鵑、啼得血流枝，誰知切。啞人夢，難分別。耳聾漢，偏解說。有孤峰頂上，木人饒舌。鳥噪猿啼談不二，松風澗水眞玄泄。這機關打破看寒空，家家月。（《鳴鶴餘音》卷二〈滿江紅〉，《全金元詞》頁 1254）

這是一首論道的作品。上片開頭四句告訴世人，入道修行必須要有堅定的毅力和決心。接著四句用「拈花微笑」〔註40〕、「程門立雪」

〔註40〕「拈花微笑」是釋迦牟尼佛傳法給迦葉尊者的故事，爲禪宗第一個傳心的公案。《聯燈會要·釋迦牟尼佛》載：「世尊在靈山會上，拈華示眾。眾皆默然，唯迦葉破顏微笑。世尊云：『吾有正法眼藏，涅槃妙心，實相無相，微妙法門，不立文字，教外別傳，付囑摩訶迦葉。』」

〔註41〕的典故，說明古人傳道之容易與尊道之眞誠，並借「杜鵑啼血」〔註42〕的故事，感嘆今人之不知求道修行。昔時民風淳樸，人心向道，「古佛拈花微微笑」即能傳度心法，救度眾生；現在世風日下，人心沉淪，任憑苦口婆心勸誡，「啼得血流枝」，亦無法勸醒淪落的群眾，喚回迷失的道心。古今人心的向背與化道情況的不同，形成強列的對比。「知誰切」是深沉的感傷，也是熱烈的期盼。過片四句，用「啞人夢」、「耳聾漢」作比喻，說明「道本無言」、「道在修證，不在言諍」的道理。道既無言，諍論無益，所以只能靠實行親證來領悟道義。接著「有孤峰頂上」四句用擬人筆法，說明「道本自然」，在孤峰頂上，有饒舌的木人、噪啼的鳥猿，還有松風澗水，無時無刻不在泄露道的玄機，而這種玄機，惟有能明見心性，拋棄一切塵緣世累，讓本來眞靈無染無著、毫無罣礙的人，才能體悟，才能身受。能勘破這層道理，從修養眞性入手，則人人具足的眞靈本性就能清靜圓寂，如明月普照大地一般，顯現出皎潔的光輝。全詞用典與擬人的手法，還算平穩順當，從修鍊心性入手論修道的方法，則透露出全眞教「先性後命」的教義特點。

十三、牧常晁

〔註41〕「程門立雪」比喻師道之嚴及學生對老師的尊敬。典出程頤和弟子游酢、楊時的故事。《二程集・外書・十二》載：「游、楊初見伊川，伊川瞑目而坐，二子侍立。既覺，謂曰：『賢輩尚在此乎？日既晚，且休矣。』及出門，門外之雪深一尺。」謝應芳〈楊文靖公祠堂〉詩云：「立雪程門道學傳，東南瓜瓞遂綿綿。」

〔註42〕「杜鵑啼血」典出杜宇爲蜀王的故事。揚雄《蜀王本紀》載：「時蜀民稀少，後有一男子名曰杜宇，從天墮止朱堤，有一女子名利，從江源井中出，爲杜宇妻，乃自立爲蜀王，號曰望帝。……望帝積百餘歲，荊有一人名鱉靈，其尸亡去，荊人求之不得，鱉靈尸隨江水上至郫遂活，與望帝相見，望帝以鱉靈爲相。時玉山出水，若堯之洪水，望帝不能治。使鱉靈決玉山，民得安處。鱉靈治水去後，望帝與其妻通，漸愧自以德薄，不如鱉靈，乃委國授之而去，如堯之禪讓。望帝去時，子規鳴，故蜀人悲子規而思望帝。」子規即杜鵑鳥，其叫聲似「不如歸」，此處即用「不如歸」意。

　　牧常晁，生平不詳。今本《道藏》收有牧常晁所撰《玄宗直指萬法同歸》七卷，題「建安仰山道院牧常晁撰・門人一山黃本仁編」，無序跋。建安縣屬福建省建寧府，牧常晁有可能即是福建人。《玄宗直指萬法同歸》內容以闡揚全真教理爲主，牧常晁在書中屢次以全真教徒自稱，又嘗於卷三云：「吾少時於子胡禪師□□泣歸方丈閉門處，悟入性宗；次於《悟真篇》黍珠意，悟得命宗。兵後二十餘年，雖歷艱難，未嘗忘替。」《悟真篇》爲張伯端之著作，由此可知，牧常晁原是南宗張伯端一系的道士，元併江南後，始歸入全真教。兵後是指元滅南宋（1279）之後。

　　《全金元詞》據《玄宗直指萬法同歸》卷五輯錄牧常晁詞作，得〈梧桐樹〉十二首、〈西江月〉、〈臨江仙〉各五首，共計二十二首。牧常晁現存詞作，殆盡於此。

　　《玄宗直指萬法同歸》全書皆是闡揚全真教義的論述，其二十二首詞作，內容也未曾逾越，不是講述內丹修煉，就是勸人入道修行，完全是道家言語。茲舉數首如下：

　　△　世間人，須覺悟。難得人身休辜負。莫把時虛度。不
　　　　離方寸蓬萊島。多少時人行不到。勸君早覓長生路。（〈梧
　　　　桐樹〉，《全金元詞》頁 1254，〈牧常晁詞〉第 01 首）

　　△　早修行，聽勸諭。綠鬢朱顏易變故。光景流如注。妻
　　　　兒金寶暫相遇。到了何曾將得去。不用縈懷慮。（〈梧桐
　　　　樹〉，《全金元詞》頁 1254，02）

　　△　道無他，心爲主。執象拘文徒自苦。記取聖賢語。丹
　　　　經譬喻千萬句。止是陰陽兩箇字。要識根元處。（〈梧桐
　　　　樹〉，《全金元詞》頁 1255，09）

　　△　學無爲，離塵俗。結草爲庵山水綠。散誕無拘束。南
　　　　山看過牛如玉。人牛且喜俱相熟。脫下蓑衣吹一曲。（〈梧
　　　　桐樹〉，《全金元詞》頁 1255，11）

　　△　一意中宮不動，四方四獸稱臣。內丹外藥合天真。現
　　　　出一輪寶鏡。此景此時此地，無心無我無人。不知誰

是本來心。湛寂眞常妙境。(〈西江月〉,《全金元詞》頁1256,
　15)

△　釋氏禪經律論,儒家傳記詩書。老君三六部眞符。止
　　論一心兩字。了得一明心地,諸餘土苴何須。忘形忘
　　氣總歸虛。到此實非譬喻。(〈西江月〉,《全金元詞》頁1256,
　　16)

△　學道要明心地印,更須陰陽同行。不能及物只爲身。
　　小乘無智慧,大道幾時成。一種貢高誇自會,妄言眩
　　惑人情。只圖博取利和名。不思生死苦,萬劫路冥冥。
　　(〈臨江仙〉,《全金元詞》頁1257,22)

從這些詞的內容來看,完全是全眞教義的發揮,連表現手法也與王重
陽、馬鈺相似。牧常晁是非常積極主張三教合一的全眞道士,其《玄
宗直指萬法同歸》卷一釋其〈三教同元圖〉曰:「窮理治天下莫大於
儒,性超生死莫大於釋,復命御三才莫大於道。夫三家者,同一太極,
共一性理,鼎立於華夷之間,均以教育爲心也。」同卷〈聖人特施設
不同說〉云:「窮其始終,釋即道也,道即儒也。今謂釋之寂滅不近
人情,道之清虛不足以治天下,儒之名義不足以超生死,是各執其一,
偏於得失之間耳。聖人之理一也而已矣,非有淺深之間哉!用之於
天下,特施設不同也。」這一思想也明顯表現在上舉的〈西江月〉
(釋氏禪經律論)一詞之中。他又曾經自述因子胡禪師而悟入性宗
(見前引),〈臨江仙〉(學道要明心地印)一詞即明顯表現出融合禪
宗思想的痕跡。

　　〈梧桐樹〉一調,宋人未有填者。《鳴鶴餘音》卷七另有〈梧桐
樹〉五首,依託呂洞賓作,《全金元詞》據以輯錄,入無名氏詞。牧
常晁所填十二首,九首三十七字、一首三十八字、兩首三十九字,三
十七字體句式亦略有參差。此調當以三十七字七句六仄韻作「三三七
五七七五」句式者爲正體。

　　無名氏有四首俱如此填,唯「二更裏」一首第四、五句作七五句
式,且第四句不押韻異。北曲亦有南呂〈梧桐樹〉,其體式爲二十二

字四句四平韻，與牧常晁、無名氏詞迥然不同，周玉魁〈金元詞調考〉將之歸類爲「新詞調」〔註43〕，甚是。

十四、王 玠

　　王玠，字道淵，號混然子，南昌修江（今江西省南昌縣）人，爲元末明初南北二宗合流後的全真道士。所著《還真集》有第四十三代正一天師張宇初序文，撰於明太祖洪武壬申（洪武二十五年，西元1392）夏五月。張序云：「混然子以故姓博學，嘗遇異人得祕授，猶勤於論著。」是位多產的內丹著述家。今本《道藏》除收《還真集》三卷外，另有《道玄篇》一卷、《太上昇玄說消災護命妙經註》一卷、《太上老君說常清靜妙經纂圖解註》一卷、《崔公入藥鏡註解》一卷、《黃帝陰符經夾頌解註》三卷、《青天歌註釋》一卷等數種，皆爲闡述內丹或解經論道之作。其說近於李道純，曾校正李道純所著《三天易髓》，表現出南方全真道學說的面貌。

　　《全金元詞》據《還真集》卷下輯錄王玠詞作，得二十六首；又自《崔公入藥鏡註解》輯得五首。王玠現存詞作共計三十一首。

　　王玠是南北二宗合流後的全真道士，同樣也主張三教同源，而且特別強調「懲忿窒欲」，以此作爲儒釋道三家的連結點，在他的著述中，大量融進了佛教禪宗思想和儒家理學義理。他的內丹理論是在南宗內丹學基礎上，融攝全真北宗之學，形成其內煉體系。對內丹理論的核心——性命問題有獨到見解。他在《還真集》卷中從體用角度論述性命關係，主張「性命混融」說，在具體修煉法則上，大體以持戒收心，懲忿窒欲爲入門之要。從修命著眼，把內煉之祕總結爲鼎器、藥物、火候三要。〔註44〕他的詞作，從詞題上看雖有贈詞、授詞、示詞、詠人、詠物、論道說理之分，但都不離道家言

〔註43〕參該文頁148。文載《詞學》第八輯，華東師大出版社，990年10月，頁139～149。
〔註44〕詳參：卿希泰主編《中國道教史·第三卷》，頁492～502；陳兵〈明代全真道〉，文載《世界宗教研究》1992年第一期，頁40～51。

語，全是闡述全真義理，講述內丹修練方法的作品。從其習慣用語及內容思想上看，明顯偏向全真南宗修命為先的特色，而又兼融北宗注重修性的色彩，陳兵說王玠是：「元代以來南北宗融合的全真南派的代表。」（同註43）是頗為準確的斷語，這從他的詞作中，也可以得到驗證。先舉若干表現三教同源，融攝禪宗、理學思想的作品如下：

△　道隱無名，包含萬象，總在身心。若一言勘破，本來面目，不生不滅，耀古騰今。返照回光，存神絕念，直下承當莫外尋。忠言守，這些兒妙處，至理玄深。（《還真集》卷下〈沁園春・贈混真子只（當為口）訣〉，《全金元詞》頁1260，02）

△　道曰金丹，儒曰太極，釋曰玄珠。矧三教之道，本來同祖，心存至德，性悟真如。闔闢機關，抽添運用，返照回光復本初。休分別，那些兒妙處，無字稱呼。虛中狀若蓬壺。寂靜形忘一也無。問三教根宗，谷神不死，靈源澄徹，誠意如愚。五氣朝元，五常合一，五眼圓明爍太虛。仙儒佛，派殊而理一，到底同途。（〈沁園春・三教一理〉，《全金元詞》頁1261，03）

△　自小顛狂，平生落魄，放浪飄蓬。把三教玄機，從根識破，包含萬象，混沌家風。問釋談機，問儒說理，問道言丹守箇中。無拘執，但閑來捉虎，怒後擒龍。不分南北西東。信步逍遙到處通。向太華峰頭，瑤池會上，詩吟萬字，酒飲千鍾。足下雲生，袖中雷起，劍吐寒光射九重。真風子，出乾坤之外，劈碎虛空。（〈沁園春・真風子〉，《全金元詞》頁1263，11）

△　聖人傳道，執真中、妙在惟精惟一。放則周流彌六合，卷則退藏于密。格物致知，正心誠意，靜裏包皇極。居仁由義，應機不費毫力。四時天地同參，火符合候，默默存真息。三五歸元至德純，保合太和沖溢。體用一原，顯微無間，盡性窮端的。死生勘破，到頭還是

空寂。(〈百字令‧儒宗〉,《全金元詞》頁 1264,17)

△　眞宗頓悟,理幽微、了了無言可說。曠劫至今全體具,
　　湛寂元無生滅。拂塵拈花,穿衣喫飯,覿面分明泄。
　　頭頭皆是,何須特地差別。爲言向上家風,纖鋒快利,
　　透石剛如鐵。三界圓通無所住,隨處應機明徹。芥納
　　須彌,珠含罔象,朗耀懸秋月。寸絲不掛,即同諸佛
　　齊列。(〈百字令‧釋宗〉,《全金元詞》頁 1264,18)

△　修眞立鼎,鍊金丹、只用三般靈藥。冬至陽生忙下手,
　　採取也須斟酌。抽坎塡離,流精進火,正軸旋匡廓。
　　赤子乘龍,一時騎上南嶽。乾宮交姤歸來,虎龍降伏,
　　夫婦同懽樂。巽戶雙開大火然,九轉丹凝旁薄。玄谷
　　風生,性天雲散,萬道神光爍。行功完滿,他年回駕
　　鸞鶴。(〈百字令‧道宗〉,《全金元詞》頁 1265,19)

△　學佛覷眞空。要識玄中。虛靈不昧是根宗。無色聲香
　　味觸法,赤骨身窮。應變利機鋒。三界圓通。木人石
　　女笑春風。大地山河歸一粟,廣納包容。(〈鍊丹砂〉,《全
　　金元詞》頁 1265,21)

以上所舉這些作品,或溶合禪宗、理學於道學中,或分寫三教義理,
都能充份表現出王玠三教同源的思想。此一思想,從張伯端、王重陽
開始,就一直是全眞教徒(包括南北二宗)信守不渝的基本教義,直
到今日,此一思想仍綿延不絕,甚至更加發揚興盛。

　　接著,舉若干論性命及內丹修煉的作品如下:

△　大道本無象,眞性亦非空。其中造化有無,無有混玄
　　同。透得玄關一竅,便好回頭下手,靜裏要勤工。配
　　合些兒妙,朝暮用屯蒙。採眞鉛,鍊眞汞,復眞宗。
　　陽生半夜,重關深鎖倒騎龍。運起周天火候,流戊擒
　　精就己,三性會元宮。朗朗超今古,神應妙無窮。(〈水
　　調歌頭‧授混中子口訣〉,《全金元詞》頁 1263,12)

△　性本無修證,命乃有施爲。了明此理,道憑玄牝作根
　　基。要得谷神不死,好住西南村裏,更莫起狐疑。動
　　靜分雙用,下手要知時。覷眞空,調眞息,運眞機。

　　鉛生汞產，封閉丹爐鍊紫芝。撥轉銀河斗柄，抽出坎
　　中一畫，直去補南離。行滿功成日，飛步上天墀。(〈水
　　調歌頭・授回陽子口訣〉，《全金元詞》頁 1263，13)

△　在俗修眞，居塵出世，當以悟性爲先。處心清靜，常
　　守定中禪。見素少思寡慾，忘人我，隨分安然。行藏
　　處，瀟瀟灑灑，渴飲倦來眠。問歸根復命，還須立鼎，
　　鍊汞烹鉛。遇採鉛時節，把火先搧。握固則雲藏煙聚，
　　運動則斗轉星旋。半時內，玄機成象，月白照青天。(〈滿
　　庭芳〉，《全金元詞》頁 1263，14)

△　太極渾淪，纔開口、便分仁義。把清眞支離，大道已
　　廢。世事機謀求愈遠，人情往復相牽繫。都不如、收
　　拾早回頭，安心意。是非場，急回避。人我山，俱拋
　　棄。這修道工夫，專柔其氣。萬物抽添明進退，神爐
　　靜默牢封閉。得一火、鍊出箇金剛，超天地。(〈滿江紅〉，
　　《全金元詞》頁 1264，16)

△　學道不難知。都在人爲。須憑玄牝立根基。取坎塡離
　　無間斷，得造希夷。神炁靜相依。龍虎皈隨。無中養
　　就箇嬰兒。逆破頂門神出現，爍爍光輝。(〈鍊丹砂〉，《全
　　金元詞》頁 1265，20)

以上所舉這些作品，都是論性命或內丹修煉方法過程的作品。王玠對
內丹理論之性命問題，有其獨到見地。《還眞集》卷中〈性命混融論〉
從體用角度論述性命關係說：「日用之間，應萬事者係乎性，爲百事
者屬乎身。性所以能發機變，命所以能化陰陽。性應物時，命乃爲體，
性乃爲用；命運化時，性乃爲體，命乃爲用。體用一源，顯微無間，
方可謂之道，缺一不可行也。夫修還丹之道，不過以神氣混合，而復
本來性命之全體。」這種性命互爲體用的說法，尚不見於前人著述。
在具體修煉法程上，王玠主張從「築基」入手，即須性命雙修，先持
戒收心，懲忿窒欲，做北宗所說的「清淨」功夫。次行「修補」，補
全今生自情欲漸開以來隨境逐物所損耗的精氣神；修補之要，在於收
視返聽，凝神意注丹田，從而返歸先天，補足所虧，達「精全不思欲，

氣全不思食，神全不思睡」的地步，丹基方告築就。要修補返還，須
「以元精煉交感精，以元氣煉呼吸氣，以元神煉思慮神，三物混成，
與道合真，自然元精固而交感之精不漏，元氣住而呼吸之氣不出，元
神全而思慮之神不起。」（《還真集》卷上〈金丹直指〉）築基完成後，
循序入三關：「初關煉精化氣，抽坎中之陽也；中關煉氣化神，補離
中之陰而成乾也；上關煉神還虛，乾元運化，復歸坤位而結丹也。」
（《還真集》卷上〈金丹直指〉）三關修煉，是從有爲達無爲，須「見
機採藥，依時運符」，以真意爲用，嚴格按照法度掌握火候，勤煉勤
烹，不得絲毫差失，不可頃刻間斷，才能證真成仙，修成正果。這是
王玠修煉方法的大要 [註45]，前舉之詞作，雖有種種譬喻言詞，都不
外乎這一理論架構，正可以相互參證。

　　王玠還有一首〈沁園春〉描寫全真道士的風采，值得一讀，迻錄
如下：

> 不戀功名，不求富貴，不惹閑非。蓋一間茅屋，依山傍水，
> 甘貧守道，靜掩柴扉。讀會丹經，燒殘寶篆，終日逍遙任
> 自爲。真堪悅，遇饑來喫飯，冷即穿衣。箇中消息誰知。
> 自裏面惺惺外若癡。且藏鋒挫銳，先人後己，和光混俗，
> 豈辨高低。處世隨緣，樂天知命，白雪壺中配坎離。時來
> 到，與十洲仙子，同駕雲歸。（〈沁園春・全真家風〉，《全金元
> 詞》頁 1261，04）

這首詞採用白描手法，鋪寫全真道士澹泊無爲的作風與清靜逍遙的生
活情態，既是自況，也是頗具代表性的全真道士形象。藉由這首詞，
可以讓我們深刻地了解元末明初時，全真道士實際的處世態度與生活
情況，可以說是一首淋漓盡致的寫實作品。

　　綜合言之：王玠的作品全是論道說理之作，缺少文學藝術趣味，
但造語淳雅，甚少俚語俗詞，也不刻意雕琢文字，讀來覺得十分平順。

[註45] 關於王玠的修煉方法，主要參考陳兵〈明代全真道〉，文載《世界宗
　　　教研究》1992 年第一期，頁 40～51。

其價值主要在於，可與其主要思想及煉丹理論相互參證，相互發明。

第六章　金元全眞道士詞的特色與價值

本章分兩節，第一節論述金元全眞道士詞的特色，第二節評析金元全眞道士詞的價值。

第一節　金元全眞道士詞的特色

本節從內容及形式兩方面，論述金元全眞道士詞的特色。從前面第三、四、五章的分析，歸納得知，金元全眞道士詞在內容方面的特色，最主要的有五點：（一）以傳道說教爲主要內容，（二）以三教合一爲基本立場，（三）多有述內丹修煉方法之作，（四）多有唱和贈寄索答示授之作，（五）多有雲遊乞化與隱居生活的寫實之作；在形式方面的特色，最主要的有五點：（一）造語極淺白俚俗，（二）注重詞的音樂性，（三）喜以道家語更改調名，（四）有藏頭拆字體與福唐獨木橋體，（五）多用白描及鋪敍手法。茲分別扼要論述如下：

一、內容方面

（一）以傳道說教為主要內容

全眞道士以宗教家的身份應世，填詞目的多在於傳道說教，故詞作多與宣唱法理、發揮教義、勸人入道修行有關。本文所論及的二十七位全眞道士，其詞作絕大部份都不離道家範圍，都是以傳道說教爲

其主要內容。

在宣揚教義方面，全真教的教義、教規、制度……等，雖然隨著教團的興盛與時代之遷移，而迭有更新發展，但全真道士們對於基本教義，如本論文第二章第三節所列舉：全真宗旨、三教合一、性命雙修、清靜無爲、眞功眞行、出家禁欲等主張，則是始終奉行不渝。因此他們的詞作也大都圍繞在這些基本教義上。保全眞性，證眞成仙，是全真教的根本宗旨，在詞作中直接言及「全眞」一詞者，王重陽有十一處、馬鈺有十八處、王處一有七處、王丹桂有九次、尹志平有十五次、李道純有五次、宋德方、劉鐵冠、牛道淳各有一次、紙舟先生有二次，姬翼與王玠則分別以「全眞」、及「全眞家風」爲題，填作〈滿庭芳〉與〈沁園春〉；除於詞作中直接用「全眞」二字的作品外，實則內容述及證眞成仙的作品，可謂觸目皆是。至於倡言三教合一或反映三教合一的作品，以及闡述性命雙修思想、強調清靜無爲修煉方法、主張眞功眞行福慧雙修、勸人出家禁欲等教義的作品，可說是俯拾即是，不勝枚舉。

在說教勸人入道方面，全真道士最常以人生短暫，肉體虛假，來勸人早日「識破夢中身」；視酒氣財色爲四害，勸人必須遠離四害的污染；把人的七情六欲當作是成仙證眞的大障礙，修道之人應當嚴格禁絕；宣揚家庭是火宅，夫妻兒女是玉枷金鎖，勸人要決然拋開；並常以天堂地獄之說示人，以善惡輪迴之說警人。這些勸人的方法，在王重陽、馬鈺、譚處端、丘處機、王處一、王丹桂、長筌子、尹志平、姬翼、李道純、牧常晃等人作品中，也是隨處可見，翻檢即得。

爲省篇幅，以上所述不再一一舉例，讀者可自行參閱前三、四、五章（以下各點亦同）。從這些作品，可以充份反映出全真道士救世濟人的熱忱，以及他們對宗教信仰的狂熱。

（二）以三教合一為基本立場

「三教合一」是全真教的教義中最爲顯著的特徵。倡三教歸一、

三教一家，雖是晚唐北宋以來三教中的普遍現象，但都比不上全真教的表現來得突出。所謂三教合一，一是指高唱三教歸一，強調三教一致、三教平等、三教一家；二是指其在道教傳統學說的基礎上，大幅度地融攝佛儒二教之說，組成了一套既多相似於儒佛、又不盡同於儒佛的教義，具有統合儒佛道三家思想因素的特色（詳參第二章第二節、第三節）。自王重陽以「三教合一」思想爲基本立場創立全真教，此一思想特質即貫徹至今日，始終未變。更由於全真教的推波助瀾，使「三教合一」思想，成爲「近千年來中國宗教史、中國思想史的總畫面」〔註1〕。

　　除了王重陽在其所作詩詞中，大力倡言三教合一外，其餘金元全真道士的詞作中，也大量反映了三教合一的思想。如：馬鈺的詞作中，直接言及三教的有五首，道釋並稱的有十餘首；譚處端的詞作中，「菩提」、「牟尼」、「曹溪」、「苦海」、「四大」、「娑婆」等佛家用語，隨處可見；劉處玄的詞作中，直接言及三教的有五首，「龐蘊」、「六銖衣」等佛教人物及衣物則屢見於其詞作中；丘處機有〈神光燦〉（推窮三教）一首直接言及三教，其詞作中「色身」、「法身」、「苦海」、「法界」、「法輪」、「慧風」、「迴向」、「四大」、「慧照」、「萬劫」、「六道」、「佛性」等佛家語，亦是翻檢即得；王處一於〈神光燦〉云：「論甚千枝萬葉，與儒門、釋道同居」，於〈滿庭芳〉說：「長養諸天大地，資三教天下歸依」、「更望參玄眾友，遵三教千古同欣」，其詞作常用「菩提佛果」、「般若」、「法界」、「無相」、「般若經中偈」、「四大」、「慧目」、「法身」、「苦海」、「大唐僧」、「佛經」、「釋教」、「如來」等佛家語；郝大通於〈無俗念〉云：「人牛不見，悟箇不生不滅」援引佛教典故及用語來論道；孫不二於〈繡薄眉〉云：「修行脫免三塗苦」、「法海慈航，寰中普度」也是佛家語；王丹桂有〈滿庭芳‧詠三教〉詞，頗值得參考，直接言及三教的詞還有另外三首；其他如：長筌子、尹志

　　　　　　　　　　　　　　　　　　　　　　　　　　　

〔註1〕語見任繼愈〈唐宋以後的三教合一思潮〉。文載《世界宗教研究》1984第一期，頁1～6。

平、姬翼、李道純、高道寬、苗善時、馮尊師、三于眞人、雲陽子、牧常晃、王玠等全眞道士，在他們的詞作中直接述及三教、或援引佛儒人物典故、援用佛儒成語入詞的情況，可謂屢見不鮮。這些都是以三教合一思想爲基本立場的具體表現。

（三）多有述內丹修煉方法之作

全眞教發跡於外丹服藥辟穀等方術百弊叢生的時代，是對當時傳統符籙派道教的反動與改革（詳參第二章第一節）。其內丹修煉理論，主要傳承自鍾呂的內丹說，主張必須「性命雙修」，可是在修煉次第上卻與鍾呂之說有所不同。全眞教在實際的修煉方法上，特別強調「先性後命」的原則，其內丹功法從修性開始，先教人收心降念，做對境不染的明心見性工夫，使心定念寂，然後再靜坐調息，按傳統內丹法的修鍊程序，依次煉精化炁、煉炁化神、煉神還虛。全眞道士的著作，大部份是爲闡述此內丹修煉理論而作，即使是元併南宋後，原屬張伯端一支的江南道士，如：李道純、紙舟先生、牧常晃、王玠等，在南北二宗合流後，所著丹書仍不違此修煉法則。此一思想也明顯反映在諸人的詞作中，全眞道士的詞作論及內丹修煉方法的也是連篇累牘，無論是教人明心見性，從修性入手；或是專論精氣神，教人煉形制魄，都有相當多的作品。兩相比較，則論修性之作，又較煉命之作爲多，如：馬鈺特重清靜無爲思想，以清靜無爲爲入道的根本功夫，對於性命雙修的內丹修煉，明顯偏向修性；譚處端、劉處玄、丘處機、王處一等人論及修煉方法的作品，也是特別強調明心見性的工夫，尤其是丘處機的詞作言及修命的作品甚少，傾向更是明顯。

全眞道士在論述內丹修煉方法時，多採種種譬喻言詞，如：「金丹」、「玉性」、「眞靈」、「金精」、「元神」、「玉鎖」、「金關」、「爐灶」、「瓊芝」、「瓊漿玉液」、「汞鉛」、「坎離」、「水火」、「青龍」、「白虎」、「赤鳳」、「烏龜」、「猿馬」、「宗祖」、「金翁」、「黃婆」、「嬰兒」、「姹女」……等術語，隨處可見。解讀這類作品，必須先對全眞教的修

煉理論有所了解，然後參閱所著丹書，掌握各種「術語」及譬喻言辭的義涵，才能有較正確的認識。這類作品，幾乎全無文學趣味，對沒有內丹修煉經驗的一般文人而言，簡直是在猜啞謎，所以也是最令文學愛好者覺得不知所云、讀之生厭的作品。

（四）多有唱和贈寄索答示授之作

全真道士於入道後，多以宗教家的身份應世。於悟道後即大施方便，隨機點化眾生，絲毫不放過講道說教的機會，因此唱和贈寄索答示授之類的作品，數量也頗為可觀。這類作品有些是為應酬唱和而作，有些是為勸勉寄望而作，有些是應眾人索求而作，有些是為開示門人或庶眾而作，有些是為授與門人訣竅而作。無論寫作原因為何，其內容也不外乎闡述全真教義、勸人入道修行，和前兩類作品並無二致，只不過是寫作之時，有特定的對象而已。

統計全真道士所填這類作品，題目明顯有「贈、寄、索、和、求、答、示、授、勉」等字眼的作品，王重陽有八十八首、馬鈺有三百五十八首、丘處機有二十首、王處一有四十二首、王丹桂有七十八首、尹志平有四十三首、姬翼有四首、李道純有五十首、王玠有五首。其中，王重陽和馬鈺的這類作品多達八十八首與三百五十八首；王丹桂詞七十八首，超過其全部詞作（一百四十六首）的半數；李道純詞五十首，佔其全部詞作（五十九首）的八成五，更是值得留意。從這些作品，可以得知作者平日交往、傳道的對象，藉以了解作者的出世入世情形及其當時在道中的地位與影響，更可以深刻感受到全真道士度人化人的熱情與志願。

（五）多有雲遊乞化與隱居生活的寫實之作

全真道士必須雲遊乞化、離家清修，這是從祖師王重陽開始即定下的規矩。全真道士有的過著混跡塵壒，乞食度日的生活；有的過著嘯傲雲山，遁隱林泉的生活；平日所思所感，化為詞篇，便是描寫雲遊乞化與隱居生活的作品。這類作品是全真道士詞作中，最具文學藝

術價值的作品。無論是描述乞討生活的情狀、蓬頭垢面紙襖麻衣的外表，或詠物抒情、描繪山林景致，或抒寫閒情逸致、曠達胸襟，都較其他類（如：傳道說教、講述內丹功法）作品更具文學趣味與藝術水準。若從純文學的角度來衡量，則欲選錄全真道士之詞，必從此類作品中去尋求。

描寫乞化生活的作品較多的為王重陽與馬鈺二人。王重陽有十餘首描寫其上街行乞及雲遊四海的詞作，這些詞或寫他紙襖麻衣，不飾邊幅的外表穿著；或寫他雲遊四海，當街打睡的乞討生活；或寫他逍遙自在，真清真淨的精神境界，都是他現實生活與精神領域的真實寫照，生動而鮮明地描繪出他的形象。馬鈺的《漸悟集》卷上有〈踏雲行‧師父引馬鈺上街求乞〉詞，說明王重陽引導馬鈺上街行乞的情形，《金玉集》卷七〈爇心香‧勸眾師兄求乞殘餘〉詞，說明了馬鈺勸人行乞的情形；他在《漸悟集》卷下〈南柯子〉詞中說：「既欲搜玄妙，須當做乞兒。蓬頭垢面嘴纍垂。意靜心清，便是上天梯。」可見馬鈺繼承王重陽的思想，把上街行乞當作是一種修行的方式。馬鈺詞中述及「蓬頭垢面」的有十八首，而提及乞食的則多達二十七首，這些詞頗能生動地刻劃出馬鈺平日生活的真實面貌。

另外，丘處機有題為「乞食」的〈茇荷香〉一首，王丹桂〈心月照雲溪‧贈趙德備〉詞云：「憑乞化，做生涯，餘事絕論討。」三于真人〈滿庭芳〉詞云：「乞化前街後巷，安居住古廟閑宮。」劉鐵冠〈月上海棠〉詞云：「全真辦下無空過，布袍麻絛腋袋掛。剪髮鬅頭，逍遙自在行踏。篳瓢把。每日沿門乞化。」都是直接敘及「乞化」字眼的作品。

描寫雲遊生活的作品較多的，首推譚處端。譚處端喜以雲水為喻，表現自己曠達灑脫的胸懷與無拘無束逍遙自在的生活情境。在他的詞作中，隨處可見「水雲」、「物外」、「逍遙」、「自在」、「飄逸」、「山水」、「閒雲」、「閒遊」、「灑脫」、「瀟灑」、「靈空」等字眼。在他一百

五十七首作品中，「水雲」或「雲水」一詞共三十九見，「逍遙」一詞二十九見，「物外」一詞十九見，「自在」一詞十六見，可以說是他的作品的主要情調，其文集名《水雲集》，頗能代表他的特色。

　　描寫隱居生活的作品較多的有：劉處玄、丘處機、長筌子、尹志平、姬翼、馮尊師等人。劉處玄的詞作，最明顯的特色是多抒發其對山林泉石的鍾愛，及淡薄名利的灑脫襟懷。從他的這類作品，可以生動而清楚地鉤勒出劉處玄嚮往山林的個性和曠達不拘的懷抱。高臥靈峰霞洞，閑伴林泉、松竹為鄰，琴書為伴，信筆吟嘆，大笑高歌，任他人笑懶慢，是他所嚮往的情境，也是他真實生活的寫照。

　　丘處機的詞作可以確定寫於磻溪或描寫磻溪隱居生活的有十一首，另有十一首雖無法確認寫作的時間，但頗有可能也是寫於磻溪或龍門山隱居時期，詞中所記都是隱居時的生活情形。透過這些作品，可以讓我們更生動具體的了解丘處機在磻溪時的隱居情形及其平日的生活狀況。長筌子的詞作中，最具文學價值與藝術水準的是生活寫實與詠物寫景的作品，這兩類作品共三十六首，都是隱逸生涯中的寫實之作。其寫景之細緻精美與意境之高雅絕俗，頗令人讚嘆欽羨，在道士詞作中，是不可多得的佳作。尹志平描寫隱居生活或隱居生活中的即興之作有十餘首，詞中所呈現的恬澹靜謐的氣氛與幽雅脫俗的景緻，生動而具體地描繪出尹志平的隱居生活，讓人嚮往之情，油然生起，讀這類作品，實在要比讀直接論道說教的作品，來得令人感動。姬翼的詞作中，描寫隱逸生活或抒寫離俗隱居志趣的作品，有將近三十首。這些作品都是描寫其雲遊生涯或隱居生活的實際情形，其中雖不免充斥道家語，但卻是他生活的真實寫照，「野雲歸岫，煙水橫秋」、「雲散風清雨後天，新荷擎露碎珠圓。清泉汩汩流塵外，白石巖巖賴醉眠。」寫景清麗，「唯收。隨身數物，靜巾帨手。細櫛梳頭。鉢置囊閑，杖藜百衲外無求」、「野服黃冠，芒鞋藜杖。無拘係、水雲來往。行歌立舞，玄談清唱。也不論、王侯高尚。」生動地描繪了他的生活動態，也寫出了他的曠達胸襟。馮尊師描寫隱居生活或抒發修道樂趣

的作品有十一首。其作品寫景生動如畫，景致幽美宜人，令人神思嚮往；神情出塵離俗，胸懷曠達高遠，令人心生仰慕，是頗具感染力的作品。佳句如：「帆歸遠浦，鷺立汀洲，千樹好花微放。芳草池塘，錦江樓閣，隱隱雲埋青嶂」、「歸去也、翠麓崎嶇，林巒掩映，消遣晚來情況。幽禽巧語，弱柳搖金，綠影小橋清響」，這種擅於點染與描繪的筆法，真讓人難以想像是出於道士之手。而「爭似我、玉塵清談，金徽雅弄，高臥洞天門戶。逍遙畎畝，肆任情懷，閒伴蓼汀鷗鷺。收拾生涯，紫蟹黃柑，江上一蓑煙雨。醉歸來、依舊蘆花深處，月明幽浦」、「疏葛寬裁，瘦玉橫拖，笑傲東籬吟酌」、「當此際、棐几松窗，脣歌舌彈，渴飲玉壺春色。一懷皓月，兩袖清風，真箇箇中消息」、「軒冕未酬黃卷志，琴書早賦青山隱。占五湖煙月樂希夷，無盈損。」這些句子生動而傳神地寫出了隱逸生活的實況與樂趣，清閒悠遊，瀟灑豪邁，怡然自得，真是令人欽羨不已。這些作品在道士詞中，是難得的具有文學藝術水準的作品。

二、形式方面

（一）造語極淺白俚俗

造語淺白俚俗口語化，是全真道士詞的一大特色。全真道士填詞的目的大多是在於以歌唱形式宣揚教義勸人修道，這與唐宋以來佛教演唱變文的傳教方式，有異曲同工之妙。全真道士詞人中，除了丘處機、長筌子、姬翼、高道寬、馮尊師等五人，造語較為清麗典雅之外，其餘像：王重陽、馬鈺、劉處玄、王處一、郝大通、孫不二、王丹桂、尹志平、李道純、三于真人、劉鐵冠、楊明真、范圓曦、紙舟先生、雲陽子、牧常晁等人的詞作，為了配合歌唱，使唱者順口，聽者容易理解、容易記誦、容易傳唱，在造語用字方面走的都是口語化、通俗化的路線，儘量避免太過艱深的文字，甚少用典〔註2〕，這與力求雅

〔註2〕譚處端、宋德方、王志謹、苗善時、牛道淳、王玠等人，造語則介於
典雅與淺白之間。

正、用典成習的南宋詞壇相較，是非常突出的一點。略舉數例，以窺一斑：

　△　諸公學道，略聽予言。如同幹句家緣。試看登杆踏索，
　　　走馬行船。何曾說辛道苦，遇艱難，轉轉心堅。忘危
　　　險，更忘身忘命，忘後忘前。不管傍人冷笑，殷勤地，
　　　常常謹謹專專。假是蘇秦陸賈，說不迴肩。人能如斯
　　　向道，可搜眞、搜妙搜玄。無不悟，又何愁不做神仙。
　　　（《神光燦‧滿庭芳‧寄段錄事孫助教道友等》，《全金元詞》頁
　　　270，馬鈺詞第 14 首）

　△　想百年，如一夢，幾多時。妙希夷、只是些兒。諸公
　　　肯信，日常萬物意無私。住行坐臥眞平等，應變眞慈。
　　　崇仙道，明仙理，通仙妙，謝仙師。在靈峰、閑採靈
　　　芝。洞天清隱，周天十二坎迎離。三田功滿朝元去，
　　　卻蛻行屍。（《仙樂集》卷四〈上平西〉，《全金元詞》頁 423，
　　　劉處玄詞第 2 首）

　△　彭李劉哥，三人一志，能和滿縣知交。寧心效力，相
　　　助各堅牢。今日文山去也，設貧會、無論卑高。嚴冬
　　　苦，迎風冒雪，認取莫辭勞。……（《雲光集》卷四〈滿
　　　庭芳‧示門人，令往文登設貧〉，《全金元詞》頁 438，王處一
　　　詞第 15 首）

　△　云何便會做癡憨。只爲番番世事諳。度日隨緣不外貪。
　　　處雲庵。渴飲醍醐味轉甘。（《草堂集》〈憶王孫‧自詠〉，《全
　　　金元詞》頁 489，王丹桂詞第 59 首）

　△　頑愚不省。禍福還如身逐影。劫運天災。都是人人心
　　　上來。若明此理。視物應當同自己。了見天眞。善惡
　　　臨時全在人。（《葆光集》卷下〈減字木蘭花〉，《全金元詞》
　　　頁 1183，尹志平詞第 5 首）

　△　誰是庵兒，阿誰在、庵中撐柱。看飢來喫飯，誰知甘
　　　苦。角徵宮商誰解聽，青黃皁白誰能睹。向平常、日
　　　用應酬人，誰區處。是誰行，是誰舉。是誰默，是誰
　　　語。這些兒透得，便知賓主。外面形軀誰做造，裏頭

門戶誰來去。造無爲、畢竟住誰庵，朱陵府。(《中和
集》卷六〈滿江紅・贊誰菴殷管轄〉，《全金元詞》頁 1229，
李道純詞第 20 首)

△　古往今來，多憂少喜，淳化太平難値。幸逢聖賢出世。
布道德、談羅天地。上界眞人權下世。御萬國、不勞
神器。中外偃武修文，敬賢尚德，致清平瑞。何以上
答天恩，佳時念、因循等閒虛費。要先崇儉約，務飽
暖、不貪名利。向玄門求奧祕。戒嗜慾、保安和氣。
更心上物物，頭放下，乃得免人間累。(《鳴鶴餘音》卷
五〈無愁可解〉，《全金元詞》頁 1246，三于眞人詞第 3 首)

△　謾騰騰，無造作。任意逍遙隨飲啄。眞箇清平樂。喉
手辛無名利索。萬里孤雲幷野鶴。這般誰知覺。(《玄宗
直指萬法同歸》卷五〈梧桐樹〉，《全金元詞》頁 1255，牧常晁
詞第 12 首)

以上所舉都是極淺白俚俗的詞作。由於詞本是音樂文學，是文辭和音
樂的結合體；在最早流行於民間時，便同時具備了大眾化與娛樂性的
藝術特質。而詞的大眾化與娛樂性的藝術優勢若要得以充份發揮，就
必須以語言通俗易懂爲前題。因爲詞的美感效果是通過聽覺作用來實
現的，只有歌詞通俗易懂，才能直接訴諸人的聽覺，給人以即時性的
審美愉悅。因此，文辭的口語化是絕對有助於詞的傳播的。全眞道士
塡詞的目的，既在於傳道說教，對象又多是教育程度不高的一般庶
眾，因此在遣詞造語上，常用俚俗口語，力求淺顯明白，是合於實際
需求的，也是極爲聰明的做法。全眞教在北方新興的三個教派中，能
成爲勢力最大、影響最深的教派，除了政治因素外，全眞道士愛塡作
詩詞以傳道，他們的作品淺俗易懂，生動活潑，使人樂於接受而四處
傳唱，也是教義得以廣泛傳播，教門得以興盛的重要原因之一。

（二）注重詞的音樂性

全眞教是一個十分注重音樂教化功能的宗教團體。前面第三章第
三節已介紹過祖師王重陽是一位十分喜愛唱歌的道士，其大量塡詞，

便是爲了藉助音樂傳唱的功能，來宣導他的宗教理念，事實也證明了他的做法是十分正確而成功的。在王重陽的帶領下，他的七大弟子——全眞七子也傳承了他的作風，在傳教過程中，大力依賴音樂的傳播功能，來推展他們的教門。甘紹成〈正一道音樂與全眞道音樂的比較研究〉一文，曾介紹了王重陽、劉處玄、王處一、丘處機等人對於傳統道教音樂的「承上啓下」與全眞道音樂在金源時期的流傳情形。〔註3〕今本《重刊道藏輯要》收有《全眞正韻》一書〔註4〕，其中著錄了全眞道通用的「十方韻」有五十六首，據甘紹成〈全眞道曲——十方韻的流傳〉一文〔註5〕說，這五十六首「十方韻」係當時（清光年緒三十二年，西元 1906 年）全眞道科儀音樂中最常用的曲目，而目前全眞道音樂的流傳，可以說是「天下流佈」、「全國通用」。這些都可以證明全眞教是一個相當重視音樂的教團。

　　全眞道士重視音樂功能的作風，自然也反映在他們的詞作中。他們的詞，常有加襯字或和聲字的現象；有時在按律該塡實字的地方，以模擬音樂聲音的字來代替；有時隨意重韻、增韻（不必叶而叶韻），甚至全首以同音字或同一字來押韻（此即「福唐體」，詳後文）；在修辭技巧上，特別喜愛運用疊字、類字法；上述的這些情形，不外乎都是爲了增加文字的音樂性，以提高樂曲傳唱的效果，希望達到動人感人的目的。

　　以擬聲字代替實字，或隨意重韻、增韻，以同音字或同一字押韻，

〔註3〕該文刊載於武漢音樂學院學報《黃鐘》1991 第四期。又武漢音樂學院道教音樂研究室編有《全眞正韻譜輯》一書，可作爲研究全眞教音樂的參考。該書有玉溪道人閔智亭所撰序文，文中詳細介紹了全眞教音樂傳承的情況。

〔註4〕據甘紹成〈正一道音樂與全眞道音樂的比較研究〉指出，該書是清光年緒三十二年（1906）賀龍驤、彭翰然在成都重刻《道藏輯要》時續加，全書附唱詞和「當請譜」。「當請譜」是以擊樂器鐺子和鉸子爲主要樂器伴奏的擊樂譜。

〔註5〕文載《道教文化研究》第九輯，頁 402～423。香港道教學院主辦，陳鼓應主編，上海古籍出版社 1996 年 6 月第一版。

這些情形在宋人詞作中，都是十分罕見的，在金元全眞道士詞中，卻是屢見不鮮。特殊的押韻情形，例多不勝詳舉，讀者自行翻檢即可。以擬聲字代替實字的情形，除王重陽有〈五更出舍郎〉六首、〈搗練子〉十六首、〈踏莎行〉、〈風馬令〉各一首，已詳於第三章第三節外；另外，馬鈺有〈風馬兒·繼重陽韻〉（《全金元詞》頁 295，以下省略書名）、〈南柯子〉（但願三丹結·頁 327）、〈瑞鷓鴣〉（心香爇起唱行香·頁 339）、〈搗練子·華州王待詔乞詞〉（頁 359）、〈洞中天·贈員先生〉（頁 376）等五首，譚處端有〈滿庭芳〉（莫覓東西·頁 403）、〈搗練子〉五首（頁 416）等共六首，劉處玄有〈神光燦〉（處玄稽首·頁 426）一首，王丹桂有〈齊天樂·得遇〉（頁 494）一首，長筌子有〈絳都春〉（天生懶惰·頁 585）一首，尹志平有〈道無情〉（身逐東川道友·頁 1181）、〈道無情〉（九九嚴凝冰結·頁 1182）等兩首，姬翼有〈玉蝴蝶·其三·村居〉（頁 1202）、〈驀山溪〉（眨眉瞬目·頁 1210）等兩首。茲舉兩首，以窺一斑：

△ 意馬顚狂自由縱。来往走、璫瑠玎。更加之、心猿廝調弄。歌迷酒惑財色引，璫瑠玎。幸遇風仙把持鞚。便不敢、璫瑠玎。待清清、堪歸雲霞洞。渾身白徹再不肯，璫瑠玎。（《重陽教化集》卷三〈風馬兒·繼重陽韻〉，《全金元詞》頁 295，馬鈺詞第 134 首）

△ 身逐東川道友。有客西山專候。眞意是如何。七十古來稀少。今我六旬還到。浮世不堅牢。醉陶陶。（《葆光集》卷下〈道無情〉，《全金元詞》頁 1181，尹志平詞第 95 首）

（三）喜以道家語更改調名

金元全眞道士塡詞喜愛改易原來的調名，在詞牌的發展過程中，是值得留意的一件事。而他們所改易的新調名大多是道家語，其原因大致上有二點，一是使詞的調名更貼切於詞的內容，讓人一見調名即知內容大要；一是從勸道修道的角度言，某些不宜的調名（如：〈長相思〉、〈殢人嬌〉、〈繫裙腰〉等），實在有更改的必要。

　　開啓以道家語改易調名風氣的是王重陽。他的詞作改易調名已於原書中註明者有：〈三光會合〉即俗〈韻令〉、〈心月照雲溪〉即俗〈驀山溪〉、〈黃鶴洞中仙〉即俗喝馬〈卜算子〉、〈金蓮堂〉即俗〈惜黃花〉、〈報師恩〉即俗〈瑞鷓鴣〉、〈蓬萊閣〉即俗〈秦樓月〉、〈青蓮池上客〉即俗〈青玉案〉等七調；未註明者則有：水雲遊（原名〈黃鶯兒令〉）、〈莫思鄉〉（南鄉子）、〈眞歡樂〉（晝夜樂）、〈玉鑪三澗雪〉（西江月）、〈玉京山〉（小重山）、〈遇仙亭〉（山亭柳）、〈萬年春〉（點絳唇）、〈悟南柯〉（南柯子）、〈蕊珠宮〉（夜遊宮）、〈長思仙〉（長相思）、〈望蓬萊〉（憶江南）、〈玉花洞〉（探春令）、〈月中仙〉（月中桂）、〈得道陽〉（瑞鷓鴣）、〈超彼岸〉（河傳令）、〈恣逍遙〉（殢人嬌）、〈繫雲腰〉（繫裙腰）、〈無夢令〉（如夢令）、〈踏雲行〉（踏莎行）、〈解冤結〉（解佩令）、〈爇心香〉（行香子）、〈神光燦〉（聲聲慢）、〈上丹霄〉（上平西）、〈雪梅香〉（雪梅春）、〈金鼎一溪雲〉（巫山一段雲）、〈七騎子〉（七寶玲瓏）、〈遇仙槎〉（生查子）等二十七調。總計以上三十四種詞牌，都是他率先改稱的，這些新調名大多爲後來的金元全眞道士所沿用。

　　風氣既開，王重陽之後的全眞道士便競相仿效，不但沿襲新稱，更隨意改易調名，致使同調異名的情形更加紛亂。除王重陽外，現存金元全眞道士詞改易調名的情形如下：馬鈺有〈十報恩〉（又稱〈報師恩〉，原名〈瑞鷓鴣〉）、〈觀丹砂〉（浣溪沙）、〈鍊丹砂〉（浪淘沙）、〈化生兒〉（雙雁兒）、〈雁靈妙方〉（雙雁兒）、〈四仙韻〉（減字木蘭花）、〈金蓮出玉花〉（減字木蘭花）、〈德報怨〉（昭君怨）、〈道成歸〉（阮郎歸）、〈悟黃梁〉（燕歸梁）、〈離苦海〉（離別難）、〈清心鏡〉（紅窗迥）、〈天道無親〉（甘草子）、〈清心月〉（軟翻鞋）、〈神清秀〉（海棠春）、〈戰掉醜奴兒〉（添字醜奴兒）、〈鬥修行〉（鬥百花）、〈白觀音〉（白鶴子）、〈五靈妙仙〉（鎮西）、〈平等會〉（相思會）、〈洞中天〉（鷓鴣天）、〈傳妙道〉（傳花枝）等二十二種；譚處端有〈雲霧歛〉（蘇幕遮）一種；丘處機有〈無俗念〉（念奴嬌）、〈忍辱仙人〉（漁家傲）、〈好離鄉〉（南鄉子）、〈下手遲〉（恨歡遲）、〈夢遊仙〉（戚氏）、〈拾菜娘〉

（瑞鷓鴣）等六種；王處一有〈謝師恩〉（青玉案）一種；王丹桂有有〈妊鶯嬌〉（惜奴嬌）、〈醉桃源〉（阮郎歸）、〈步雲鞋〉（軟翻鞋）等三種；長筌子有〈洞玄歌〉（洞仙歌）、〈神仙會〉（千年調）、〈成功了〉（繡停針）、〈華溪仄〉（憶秦娥）等四種；尹志平有〈道無情〉（昭君怨）一種〔註6〕；姬翼有〈金童捧露盤〉（玉女搖仙佩）一種；高道寬有〈逍遙令〉（憶江南）一種；牛道淳有〈跨金鸞〉（多麗）一種。

　　以上金元全眞道士所改易的調名，共計七十五種。

（四）有藏頭拆字體與福唐獨木橋體

　　金元全眞道士詞在體式方面，最值得留意的是「藏頭拆字體」與「福唐獨木橋體」。

　　所謂「藏頭拆字體」，就是以闋末一字之半或一部分爲全闋第一字，又以上句末一字之半或一部分爲次句第一字的特殊體式（詳參第三章第三節）。例如：王重陽《重陽全眞集》卷六有〈滿庭芳‧贈毋希揚〉，原詞爲：

> 話虛無，中蓮出，人得遇希揚。高勝我，事事總輝光。兀騰騰自在，風動、與道相當。藏寶，花開後，空裡撒眞香。傍。銀浪淼，逢煙焰，暑氣成霜。青芽金葉，片片清涼。兆城南嶺立，字得、天外鋪張。生憶，懷詞曲，須唱滿庭芳。

此詞對照《重陽全眞集》卷三所收九十五字體〈滿庭芳〉可還原如下：

> 方話虛無，火中蓮出，山人得遇希揚。勿高勝我，事事總輝光。兀兀騰騰自在，土風動、與道相當。口藏寶，玉花開後，空裡撒眞香。日傍。銀浪淼，水逢煙焰，暑氣成霜。木青芽金葉，片片清涼。京兆城南嶺立，一字得、天外鋪

〔註6〕尹志平《葆光集》卷下有一首〈卜算子〉（眞性休空走），詞牌下小序云：「玉虛觀夜靜中，師父令和，都要奔波走，〈卜算子〉仍易其名曰〈北地樂〉」序中已明言將調名〈卜算子〉改爲〈北地樂〉，但今本《道藏》卻仍名〈卜算子〉，由此可推測，尹志平的文集經後人整理過，並非當初原貌，且整理《葆光集》之人，有把更易調名的詞牌，改回舊稱的情形。

　　張。長生憶，心懷詞曲，須唱滿庭芳。

由上舉這首詞，可知藏頭拆字體，並不是每一句都必須藏頭，可由作者匠心設計，讀者則須依照詞律及詞意細心推究，才能還原本詞。

　　「藏頭拆字體」實際上是雜體詩中「離合詩」的一類，最早見於《古詩紀》卷十三所載，東漢孔融的〈離合作郡姓名〉詩。金元全眞道士慣用「藏頭拆字體」，實導源於王重陽。王重陽的詞作中屬「藏頭拆字體」的共計有五十二首，分別收錄於《重陽全眞集》卷六（四十二首）、卷十三（一首），《重陽教化集》卷一（四首）、卷二（一首）、卷三（二首），《分梨十化集》卷上（三首，其中〈黃鶴洞中仙・筭詞中話〉一首與《全眞集》卷六複出）。《重陽全眞集》卷二末尾收有「藏頭詩」一首，其序云：「藏頭詩書紙旗，引馬鈺、譚處端教化。」清楚指明製作「藏頭詩」的目的，在教化馬鈺、譚處端。《重陽全眞集》卷八〈行香子・贈弟子〉詞云：「再索新詞，不寫藏頭。分明處、說箇因由。」由詞意可推知，王重陽經常寫藏頭詞贈人，所贈對象多爲其弟子，而其目的則在教化。黃兆漢先生〈全眞教主王重陽的詞〉云：「這雖則是文字遊戲，但在修鍊心性角度來看，亦未嘗不是契悟全眞教道理的好方法。」又云：「重陽的藏頭詩實質上是有『教化』作用的，不單是遊戲性質。讀者必須了解作者的心意才可填入適當的文字。這了解的過程就是契合作者思想的過程，換言之，即是悟道的過程。」是頗爲高明的見解。這與佛教禪宗師徒以偈語相互引導印可，具有相同的意義和作用。除了王重陽之外，金元全眞道士所作「藏頭拆字體」詞，另有馬鈺二十七首、譚處端一首、劉處玄一首、王丹桂二首。

　　王重陽的詞作中，另有二首「攢三拆字體」。此體馬鈺有四首，劉處玄、王處一各有一首。其體式亦屬離合詩一類，爲「藏頭拆字體」之變化格式，但拆合規則尚無定論，暫時存以待考。馬鈺另有「聯珠體」及「藏頭聯珠體」，已詳於第四章第一節，茲不贅複。

　　所謂「福唐獨木橋體」，亦簡稱爲「福唐體」或「獨木橋體」，是

指：全詞以一字爲韻的體式。其體不知始於何人，其名也不得而解。有三種常見的形式：第一種爲隔句用同字叶韻，如黃庭堅〈阮郎歸・效福唐獨木橋體作茶詞〉；第二種爲僅上半片用同字叶韻，如元代張翥的〈清平樂・酒後二首〉；第三種爲全詞用同字叶韻，如辛棄疾的〈柳梢青・辛酉生日前兩日，夢一道士話長年之術，夢中痛以理折之，覺而賦八難之辭〉。

　　金元全眞道士詞中有「福唐獨木橋體」的，情形如下：王重陽有九首，馬鈺有三十三首，譚處端有四首，劉處玄有二首，丘處機有一首，王處一有四首，王丹桂有二首。茲錄一首，以窺一斑：

> 七十光陰能幾日。大都二萬五千日。過了一日無一日。無一日。看看身似西山日。不做修行虛度日。悟來豈肯經終日。斡運洞天眞月日。眞月日。蟾宮裡面擎紅日。（《漸悟集》卷上〈漁家傲〉，《全金元詞》頁 304，馬鈺詞第 201 首）

（五）多用白描及鋪敘手法

　　「白描」原是我國國畫中只以淡墨鉤勒輪廓而不著顏色的畫法，後來寫作文章詩詞不加藻飾的也稱白描。李元洛《歌鼓湘靈——楚詩詞藝術欣賞》頁 141 云：「白描，本來是中國畫所特有的傳統技法名稱，它是指用墨線勾描物象，畫面上除了線條本身的墨色之外，其餘均不著顏色，後來則泛指文學創作包括詩歌創作中典型化的一種技法。即用簡煉樸實的筆墨，不加濃墨重彩，不作細緻的雕飾，從而刻畫出鮮明生動的形象，感人地抒發作者主觀的情思。」此對白描的定義（指成功運用此技巧者），解說十分詳盡。金元全眞道士在寫作表現手法上，六七成以上都是採用白描實寫（註 7）或直接鋪敘的方式。尤其是長調，更大多是採鋪敘手法來填作。茲各舉一例，略作分析：

〔註 7〕林玫儀《詞學考詮》頁 243 云：「柳（永）詞長於白描，項安世《平　　　齋雜說》以其與杜詩並舉，謂之『實說』」鉉按：項氏云：「杜詩、　　　柳詞，皆無表德，只是實說。」（據唐圭璋《宋詞三百首箋注》轉引）

> 我愛秋陽天氣，一指雲路無迷。何勞身外覓曹溪。了見三
> 身四智。莫問天機深遠，休尋大道無爲。目前認得這些兒。
> 便是全眞苗裔。(《葆光集》卷中〈西江月·秋陽觀作之五〉,《全
> 金元詞》頁 1168,尹志平詞第 05 首)

這是一首運用白描手法教人修行必須先明心見性的作品。上片開頭直
接說出喜愛萬里無雲、高曠晴朗的「秋陽天氣」,「秋陽」兼指季節和
地點(尹志平居德興府秋陽觀)。「一指雲路無迷」既是描述萬里無雲、
高曠晴朗的「秋陽天氣」,也是暗指清淨無染的眞靈本性。接者「何
勞」二句,承上句敘寫只要眞靈本性清淨無染,便是眞神仙,何勞向
外尋覓種種成仙的法門。曹溪是佛教禪宗六祖慧能大師弘法之地。「三
身四智」是指清淨法身、圓滿報身、千百億化身和大圓境智、平等性
智、妙觀察智、成所作智〔註8〕,都是佛家語,用以指明心見性、成
就佛果之後,眞靈本性的本體與作用。此處藉用禪宗話頭,正可以反
映出全眞道三教合一的基本教義及其融合禪宗思想特深的現象。下片
承上片之意,重複強調只要認清本源,但莫污染本性,便是全眞之法,
其他種種作爲都是多餘。全詞白描直敘,完全是口語化的用詞,毫無
華藻裝飾,意思顯豁明白,淺近易解,頗能代表尹志平詞作及多數金
元全眞道士詞的特色。

> 道本自然,但有爲、頭頭是錯。若一味談空,如何摸索。
> 無有雙忘終不了,兩邊兼用遭纏縛。都不如、默默守其中,
> 神逸樂。過去事,須忘卻。未來事,休詳度。這見在工夫,
> 更休泥著。六欲不生三毒滅,一陽來復群陰剝。悟眞空、
> 抱本還元虛,爲眞覺。(《中和集》卷六〈滿江紅·授覺菴〉,《全
> 金元詞》頁 1229,李道純詞第 21 首)

這是一首採用鋪敘手法傳授弟子修煉方法的作品。上片開頭二句指出

〔註 8〕佛教各宗對「三身」之解說各有不同,此處採禪宗說法,參見宗寶本
《六祖壇經》〈懺悔品第六〉及〈機緣品第七〉。「四智」之說法,參
見《涅槃經》,或參見拙著《六祖壇經詳解》〈機緣品第七〉頁 113
(高雄:天臺聖宮出版社,1996 年 3 月初版)。

「清淨無為」乃修行要領，「若一味」各句採鋪敘手法，補充說明「但有為、頭頭是錯」的種種情況。下片前五句，承上片繼續說明清淨無為的修行方法。「六欲」二句說明「清淨無為」的作用，能使「六欲不生三毒滅」。最後二句畫龍點睛，再次強調修行要訣，「悟真空」就是明心見性，「抱本還元虛」就是清淨無為，唯有如此修行，才是真覺正法。全詞鋪寫種種有為的錯誤與無為的作用，讓讀者更具體深刻地了解作者所欲傳達的訊息，且能有所依循與檢點，正是鋪敘手法的優點。

　　白描手法，可以直接述諸要旨重點，避免歧異誤解。鋪敘手法，有利於將複雜的事情或道理，明白清楚的呈現出來，讓讀者或聽者更容易了解而接受。因此金元全真道士在傳道說教之時最喜歡運用這兩種表現手法，實在是恰當而聰明的做法。不過，若從純文學的角度來看，則這類作品可說毫無文學藝術價值可言。梅堯臣曾說：「作詩無古今，欲造平淡難。」採用白描與鋪寫手法，再加上遣字用詞淺白俚俗，可說是完完全全的「平淡」作品，但是須知「欲造平淡，當自組麗中來；落其華芬，然後可造平淡之境。」（葛立方《韻語陽秋》）過度追求淺近易懂，不在意象的塑造與內涵的深度上，下工夫鍛鍊，或適時運用比興寄託等其他文學技巧，則作品必然了無餘味，以致枯乾淺率。平心而論，大多數的金元全真道士詞都有這樣的缺點。

第二節　金元全真道士詞的價值

　　金元全真道士詞的價值，較重要的有四點，分別是：一、可作為考查全真教的輔助資料，二、可據以修補《詞律》與《詞譜》，三、可藉以研究宋詞與元曲的關係，四、提供了雜劇與小說的寫作材料。以下即分別論述之。

一、可作為考查全真教的輔助資料

　　金元全真道士詞可以說是他們傳道說教的工具與日常生活的實

錄。透過這些作品，不但可以尋繹他們的內在思想，拿它來與他們所著的丹書相互發明印證，更可以藉著他們的詞作，具體而形像化的鉤勒出他們的生活情況與胸襟懷抱。有時甚至可用來檢驗前賢對於全眞教的研究結果，藉以修正錯誤的結論。所以，金元全眞道士的詞作，實際上是全面性考查全眞教，非常好的輔助資料。可惜在既有的研究中，卻被忽略了。

可藉助金元全眞道士詞作，來修正前賢研究結果的錯誤，約有下列數端：

（1）金元文人多稱述全眞教不尚齋醮禳襘，以恢復老莊清靜本旨爲目的；現代早期論全眞教教義，或述金元全眞道士思想者亦皆以此爲論斷。這固然是全眞教以宗教改革態度，對當時傳統符籙派道教種種弊端的一種扭轉與創新（已詳第二章第一節），但並不意謂全眞道士絕不行齋醮禳襘，有時爲傳教的方便，他們也會參與齋醮禳襘的活動。新近的著述雖多已改正此一觀點，如：卿希泰主編《中國道教史·第三卷》云：「金代全眞道雖然承鍾呂內丹派之學，以個人修煉成仙爲主旨，但也兼承道教傳統，行齋醮煉度。」（頁 90）爲使此說更加明確，茲列舉王重陽及全眞七子詞作中，述及齋醮禳襘活動的作品，以爲證明：詞題、小序或詞中述及齋醮禳襘活動的，王重陽有〈滿庭芳·於京兆府學正來彥中處覓墨〉、〈臨江仙〉（來此殷勤求一訣）、〈臨江仙〉（門外庭中呈玉翰）、〈臨江仙〉（山白簡書金訣籙）、〈永遇樂·郭法師求〉、〈蘇幕遮〉（玉靜青）、〈踏莎行〉（不識慚惶）、〈滿庭芳·呂先生作醮託請涇陽道友〉、〈臨江仙〉（太乙混元眞法籙）、〈臨江仙〉（正己修行無怠墮）、〈解冤結·令丹陽下山權與陸仙作伴〉等十一首，馬鈺有〈踏雲行·赴劉公齋〉、〈踏雲行·仵壽之生日，設醮索詞〉、〈西江月·赴胡公齋〉、〈十報恩·文登縣黃籙醮贈道眾〉、〈戰掉醜奴兒〉（萊州道眾修黃籙）、〈戰掉醜奴兒·贈醮首劉大贈〉、〈桃源憶故人·赴黃籙醮贈道眾〉、〈滿庭芳·赴萊州黃籙大醮作〉、〈滿庭芳·贈辛五翁姜四翁〉、〈滿庭芳·贈萊陽縣眾醮首〉、〈滿庭芳·赴登

州黃籙大醮〉、〈滿庭芳‧文山七寶會眾朒菴告名，因而示詞〉等十二首，劉處玄有〈滿庭芳〉(遇七修齋)、〈神光燦〉(處玄拜上)、〈神光燦〉(處玄稽首)、〈酹江月〉(古今販骨)、〈酹江月〉(隴西余慮)、〈玉堂春〉(仙觀靈虛)、〈踏雲行〉(遙望東南)、〈定風波〉(臨醮諸公戒行清)、〈定風波〉(月一焚香望日齋)、〈望蓬萊〉(會首到)、〈望蓬萊〉(修行好)等十一首，丘處機有〈沁園春‧九日虢縣傳宅作朝眞醮〉、〈醉蓬萊‧九月十八日西虢劉氏醮〉、〈報師恩‧贈眾道友〉、〈悟南柯‧西虢劉氏作下元醮時，喬生簪菊滿頭〉、〈悟南柯〉(爛漫黃金藥)、〈清心鏡‧贈西虢醮眾，時強公病噎疾〉、〈解冤結‧贈醮眾〉、〈望遠行‧因旱贈渭南王坦公醮上諸道友〉等八首，王處一有〈滿庭芳‧黃縣久旱，請作黃籙醮得飽雨作〉二首、〈滿庭芳‧贛榆縣諸王廟黃籙醮罷贈眾〉、〈滿庭芳‧丹陽昇霞作黃籙，醮罷憶師遂作〉、〈滿路花‧寄朝元公〉、〈木蘭花慢‧贛榆縣諸王村三殿廟黃籙醮罷作〉、〈軟翻鞋‧謝人助緣〉、〈青玉案‧詔赴太清宮普天醮作〉、〈謝師恩‧贈眾道友二首〉、〈謝師恩‧答皇親見召〉等十一首，其他如：王丹桂有八首，尹志平有六首，不再一一列舉。由上舉詞作數量之繁多，足可證明全眞道士參加齋醮禳襘活動之頻繁。

　　（2）昔賢論斷王重陽師承，多認爲全眞教上承鍾呂之說不自王重陽始。如：陳銘珪《長春道教源流》卷一云：

> 明王世貞《弇州山稿》云：「重陽所爲說，未嘗引鍾呂，而元世以正陽、純陽追稱之，蓋處機意所謂：張大其說而行之者。」考長春《磻溪集》述其師行教事甚夥，無一字及鍾呂，集中惟〈題鍾呂畫〉一詩云：「無我無人性自由，一師一弟話相投。談經演法三山坐，駕霧騰雲萬里遊。」泛爲稱讚，不作私淑景行語也。當日張大其說，實始於樗櫟道人，時長春化去已十餘年矣，弇州偶未之考耳。

實則弇州固然失考，而陳氏所言亦有疏漏。以鍾呂爲祖，倡「五祖七眞」，「張大其說而行之者」，確實始自樗櫟道人秦志安之《金蓮正宗

記》，然王重陽及丘處機絕非「無一字及鍾呂」。《重陽全眞集》卷三有〈酹江月〉詞，內容有：「正陽的祖，又純陽師父，修持深奧。更有眞尊唯是叔，海蟾同居三島。弟子重陽，侍尊玄妙。」語，已明白指出以鍾呂爲祖師。全眞七子詞作中，亦多有述及鍾呂者，如馬鈺〈滿庭芳・重陽眞人昇霞之前〉、〈感皇恩・繼重陽韻〉（鍾呂遺風仙）、〈采桑子〉（呂公大悟黃梁夢）、〈踏雲行・贈丫髻姚玄玉〉、〈卜算子〉（千祿已無心）、〈西江月〉（地肺重陽師父）、〈萬年春・夢得一枝白筆〉、〈滿庭芳・赴萊州黃籙大醮作〉、〈滿庭芳〉（妙行眞人）等九首，譚處端〈酹江月〉（吾門三祖）一首，劉處玄〈滿庭芳〉（釋氏禪宗）一首，王處一〈沁園春〉（元稟仙胎）、〈滿庭芳・讚丹陽公〉、〈滿庭芳〉（的祖純陽）、〈滿庭芳・攢三字〉（三光）、〈謝師恩・李悟眞索〉等五首，這些詞都是述及鍾呂師承的作品，事實俱在，不容置疑，謂王重陽「所爲說，未嘗引鍾呂」，或上承鍾呂之說不自王重陽始者，都是因爲忽略全眞道士詞作所致。

（3）陳銘珪《長春道教源流》卷三說：「余考《磻溪集》諸詩詞，皆言修性工夫，無一字及內丹。」此斷語不夠精確。丘處機詞作中，論及內丹的有〈無俗念・樂道〉、〈沁園春〉（列鼎雄豪）、〈水龍吟・夜晴〉、〈望蓬萊・遊興〉、〈悟南柯〉（浩浩塵埃境）、〈玉鑪三澗雪・勸同道楊公不遊海〉、〈桃源憶故人〉（故人別後閑吟罷）、〈爇心香〉（征鴈迴時）等八首。不過，丘處機的詞作明顯偏重論性，在他的詞作中，從無「鉛」、「汞」、「嬰兒」、「妊女」、「金公」、「黃婆」……等全眞道士習用的術語；述及內丹修命的話頭，都只是點到爲止，未嘗深論修命方法，難怪陳銘珪會有丘處機詩詞「無一字及內丹」的說法。

（4）張廣保《金元全眞道內丹心性論研究》云：「全眞道各種史料均未載王嚞通曉易學，而郝太古獨以易學擅長，其易學授受實另有根源。據《郝宗師道行碑》載『大定二十二年，師過灤城，又與神人遇，受大易秘義，自爾爲人言未來事，不差毫髮。』由此可見，郝太古雖經王嚞點化，但其學問淵源實不專源於王嚞，於王嚞之外，尚另

有師承。」（頁 19）郝大通另有師承乃是事實，無庸置疑，然謂王重陽未通曉易學則有待商榷。《重陽全真集》卷四〈恨歡遲〉（名喆排三本姓王）乃王重陽自述之詞，其中有「學易年高便道裝」句，顯示王重陽曾深研易經且頗有心得。王重陽有多首言及周易或卦象的詞作，如：〈卜算子〉（卜算詞中算）、〈河傳令〉（凡軀莫藉）、〈心月照雲溪〉（一身之內）、〈臨江仙〉（八卦分明鋪擺定）等，都可以說明王重陽對周易頗有研究，非未通曉易學。

（5）張廣保《金元全真道內丹心性論研究》說：「根據各種史料記載，王嘉在關內的弟子較為著名者有四人：一是玉蟾和真人，二是靈陽李真人，三是史處厚，四是趙抱淵。」（頁 10）此處將玉蟾和真人和德瑾及靈陽李真人列為王重陽弟子，似有不當。馬鈺的詞作中，述及和德瑾的有〈滿庭芳・詠和師叔辭世〉、〈滿庭芳・師叔和公昇霞之後……〉、〈十報恩〉、（山侗九願報師恩）、〈翫丹砂・讚師叔玉蟾普明澄寂和公真人辭世〉四首，述及李真人的有〈踏雲行・謝李師叔鞋〉一首，在這些作品中，馬鈺明顯稱和德瑾為師叔，〈踏雲行〉一首雖只在調名下題：「謝李師叔鞋」未指明為何人，但從王重陽與馬鈺的交遊情形來看，當是指李靈陽。而且，李道謙《終南山祖庭仙真內傳》卷上有〈玉蟾真人〉（和德瑾）和〈靈陽真人〉（李靈陽）二人的傳記，都敘及王重陽、和德瑾、李靈陽三人結茅同處共修之事。〈靈陽真人傳〉載：「大定三年（1163），與重陽祖師洎玉蟾和公，同結茅于劉蔣居之，其於鉛汞龍虎之學，多賴重陽指授。七年丁亥（1167）夏，重陽東遊海上，師（李靈陽）與和公止居劉蔣修身接物。重陽至汴寄之以詩云：『傳語和公與李公，首先一志三人同。』其為交契可知矣！迨十年（1170）春，重陽升仙於汴梁，丘劉譚馬四真入關，待二師以叔禮。」此段記載已清楚說明丘劉譚馬四真以師叔之禮待和李二人，且重陽寄二人之詩中稱和德瑾為「和公」，稱李靈陽為「李公」，明顯未將二人視作弟子，張氏將二人列作王重陽弟子，不知何據？

除了以上所舉，可據金元全真道士詞修正前賢研究結果外，可據

以考查金元全真道士的生平事蹟、個性、裝扮、交遊情形……的例子，則不勝枚舉，茲以王重陽為例，略述如下：王重陽喜愛在詞中稱述自己的名號（有七十餘首），從這些作品可以清楚得知他的名、字、號、排行，〈紅芍藥〉（這王喆知明）、〈恨歡遲〉（名喆排三本姓王）這兩首詞，更透露出他是因慕菊花堅操，故號重陽。金元全真道士詞深受柳永影響﹝註9﹞實自王重陽開始，《重陽全真集》卷七有〈解佩令〉一首，題為「愛看柳詞，遂成」說明了王重陽喜愛柳永詞的原因，是因「詞中味、與道相謁。一句分明，便悟徹、耆卿言曲。」《重陽全真集》卷五有〈減字木蘭花・自詠〉二首，從這兩首詞可知，王重陽對《孝經》、《般若心經》有極深的領悟，這可作為他以《孝經》、《般若心經》傳教的考察資料。《重陽全真集》卷七〈踏莎行・燒庵〉、《重陽全真集》卷四〈望蓬萊・燒了庵作，果有二弟子自寧海來，復修蓋住〉，這兩首詞則記錄了他於大定七年（1167）自焚茅庵，前往山東寧海傳教一事。《重陽全真集》卷三〈永遇樂・抽文契〉一詞，記錄了王重陽真正開始嚴格的修行，是在四十八歲時，是年（金海陵王正隆四年，西元 1159 年）夏天在「甘河遇仙」後，這是他一生的重大轉變。《重陽全真集》卷五〈月中仙・自詠〉一詞則說明了王重陽裝成「害風」模樣的原因，是為了從內心中了卻生死大事，示人不必在意外表行止；著麻衣青衫、戴白巾，外出時喜柱竹杖、背葫蘆；以拯救人苦為職志，自視為鍾呂神仙伴侶。詞中生動而具體地描繪了王重陽的外表形像及內在志趣。

除王重陽外，馬鈺、譚處端、劉處玄、丘處機、王處一、郝大通、孫不二、王丹桂、長筌子、尹志平、姬翼、三于真人、牛道淳、王玠等人的詞作，都可作為考查他們的種種事蹟的輔助資料，以補碑傳記載之不足，這些在前面各章論諸人之詞的內容時，已一一剖析，讀者可自行翻檢，茲不贅複。

〔註9〕參閱黃幼珍〈柳詞與全真道士詞〉，文載蘭州《社會科學》1988 第四期（總五〇），頁 78～80。

二、可據以修補《詞律》與《詞譜》

金元全真道士所用詞牌，有創新詞調爲萬樹《詞律》、御製《詞譜》所未收者；有《詞律》、《詞譜》雖已收，但金元全真道士所填與諸體皆不同，可採以備體者；亦間有可據以修訂《詞律》、《詞譜》者。茲分別言之。

金元全真道士所用詞牌，屬創新詞調，爲《詞律》、《詞譜》所未收者，皆可據以補《詞律》、《詞譜》之不足。這類新詞牌可據以補調者，王重陽有〈換骨骸〉、〈川撥棹〉、〈金雞叫〉、〈刮鼓社〉、〈恨歡遲〉、〈迎仙客〉、〈俊蛾兒〉、〈啄木兒〉、〈掛金燈〉、〈祝英臺〉〔註10〕、〈郭郎兒慢〉、〈河傳令〉、〈菊花天〉、〈五更出舍郎〉、〈五更令〉、〈酴醿香〉、〈登仙門〉、〈耍蛾兒〉、〈風馬令〉、〈特地新〉、〈金花葉〉、〈瓦盆歌〉、〈七寶玲瓏〉、〈集賢賓〉、〈蜀葵花〉等二十五調，馬鈺有〈清心月〉〔註11〕、〈養家苦〉、〈孤鷹〉、〈兩隻雁兒〉四調，丘處機有〈下手遲〉〔註12〕、〈烏夜啼〉〔註13〕二調，王處一有〈軟翻鞋〉一調（參註11），

〔註10〕〈祝英臺〉一調王重陽詞僅一首，見於《重陽全真集》卷五，《全金元詞》頁186。與〈祝英臺近〉又名〈祝英臺〉者迥異，宋人無填作者。

〔註11〕〈清心月〉一調馬鈺詞僅一首，見於《漸悟集》卷上。雙調六十二字，上、下片各三十一字六句四平韻。此詞宋人無填作者，王丹桂《草堂集》有〈步雲鞋〉（幸遇教風開）一首，題註：「本名〈軟翻鞋〉」，格式與馬鈺詞全同。王處一《雲光集》卷四有〈軟翻鞋〉（清信出寬懷）一首，僅上下片第四句八言句分作五三言兩句異，其餘全同，潘慎《詞律辭典》以〈軟翻鞋〉爲〈清心月〉之本名，似可從。《詞律拾遺》、《詞譜》有〈緱山月〉一調，均收梁寅（1304～1389）一體，梁詞僅過片句多二字且不押韻，與王處一詞不同，其餘全同，周玉魁〈金元詞調考〉認爲馬鈺、王丹桂、王處一、梁寅所填，實爲同調之作，〈清心月〉、〈步雲鞋〉、〈軟翻鞋〉、〈緱山月〉應是同調異名，《詞譜》未見《道藏》中詞，故僅收梁寅〈緱山月〉一首爲譜。銘按：其說可從，《詞譜》當立〈軟翻鞋〉爲調，以〈清心月〉、〈步雲鞋〉、〈緱山月〉爲其同調異名。

〔註12〕〈下手遲〉一調，丘處機詞共有三首，二首見於《磻溪集》卷六，景金本注云：「二首本名〈恨歡遲〉。」另一首見於《西遊記》卷上，調名〈恨歡遲〉。此調王重陽詞有一首，見於《重陽全真集》卷四，

孫不二有〈繡薄眉〉一調，王丹桂有〈步雲鞋〉一調（參註 11），
長筌子有〈百寶粧〉、〈鶯穿柳〉、〈醉中歸〉、〈大官樂〉四調，楊明
眞有〈輥金丸〉一調，范圓曦有〈步步嬌〉一調，牧常晁有〈梧桐
樹〉一調。以上金元全眞道士所創用之新詞牌共計四十一調，可補
《詞律》、《詞譜》之未收。

　　有些詞牌，《詞律》、《詞譜》雖已收錄，但金元全眞道士所作與
諸體皆不同，可採以備體。一調多體的現象，是因詞本是歌詞（文字）
和音樂的結合體，歌詞必須配合樂曲曲度，歌詞體制大小、句式長短，
都是由樂曲的均拍和樂曲的樂音結構所規定；詞中變化多端的句式和
押韻情形，必須與樂曲節奏和旋律的變化緊密結合，且歌詞必須以音
樂爲主導。換一角度說，只要在音樂節拍容許的範圍內，詞的字數是
可以有所增減的，只要美聽，押韻亦容許稍有變化，因此才造成同一
詞牌，歌詞格律卻常有出入的現象。編製詞譜，羅列同調多體，在詞
的音樂還存在時，是毫無意義，也沒有必要的事。但在詞的音樂已亡
佚，詞獨立成爲一種純文學體裁（以文字爲媒介）的今天，卻顯得重
要而有意義。因爲樂曲亡佚後，已無從掌握音樂旋律的變化，只能大
量歸納前人作品，從同一詞調的不同作品中，去尋繹推敲原調格式的
變化，藉以摸索其音樂的旋律，並提供作爲學者仿作的參考。準此而

　　調名〈恨歡遲〉。丘詞三首格式全同，皆雙調五十四字，上、下片各
　　二十七字四句三平韻。與王詞相校，僅上片第二句及兩結句，句式
　　稍異。此調宋人無塡作者，與《詞律》、《詞譜》所收〈恨來遲〉之
　　別名〈恨歡遲〉者無涉，有可能是王重陽或丘處機所創之新調。（銘
　　按：王重陽所創的可能性較高，因王有二十餘種創調，丘則未有；
　　且王爲丘之師父，年長丘三十六歲）。潘愼《詞律辭典》以《下手遲》
　　立調，採丘處機詞爲正體，似仍待商榷。爲免漏失，本文於王詞、
　　丘詞皆載以備考（以下互見之調皆如此）。

〔註 13〕〈烏夜啼〉一調，丘處機詞僅一首，見於《磻溪集》卷六。雙調七
　　十二字，上下片各八句四平韻，格式與《詞譜》所收四十七字、四
　　十八、五十字三體大異，明顯爲不同詞調。周玉魁〈金元詞調考〉
　　將此詞歸爲新詞調。遍查諸詞譜，無格式與之相同的詞調，似可據
　　以補調，唯調名如何與舊〈烏夜啼〉區別，則待斟酌。

論，《詞譜》之割裂體製，隨存在的作品而分體，雖遭非議，筆者個人卻認爲有其價值和意義。今亦仿其例，廣列金元全眞道士詞作中，《詞律》、《詞譜》未收或與諸體不同，可採以備體者如下：王重陽〈玉堂春〉可補六十六字一體，〈玉女搖仙佩〉可補一百三十八字一體，〈紅芍藥〉可補一○八字、一○九字各一體，〈摸魚兒〉可補一百十四字一體，〈拋毬樂〉可補五十二字、一百八十三字各一體，〈調笑令〉可補三十五字一體，〈晝夜樂〉可補一百字、一百二字各一體，〈瑤臺月〉可補一百十六字一體，〈山亭柳〉可補八十一字一體，〈惜芳時〉可補五十五字、五十六字各一體、〈點絳唇〉可補四十四字、四十五字各一體，〈夜遊宮〉可補五十六字一體，〈鶯啼序〉可補一百四十字一體，〈探春令〉可補四十九字、五十字各一體，〈月中仙〉本名〈月中桂〉可補一百字一體，〈燕歸梁〉可補五十一字一體，〈瑞鷓鴣〉可補五十六字一體，〈惜黃花〉可補六十九字、七十一字、七十二字各一體及七十字三體，〈繫雲腰〉本名〈繫裙腰〉可補五十八字一體，〈卜算子〉可補五十字、五十六字各一體，〈轉調醜奴兒〉本名〈攤破南鄉子〉可補六十一字一體，〈行香子〉可補六十五字一體，〈紅窗迥〉可補五十字、五十四字、五十五字、五十六字、五十七字各一體，〈雨霖鈴〉可補一百四字一體，〈聲聲慢〉可補九十七字一體，〈雨中花慢〉可補九十八字一體，〈解紅慢〉可補一百五十五字二體，〈解愁〉本名〈無愁可解〉可補一百三字一體，〈雪梅春〉本名〈雪梅香〉可補九十四字一體，〈香山會〉可補六十六字一體，〈青玉案〉可補七十二字一體，〈離別難〉可補一百八字一體，〈巫山一段雲〉可補四十六字一體，〈三光會合〉本名〈韻令〉可補七十六字一體，以上王重陽詞三十四調共可補五十一體。馬鈺〈黃鶴洞中仙〉本名〈卜算子〉可補五十四字一體，〈憶王孫〉可補三十一字一體，〈眞歡樂〉本名〈晝夜樂〉可補一百一字一體，〈玉花洞〉本名〈探春令〉可補五十一字一體，〈蕊珠宮〉本名〈夜遊宮〉可補五十六字、五十七字各一體，〈金雞叫〉可補六十一字、六十二字各一體，〈離苦海〉本名〈離別難〉可補一百七字

一體，〈鬥修行〉本名〈鬥百花〉可補七十九字一體，〈清心鏡〉本名〈紅窗迥〉可補五十二字一體，〈五靈妙仙〉本名〈鎮西〉可補七十九字四體，〈平等會〉本名〈相思會〉可補七十三字一體，〈天道無親〉本名〈甘草子〉可補四十七字一體，〈傳妙道〉本名〈傳花枝〉可補一百二字一體，以上馬鈺詞十三調共可補十八體；譚處端〈太常令〉可補四十八字一體，〈恣逍遙〉本名〈殢人嬌〉可補六十字一體，共有兩調可補二體；劉處玄〈惜黃花〉可補六十八字兩體、六十九字一體，共可補三體；丘處機〈月中仙〉本名〈月中桂〉可補一百四字一體，〈青蓮池上客〉本名〈青玉案〉可補六十六字一體，〈賀聖朝〉可補五十字一體，共有三調可補三體；王處一〈謝師恩〉本名〈青玉案〉可補六十四字、六十五字、七十字三體；王丹桂〈妊鶯嬌〉本名〈惜奴嬌〉可補七十字一體；長筌子〈拋毬樂〉可補一百九十字、一百九十三字二體，〈解愁〉本名〈無愁可解〉可補一百十字一體，〈洞玄歌〉本名〈洞仙歌〉可補九十四字一體，〈雨中花慢〉可補九十四字一體，〈成功了〉本名〈繡停鍼〉可補九十八字一體，長筌子詞共有五調可補六體；姬翼〈金童捧露盤〉本名〈玉女搖仙佩〉可補一百三十七字、一百三十九字各一體，〈太常引〉可補四十八字一體，共兩調可補三體；王志謹〈金人捧露盤〉當為〈金童捧露盤〉之誤，本名〈玉女搖仙佩〉，可補一百三十九字一體；牛道淳〈跨金鸞〉本名〈多麗〉可補一百三十五字一體。

以上金元全真道士所填詞作，與《詞律》、《詞譜》所收各體不同，可採以備體者，共有〈玉堂春〉、〈玉女搖仙佩〉、〈紅芍藥〉、〈摸魚兒〉、〈拋毬樂〉、〈調笑令〉、〈晝夜樂〉、〈瑤臺月〉、〈山亭柳〉、〈惜芳時〉、〈點絳唇〉、〈夜遊宮〉、〈鶯啼序〉、〈探春令〉、〈月中仙〉（月中桂）、〈燕歸梁〉、〈瑞鷓鴣〉、〈惜黃花〉、〈繫雲腰〉（繫裙腰）、〈卜算子〉、〈轉調醜奴兒〉（攤破南鄉子）、〈行香子〉、〈紅窗迥〉、〈雨霖鈴〉、〈聲聲慢〉、〈雨中花慢〉、〈解紅慢〉、〈解愁〉（無愁可解）、〈雪梅春〉（雪梅香）、〈香山會〉、〈青玉案〉、〈離別難〉、〈巫山一段雲〉、〈三光會合〉

〈韻令〉、〈憶王孫〉、〈金雞叫〉、〈鬥修行〉（鬥百花）、〈五靈妙仙〉
（鎭西）、〈平等會〉（相思會）、〈天道無親〉（甘草子）、〈傳妙道〉（傳
花枝）、〈太常令〉、〈恣逍遙〉（嫭人嬌）、〈賀聖朝〉、〈妊鶯嬌〉（惜奴
嬌）、〈洞玄歌〉（洞仙歌）、〈成功了〉（繡停鍼）、〈太常引〉、〈跨金鸞〉
（多麗）等四十九調（已併合重複者），可補九十二體。

金元全眞道士詞亦間有可據以修訂《詞律》及《詞譜》者，如：

（1）杜文瀾《詞律補遺》、《詞譜》卷八俱收馬鈺〈黃鶴洞仙〉
（終日駕鹽車）一詞，並云：「調見元彭致中《鳴鶴餘音》詞。此亦
元人小令也。重押兩『馬』字，兩『也』字韻，想其體例應爾，惜無
別首可校。」銘按：實則此調與《重陽教化集》卷一〈黃鶴洞中仙〉
（卜算詞頻話）格律全同，王詞於調名下自注「俗喝馬卜算子」。王
詞與《詞譜》卷五所錄石孝友〈卜算子〉四十四字體，除上下片第三
句下各添三字一句，並多押一韻外，其餘格式全同，《詞譜》只需在
〈卜算子〉一調增列一體即可，實無必要另立一調，杜氏所補亦屬添足。

（2）《詞律拾遺》卷二、《詞譜》卷十四有〈緱山月〉一調，均
收梁寅（1304～1389）一體，《詞譜》注云：「宋人無塡此調者，故可
平可仄無從參校。」銘按：此調馬鈺有一首，名〈清心月〉；王處一
有一首，名〈軟翻鞋〉；王丹桂有一首，名〈步雲鞋〉。四詞相校，梁
詞僅過片起句多二字且不押韻與王處一詞不同，其餘全同；馬鈺〈清
心月〉一首，格式與王處一詞僅上下片第四、五兩句合爲八言一句異；
王丹桂〈步雲鞋〉一首，題註：「本名〈軟翻鞋〉」，格式與馬鈺詞全
同。周玉魁〈金元詞調考〉云：「余謂此四首調名雖異，實爲同調之
作。《詞譜》未見《道藏》中詞，故僅收梁寅〈緱山月〉一首爲譜。」
其說可從。《詞譜》當立〈軟翻鞋〉爲調，以〈清心月〉、〈步雲鞋〉、
〈緱山月〉爲其同調異名。

（3）《詞譜》卷二十六有〈繡停鍼〉一調，收陸游一體，九十八
字，並注云：「宋人無塡此詞者；惟元《鳴鶴餘音》有于眞人詞一首，
因詞甚鄙俚，難以入譜參校。注明不錄。」注語中「于眞人」當爲「三

于眞人」，脫一「三」字，當補。又：此調長筌子《洞淵集》卷五有二首，調名〈成功了〉；王吉昌《會眞集》卷四有二首，調名〈繡定針〉，皆可據以參校平仄。

三、可藉以研究宋詞與元曲的關係

元曲繼宋詞而興，成爲元代文學的標誌。詳究元曲的淵源，可說是多方面的，它對於民間廣泛流傳的俗謠俚歌，對於當時已很發達的唱賺、傳踏、諸宮調等說唱藝術，均有所吸收融匯。但由詞轉變爲曲，仍是一條主要的渠道。〔註 14〕王世貞《曲藻・序》云：「曲者，詞之變。自金元入主中國，所用胡樂，嘈雜淒緊，緩急之間，詞不能按，乃更爲新聲以媚之。……所謂宋詞、元曲，殆不虛也。」沈寵綏《弦索辨訛》說：「三百篇後，變而爲詩，詩變而爲詞，詞變而爲曲。」任中敏（訥）在《散曲概論・序說第一》也說：「曲始自元季，而源於宋詞。」這些話都指出了曲淵源於詞的事實。從詞體演變爲曲體，大約經過一二百年的時間，在這轉變的過程中，金詞是重要的一環，尤其是金代全眞道士，如王重陽、馬鈺等人的詞作，不論是在內容或形式上，都扮演了過渡時期的角色，趙山林〈從詞到曲——論金詞的過渡型特徵及道教詞人的貢獻〉一文（參註 14）曾作過分析，頗值得重視。本文現擬融攝趙文的研究成果，從曲調、造語、用韻、俳體、其他等五方面，再略加闡述。

（一）曲調方面

由詞調演變到曲調，雖然在內容和形式上都已經有了相當大的變化，但是仍有不少曲牌保留了詞牌的句式特徵，明顯地呈現出淵源關係。關於這一點，前賢論述頗多，如王國維《宋元戲曲考》對周德清《中原音韻》所載北曲三百三十種曲調進行分析，指出其中「出於唐宋詞者七十有五」，其後羊春秋撰《散曲通論》、李昌集著《中國古代

〔註14〕語見趙山林〈從詞到曲——論金詞的過渡型特徵及道教詞人的貢獻〉。文載《山東師大學報》1992 第三期，頁 69～72。

散曲史》、趙義山著《元散曲通論》，都曾詳加比勘分析。其中趙書最為晚出，所列資料最為詳富，據該書云：現今可知的元北曲曲牌大約是三百六十個左右（註15），出於唐宋詞者有一百七調，其中詞、曲句式全同者二十二調，詞、曲句式略有差異者三十五調，詞、曲句式差異甚大者有五十調。茲分別列舉如後，以供參考：

（1）詞、曲句式全同者：黃鐘宮有〈人月圓〉、〈侍香金童〉，正宮有〈菩薩蠻〉、〈醉太平〉，仙呂宮有〈憶王孫〉、〈太常引〉、〈樓外柳〉、〈一半兒〉，中呂宮有〈醉春風〉、〈迎仙客〉，大石調有〈青杏子〉、〈歸塞北〉（詞名〈望江南〉）、〈百字令〉，雙調有〈行香子〉、〈風入松〉、〈月上海棠〉，越調有〈梅花引〉、〈南鄉子〉、〈唐多令〉、〈調笑令〉、〈霜角〉（詞全稱〈霜天曉角〉），商調有〈秦樓月〉。

（2）詞、曲句式略有差異者：黃鐘宮有〈女冠子〉（又名〈雙鳳翹〉）、〈醉花陰〉、〈彩樓春〉（又名〈拋球樂〉），正宮有〈端正好〉、〈太平年〉，仙呂宮有〈點絳唇〉、〈瑞鶴仙〉、〈雙雁子〉、〈憶帝京〉，中呂宮有〈滿庭芳〉、〈粉蝶兒〉、〈賣花聲〉、〈紅芍藥〉，南呂宮有〈賀新郎〉，大石調有〈驀山溪〉、〈念奴嬌〉，雙調有〈夜行船〉、〈清玉案〉、〈減字木蘭花〉、〈楚天遙〉（詞名〈卜算子〉）、〈搗練子〉、〈豆葉黃〉（詞名〈憶王孫〉）、〈魚游春水〉、〈也不羅〉（又名〈野落索〉，詞名〈一落索〉）、〈碧玉簫〉、〈太清歌〉、〈竹枝歌〉，越調有〈金蕉葉〉、〈看花回〉、〈古竹馬〉（詞名〈竹馬兒〉、〈竹馬子〉），商調有〈集賢賓〉、〈二郎神〉，商角調有〈垂絲釣〉，般涉調有〈哨遍〉、〈瑤臺月〉。

（3）詞、曲句式差異甚大者：黃鐘宮有〈喜遷鶯〉、〈晝夜樂〉、〈賀聖朝〉、〈黑漆弩〉（又名〈鸚鵡曲〉），正宮有〈滾繡球〉、〈甘草子〉、〈最高樓〉、〈啄木兒煞〉，仙呂宮有〈後庭花〉、〈鵲踏枝〉、〈天

〔註15〕趙義山《元散曲通論》頁六十三云：「洛地先生曾結合《元曲選》、《全元散曲》以及《劉知遠》、《西廂記》諸宮調傳作進行了全面考察，統計出現在可以考知的（金）元北曲曲牌共四百二十多個，如除去諸宮調之曲，則現今可知的元北曲曲牌大約是三百六十個左右。」

下樂〉、〈金盞兒〉（又名〈醉金錢〉）、〈端正好〉（與正宮〈端正好〉有別）、〈三番玉樓人〉，中呂宮有〈喜春來〉、〈朝天子〉、〈剔銀燈〉、〈柳青娘〉、〈四換頭〉，南呂宮有〈一枝花〉、〈感皇恩〉、〈烏夜啼〉、〈玉交枝〉（詞名〈相思引〉）、〈醉鄉春〉，大石調有〈陽關三疊〉、〈鷓鴣天〉、〈還京樂〉，雙調有〈駐馬聽〉、〈川撥棹〉（詞名〈撥棹子〉）、〈三犯白苧歌〉、〈慢金盞〉、〈滴滴金〉（又名〈甜水令〉）、〈春歸怨〉、〈天仙子〉、〈快活年〉、〈水仙子〉、〈落梅風〉、〈折桂令〉（又名〈秋風第一枝〉、〈天香引〉、〈蟾宮曲〉、〈步蟾宮〉）、〈喬木查〉（又名〈銀漢浮槎〉，詞名〈嬌木笪〉）、〈沽美酒〉（又名〈瓊林宴〉）、〈離亭宴〉，越調有〈小桃紅〉，商調有〈定風波〉、〈雙雁兒〉、〈望遠行〉、〈玉抱肚〉、〈逍遙樂〉，商角調有〈黃鶯兒〉、〈踏莎行〉、〈應天長〉。

　　以上趙義山於《元散曲通論》所列北曲曲調出於唐宋詞者共一百七調，較王國維《宋元戲曲》所列七十五調，多出三十二調。其所以如此，原因之一在於王國維忽略金詞，未以金人所用詞牌比勘曲牌，而趙氏所增列之曲牌，有許多是源於金詞的。如〈紅芍藥〉見於王重陽《重陽全真集》卷三（《全金元詞》頁 166）及《重陽全真集》卷十二（《全金元詞》頁 228）；〈啄木兒〉見於王重陽《重陽全真集》卷四（《全金元詞》頁 181）；〈雙雁兒〉見於《重陽全真集》卷十二（《全金元詞》頁 228）及馬鈺《洞玄金玉集》卷八（《全金元詞》頁 372）；〈迎仙客〉見於《重陽全真集》卷四（《全金元詞》頁 171）、卷五（《全金元詞》頁 191）、卷十二（《全金元詞》頁 227）及馬鈺《漸悟集》卷下（《全金元詞》頁 348）；〈一枝花〉見於王處一《雲光集》卷四（《全金元詞》頁 441）……等。〔註16〕

　　王重陽詞作中，有〈豆葉黃〉一首（《全金元詞》頁 188），實即北曲雙調〈豆葉黃〉；〈聖葫蘆〉一首（《全金元詞》頁 189），實即北曲仙呂宮〈勝葫蘆〉；〈憨郭郎〉三首（《全金元詞》頁 189、228、252），

〔註16〕以上所舉例子僅是筆者憑記憶隨意列舉，並未全面詳細比對，若能耐心詳細加以一一比勘，當有更多發現。

實即北曲大石調〈蒙童兒〉；〈轉調鬥鵪鶉〉一首（《全金元詞》頁220），實即北曲中呂宮〈鬥鵪鶉〉；〈黃鶯兒〉一首（《全金元詞》頁230）、〈水雲遊〉四首（《全金元詞》頁165），實即北曲商角調〈黃鶯兒〉；馬鈺詞作中，有〈掛金索〉五首（《全金元詞》頁397），實即北曲商調〈掛金索〉；長筌子詞作中，有〈玩瑤台〉一首（《全金元詞》頁587），註云：「本名〈耍三台〉」，實即北曲越調〈耍三台〉（註17）；這種現象，究竟是這幾種曲牌即源於王重陽諸人之詞？抑或是王重陽諸人亦偶作北曲？仍有待更深入探究，目前尚不敢輕下斷言。不過有一點可以肯定的是，金元全眞道士（尤其是王重陽與全眞七子）的詞作，可以提供許多過去的研究所未留意到的資料，有助於研究詞調與北曲曲調之間的淵源關係及其演進的情形。例如：王國維及趙氏皆指出北曲〈川撥棹〉，詞名〈撥棹子〉，實則〈川撥棹〉一名，已見於《重陽全眞集》卷三（《全金元詞》頁170、卷十三（《全金元詞》頁250）；王重陽《重陽全眞集》卷十一（《全金元詞》頁215）有一首〈酴醾香〉，北曲〈荼蘼香〉一調有可能即源於此；北曲〈正宮·白鶴子〉，前賢著述皆未能指出其淵源，馬鈺《洞玄金玉集》卷八有〈白觀音〉一首（《全金元詞》頁372），註云：「本名〈白鶴子〉」，與北曲〈正宮·白鶴子〉格式全同，不同的只是馬鈺詞分為兩片共八句，曲只一片四句，雖不能據此即論斷〈正宮·白鶴子〉源於馬鈺之詞，但至少可知此曲此時已產生。又例如：

> △ 梅子生時春漸老。紅滿地，落花誰掃。舊年池館不歸來，又綠盡，今年草。思量千里鄉關道。山共水，幾時得到。杜鵑只解怨殘春，也不管，人煩惱。（宋·周紫芝〈憶王孫〉，《全宋詞》（二）頁892）

> △ 奉報英賢，早些出路。卜靈景，清涼恬淡好住。開闢長生那門户。便下手修持，眞功眞行，眞性昭著。妧

〔註17〕長筌子所填〈玩瑤台〉，僅「直指玄元路」一首（《全金元詞》頁587），此詞又見於馮尊師詞（《全金元詞》頁1244）。

> 女騎龍，嬰兒跨虎，把珠玉瓊瑤，顛倒換取。正是逍
> 遙自在處。結一粒明珠，金丹金鏡，金耀攢聚。(金·
> 王重陽〈豆葉黃〉,《全金元詞》頁188)

△ 髻挽烏雲，蟬鬢堆鴉。粉膩酥胸，臉襯紅霞。裊娜腰
　 肢更喜恰，堪講堪誇。比月裡嫦娥，媚媚孜孜，那更
　 掙達。(元·關漢卿〈豆葉黃〉)

以上三作，前二首為詞，後一首為曲。三者相校，可以看出前一首以
三、七句式為主，後二首都是以四、七句式為主。尤其是王重陽詞的
下片與關漢卿曲大致相似，區別只在於詞分兩片，曲不分片而已。綜
觀三例，其中演進之跡甚明。(同註14)

（二）造語方面

　　由宋詞到元曲，在造語上的轉變是從雅到俗。在轉變過程中，金
元全真道士詞也表現出明顯的過渡型特徵。詞的語言一般而言是比較
典雅婉約的，特別是南宋主張復雅的詞人，他們的作品更是如此。雖
然也有一些詞人開始吸收口語入詞，如阮閱的〈洞仙歌〉：

> 趙家姊妹，合在昭陽殿。因甚人間有飛燕。見伊底，盡道
> 獨步江南，便江北、也何曾慣見。惜伊情性好，不解嗔人，
> 長帶桃花笑時臉。向尊前酒底，得見些時，似恁地、能得
> 幾回細看。待不眨眼兒、覷著伊，將眨眼底工夫，剩看幾
> 遍。(北宋·阮閱〈洞仙歌〉,《能改齋漫錄》卷十七,《全宋詞》(二)
> 頁641)

這首詞語言清新淺俗，非常口語化，故《宜春遺事》評曰：「此詞已
為元曲開山矣。」(轉引自《詞林紀事》)，但是詞至南宋，大體上還
是朝雅化、甚至格律化的方向發展；只有在金詞中，以俗語入詞的情
況，才較為常見，正如吳梅〈中國戲曲概論〉說：「金元以來，士大
夫好以俚語入詞。酒邊燈下，四字〈沁園春〉、七字〈瑞鷓鴣〉，粗豪
橫決，動以稼軒（辛棄疾）、龍洲（劉過）自況；同時諸宮調詞行，
即詞變為曲之始。」這一段話指出了詞過渡到曲的一個重要環扣，那
就是「以俚語入詞」。而以俚語入詞，造語淺白俚俗口語化，卻是全

真道士詞的一大特色（參本章第一節）。

　　元曲造語的特色，前賢所論甚夥。明凌蒙初《譚曲雜札》說：「元曲原於古樂府之體，故方言、常語，沓而成章，著不得一毫故實；即有用者，亦其本事，如藍橋、妖廟、陽台、巫山之類。」他指明了「方言常語，沓而成章」是曲的語言特色。元曲在語言方面，以明快自然的通俗語言為「當行本色」，用的多是淺近口語，這與詩詞語言有極明顯的差異。明代李漁《閑情偶寄》對此曾有精闢的論述，他說：「曲文之詞采，與詩文詞采非但不同，且要判然相反。何也？詩文之詞采貴典雅而賤粗俗，宜蘊藉而忌分明；詞曲不然，話則本之街談巷議，事則取其直說明言，凡讀傳奇而有令人費解，或初閱不見其佳，深思後得其意之所在者，便非絕妙好詞，不問而知為今（明末清初）曲，非元曲也。元人非不讀書，而所制之曲絕無一毫書本氣，以其有書而不用，非當用而無書也，後人之曲則滿紙皆書矣。」（卷一〈詞曲部〉）李笠翁於此處明確揭櫫曲之詞采的本色乃是「貴顯淺」，主要是采擷「街談巷議」的民間俗語，凡是讀之費解，必須深思才能得意的，便不是好作品。這段話頗能精確指出曲的語言特色。衡諸事實，元曲大家如：王和卿、關漢卿、盧摯、馬致遠、貫雲石、張養浩、喬吉等人，無一不是以口語見長的，正顯示出前賢所言之不虛。

　　趙山林〈從詞到曲──論金詞的過渡型特徵及道教詞人的貢獻〉在論述道教詞人的貢獻時說：「他們不僅利用傳統的詩與詞，而且把目光投向了在市井、鄉村廣為流傳的俗謠俚曲，把它們吸收到、融化到自己的詩歌創作尤其是詞的創作中去。在語言上，他們大量吸收民間口語，追求明白淺顯；大量運用比喻，增強說唱的形象性、生動性；運用一韻（字）到底的獨木橋體，諺語、成語聯綴而成的集諺體，由一到十、由十到一之類的嵌字體，以增強語句之間的連環勾鎖，使其易於記誦流傳。所有這些，都帶有濃厚的民間說唱色彩，并因而成為元曲風格的濫觴。」這段話是合乎事實的高明見解。從藝術效果來說，曲是訴諸於人們的聽覺的，主要的不是要求「看懂」，而是要求識字

的、不識字的都能「聽懂」。因此，曲的語言必須明快自然，不事雕琢，少用典故，接近口語，才能更加突顯曲的音樂效果，使知識水準較爲低下的群眾，樂於接受、樂於傳唱。全眞道士塡詞的主要目的，在於宣傳教義，因此走的也是俚俗口語的路子，也因此而成爲在造語方面，由詞之典雅蘊藉到曲之通俗口語的轉變過程中的過渡橋樑。這在詞曲的發展史上，是值得特別留意的事。

（三）用韻方面

詩、詞、曲俱屬韻文文學，寫作時必須押韻是其最大特色。然而三者押韻之情況不盡相同。自唐宋以來，官方常頒布韻書，以統一科場詩賦應試之用韻，使試官、舉子，有所適從。此類韻書，古稱「官韻」，如《唐韻》、《廣韻》、《禮部韻略》、《集韻》等等。天下舉子，螢窗鐵硯，斤斤守之而未敢逾越。由隋陸法言《切韻》而至《唐韻》、而《廣韻》、而《禮部韻略》、而《集韻》，雖代有更易，但此官韻一系，傳統已成，根本已固，後出者難以破前賢之窠臼。然而，語言是不斷發展變化的，故韻書所定之韻，常常與語言實際有相當程度的出入，前人對此已時有評議，如洪邁《容齋五筆》卷八〈《禮部韻略》非理〉一條即云：「《禮部韻略》所分守有絕不近人情者，如『東』之與『冬』，『清』之與『青』，至於隔韻不通用，而爲四聲切韻之學者必強立說，終爲非是。」因此，詩詞之押韻，也就有依韻書而押者和依當時語音實際之自然音韻而押者。大致而言，詩依韻書而詞循天籟，曲承詞體，亦從天籟。〔註18〕詞、曲雖同屬長短句之韻文，其押韻都必須依詞牌及曲牌的規定，但大體言之，曲之押韻又較詞之押韻更爲開放、更爲合乎當時語言的實際情形。這固然是由於曲之爲體，較詞尤爲卑下（在其流行的當時，確實是如此），故曲家用韻，本不必如詩人之死守韻書；且元代科舉久廢，文人學士對於官韻之學更無

〔註18〕參閱趙義山《元散曲通論》頁 124〈元散曲的用韻〉。四川眉山：巴蜀書社，1993 年 7 月第一版。

用心鑽研的必要，因此作曲塡辭可以純依天籟而爲，不必受韻書之規
範；然而，盛行於金末元初的金元全眞道士詞，其作品常不按律，時
有增韻、重韻、犯韻、平仄通用的現象，這種在押韻上的開放，對於
正處萌芽、發展時期的元曲，也必然產生了實際的啓示作用。

　　從現存作品可以確知，曲之押韻較詞爲密，甚至句句押韻的曲
牌，不在少數 (註19)；曲須一韻到底而以平仄通押爲常規（仍須依曲
牌之平仄規定押韻），不通押爲少見，而詞平仄通押則屬少見 (註20)；
詞忌重韻，除少數詞牌如〈如夢令〉、〈醉花間〉、〈憶秦娥〉等，格律
規定須有一、二韻字重複之外，一般而言，詞必須避免韻腳重複，而
曲則除格律規定之外，不必重韻而重韻者也屢見不鮮。以上這幾點詞
曲押韻上的不同，在金元全眞道士的詞作中，卻已多得不勝枚舉。茲
舉例略言之：

　　就押韻較密言，金元全眞道士詞常有在不必押韻之處押韻的情形
（增韻），例如：王重陽〈三光會合〉一詞：
　　　扶風且住。聽予言語。決定相隨去。些兒少慮。對公先訴。
　　　遇逢艱阻。飢寒雨露。有恓惶處。眉頭莫要聚。長生好事，
　　　只今堪做。何必候時數。青巾戴取。更衣麻布。得離凡宇。

〔註19〕句句押韻的曲牌，如黃鐘宮的〈賀聖朝〉六句六韻，〈晝夜樂〉二十
　　　　句二十韻；正宮的〈脫布衫〉四句四韻，〈醉太平〉八句八韻；仙呂
　　　　宮的〈醉中天〉七句七韻，〈醉扶歸〉六句六韻，〈一半兒〉五句五
　　　　韻，〈游四門〉六句六韻，〈青哥兒〉五句五韻，〈四季花〉六句六韻；
　　　　他如中呂宮的〈喜春來〉、〈紅繡鞋〉、〈醉高歌〉、〈快活三〉、〈朝天
　　　　子〉、〈紅衫兒〉、〈山坡羊〉、〈四邊靜〉、〈四換頭〉，南呂宮的〈采茶
　　　　歌〉、〈乾荷葉〉、〈玉嬌枝〉，雙調的〈步步嬌〉、〈慶宣和〉、〈拔不斷〉、
　　　　〈清江引〉、〈碧玉簫〉、〈水仙子〉、〈大德歌〉、〈春閨怨〉、〈沽美酒〉、
　　　　〈太平令〉、〈快活年〉、〈一錠銀〉、〈阿納忽〉、〈山丹花〉、〈殿前喜〉、
　　　　〈對玉環〉、〈河西六娘子〉，越調的〈天淨沙〉、〈黃薔薇〉、〈慶元貞〉、
　　　　〈憑欄人〉、〈酒旗兒〉，商調的〈玉抱肚〉，大石調的〈初生月兒〉
　　　　等，都是句句押韻的。（以上資料轉錄自羊春秋《散曲通論》頁71。
　　　　湖南長沙：岳麓書社，1992年12月第一版。）
〔註20〕平仄通押的詞牌，如〈西江月〉、〈醉翁操〉、〈渡江雲〉、〈曲玉管〉、
　　　　〈哨徧〉、〈戚氏〉……等。

　　入雲霞路。功昭行著。眞師自肯度。(《重陽教化集》卷一,《全金元詞》頁 254)

此調原名〈韻令〉,《御製詞譜》僅收程大昌一調,亦雙調七十六字。程詞上、下片各三十八句九句五仄韻;上、下片第一、四、六、八句皆未押韻。王詞則全首除下片第一句未押韻外,其餘各句皆押。此詞馬鈺有和作,亦是如此塡。又如〈瑞鷓鴣〉一調,王重陽詞:

　　昔日人言拾菜郎。根荄菜甲總盈筐。春夏秋冬閑不得,溫　　炎涼冷鎮長忙。今日予言截綵郎。能爲幹運做經商。願靜　　一心休作用,好將四季細消詳。(《重陽全眞集》卷十三,《全金　　元詞》頁 247)

〈瑞鷓鴣〉一調,按律下片首句不必押韻,《重陽全眞集》卷十三所收六首,首句都押韻。這種例子,在〈黃鶴洞中仙〉、〈離別難〉、〈惜芳時〉……各調都可見相同情形,其押韻方式已頗近元曲。

　　就平仄通押言,以王重陽詞爲例,如:

　　△　自行。自行。見性不用命。自惺。自惺。黑飆先捉定。
　　　　使倒顚倂。唯堪詠。兩脈來迴皆吉慶。辨清清、與靜
　　　　靜。烏龜兒從茲警省。放眼耀、光明煥炳。恣水中遊
　　　　濤間逞。望見赫曦山上景。轉波恬、又浪靜。(《重陽全
　　　　眞集》卷四〈啄木兒〉,《全金元詞》頁 181)

　　△　自知。自知。只此分明是。自此。自此。得一並無四。
　　　　在虛空裏。撒金蕊。萬道霞光通表裏。復元初、見本
　　　　始。要鍊正靈眞範軌。更不用、木金火水。把良因曇
　　　　從心起。方寸清涼無憂喜。澄長生、並久視。(《重陽全
　　　　眞集》卷四〈啄木兒〉,《全金元詞》頁 182)

〈啄木兒〉一調,萬樹《詞律》、《御製詞譜》均未收錄。其調名與北曲〈啄木兒〉相同,但格律迥異,乃王重陽所創之新調。此調王重陽共塡六首,俱見於《重陽全眞集》卷四。未引之另外四首都是雙調七十二字,上片十句十仄韻,下片五句五仄韻。此處所引二首,字數、句式、押韻處與另四首完全相同,只不過前一首第一、二句押兩「行」

字，第四、五句押兩「惺」字，後一首第一、二句押兩「知」字，皆
爲平聲，與另外四首皆押仄聲者不同。這是平仄通押的明顯例子，且
句句押韻，頗似散曲小令。王重陽所創之調，還有〈風馬令〉、〈集賢
賓〉、〈祝英台〉等三調都是平仄通押，似乎已透露出有意打破平仄押
韻界限的訊息。再如：

> 得得修行，能令捷徑走。子午俱無，何須卯酉。只用兩珍，
> 於余堪廝守。鉛汞從教結作毬。恁則成丹，般般盡總透。擺
> 正眞風，名傳不朽。搜出元初，那箇爲的友。到此方知是徹
> 頭。(《重陽全眞集》卷三〈玉堂春〉，《全金元詞》頁163)

〈玉堂春〉一調，《詞律》、《詞譜》均僅收晏殊一體，雙調六十一字，
上片三十四字七句二仄韻二平韻，下片二十七字五句二平韻。王重陽
此詞則改爲上、下片各七句三仄韻一平韻，也是平仄通押的例子。

　　就重韻言，前文所論「福唐獨木橋體」，不但重韻，且整首以一
字押，可說是徹徹底底地重韻。在宋人作品中，「福唐獨木橋體」並
不多見，金元全眞道士中，王重陽有九首，馬鈺有三十三首，譚處端
有四首，劉處玄有二首，丘處機有一首，王處一有四首，王丹桂有二
首，數量遠較宋詞多。除了「福唐獨木橋體」之外，在金元全眞道士
詞中，任意重韻的例子也非常多，茲舉二例如後：

> △　石火不相饒。電裏光燒。百年恰似水中泡。一滅一生
> 　　何太速，風燭時燒。公等在浮囂。悟取虛詔。福油好
> 　　把慧燈挑。光焰長生明又朗，返照芝苗。(王重陽《重陽
> 　　全眞集》卷五〈浪淘沙‧歎虛飄飄〉，《全金元詞》頁185)
> △　正被離家遠。衰草寒煙染。水隔孤村兩三家，你不牽
> 　　上他馬，獨立沙汀岸。叫得船離岸。
> 　　舉棹波如練。漁叟停船問行人，你不牽他上馬，月照
> 　　江心晚。(王重陽《重陽教化集》卷一〈黃鶴洞中仙〉，《全金
> 　　元詞》頁255)

前一首上片第二、五句，重複押「燒」字；後一首上片結句與下片起
句，重複押「岸」字。又如：

　　　張公知觀。性命堪搜常作觀。勘破囂塵。灰了凡心出世塵。
　　　內修內鍊。眞汞眞鉛常鍛鍊。要見金蓮。須是深深種玉蓮。
　　　（馬鈺《金玉集》卷十〈金蓮出玉花・寄張知觀〉，《全金元詞》頁
　　　380）

此詞全首每兩句疊一韻。又如：

　　　養家苦，鎭常忙。忙來忙去到無常。作陰因，住鬼房。修
　　　行好，不曾忙。閑閑閑裡守眞常。得修完，玉洞房。（馬鈺
　　　《漸悟集》卷下〈養家苦〉，《全金元詞》頁341）

此詞上、下兩片用韻完全相同。凡此種種押韻情況，都可能爲元曲在
押韻方面的開放，提供了啓示或示範的作用，在研究詞與曲的傳承關
係上，是值得留意的事。

（四）俳體方面

　　任中敏《散曲概論》卷二〈內容〉曾列舉二十五種俳體〔註21〕，
並謂：「凡一切就形式上材料上翻新出奇，逞才弄巧；或意境上調笑
譏嘲，遊戲娛樂之作，一概屬之。」由於曲比詞更適合於嬉笑怒罵、
遊戲娛樂之作，故俳體於詞爲特例，於曲則爲常見。金元全眞道士詞，
有「福唐獨木橋體」、「頂眞體」、「疊字體」、「嵌字體」、「集諺體」等
多種俳體，可視爲元曲俳體之先軀。其中除「福唐獨木橋體」前文已
詳述外，其餘各體分述並舉例如下：

（1）頂眞體：後一句首字即用前一句末字，亦稱聯珠格（見任中敏
　　　《散曲概論》）。例如：
　　△　休心數歲。歲久休心成妙最。最好心磨。磨琢心開疾
　　　　似梭。梭飛玉性。性上無瑕眞自淨。淨有何愁。愁惱
　　　　吾官心不休。（馬鈺《金玉集》卷十〈金蓮出玉花・繼酒同監

─────────────────────
〔註21〕任中敏《散曲概論・卷二・內容》所列二十五種俳體，分別是：短柱
　　　　體、獨木橋體、疊韻體、犯韻體、頂眞體、疊字體、嵌字體、反覆
　　　　體、回文體、重句體、連環體、足古體、集古體、集諺體、劇名體、
　　　　調名體、藥名體、檃括體、翻譜體、諷刺體、嘲笑體、風流體、淫
　　　　虐體、簡梅體、雪花體。

韻聯珠〉,《全金元詞》頁381)

△ 岐陽鎮上丹霞觀。觀主張公手段。段段丹田照管。管顧常明燦。燦然內景眞堪看。看透性無縈亂。亂道祝賢遐算。算得神仙伴。(馬鈺《金玉集》卷十〈桃源憶故人・寄張知觀・聯珠〉,《全金元詞》頁384)

△ 准予屬付須當認。認取本源清淨。淨意清心除境。境滅心忘盡。盡形八戒持來正。正洽靈靈心印。印結光輝禪定。定是神仙準。(馬鈺《金玉集》卷十〈桃源憶故人・贈董先生・藏頭聯珠〉,《全金元詞》頁385)

（2）疊字體：通篇用疊字。例如：

△ 是是非非遠遠。塵塵冗冗捐捐。人人肯肯解冤冤。步步灣灣淺淺。善善常常戀戀。玄玄永永綿綿。明明了了這圓圓。杳杳冥冥顯顯。(馬鈺《漸悟集》卷上〈西江月〉,《全金元詞》頁319)

△ 物物般般認認。常常戰戰兢兢。心心念念恐沉沉。得得來來損損。日日清清淨淨。時時湛湛澄澄。惺惺灑灑這靈靈。燦燦輝輝永永。(同前〈西江月〉,《全金元詞》頁319)

△ 淨淨清清淨淨清。澄澄湛湛湛澄澄。冥冥杳杳杳冥冥。永永堅堅堅永永,明明朗朗朗明明。靈靈顯顯顯靈靈。(同前〈虎丹砂・寄趙居士〉,《全金元詞》頁325)

（3）嵌字體：於全首各句中嵌同一字（詞），或於上、下片各嵌一字（詞），或嵌數字由一至十順去逆回。〔註22〕這類詞金元全眞道士所填甚多,舉例如下：

△ 同流宜鬥修行,鬥把剛強摧挫。鬥降心,忘酒色財氣人我。鬥不還鄉,時時鬥,悟清貧逍遙放慵閒過。鬥要成功果。鬥沒纖塵,鬥進長生眞火。鬥鍊七返九還,燦爛丹顆。鬥起慈悲常常似,鬥無爭,鬥早得攜雲朵。

〔註22〕任中敏《散曲概論・卷二・內容》云:「嵌五行、嵌數目,散曲中有之；若嵌五色、五聲、八景,嵌數目而一至十順去逆回等,劇曲如〈牡丹亭〉等有之,散曲中未見也。」

（馬鈺《金玉集》卷八〈鬥修行〉，《全金元詞》頁 358）

△　悟徹陽元。便把陽牢。要陽、徹地通天。陽穿八脈，
　　陽透三田。覺一陽周、一陽就，一陽全。水養靈煙。
　　火養靈泉。更靈靈、真秀相傳。靈砂無漏，靈物牢堅。
　　便結靈光，成靈寶，做靈仙。（馬鈺《金玉集》卷七〈爇
　　心香・贈靈陽子李大乘〉，《全金元詞》頁 354）

△　我為中秋說。休賞中秋節。外景中秋不益人，內景中
　　秋別。心到中秋歇。塵自中秋絕。金遇中秋結大丹，
　　性似中秋月。（馬鈺《漸悟集》卷上〈卜算子〉，《全金元詞》
　　頁 311）

△　玉堂三老。唯識王三操。復許辨三台，更能潤、三田
　　倚靠。自然三耀，攢聚氣精神，運三車，依三教，永
　　沒沈三道。須通三寶。方見三清好。真性照三峰，陡
　　免了、三焦做造。休論三世，諸佛現前來，得三乘，
　　遊三昧，瑩瑩歸三島。（王重陽《重陽全真集》卷五〈驀山
　　溪〉，《全金元詞》頁 185）

△　一身之內，二物成真寶。著意辯三才，列四象，五行
　　化造。六賊門外，七魄莫狂遊，八卦定，九宮通，功
　　行十分到。十分修鍊，九轉成芝草。八位上仙知，救
　　七祖、遠離六道。五年功滿，四大離凡塵，三清路，
　　二童邀，抱一歸蓬島。（王重陽《重陽教化集》卷一〈心月
　　照雲溪〉，《全金元詞》頁 254）

以上所舉五例，第一首全首嵌一「鬥」字，第二首上片嵌「陽」字、
下片嵌「靈」字，第三首全首嵌「中秋」一詞，第四首嵌數字「三」，
第五首嵌數字由一至十順去逆回。各首嵌字情形各不相同。

（4）集諺體：集合諺語、成語而成。例如：

　　空裡追聲枉了賢。水中捉月事同然。隔靴抓癢越孜煎。紐
　　石作絃何日撫，鑽木待火幾時然。恰如摑地覓尋天。（王重
　　陽《重陽全真集》卷五〈浣溪沙〉，《全金元詞》頁 187）

這首作品中「空裡追聲」、「水中捉月」、「隔靴抓癢」、「紐石作絃」、「鑽

木待火」、「撅地覓天」都是當時成語。

以上所舉各種俳體，金元全眞道士的作品，與元曲中所存的同類作品，作法已完全相同，相信在全眞教盛行的當時，元曲作家填作俳體，必也參照了全眞道士的這類作品，這應該也可以算是金元全眞道士詞的一項成就。

（五）其他方面

金元全眞道士詞可作爲研究詞曲發展關係的，除了上述曲調、造語、用韻、俳體等四方面之外，還有幾點也是值得留意的：

（1）從內容上來說，金元全眞道士詞對整個元曲（包括散曲、雜劇）的創作有很大的影響。朱權《太和正音譜》定「樂府體式十五家」，其中有「丹丘體」、「黃冠體」、「草堂體」；定「雜劇十二科」，一曰「神仙道化」，二曰「隱居樂道」；這些都是與全眞教關係密切的作品。現存元散曲，存有大量的「道情」詞，據朱權《太和正音譜》卷上解釋「道情」云：「道家所唱者，飛馭天表，游覽太虛，俯視八紘，志在沖漠之上，寄傲宇宙之間，慨古感今，有樂道徜徉之情，故曰道情。」其內容不外乎驚頑醒俗、隱居樂道，與金元全眞道士詞的內容是毫無二致的。現存元雜劇，也存在著大量的神仙道化劇，其中多爲全眞教五祖（東華帝君、鍾離權、呂洞賓、劉海蟾、王重陽）七眞（馬鈺、譚處端、劉處玄、丘處機、王處一、郝大通、孫不二）的度脫故事（詳後文），這些神仙道化劇不僅思想情調與金元全眞道士詞基本一致，而且許多語言也從金元全眞道士詞中衍化而出。金元全眞道士詞對元曲的影響是十分明顯而突出的。

（2）就抒情方式或表現手法言，詩、詞大部分以含蓄蘊藉爲審美標準。從詩論家的眼光來看，「韻外之致」、「弦外之音」、「言有盡而意無窮」的隱微曲折之美，受到了普遍的認同。對詩的欣賞吟玩，總以一唱三嘆、韻致無窮爲其妙處所在。詞作更重婉約含蓄，以之爲「當行本色」。正如宋代詞論家張炎所言：「簸弄風月，陶寫性情，詞

婉於詩。」(《詞源》下) 在正統詞學觀念之中,婉約清麗乃其正宗,而對蘇軾等詞家的豪放詞風,則認為「雖極天下之工,要非本色。」(陳師道《後山詩話》) 在抒情的含蓄蘊藉、曲折深婉這方面,詞之於詩是有過之而無不及的。這在南宋後期張炎、王沂孫、周密等人的詞作中表現得尤為明顯。在唐詩宋詞中,最常用的抒情方法是情景交融。其中有的是情在景中,將情朦朧化,含而不露;有的是先景後情,情由景生;有的是先情後景,融情入景。但無論如何,情與景都是相互交融、渾然一體的,它們的抒情都離不開景。而元曲卻常常是直陳其情,不借助景物。如楊朝英〈雙調‧湘妃怨〉:「閑時高臥醉時歌,守己安貧好快活,杏花村裡隨緣過。勝堯夫安樂窩,任賢愚後代如何。失名利癡呆漢,得清閑誰似我?一任他門外風波。」此曲一方面用賦筆直敘其隱居生活,一方面直言「好快活」、「得清閑誰似我」的歡快知足之情和不問世事之思,直露明白,毫無蘊藉。有些作品即使寫男女愛情,也直言不諱。如馬致遠〈雙調‧壽陽曲〉:「相思病,怎地醫?只除是有情人調理。相偎相抱診脈息,不服藥自然圓備。」把難以啟齒之情如此直率大膽地道出,不用任何景物和比興婉轉之法,可說是元曲的一大特色。﹝註23﹞金元全真道士喜歡用賦筆直接鋪陳、造語明白如話,和元曲抒情敘事明快直捷、直露豪放的特徵頗為相似,周雲龍在〈論散曲的「放」——兼探詞曲不同的審美取向〉一文中說:「為了暢抒豪放的感情,曲作家常常採用『直賦』、『鋪排』、『誇張』、『博喻』等手法。」而這些方法,正也是金元全真道士最為慣用的手法,其對元曲抒情方式與表現手法的啟發作用,是可以想見的。

　　(3) 就襯字言,早期敦煌曲子詞中時有襯字,後來文人詞中基本上沒有襯字,而金元全真道士詞中,襯字又逐漸出現。有時不僅是

﹝註23﹞以上資料參閱許金榜〈元代散曲抒情寫意的藝術特徵〉(《山東師大學報》1995 第三期,頁 80～84)、周雲龍〈論散曲的「放」——兼探詞曲不同的審美取向〉(《錦州師院學報》1993 第一期,頁 70～74)、張晶〈論散曲的「當行本色」〉(《吉林大學學報》1996 第一期,頁 75～81) 等論文。

襯字，還有增句的情形。茲舉三例，以窺一斑：

△ 這王喆知明，見菊花堅操。便將重陽子爲號。正好相
倚靠。每常卻要，綴作詩詞，筆無停、自然來到。心
香起、印出仙經，便實通顛倒。便實通顛倒。早得得
良因，速推推深奧。玄玄妙妙任窮考。又更餐芝草。
白氣致使，上下盈盈，金丹結、鍊成珍寶。恁時節、
永處長生，住十洲三島。住十洲三島。(王重陽《全眞集》
卷三〈紅芍藥〉，《全金元詞》頁 166)

△ 十化分梨，我於前歲生機構。傳神秀。二人翁母。待
教作拿雲手。用破予心，笑破他人口。從今後。令伊
依舊。且伴王風走。(王重陽《重陽教化集》卷三〈萬年春〉，
《全金元詞》頁 259)

△ 火院須當遠。塵事難爲染。因遇風仙棄冤親，做個投
眞馬，得得超披岸。既達逍遙岸。鍊氣如素練。專下
工夫分假眞，做個惺惺馬。悟道何愁晚。(馬鈺《重陽教
化集》卷一〈黃鶴洞中仙·繼重陽韻〉，《全金元詞》頁 291)

第一首〈紅芍藥〉一調，《詞律補遺》、《御製詞譜》均僅收王觀一調，
雙調九十一字。王重陽此詞一百八字，校王觀詞，第一、二句各添一
襯字；下片第一句添一字；上、下片第五句各添三字成四字兩句；兩
結句各減一字，作上一下四式五言句，並添一疊句。第二首〈萬年春〉
一調，王重陽所填實即馮延巳四十一字體〈點絳唇〉，唯於上片第二
句下多「傳神秀」三言一句，又於上片結句多一襯字「待」。第三首
〈黃鶴洞中仙〉一調，馬鈺所填實即石孝友四十四字體〈卜算子〉，
唯於上、下片第三句後，各添襯句「做個投眞馬」、「做個惺惺馬」五
言一句。這種爲使意思更明白清楚或曲調更美聽而加襯字的情形，正
是詞發展至曲的過渡情形，也是值得留意的現象。

四、提供了雜劇與小說的寫作材料

金元全眞道士的詞作對於後來的散曲、雜劇、傳奇、小說都有
或多或少的影響。其中最爲明顯的是散曲，其次是雜劇，再其次是

小說。與散曲之關係已大致於前文敘述，茲分述其與雜劇、小說的關係於後。

（一）雜劇方面

元雜劇是十三世紀前半葉（元蒙古帝國時期），在金院本和諸宮調的直接影響之下，融合宋金以來的音樂、說唱、舞蹈、表演等藝術而形成的戲曲藝術樣式；並在唐宋以來話本、詞曲、說唱文學的基礎上，創造了韻文和散文結合的結構完整的文學劇本。〔註24〕元雜劇存目可考者有七百餘本〔註25〕，現存劇本有一百六一種。〔註26〕其中與金元全真道士詞關係最爲密切的爲「度脫劇」。「度脫劇」一詞始自日人青木正兒《元人雜劇序說》，意爲演道釋諸仙佛度脫凡人，導之入於仙道，及引度謫仙重返仙界之劇作，約當《太和正音譜・雜劇十二科》之「神仙道化」劇。據蕭憲宗《現存元人度脫雜劇之研究》所列現存度脫劇有《呂洞賓三醉岳陽樓》（馬致遠）、《馬丹陽三度任風子》（馬致遠）、《開壇闡教黃粱夢》（馬致遠）、《呂洞賓度鐵拐李岳》（岳伯川）、《老莊周一枕蝴蝶夢》（史樟）、《陳季卿悟道竹葉舟》（范康）、《鐵拐李度金童玉女》（賈仲明）、《呂洞賓三度城南柳》（谷子敬）、《馬丹陽度脫劉行首》（無名氏）、《瘸李岳詩酒翫江亭》（無名氏）、《呂洞賓桃柳昇仙夢》（無名氏）、《漢鍾離度脫藍采和》（無名氏）、《月明和尚度柳翠》（李壽卿）、《沙門島張生煮海》（李好古）、《花間四友東坡夢》（吳昌齡）、《布袋和尚忍字記》（鄭廷玉）、《劉晨阮肇誤入天臺》（王子一）、《龍濟山野猿聽經》（無名氏）等十八種。其中前十二種屬道教神仙劇，多演全真教五祖（東華帝君、鍾離權、呂洞賓、劉海

〔註24〕參見郭英德《元雜劇與元代社會》頁1。北京師大出版社，1996出5月第一版。

〔註25〕鄭騫先生〈元雜劇的紀錄〉（見《景午叢編》上編頁183～189，臺灣中華書局）認爲元雜劇存目可考者有「七百三十三本」。傅惜華在《元雜劇考》中著錄「七百三十七本」。

〔註26〕參見羅錦堂《元雜劇本事考》。台北：順先出版公司，1976年4月再版。

蟾、王重陽）七眞（馬鈺、譚處端、劉處玄、丘處機、王處一、郝大通、孫不二）的度脫故事。除了以上所舉，元雜劇中故事內容與全眞道士有關的，還有《太華山陳摶高臥》（馬致遠）、《劉阮誤入桃源洞》（馬致遠）、《陳文圖悟道松陰樓》（紀君祥）、《韓湘子引度昇仙會》（陸進之）、《韓湘子三赴牡丹亭》等五種。〔註27〕

　　朱權《太和正音譜》將「神仙道化」劇置於十二科之首，固然頗受他個人崇道思想影響，但也從而反映出神仙道化劇在元雜劇中所占的重要地位。元代神仙道化劇盛行的原因，前賢論述已詳〔註28〕，其中全眞教盛行於當時，乃爲不爭的重要原因之一。因此，在這些神仙道化劇中，大量地鎔入了全眞教的史料及金元全眞道士的詞作，例如：《劉行首》第一折，扮正末王重陽唱說：

　　【仙呂·點絳唇】五祖傳因。二師垂訓。向甘河鎭。悟得全眞。想大道從心運。

　　【混江龍】神仙有分。披氈化我出凡塵。脫離了火院。大走入玄門。七朵金蓮浮水面。一雙銀海照乾坤，奉吾師法旨。我可便普天下都尋盡。尋俺那丘劉談（譚）馬。大古裏六個眞人。

這段曲辭內容，可說是《金蓮正宗記》的概要。《翫江亭》第三折〈要孩兒〉也有「撇了這酒色財氣，眞個譚馬丘劉」的詞句。另外，金元全眞道士詞中最常提到的「百年光陰」、「心猿意馬」、「休戀兒女」、「酒色財氣」等詞句，可以說幾乎在每種雜劇的度脫場面都被引用。如：

〔註27〕轉錄自郭英德《元雜劇與元代社會》頁 257～258。北京師大出版社，1996 出 5 月第一版。

〔註28〕詳參蕭憲忠《現存元人度脫雜劇之研究》頁 29～80、渡邊雪羽《元雜劇中的道教劇研究》頁 25～37、郭英德《元雜劇與元代社會》頁 229～259、李修生《元雜劇史》頁 106～125、趙幼民〈元雜劇中的度脫劇〉（下）頁 205～214（《文學評論》五期，民 67 年 6 月，頁 153～196）、鄔鵬志〈元代神仙道化劇盛因考〉（《山西師大學報》第二一卷第三期，1994 年 7 月，頁 42～45）、張大新〈金元文己之沉淪與元雜劇的興盛〉（《信陽師院學報》第十四卷第二期，1994 年 6 月，頁 75～83）。

△　仙凡有路。全憑著足底一雙鴆。翱翔天地。放浪江湖。
　　東訪丹丘西太華。朝游北海暮蒼梧。暫離真境。來混
　　塵俗。觀百年浮世。似一葦胥。(《城南柳》第一折〈混江
　　龍〉)

△　……則不如快活了一日。一日便宜。百歲光陰七十有
　　早稀。……(《㑇江亭》第二折〈錦上花〉)

△　……便百年能得幾時閑。去向那石火光中。急措手如
　　何迭辦？你何不早回頭。……(《岳陽樓》第二折〈三煞〉)

△　你早則省得浮世風燈石火，再休戀兒女神珠玉顆。咱
　　人百歲有幾何？端的日月去，似擲梭，想你那受過的
　　坎坷。(《黃粱夢》第四折〈倘秀才〉)

△　酒戀清香疾病因。色愛荒淫患難根。財貪富貴傷殘命。
　　氣競剛強損陷身。這四件兒不饒人。你若是將他斷盡。
　　便神仙有幾分。(《黃粱夢》第一折〈後庭花〉)

△　我自撇下酒色財氣。誰曾離茶藥琴棋。聽杜鵑一聲聲
　　叫道不如歸。也不曾游閬苑。又不曾赴瑤池。止不過
　　在終南山色中。(《任風子》第三折〈紅繡鞋〉)

細讀以上作品，可以明顯地感覺出其化用金元全真道士詞作的痕跡。
日人渡邊雪羽在《元雜劇中的道教劇研究》中說：「道教劇全盤性地
反映了全真教的教義。觀其反映之既深且廣，幾乎可以說，道教劇就
是全真教教義的戲劇化。」筆者亦深表同感。由於詞曲同屬長短句韻
文，加上金元全真道士的詞作在造語上，明白俚俗，和曲的造語特色
頗為相近，元人製作道教劇，從金元全真道士的詞作中去尋找素材，
是十分自然且順應文學發展原則的事。換句話說，金元全真道士詞為
元雜劇尤其是道教劇，提供了寫作的材料，是不爭的事實，也是文學
發展上十分自然順當的事。

(二)小說方面

我國小說的發展，雖然淵遠流長，而章回小說的創興則是明初的
事。施耐菴的《水滸傳》、羅貫中的《三國志演義》，都是在這個時代

產生的。「水滸故事」發端於宋，及元而大盛，到明中葉施耐菴始集其大成；元雜劇中演述梁山泊好漢的故事，至少有十九種。〔註29〕「三國故事」自唐宋以來已有許多民間傳說，元時愈積愈多，到了元末明初羅貫中始集其大成；現今元劇存目中還有十九種是搬演三國故事的。（同註29）這種現象說明了小說的發達與戲曲的興盛有著非常密切的關係。

　　元明戲曲和明清小說都是發源於民間的俗文學，且都與說唱藝術有極密切的關係，故其採取民間流傳的故事來作為創作的素材，是十分自然的事，也因此小說和戲劇的故事及人物，常有雷同之處。

　　而我國古典小說的特點之一，是常常夾帶一些詩詞。根據劉耕路《紅樓夢詩詞解析》的說法，詩詞在小說中的作用有六點：（一）注明撰書由來，陳述立意本旨；（二）深化主題思想，表達作者觀點；（三）塑造典型形像，隱寫人物命運；（四）描繪典型環境，烘托故事氛圍；（五）展開故事情節，貫穿藝術結構；（六）交代歷史背景，反映社會風尚。這六點雖然是針對《紅樓夢》一書而發，卻也頗能普遍代表一般古典小說中詩詞的作用。就文學創作而言，將前代文學的菁華鎔裁在當代文學的創作中，藉以豐富作品的內容與技巧，是文學發展的常態。加上我國古典戲劇、小說，經常喜愛藉仙道佛教的故事來擴充內容、增加情節、增添熱鬧的氣氛，所謂「戲不夠，仙佛湊」雖是對這種通病的諷刺與批評，卻也顯示了這一現象的普遍性。因此金元全真道士的詞作成為小說寫作援引的素材，便成為可能的事。

　　小說中引用前人詩詞，有時是純為情節需要，所引詩詞內容又正適合所需，作者為一時方便或某種目的而引用，引用之時僅借用其文字意義，這類詩詞多半沒有探尋其出處的必要。但有時作者是有意引用，以暗示其思想主旨或寫作立場，這類詩詞若能考究其出處，對了解作者的創作動機與全書主旨，有相當大的幫助，則追根

〔註29〕詳參賀昌群《元曲概論・第八章元曲對於明清小說戲劇的影響》。該書收錄於《元曲研究・甲編》，臺北：里仁書局，1984年9月初版。

究柢、尋本探源就顯得重要而有意義了。以百回本《西遊記》爲例，
其第八、五十、九十一回，各分別引用了一首詞，迻錄如下：

△　試問禪關，參求無數，往往到頭虛老。磨磚作鏡，積
雪爲糧，迷了幾多年少。毛吞大海，芥納須彌，金色
頭陀微笑。悟時超十地三乘，凝滯了四生六道。誰聽
得絕想巖前，無陰樹下，杜宇一聲春曉。曹溪路險，
鷲嶺雲深，此處故人音杳。千丈冰崖、五葉蓮開，古
殿簾垂香裊。那時節，識破源流，便見龍王三寶。（吳
承恩《西遊記‧第八回》）

△　心地頻頻掃，塵情細細除。莫教坑塹陷毗盧。本體常
清淨，方可論元初。性燭須挑剔，曹溪任吸呼。勿令
猿馬氣聲粗。晝夜綿綿息，方顯是功夫。（《西遊記‧第
五十回》）

△　修禪何處用功夫？馬劣猿顛速剪除。牢捉牢拴生五
彩，暫停暫住免三途。若教自在神丹漏，纔放從容玉
性枯。喜怒憂思須掃淨，得玄得妙恰如無。（《西遊記‧
第九十一回》）

以上所舉第一首詞，見於《鳴鶴餘音》卷二，作者爲元代全眞道士馮
尊師。其原作如下：

試問禪關，參求無數，往往到頭虛老。磨磚作鏡，積雪爲
糧，迷了幾多年少。毛吞大海，芥納須彌，金色頭陀微笑。
悟時超、十地三乘，凝滯四生六道。誰聽得、絕相巖前，
無陰樹下，杜宇一聲春曉。曹溪路險，鷲嶺雲深，此處故
人音杳。千丈冰崖、五葉蓮開，古殿簾垂香裊。免葛藤叢
裏，婆娑游子，夢魂顛倒。（馮尊師〈蘇武慢‧之五〉，《全金元
詞》頁 1240）

第二首及第三首，是全眞七子之首馬鈺的作品，原作如下：

△　心地頻頻掃，塵情細細除。莫教坑塹陷毗盧。常靜常
清，方可論元初。性燭頻挑剔，曹溪任吸呼。勿令喘
息氣聲粗。晝夜綿綿，端的好功夫。（馬鈺《漸悟集》卷
下〈南柯子‧贈眾道友〉，《全金元詞》頁 327）

△　修行何處用功夫。馬劣猿顛速剪除。牢捉牢擒生五彩，
　　暫停暫住免三塗。稍令自在神丹漏，略放從容玉性枯。
　　酒色氣財心不盡，得玄得妙恰如無。(馬鈺《漸悟集》卷
　　下〈瑞鷓鴣‧贈眾道契〉，《全金元詞》頁 339)

《西遊記》所引與原作稍有出入。若能了解全真教的教義，並從比對
引文與原作之間的差異去追究，對於掌握《西遊記》一書作者的基本
立場（崇佛或崇道？）以及所欲表達的思想主題，是有相當大的助益
的。〔註 30〕

　　　究竟有多少古典小說曾引用了金元全真道士的詞作，筆者未暇詳
細比對，這項工作仍有待專門研究古典小說者去努力。凡是小說中引
用的詩詞，與神仙道佛或煉丹修行有關，或是闡述全真教義的，便有
可能出自於金元全真道士，從這一方面去尋本探源，或許對小說的研
究能有新的發現也說不定。〔註 31〕至少有一點可以肯定的，是金元全
真道士的詞作，也提供了後代小說創作者寫作的材料。

〔註 30〕詳參柳存仁〈全真教和小說西遊記〉（收錄於《和風堂文集‧下冊》
　　　　頁 1319～1391，上海：上海古籍出版社，1991 年 10 月第一版）及
　　　　徐朔方〈評《全真教和小說西遊記》〉（《文學遺產》1993 年第六期，
　　　　頁 97～100）二文。
〔註 31〕古典小說的研究非筆者所專長，亦非本論文重點所在，故暫時就此
　　　　打住。

第七章　結　語

　　本論文之重點在第三、四、五章對金元全眞道士詞作的分析與評論，第六章則對前述三章作簡略的總結。重新檢閱前文，仍覺有意猶未盡之處，茲再贅敘數語，一則自我檢視，一則作爲未來研究的方針。

　　一、大體言之，金元全眞道士的詞作，多缺乏純文學欣賞的藝術價值，但對於某些文學史（如詞曲的發展，元代道教度脫劇等）和全眞教史，仍具備研究的價值，絕不能主觀地只從純文學的角度說它們是「數量多而質量差，實爲金詞中之糟粕」（張倉禮〈金代詞人群體的組成〉）而輕率拋棄之。

　　二、金元全眞道士將詞作爲傳教的工具，用詞來探討哲理、闡述教義、傳授丹訣、勸人向道，不但擴大了詞的內容題材範圍，更大大地發揮了文學的實用性，這應該也算是金元全眞道士詞人的一項貢獻。

　　三、金元全眞道士詞中最具文學藝術價值的，首推丘處機、長筌子、馮尊師三人。他們的作品，不但造語清麗典雅，意境超塵拔俗，對於文學創作的各種技巧的掌握，更是出類拔萃，超越群倫，頗值得仔細品賞，在結束本論文之後，筆者擬另撰專文評述之。

　　四、柳永詞對金元全眞道士詞有極深遠的影響。黃幼珍〈柳詞與全眞道士詞〉一文，雖已提出若干看法，但尚覺疏陋浮淺。金元全眞

道士於前代詞人中，最爲推崇柳永，王重陽有〈解佩令〉詞，自注「愛看柳詞，遂成」（《全金元詞》頁199）馬鈺諸人有多首「借柳詞韻」的作品，他們所常用的詞調，多爲柳永所創或率先大量使用之調，甚至某些詞句亦步趨柳詞。他們之所以特別崇尙柳詞，最主要的原因在於柳詞語言通俗，音律諧美，具有市井情調，流傳特別廣泛，用以進行教義宣傳，是再合適方便不過了。其實，柳詞對北方文學的影響還不只於此，況周頤《蕙風詞話》曾評董解元〈哨遍〉云：「連情發藻，妥帖易施，體格於《樂章》爲近。」又云：「柳屯田《樂章集》爲詞家正體之一，又爲金元已還樂語所自出。……自昔詩詞曲之遞變，大都隨風會爲轉移。詞曲之爲體，誠迴乎不同。董爲北曲初祖，而其所爲詞，於屯田有沆瀣之合。曲由詞出，淵源斯在。」這段話指出了柳詞與金元曲子的關係。試觀《董解元西廂記》中所反復使用的〈御街行〉、〈應天長〉、〈定風波〉、〈六么令〉、〈滿江紅〉、〈木蘭花〉、〈安公子賺〉諸調，都見於柳永《樂章集》，而柳永所創用之〈八聲甘州〉、〈六么令〉、〈金蕉葉〉、〈應天長〉諸調，後來都進入元曲，可知況氏所言不虛。李漁有〈多麗〉詞，詠「春風吊柳七」這一風俗，詞中謂：「柳七詞多，堪稱曲祖，精魂不能葬蒿萊。」是頗有見地的看法。趙山林〈從詞到曲──論金詞的過渡型特徵及道教詞人的貢獻〉云：「如果說柳永是上承敦煌曲子，下啓金元曲子的話，那麼，金代道教詞人對柳永詞的推崇和學習，對由詞到曲的演變也起了重要的作用。」確實是如此。因此，柳詞與金元全眞道士詞之間的關係，是值得再進一步深入探究的一個問題。

　　五、最初與王師（忠林）經多次研議所訂之研究大綱，原擬於第六章論全眞道士詞之特色，第七章論全眞道士詞之價值及其對後世之影響。王師並指示此二章爲本論文之重點與價值所在，當特別用心寫作。然而，檢視成品，此二章最後合併爲一章（第六章），又刪去「全眞道士詞對後世之影響」，且此章爲全文（第一章除外）最爲疏略之處，此固由於篇幅與時間因素造成，但學力不足，研究未深（由其是

全真道士詞之價值及其對後世之影響），亦是主因。在本論文告一段
落後，我準備另以「全真道士詞之特色」為題，專文深入評述。至於
全真道士詞之價值及其對後世文學之影響（例如：對詞、曲、雜劇、
戲曲、小說之影響），則為筆者日後研究之重點與方向，待有心得，再
行撰文論述，此乃終生之事業也。

　　六、本論文之諸多統計數字，皆是藉助於電腦，甚是快捷準確，
此吾人生當今日之幸運也，然電腦之辨識判斷能力，終比不上人腦之
靈活機巧，故於使用時亦當謹慎為之。大抵言之，單純的、機械式的
統計資料，委諸電腦，甚有效益；綜合性的、判斷性的資料，則電腦
無法代勞，仍有賴人腦。此吾寫作論文使用電腦之粗略心得，略言之，
以供參考。

　　七、於論文之後，縷述感謝語，對讀者而言難免俗套、累贅，然
感觸既深，不吐亦不快。本論文之寫作，從研訂大綱至逐章寫作，受
王師（忠林）之指導，委實受益匪淺。不但在寫作大綱及研究方法上，
多蒙王師指授，二年多來，王師更是備加關愛，時相囑勉，尤其全文
四十餘萬字，王師由始至終逐一批覽，有時連我校訂再三都未發現的
錯字，王師悉能一一指正（連引文、註釋都未放鬆），此踏實嚴謹的
態度，身教勝於言教的作風，令我感念深刻，也使得我在撰寫這篇論
文時，絲毫不敢鬆懈，惟恐有負於王師的期許。這篇論文，囿於個人
才學（我對道教內丹修煉方法，真的是門外漢），難免有疏漏之處，
但至少我所投注的心血以及本諸實事求事的寫作態度，是可以捫心自
問，俯仰無愧了。另外，在寫作期間，承蒙　汪師志勇及香港中文大
學黃兆漢教授之指教，黃沛榮、林玫儀賢伉儷提供「金元詞學研究期
刊論文索引」，好友何貴初不斷提供論文相關資料，並不憚厭煩代為
搜購港陸書籍，其濃情厚誼，點滴在心頭，感激欽敬之懷，已非筆墨
可以形容矣。

引用及參考用書目

　　為便於檢索，本書目分：歷代文獻、今人著述、單篇論文等三類登載，並依書名或篇名首字筆劃排列。

一、歷代文獻（按筆劃順序排列）

1. 《三國演義》，明·羅貫中撰、明·楊春元校，《明清善本小說叢刊初編》第十三輯（臺北：天一出版社，民國 74 年初版）。

2. 《山谷琴趣外編》，宋·黃庭堅，在王雲五主編《四部叢刊續編》第二十九冊（臺北：商務印書館，民國 65 年 6 月臺二版）。

3. 《文心雕龍》，梁·劉勰撰，藝文百部叢書集成之十一（臺北：藝文印書館，民國 60 年初版）。

4. 《太和正音譜》，明·朱權（臺北：學海書局，民國 69 年 9 月再版）。

5. 《太極圖說述解》，宋·周敦頤撰、明·曹瑞述解，景印文淵閣四庫全書第六九七冊（臺北：商務印書館，民國 72 年初版）。

6. 《元文類》，元·蘇天爵（臺北：世界書局，民國 51 年 2 月初版）。

7. 《元史》，明·宋濂、王禕等奉敕編纂（臺北：鼎文書局，民國 68 年 3 月再版）。

8. 《元名臣事略》，元·蘇天爵撰，景印文淵閣四庫全書第四五一冊（臺北：商務印書館，民國 72 年初版）。

9. 《元詩紀事》，清·陳衍編纂（臺北：鼎文書局，民國 60 年 9 月初版）。

10. 《中原音韻》，元·周德清撰，景印文淵閣四庫全書第一四九六冊

（臺北：商務印書館，民國 72 年初版）。

11. 《少室山房筆叢》，明・胡應麟（臺北：世界書局，民國 52 年四月初版）。

12. 《水滸傳》，明・施耐菴撰，《明清善本小說叢刊初編》第十七輯（臺北：天一出版社，民國 74 年初版）。

13. 《古詩紀》，明・馮惟訥撰，景印文淵閣四庫全書第一三七九、一三八〇冊（臺北：商務印書館，民國 72 年）。

14. 《正統道藏》（臺北：藝文印書館，民國 66 年 1 月初版）。

《重陽全眞集》、《重陽教化集》、《重陽分梨十化集》、《重陽眞人金關玉鎖訣》、《重陽眞人授丹陽二十四訣》（以上王重陽・第四十三冊）、《重陽立教十五論》（王重陽・第五十三冊）、《丹陽眞人語錄》、《漸悟集》、《洞玄金玉集》、《丹陽神光燦（以上馬鈺・第四十二冊）、《丹陽眞人直言》（馬鈺・第五十三冊）、《水雲集》（譚處端・第四十三冊）、《雲光集》（王處一・第四十二冊）、《體玄眞人顯異錄》（王處一弟子編・第十八冊）、《黃帝陰符經註》（劉處玄・第四冊）、《無爲清靜長生眞人至眞語錄》（劉處玄・第三十九冊）、《仙樂集》，（劉處玄・第四十二冊）、《磻溪集》（丘處機・第四十三冊）、《大丹直指》（丘處機・第七冊）、《青天歌》，（丘處機撰、混然子註釋・第四冊）、《太古集》（郝大通・第四十三冊）、《金蓮正宗記》（秦志安・第五冊）、《七眞年譜》（李道謙・第五冊）、《終南山祖庭仙眞內傳》（李道謙・第三十二冊）、《甘水仙源錄》（李道謙・第三十三冊）、《金蓮正宗仙源像傳》（劉天素、謝西蟾・第五冊）、《玄風慶會錄》（傳說耶律楚材編・第五冊）、《長春眞人西遊記》（李志希述・第五十七冊）、《歷世眞仙體道通鑑後集》（趙道一・第九冊）、《古樓觀紫雲衍慶集》（朱象先・第三十二冊）、《鳴鶴餘音》（彭致中・第四十冊）、《草堂集》（王丹桂・第四十二冊）、《上清太玄集》（侯善淵・第三十九冊）、《上清太玄九陽圖》（侯善淵・第四冊）、《上清太玄鑑誡論》（侯善淵・第四十一冊）、《太上太清天童護命妙經注》（侯善淵・第二十八冊）、《太上老君說常清靜經註》（侯善淵・第二十八冊）、《黃帝陰符經註》（侯善淵・第四冊）、《會眞集》（王吉昌・第七冊）、《天生經頌解》（王吉昌・第九冊）、《啓眞集》（劉志淵・第七冊）、《洞淵集》（長筌子・第三十九冊）、《太上赤文洞古經註》（長筌子・第三冊）、《元始天尊說太古經註》（長筌子・第三冊）、《葆光集》，（尹志平・第四十二冊）、《清和眞人北遊語錄》（尹志平講、段志堅編・第五十五冊）、《雲山集》（姬翼・第四十二冊）、《三天易髓》（李道純・第七冊）、

《太上大通經註》(李道純・第三冊)、《太上昇玄消災護命經註》(李道純・第三冊)、《太上老君說常清靜經註》(李道純・第二十八冊)、《中和集》(李道純・第七冊)、《道德會元》(李道純・第二十一冊)、《全真集玄秘要》(李道純・第七冊)、《清庵瑩蟾子語錄》,(李道純・第三十九冊)、《無上赤文洞古真經註》(李道純・第三冊)、《上乘修真三要》(高道寬・第八冊)、《磐山真人語錄》(王志謹・第三十九冊)、《磐山語錄》(王志謹・第七冊)、《太上洞神三元妙本福壽真經》(苗善時校正・第十九冊)、《純陽帝君神化妙通紀》(苗善時・第九冊)、《玄教大公案》(苗善時・第四十冊)、《文始真經註》(牛道淳・第二十四冊)、《析疑指迷論》(牛道淳・第八冊)、《紙舟先生全真指要》(紙舟先生・第七冊)、《玄宗直指萬法同歸》(牧常晁・第四十冊)、《太上昇玄說消災護命妙經註》(王玠・第三冊)、《太上老君說常清靜妙經纂圖解註》(王玠・第二十八冊)、《還真集》(王玠・第四十冊)、《道玄篇》(王玠・第四十冊)、《崔公入藥鏡註解》(王玠・第四冊)、《黃帝陰符經夾頌解註》(王玠・第四冊)、《太上洞玄靈寶智慧罪根上品大戒經》(第十一冊)、《太平經》(第四十冊)、《西山群仙合真記》(施肩吾・第七冊)、《道樞》(曾慥・第三十四冊)、《悟真篇》(張伯端・第四冊)、《道門十規》(張宇初・第五十三冊)、《全真清規》(陸道和・第五十三冊)》。

15. 《北派七真修道傳奇》,清・黃永亮著(高雄:因書賢出版社,民國74年3月初版)。

16. 《四十二章經》,後漢・迦葉摩騰共法蘭譯,《正藏經》第二十五冊(臺北:新文豐出版公司,民國69年6月出版)。

17. 《四庫全書總目提要》,清・永瑢、紀昀等撰(臺北:藝文印書館,民國78年1月六版)。

18. 《白氏長慶集》,唐・白居易(臺北:藝文印書館,民國70年2月再版)。

19. 《老子》,周・李耳撰、晉・王弼注(臺北:中華書局《四部備要》子部,民國56年5月臺二版)。

20. 《老子想爾注》,無名氏,《無求備齋老子集成初編》第十八函(臺北:藝文印書館,民國54年2月初版)。

21. 《圭塘小稿》,元・許有壬,景印文淵閣四庫全書第一二一一冊(臺北:商務印書館,民國72年初版)。

22. 《西遊記》,明・吳承恩撰、繆天華校訂(臺北:三民書局,民國61年5月初版)。

23. 《回文類聚》，宋·桑世昌編、清·朱存孝補遺，景印文淵閣四庫全書第一三五一冊（臺北：商務印書館，民國72年初版）。

24. 《曲律》，明·王驥德，見《中國古典戲曲論著集成》第四集，中國戲曲研究院編（北京：中國戲劇出版社，1959年7月第一版）。

25. 《曲藻》，明·王世貞，見《中國古典戲曲論著集成》第四集，中國戲曲研究院編（北京：中國戲劇出版社，1959年7月第一版）。

26. 《全元散曲》，隋樹森編（臺北：臺灣中華書局，民國60年4月臺二版）。

27. 《全宋詞》，唐圭璋編（臺北：文光書局，民國72年1月三版）。

28. 《全金元詞》，唐圭璋編（北京：中華書局1979年10月第一版）。

29. 《宋史》，元·托克托（臺北：鼎文書局，民國67年9月初版）。

30. 《宋學士文集》，明·宋濂，王雲五主編《萬有文庫薈要》（臺北：臺灣商務印書館，民國54年）。

31. 《佛祖歷代通載》，元·釋念常（臺北：新文豐出版公司，民國64年5月初版）。

32. 《長春道教源流》，清·陳銘珪撰（臺北：廣文書局，民國64年4月初版）。

33. 《抱朴子》，晉·葛洪撰（臺北：中華書局《四部備要》子部，民國55年3月臺一版）。

34. 《弦索辨訛》，明·沈寵綏，見《中國古典戲曲論著集成》第五集，中國戲曲研究院編（北京：中國戲劇出版社，1959年7月第一版）。

35. 《周易文詮》，元·趙汸撰，景印文淵閣四庫全書第二十七冊（臺北：商務印書館，民國72年初版）。

36. 《延祐四明志》，元·袁桷等撰，在《宋元地方志叢書》第九輯（臺北：大化書局，民國60年1月初版）。

37. 《金石萃編》，清·王昶，《石刻史料新編》第一～四冊（臺北：新文豐出版公司，民國75年7月臺一版）。

38. 《金史》，元·托克托（臺北：鼎文書局，民國68年3月再版）。

39. 《金詩紀事》，清·陳衍編纂（臺北：鼎文書局，民國60年9月初版）。

40. 《金剛般若蜜多經》，後秦·鳩摩羅什譯，《正藏經》第八冊（臺北：新文豐出版公司，民國69年6月）。

41. 《牧庵集》，元·姚燧撰，景印文淵閣四庫全書第一二〇一冊（臺北：商務印書館，民國72年初版）。

42. 《建炎以來繫年要錄》，宋・李心傳撰，藝文百部叢書集成之八十六（臺北：藝文印書館，民國60年）。

43. 《秋澗先生大全集》，元・王惲，收入《元人文集珍本叢刊》（臺北：新文豐出版公司，民國74年4月初版）。

44. 《弇州山人四部稿》，明・王世貞（臺北：偉文圖書出版社，民國65年6月初版）。

45. 《弇州山人續稿》，明・王世貞，在沈雲龍主編《明人文集叢刊》第四三～六○冊（臺北：文海出版社，民國59年3月初版）。

46. 《後山詩話》，宋・陳師道撰，景印文淵閣四庫全書第一四七八冊（臺北：商務印書館，民國72年初版）。

47. 《涅槃論》，達磨菩提譯，《正藏經》第四十一冊（臺北：新文豐出版公司，民國69年6月出版）。

48. 《容齋隨筆》，宋・洪邁撰，景印文淵閣四庫全書第八五一冊（臺北：商務印書館，民國72年初版）。

49. 《原人論》，唐・圭峰、宗密撰、（日）鎌田茂雄譯注（日本東京都：明德出版社，昭和六○年（民國74年）4月三版）。

50. 《馬致遠集》，元・馬致遠撰，蕭善因、北嬰、蕭敏等人點校（太原：山西古籍出版社，1993年12月）。

51. 《般若波羅蜜多心經》，唐・玄奘譯，《正藏經》第八冊（臺北：新文豐出版公司，民國69年6月出版）。

52. 《清波雜志》，宋・周輝撰，景印文淵閣四庫全書第一○三九冊（臺北：商務印書館，民國72年初版）。

53. 《清容居士集》，元・袁桷（臺北：臺灣中華書局，民國55年3月臺一版）。

54. 《淮南子》，漢・劉安撰、漢・高誘注（臺北：中華書局《四部備要》子部，民國55年3月臺一版）。

55. 《莊子》，周・莊周撰、晉・郭象注（臺北：中華書局《四部備要》子部，民國56年5月臺二版）。

56. 《詞林正韻》，清・戈載（臺北：世界書局，民國57年11月再版）。

57. 《詞律》，清・萬樹，徐本立拾遺，杜文瀾補遺（臺北：廣文書局，民國77年9月再版）。

58. 《詞源》，宋・張炎，藝文百部叢書集成之七十四《榆園叢刊》（臺北：藝文印書館，民國60年）。

59. 《詞話叢編》，唐圭璋編（臺北：新文豐出版公司，民國77年2月台一版）。

60. 《詞籍序跋萃編》，施蟄存主編（北京：中國社會科學出版社，1994年 12 月第一版）。

61. 《閑情偶寄》（又名：笠翁偶集）清・李漁撰、單錦珩校點（杭州：浙江古籍出版社，1985 年第一版）。

62. 《御製詞譜》，清・聖祖敕撰，聞汝賢據殿本縮印，民國 65 年 1 月再版。）。

63. 《道家金石略》，陳垣編纂、陳智超等校補（北京：文物出版社，1988 年 6 月第一版）。

64. 《道園學古錄》，元・虞集（臺北：臺灣中華書局，民國 55 年 3 月臺一版）。

65. 《道藏輯要》（臺北：新文豐出版公司，民國 75 年 2 月再版）：（按：與《正統道藏》重複者不複錄）
《靈寶畢法》（鍾離權・第十二冊）、《鍾呂傳道集》（施肩吾・第十二冊）、《五篇靈文》（王重陽註、李沖道錄・第十五冊）、《重陽祖師心傳》（李沖道錄・第十五冊）、《孫不二元君法語》（孫不二・第十五冊）、《孫不二元君傳述丹道秘書》（孫不二・第十五冊）。

66. 《詩人玉屑》，宋・魏慶之，景印文淵閣四庫全書第一一八一冊（臺北：商務印書館，民國 72 年初版）。

67. 《靖康紀聞》，宋・丁特起撰，藝文百部叢書集成之四十六《學津討原》（臺北：藝文印書館，民國 60 年）。

68. 《萬善同歸集》，宋・僧延壽述，《續藏經》第一一〇冊（臺北：新文豐出版公司，民國 66 年 1 月初版）。

69. 《滹南遺老集》，元・王若虛（臺北：新文豐出版公司，民國 73 年 6 月初版）。

70. 《福建通志》，陳壽琪，《中國省志彙編之九》（臺北：華文書局，民國 57 年 10 月初版）。

71. 《蒙韃備錄》，宋・孟珙撰，藝文百部叢書集成之四《古今說海》（臺北：藝文印書館，民國 60 年）。

72. 《廣弘明集》，唐・釋道宣撰，景印文淵閣四庫全書第一〇四八冊（臺北：商務印書館，民國 72 年初版）。

73. 《輟耕錄》，元・陶宗儀，藝文百部叢書集成之廿二《津逮祕書》（臺北：藝文印書館，民國 60 年）。

74. 《彊村叢書》，朱孝臧校輯（臺北：廣文書局，民國 59 年 3 月初版）。

75. 《遺山集》，金・元好問，景印文淵閣四庫全書第一一九一冊（臺北：商務印書館，民國 72 年初版）。

76. 《舊唐書》，後晉·劉昫等人（臺北：鼎文書局，民國 68 年 2 月二版）。

77. 《雞肋篇》，宋·莊綽撰，景印文淵閣四庫全書第一○三九冊（臺北：商務印書館，民國 72 年初版）。

78. 《魏書》，北齊·魏收（臺北：鼎文書局，民國 68 年 2 月二版）。

79. 《譚曲雜札》，明·凌濛初，見《中國古典戲曲論著集成》第四集，中國戲曲研究院編（北京：中國戲劇出版社，1959 年 7 月第一版）。

80. 《韻語秋陽》，宋·葛立方，藝文百部叢書集成之廿四《學海類編》（臺北：藝文印書館，民國 60 年）。

81. 《至元辯偽錄》，元·釋祥邁，收於《大藏經》第五十二冊（臺北：新文豐出版公司，民國 72 年 1 月修訂版）。

82. 《續資治通鑑》，清·畢沅（臺北：中華書局《四部備要》史部，民國 55 年 3 月臺一版）。

二、今人著述（按筆劃順序排列）

1. 《王國維戲曲論文集》，王國維著（臺北：里仁書局，民國 82 年 9 月初版）。

2. 《元人傳記資料索引》，王德毅主編（臺北：新文豐出版公司，民國 68 年 11 月）。

3. 《元曲研究》（甲編）賀昌群等著（臺北：里仁書局，民國 73 年 9 月初版）。

4. 《元曲研究》（乙編）任二北等著（臺北：里仁書局，民國 73 年 9 月初版）。

5. 《元曲概論》，賀昌群著，收錄於《元曲研究·甲編》（臺北：里仁書局，民國 73 年 9 月初版）。

6. 《元明清散曲論著索引》，何貴初編（香港：玉京書會，1995 年 10 月增訂版）。

7. 《元散曲通論》，趙義山著（四川眉山：巴蜀書社，1993 年 7 月第一版）。

8. 《元朝人名錄》（澳大利亞）羅一果、樓占梅合編（臺北：南天書局，民國 77 年 7 月）。

9. 《元雜劇中的道教劇研究》（日）渡邊雪羽著（國立台灣大學中文研究所碩士論文，民國 75 年 10 月）。

10. 《元雜劇史》，李修生著（上海：江蘇古籍出版社，1996 年 4 月第一版）。

11. 《元雜劇與元代社會》，郭英德著（北京：北京師大出版社，1996 年 5 月第一版）。

12. 《元雜劇本事考》，羅錦堂著（臺北：順先出版公司，民國 65 年 4 月再版）。

13. 《中國文學批評資料彙編——金代》，林明德編輯，國立編譯館主編（臺北：成文出版社，民國 68 年 1 月）。

14. 《中國文學批評資料彙編——元代》，曾永義編輯，國立編譯館主編（臺北：成文出版社，民國 67 年 9 月）。

15. 《中國文學講話——（八）遼金元文學》，中華文化復興運動推行委員會主編（臺北：巨流圖書公司，民國 75 年 11 月）。

16. 《中國古代散曲史》，李昌集著（上海：華東師大出版社，1991 年 8 月第一版）。

17. 《中國首屆唐宋詩詞國際學術討論會論文集》，南京師大中文系編（江蘇：教育出版社，1994 年 8 月第一版）。

18. 《中國詞曲史》，王易著（臺北：洪氏出版社，民國 70 年 1 月初版）。

19. 《中國道教文化透視》，劉仲宇著（上海：學林出版社 1990 年 3 月第一版）。

20. 《中國道教史》，傅勤家著（臺北：商務印書館，民國 55 年 3 月臺一版第一刷）。

21. 《中國道教史》（第一卷）卿希泰主編（四川：四川人民出版社，1988 年 4 月第一版）。

22. 《中國道教史》（第二卷）卿希泰主編（四川：四川人民出版社，1992 年 7 月第一版）。

23. 《中國道教史》（第三卷）卿希泰主編（四川：四川人民出版社，1993 年 10 月第一版）。

24. 《中國道教史》（第四卷）卿希泰主編（四川：四川人民出版社，1995 年 12 月第一版）。

25. 《中國道教史》，任繼愈主編（上海：上海人民出版社 1990 年 6 月第一版）。

26. 《中國道教史》，劉精城著（臺北：文津出版社，民國 82 年 7 月初版）。

27. 《中國道教發展史略述》，南懷瑾著（臺北：考古文化公司，民國 82 年 2 月五版）。

28. 《中國戲曲概論》，吳梅，收錄於《吳梅戲曲論文集》（北京：中國戲劇出版社，1983 年 5 月第一版）。

29. 《中華道教簡史》，卿希泰・唐大潮著（臺北：中華道統出版社，民國85年2月初版）。

30. 《中華道教寶典》，李剛・黃海德著（臺北：中華道統出版社，民國84年5月初版）。

31. 《古代詩歌修辭》，周生業著（北京：語文出版社，1995年4月第一版）。

32. 《古典詩詞藝術探幽》，夏紹碩撰（臺北：漢京文化公司，民國73年7月初版）。

33. 《北曲新譜》，鄭騫撰（臺北：藝文印書館，民國62年4月初版）。

34. 《北宋十大詞家研究》，黃文吉著（臺北：文史哲出版社，民國85年3月初版）。

35. 《北派七眞修道史傳》（道藏精華第八集之五），蕭天石主編（臺北：自由出版社，民國69年10月出版）。

36. 《西遊記發微》，劉蔭柏著（臺北：文津出版社，民國84年9月初版）。

37. 《全宋詞典故考釋辭典》，金啓華主編（吉林：吉林文史出版社，1991年1月第一版）。

38. 《全眞北宗思想史》，鄺國強撰（廣東：中山大學出版社，1993年6月第一版）。

39. 《全眞教與大蒙古國帝室》，鄭素春著（臺北：學生書局，民國76年6月初版）。

40. 《全眞教體玄大師王玉陽之研究》，劉煥玲著（成功大學歷史語言研究所碩士論文，民國83年6月）。

41. 《宋代詩歌史論》，張如松主編（長春：吉林教育出版社，1995年12月第一版）。

42. 《宋詞大辭典》，張高寬等主編（長春：遼寧人民出版社，1995年5月第一版第二次印刷）。

43. 《宋詞四考》，唐圭璋著（江蘇揚州：江蘇古籍出版社，1985年9月第二版第二次印刷）。

44. 《宋詞與佛道思想》，史雙元著（北京：今日中國出版社，1992年11月第一版）。

45. 《宋遼金元歷史論文集》，李則芬著（臺北：黎明文化公司，民國80年11月初版）。

46. 《青詞碧簫——道教文學藝術》，楊光文・甘紹成著（成都：四川人民出版社，1994年7月第一版）。

47. 《東北史論叢》，姚從吾編著，收入《正中文庫》第三輯（臺北：
    正中書局，民國 48 年 5 月臺初版）。

48. 《周詞訂律》，楊易霖著（臺北：學海書局，民國 64 年 2 月初版）。

49. 《和風堂文集》，柳存仁著（上海：上海古籍出版社，1991 年 10
    月第一版）。

50. 《金元全眞道內丹心性論研究》，張廣保著（臺北：文津出版社，
    民國 82 年 7 月初版）。

51. 《金元全眞道內丹心性學》，張廣保著（北京：三聯書店，1995 年
    4 月第一版）。

52. 《金元明清詞選》，夏承燾・張璋編選（北京：人民文學出版社，
    1993 年 1 月第一版）。

53. 《金元明清詞鑒賞辭典》，唐圭璋主編（上海：江蘇古籍出版社，
    1989 年 5 月第一版，又台北：新地文學出版社，1992 年 9 月初
    版）。

54. 《金元詞史》，黃兆漢著（臺北：學生書局，民國 81 年 12 月初版）。

55. 《金元詞述評》，張子良著（臺北：華正書局，民國 68 年 7 月初版）。

56. 《金代文學史》，詹杭倫著（臺北：貫雅文化公司，民國 82 年 5 月
    初版）。

57. 《南宋金元的道教》，詹石窗著（上海：上海古籍出版社，1989 年
    12 月第一版）。

58. 《南宋初河北新道教考》，陳援庵著（臺北：新文豐出版公司，民
    國 66 年 7 月初版）。

59. 《紅樓夢詩詞解析》，劉耕路著（長春：吉林文史出版社，1986 年
    4 月第一版）。

60. 《唐宋詞格律》，龍沐勛著（臺北：里仁書局，民國 75 年 12 月版）。

61. 《修辭學》，黃慶萱著（臺北：三民書局，民國 72 年 10 月四版）。

62. 《現存元人度脫雜劇之研究》，蕭憲忠（高雄師大國文研究所碩士
    論文，民國 67 年 6 月）。

63. 《國學方法論叢》（分類篇），黃章明、王志成合編（臺北：學人文
    教出版社，民國 68 年 10 月再版）。

64. 《第一屆詞學國際研討會論文集》，中央研究院中國文哲所編委會
    主編（臺北：中央研究院中國文哲所籌備處，民國 83 年 11 月初
    版）。

65. 《寒原道論》，孫克寬著（臺北：聯經出版公司，民國 66 年 12 月

初版）。

66. 《散曲通論》，羊春秋著（湖南長沙：岳麓書社，1992 年 12 月第一版）。

67. 《散曲概論》，任中敏，收錄於《散曲叢刊》第四冊（臺北：中華書局，民國 53 年 4 月臺一版）。

68. 《詞曲論集》，黃兆漢著（香港：光明圖書公司，1990 年 9 月第一版）。

69. 《詞律探源》，張夢機著（臺北：文史哲出版社，民國 70 年 11 月初版）。

70. 《詞律辭典》，潘慎著（太原：山西人民出版社，1991 年 9 月第一版）。

71. 《詞牌彙釋》，聞汝賢撰，自印本，民國 52 年 5 月臺壹版）。

72. 《詞與音樂關係研究》，施議對著（北京：中國社會科學出版社，1985 年 7 月第一版）。

73. 《詞學研究書目》，黃文吉主編（臺北：文津出版社，民國 82 年 4 月初版）。

74. 《詞學通論》，吳梅著（臺北：臺灣商務印書館，民國 77 年 4 月臺七版）。

75. 《詞學論稿》，華東師大中文系編（上海：華東師大出版社，1986 年 9 月第一版）。

76. 《詞學雜俎》，羅忼烈著（成都：巴蜀書社，1990 年 6 月第一版）。

77. 《詞籍考》，饒宗頤（香港：香港大學出版社，1963 年 2 月初版）。

78. 《景午叢編》，鄭騫著（臺北：中華書局，民國 61 年 1 月初版）。

79. 《道・仙・人——中國道教縱橫談》，陳耀庭、劉仲宇著（上海：社會科學院出版社，1992 年 12 月第一版）。

80. 《道海玄微》（道藏精華外集之二）蕭天石著（臺北：自由出版社，民國 81 年 1 月四版）。

81. 《道家思想史綱》，黃釗主編（湖南：湖南師大出版社，1991 年 4 月第一版）。

82. 《道教》（日）福井康順等著，朱越利等譯（上海：上海古籍出版社，1992 年 11 月第一版）。

83. 《道教十日談》，張廣保著（合肥：安徽文藝出版社，1994 年 12 月第一版）。

84. 《道教三百題》，王卡主編（臺北：建安出版社，1996 年 3 月初版）。

85. 《道教文化面面觀》，中國社科院世界宗教研究所道教室編（山東：齊魯書社，1990 年 5 月第一版）。

86. 《道教文化研究》（第四輯），陳鼓應主編（上海：上海古籍出版社，1994 年 3 月第一版）。

87. 《道教文化研究》（第七輯），陳鼓應主編（上海：上海古籍出版社，1995 年 6 月第一版）。

88. 《道教文化研究》（第九輯），陳鼓應主編（上海：上海古籍出版社，1996 年 6 月第一版）。

89. 《道教文學三十談》，伍偉民、蔣見元著（上海：上海社會科學院出版社，1993 年 5 月第一版）。

90. 《道教文學史》，詹石窗著（上海：上海文藝出版社，1992 年 5 月第一版）。

91. 《道教史》，（日）窪德忠著，蕭坤華譯（上海：上海譯文出版社，1987 年 7 月第一版）。

92. 《道教史》，卿希泰、唐大潮著（北京：中國社會科學出版社，1994 年 12 月第一版）。

93. 《道教史資料》，中國道教協會研究室編（上海：上海古籍出版社，1991 年 5 月第一版）。

94. 《道教全眞大師丘長春》，周紹賢（臺北：商務印書館，民國 71 年初版）。

95. 《道教知識百問》，盧國龍著（北京：今日中國出版社，1989 年 12 月第一版）。

96. 《道教研究資料》（第二輯），嚴一萍編（臺北：藝文印書館，民國 63 年 11 月初版）。

97. 《道教研究論文集》，黃兆漢著（香港：中文大學出版社，1988 年出版）。

98. 《道教問答》，朱越利著（臺北：貫雅文化公司，民國 79 年 10 月初版）。

99. 《道教與文學》，黃兆漢著（臺北：臺灣學生書局，民國 83 年 2 月初版）。

100. 《道教與中國文化》，葛兆光著（上海：上海人民出版社，1987 年 9 月第一版），又臺北：東華書局，民國 78 年 12 月初版）。

101. 《道教與中國民間文學》，劉守華著（臺北：文津出版社，民國 82 年 12 月初版）。

102. 《道教與中國傳統文化》，卿希泰主編（福州：福建人民出版社，

1992 年 6 月第二刷）。

103. 《道教與美學》，高楠著（遼寧：遼寧人民出版社，1989 年 9 月第一版）。

104. 《道教與道家文學》，李炳海著（吉林長春：東北師大出版社，1992 年 5 月第一版）。

105. 《道教與養生》，陳攖寧著（北京：華文出版社，1989 年 7 月第一版）。

106. 《道教概說》，李養正著（北京：中華書局，1989 年 2 月第一版）。

107. 《道教論稿》，王家祐著（四川：巴蜀書社，1987 年 8 月第一版）。

108. 《道藏源流考》，陳國符著（北京：中華書局，1992 年 4 月第一版）。

109. 《詩詞曲語辭匯釋》，張相著（臺北：中華書局，1985 年 4 月臺七版）。

110. 《遼金元詩歌史論》，張如松主編（長春：吉林教育出版社，1995 年 12 月第一版）。

111. 《遼金元傳記三十種綜合引得》，楊家駱編（臺北：鼎文書局，民國 62 年初版）。

112. 《儒・佛・道與傳統文化》，文史知識編輯部編（北京：中華書局，未著出版年月）。

113. 《儒道玄佛與中國文學》，葉金著（廣東汕頭：汕頭大學出版社，1995 年 5 月第一版）。

三、單篇論文（按篇名筆劃順序排列）

1. 〈「三教合一」思想成因初探〉，唐大潮，《宗教哲學》第三卷第一期，1997 年 1 月，頁 52～63。

2. 〈「三教合一」義蘊辨微——兼談心性論與當代倫理實踐〉，張踐，《宗教哲學季刊》第四期，1995 年 10 月，頁 73～82。

3. 〈三教論與宋金學術〉，饒宗頤，《東西文化》第十一期，1968 年 5 月，頁 24～30。

4. 〈三教關係論綱〉，李中，《世界宗教研究》1996 年第三期，頁 1～10。

5. 〈大陸新道家崛起之分析——近年來道家、道教思想研究綜述〉，張廣保，《宗教哲學》第三卷第二期，1997 年 4 月，頁 87～108。

6. 〈王重陽與全真道形成及神仙思想〉，張誠道，《宗教哲學》第三卷第二期，1997 年 4 月，頁 117～130。

7. 〈元人散曲的神韻〉，黃克，《文史知識》1995 年第十二期，頁 10 ～14 轉 29。

8. 〈元代江南道教〉，陳兵，《世界宗教研究》1986 年第二期，頁 68 ～80。

9. 〈元代全真道與中國社會〉，南懷瑾，《新天地》一卷六期，民國 51 年 8 月，頁 12～16。

10. 〈元代的天災狀況及其影響〉，趙經緯，《河北師院學報》1994 年第 三期，頁 55～58。

11. 〈元代神仙道化劇盛因考〉，鄔鵬志，《山西師大學報》第二一卷第 三期，1994 年 7 月，頁 42～45。

12. 〈元代散曲抒情寫意的藝術特徵〉，許金榜，《山東師大學報》1995 年第三期，頁 80～84。

13. 〈元初儒學與文學思潮〉，王忠閣，《信陽師院學報》第十五卷第四 期，1995 年 10 月，頁 60～64。

14. 〈元初雜劇作家思想的重新建構〉，葉愛欣，《信陽師院學報》十五 卷四期，1995 年 10 月，頁 65～68。

15. 〈元明詞平議〉，黃天驥‧李恆義，《文學遺產》1994 年四期，頁 69～76。

16. 〈元邱處機年譜〉，姚從吾，見《東北史論叢》下冊，頁 214～276， 臺北：正中書局，民國 48 年 5 月。

17. 〈元詞試論〉，麼書儀，《天津社會科學》1985 年二期，頁 78～83。

18. 〈元虞集與南方道教〉，孫克寬，《大陸雜誌》五三卷六期，民國 65 年 12 月，頁 1～12。

19. 〈元雜劇中的度脫劇〉（上），趙幼民，《文學評論》五期，民國 67 年 6 月，頁 153～196。

20. 〈元雜劇中的度脫劇〉（下），趙幼民，《文學評論》六期，民國 69 年 5 月，頁 169～217。

21. 〈元雜劇中所反映的文人心態特徵〉，胡金望，《安慶師院學報》 1994 年第一期，頁 27～29。

22. 〈元雜劇中道教故事類型與神明研究〉，諶湛，《國立臺灣師範大學 國文研究所集刊》第二十八期，民國 73 年 6 月，頁 967～1077。

23. 〈元雜劇作家心理現實中的二難情結〉，劉彥君，《文學遺產》1993 年第五期，頁 77～84。

24. 〈中國大陸的全真道與正一道〉，張澤洪，《宗教哲學》第三卷第一 期，1997 年 1 月，頁 111～121。

25. 〈中國古代曲學淵流考析〉，譚帆，《華東師大學報》1992 年第四期，頁 45～52 轉 85。

26. 〈《水滸傳》中的佛與道〉，高曼霞，《寧廈師大學報》1994 年第六期，頁 49～51。

27. 〈內丹〉，Isabelle Robinet 著，王秀惠譯，《中國文哲研究通訊》第六卷第一期，頁 11～28，1996 年 3 月。

28. 〈正一道音樂與全眞道音樂的比較研究〉，甘紹成，香港道教學院主辦・陳鼓應主編，《道教文化研究》第九期，頁 402～423，1996 年 6 月出版。

29. 〈丘處機二入關中與全眞道的發展〉，麻天祥，《人文雜誌》1992 年第四期，頁 97～100。

30. 〈丘處機的《磻溪詞》〉，黃兆漢，《道教文化》四卷四期（總四○），1986 年 11 月，頁 27～42。

31. 〈《西遊記》主旨辨析〉，李安綱，《烟台師院學報》1995 年第四期，頁 87～92。

32. 〈有關早期全眞教的幾個問題〉，朱越利，《中國文化研究》1994 冬之卷，頁 52～57。

33. 〈《全宋詞》《全金元詞》訂誤〉，葛渭君，《文獻》1993 年第四期，頁 46～52。

34. 〈《全金元詞》中一些問題的商榷〉，麼書儀，《古籍整理與研究》1986 年一期，頁 196～202。

35. 〈《全金元詞》刊誤〉，王瑛，《古籍整理出版情況簡報》九九期，1982 年，頁 17～22。

36. 〈《全金元詞》拾遺訂誤〉，楊寶霖，《古籍整理出版情況簡報》一八一期，1987 年，頁 19～25。

37. 〈《全金元詞》校讀〉，張朝範，《文獻》，1996 年三期（總六九期），頁 31～42。

38. 〈《全金元詞》補輯〉，羅忼烈，《詞學雜俎》頁 278～287，成都：巴蜀書社，1990 年 6 月第一版。

39. 〈《全金元詞》補輯，張紹靖，《蘇州大學學報》1992 年第二期，頁 64～65 轉 52。

40. 〈全眞七子詞述評〉，黃兆漢，《香港中文大學中國文化研究所學報》十九期 1988 年，頁 135～162。

41. 〈全眞仙子必讀寶卷——《重陽全眞集》的教義與修眞宗旨〉，潘廷川，《中國道教》1994 年第四期，頁 18～24。

42. 〈全眞派的創立和對傳統道教的發展〉，閔智亭，《中國道教》1991年第三期，頁8～13。

43. 〈全眞派創立的時代背景和對道教的更新發展〉，閔智亭，《道教文化》五卷三期（總號五一），民國80年3月，頁26～31。

44. 〈全眞教三論〉，龍晦，《世界宗教研究》1982年第一期，頁27～36。

45. 〈全眞教主王重陽的詞〉，黃兆漢，《道教文化》四卷二期（總號三八），1986年3月，頁14～27，或香港大學亞洲研究中心《東方文化》一九卷一期，1981年，頁29～43。

46. 〈全眞教考略〉，孫克寬，《大陸雜誌》八卷十期，民國43年5月，頁21～25。

47. 〈全眞教的起源〉，陳援庵，《天然》一卷四期，民國69年4月，頁48～49。

48. 〈全眞教邱處機與故鄉的文教關係〉，李培適，《察哈爾省文獻》第十期，民國71年2月，頁36～40。

49. 〈全眞教和小說西遊記〉，柳存仁著《和風堂文集·下冊》頁1319～1391，上海：上海古籍出版社，1991年10月第一版。

50. 〈全眞教派源昆喻〉，姜宏偉，《中國道教》1991年第四期，頁52～53。

51. 〈全眞教祖王重陽思想初探〉，蔣義斌，《中國歷史學會史學集刊》十七期，民國74年5月，頁47～63。

52. 〈全眞教與金元社會〉，（日）窪德忠講，余崇生譯，《鵝湖》一二七期，頁14～18。

53. 〈全眞道在洛陽〉，溫玉成，《中國道教》1988年第四期，頁31～32。

54. 〈全眞道的興起及其與金王朝的關係〉，郭旃，《世界宗教研究》1983年第三期，頁99～107。

55. 〈全眞道崳山派的創始人王玉陽行道蹤跡初探——兼論其在中國道教史上的地位〉，趙鈞波，《道教文化》五卷四期（總號五二），民國80年9月，頁27～29。

56. 《《全唐詩》、《全金元詞》輯佚〉，王步高，《文教資料》1992年一期，頁96。

57. 〈宋元之際的雅詞理論與元後期文壇的雅正之風〉，王忠閣，《信陽師院學報》第十四卷第二期，1994年6月，頁84～90。

58. 〈宋元之際詞學的理論建設及其意義〉，謝桃坊，《文學遺產》1990

年第一期,頁 105〜112。

59. 〈宋代道教文學爭論〉,蔣安全,《廣西師大學報》三一卷四期,1995
年 12 月,頁 8〜13。

60. 〈宋金元詞拾遺〉,施蟄存,《詞學》第九輯,頁 215〜223,華東師
大出版社,1992 年 7 月。

61. 〈宋詞史上的矛盾運動〉,包新旺,《杭州大學學報》二十六卷三期,
1996 年 9 月,頁 87〜92。

62. 〈宋詞結構的發展〉,趙仁珪,《北京師範大學學報》1996 年第三
期,頁 75〜83。

63. 〈佛表道裏儒骨髓——《西遊記》管窺再得〉,花三科,《寧廈大學
學報》1994 年第二期,頁 22〜28。

64. 〈佛教與全眞教的成立〉(日)福井文雄,《世界宗教研究》1996
年第二期,頁 13〜17。

65. 〈身處清涼界,別開一家風——全眞道教詞初探〉,慶振軒,《蘭州
大學學報》1991 年一期,頁 117〜122。

66. 〈金元山東詞人用韻考〉,李愛平,《語言研究》1985 年第二期,頁
49〜67。

67. 〈金元文士之沉淪與元雜劇的興盛〉,張大新,《信陽師院學報》第
十四卷第二期,1994 年 6 月,頁 75〜83。

68. 〈金元全眞教的民族思想與救世思想〉,姚從吾,見《東北史論叢·
下冊》頁 175〜204,臺北:正中書局,民國 48 年 5 月。

69. 〈金元全眞教的初期活動〉,孫克寬,《景風》第二二期,1969 年 9
月,頁 23〜46。

70. 〈金元全眞教創教述略〉,孫克寬,《景風》第十九期,1968 年 12
月,頁 42〜52。

71. 〈金元明清詞選序〉,周篤文,《詞學》第一輯,頁 180〜188,華東
師大出版社,1981 年 11 月。

72. 〈金、元、明詞學研究現況及未來走向〉,包根弟,《中國文哲研究
通訊》四卷二期(總號一四),民國 83 年 6 月,頁 23〜30。

73. 〈金元統治下之新道教〉,錢穆,原刊《人生》三一卷三期,後收
錄於《中國學術思想史論叢(六)》頁 201〜211,臺北:東大圖
書公司,民國 67 年 11 月。

74. 〈金元詞述〉,賓國振,《臺北女師專學報》第七期,1975 年 5 月,
頁 69〜84。

75. 〈金元詞論——批評的兩個方向〉,方智範,《華東師大學報》1992

年五期，頁 46～51。

76. 〈金元詞調考〉，周玉魁，《詞學》第八輯，頁 139～149，華東師大
出版社，1990 年 10 月。

77. 〈金元詞辨〉，張朝範，《文學評論》，1989 年六期，頁 128～133
轉 128。

78. 〈金王朝科舉制考論〉，周懷宇，《安慶師院學報》1995 年第四期，
頁 31～37 轉 62。

79. 〈金丹派南宗淺探〉，陳兵，《世界宗教研究》1985 年第四期，頁
35～49。

80. 〈金代文學研究的歷史回顧〉，周惠泉，《社會科學戰線》1993 年第
二期，頁 259～261。

81. 〈金代社會與傳統中國〉，宋德金，《中央民族大學學報》1995 年第
三期，頁 52～56 轉 90。

82. 〈金代的知識份子〉，陶晉生，收於《中央研究院國際漢學會議論
文集──歷史考古組》中冊，頁 994，民國 70 年出版。

83. 〈金代詞人群體的組成〉，張倉禮，《東北師大學報》1987 年四期，
頁 79～83。

84. 〈金代詞述略〉，張倉禮，《吉林大學社會科學學報》1987 年六期，
頁 33～36。

85. 〈金代翰林與政治〉，楊果，《北方文物》1994 年四期，頁 66～70。

86. 〈金詞論綱〉，金啟華，《詞學》第四輯，頁 124～141，華東師大出
版社，1986 年 8 月。

87. 〈長春丘眞人「磻溪六年」述略〉，舒天嘯，《中國道教》1995 年第
三期，頁 35～39。

88. 《《長春眞人西遊記》述評〉，鍾嬰，《杭州師院學報》1995 年第
一期，頁 35～42。

89. 〈長春眞人邱處機〉，樸庵，《中華文化復興月刊》十四卷十二期，
民國 70 年 12 月，頁 52～55。

90. 〈邱處機被北京玉器業奉爲祖師考述〉，李喬，《中國道教》1987
年第三期，頁 52～53 轉 28。

91. 〈南宋初全眞道的創教過程〉，潘雨廷，《中國道教》1992 年第三
期，頁 37～39。

92. 〈柳詞與全眞道士詞〉，黃幼珍，蘭州《社會科學》1988 年第四期
（總五〇），頁 78～80。

93. 〈重陽祖師及七眞事略〉，潘廷川，《中國道教》1988 年第三期，頁
47～50。

94. 〈重陽祖師著述簡介〉，潘廷川，《中國道教》1988 年第三期，頁
50～51。

95. 〈唐五代道教詞簡論〉，慶振軒・車安寧，《西北民族學院學報》1993
年第二期，頁 112～115。

96. 〈唐宋以後的三教合一思潮〉，任繼愈，《世界宗教研究》1984 年第
一期，頁 1～6。

97. 〈唐宋詞的審美層次及其嬗變〉，王兆鵬，《文學遺產》1994 年一
期，頁 48～60。

98. 〈郝大通——全眞華山派開派祖師〉，張應超，《中國道教》1993
年第四期，頁 45～46。

99. 〈馬丹陽與全眞道〉，張應超，《道教文化》五卷九期（總號五七），
民國 83 年 9 月，頁 19～23。

100. 〈清人論金代文學〉，周惠泉，《文學遺產》1993 年第一期，頁 84
～90。

101. 〈淺析金元詞曲〉，黃曙光，《學術論壇》1996 年第一期，頁 85～
86。

102. 〈乾坤清氣得來難—試論金詞的發展與詞史價值〉，張晶，《學術月
刊》1996 年第五期，頁 12～17。

103. 〈略談《全金元詞》的校訂問題〉，周玉魁，《文學遺產》1989 年五
期，頁 130～132。

104. 〈略論全眞道的三教合一說〉，陳兵，《世界宗教研究》1984 年第一
期，頁 7～21。

105. 〈略論全眞道的思想源流〉，陳俊民，《世界宗教研究》1983 年第三
期，頁 83～98。

106. 〈從元人文集看元代全眞教之發展〉，龔鵬程，《道教文化》五卷三
期（總號五一），民國 80 年 3 月，頁 5～20。

107. 〈從元詞視文學之流變〉，廖從雲，《中國國學》第四期，1975 年
12 月，頁 181～187。

108. 〈從詞到曲——論金詞的過渡型特徵及道教詞人的貢獻〉，趙山
林，《山東師大學報》1992 年第三期，頁 69～72。

109. 〈從《磻溪集》看丘處機的苦修〉，朱越利，香港道教學院主辦・
陳鼓應主編，《道教文化研究》第九期，頁 158～176，1996 年 6
月出版。

110. 〈終結共總結——論宋末元初詞的創作實踐與理論特色〉，喬力，《江西社會科學》1996 年第三期，頁 42～48。

111. 〈評《全眞教和小說西遊記》〉，徐朔方，《文學遺產》1993 年第六期，頁 97～100。

112. 〈詞・曲・小說——中國文學中邊緣文體的中心化與知識分子的話語轉型〉，張榮翼，《東方叢刊》1995 年第二期，頁 1～25。

113. 〈詞的對比技巧初探〉，王熙元，中國古典文學研究會主編《古典文學》第二集，頁 241～248，台北：學生書局，1980 年 12 月。

114. 〈詞調考辨〉，方智範，《華東師大學報》1995 年第三期，頁 67～69 轉 66。

115. 〈散曲審美特徵論〉，張曉軍，《河北學刊》1995 年第六期，頁 62～66。

116. 〈新佛教、新道教和新儒學——宋金「三教」匯通論〉，張踐，《宗教哲學季刊》第二期，1995 年 4 月，頁 89～100。

117. 〈試談長春眞人濟世救民思想〉，員信常，《中國道教》1989 年第一期，頁 27～29。

118. 〈試論元雜劇中幾齣有關呂洞賓的度脫劇〉，劉向仁，《東吳大學中文系刊》第七期，民國 70 年 5 月，頁 30～38。

119. 〈試論南北曲的合流與發展〉，孔繁信，《河北師院學報》1995 年第三期，頁 98～103。

120. 〈試論耶律楚材、元好問、丘處機——兼及金元之際儒生的出路與貢獻〉，李桂枝，《中央民族學院學報》1984 年四期，頁 39～43。

121. 〈道教文學一詞的界定及範疇〉，林帥月，《中國文哲研究通訊》第六卷第一期，頁 157～166，1996 年 3 月。

122. 〈道教史上的內丹學〉，胡孚琛，《世界宗教研究》1989 年第二期，頁 1～22。

123. 〈道教內丹學與王陽明「致良知」說〉，徐儀明，《河南師大學報》1994 年第二期，頁 15～17。

124. 〈道教與孟郊的詩歌〉，謝建忠，《文學遺產》1992 年第二期，頁 42～50。

125. 〈道藏全眞著作的歷史價值〉，姚道中，《食貨月刊》八卷五期，民國 67 年 8 月，頁 215～220。

126. 〈對全眞教心性學說的幾點思考〉，鄺國強，香港道教學院主辦・陳鼓應主編，《道教文化研究》第九期，頁 135～157，1996 年 6 月出版。

127. 〈對卿希泰主編《中國道教史》第三卷的意見和感想〉，王煜，《哲學與文化》1996 年第二期，頁 1337～1342。

128. 〈談金元詞中的藏頭體〉，潘慎，《晉陽學刊》1996 年第一期，頁 68～69。

129. 〈論三一教的道教色彩〉，詹石窗，《世界宗教研究》1989 年第三期，頁 97～108。

130. 〈論中國戲曲裏俗文學的藝術魅力〉，朱光榮，《貴州師大學報》1996 年第一期，頁 27～29。

131. 〈論宋詞衰落的原因〉，龍建國・黃曼玲，《信陽師院學報》十五卷二期，1995 年 4 月，頁 71～76。

132. 〈論宋詞韻及其與金元詞韻的比較〉，魯國堯，《中國語言學報》第四期，1991 年 10 月，頁 125～158。

133. 〈論李道純及其著作〉（附杜道堅、王玠）潘雨廷，《中國道教》1994 年第二期，頁 17～20。

134. 〈論李道純的內丹學說〉，王家祐，《道教論稿》頁 280～299（四川：巴蜀書社，1987 年 8 月一版）。

135. 〈論我國古代小說中的宗教〉，陳遼，《吉林大學社會科學學報》1995 年第二期，頁 47～52。

136. 〈論金元明清詞〉，鍾振振，收於《第一屆詞學國際研討會論文集》頁 265～290，中研院文哲所發行 1994 年 11 月初版。

137. 〈論清代詩歌戲曲小說間的聯繫滲透與互補〉，沈金浩，《學術研究》1995 年第四期，頁 90～95。

138. 〈論詞衰於明曲衰於清〉，鄭騫，《景午叢編》上編頁 162～169，台北：中華書局，民國 61 年 1 月。

139. 〈論詞與音樂的關係及後世詞譜的缺失〉，洪惟助，《中國文哲研究通訊》第四卷第二期，頁 16～22。

140. 〈論散曲的「放」──兼探詞曲不同的審美取向〉，周雲龍，《錦州師院學報》1993 年一期，頁 70～74。

141. 〈論散曲的「當行本色」〉，張晶，《吉林大學學報》1996 年第一期，頁 75～81。

142. 〈論散曲學與散曲學史〉，楊棟，《河北師院學報》1995 年第二期，頁 82～89。

143. 〈論龍門派道教思想與明清全真教的盛衰〉，王志忠，《湘潭大學學報》1995 年第五期，頁 14～16。

144. 〈濃郁：《紅樓夢》詩詞的佛道色彩〉，姜志軍，《求是學刊》1996

年第二期，頁 84～86。

145. 〈關於道教全眞派傳入雲南的幾個問題〉，郭武，《思想戰線》1994
年第六期，頁 35～41。

146. 〈韻律分析在宋詞研究上之意義〉，林玫儀，《中國文哲研究集刊》
第六期，1995 年 3 月，頁 57～172。

147. 〈《證道書》白文是《西遊記》祖本嗎──與王輝斌〈《西遊記》祖
本新探〉商榷〉，吳聖昔，《寧廈大學學報》第十七卷 1995 年第二
期，頁 57～64。

148. 〈讀金詞札記〉，唐圭璋，《社會科學戰線》1985 年第二期，頁 259
～260。